Het veilige huis

Bij Uitgeverij Anthos is van Nicci French ook verschenen:

Het geheugenspel

ISBN 90 414 0237 3
© 1998 by Joined-Up Writing
Voor de Nederlandse vertaling:
© 1998 by Uitgeverij Anthos, Amsterdam
Oorspronkelijke titel: *The Safe House*
Oorspronkelijke uitgever: Michael Joseph, Londen
Omslagillustratie: Michael Trevillion
Omslagontwerp: Robert Nix
Foto auteur: Michael Trevillion

Nicci French

Het veilige huis

Vertaald door Gideon den Tex

ANTHOS

Voor Pat en John

I

Het eerste was de deur. Die was open. De voordeur was nooit open, ook niet tijdens die heerlijke warme zomer van vorig jaar die haar zo aan haar eigen land had doen denken, maar daar zag je het: een voorzichtige kier, op een ochtend zo koud dat het vocht in de lucht pijn deed aan mevrouw Ferrers pokdalige wangen. Als test van het door haar ogen geleverde bewijs duwde ze met haar gehandschoende hand tegen het witgeverfde hout.

'Mevrouw Mackenzie?'

Stilte. Mevrouw Ferrer verhief haar stem en riep haar werkgeefster nog eens, maar kreeg een beschaamd gevoel toen de woorden hoog en beverig door de grote gang galmden. Ze stapte naar binnen en zoals altijd veegde ze haar voeten te vaak op de mat. Ze deed haar handschoenen uit en klemde die in haar linkerhand. Nu rook ze iets. Een zware, zoete geur. Het deed haar aan iets denken. Aan een boerenerf. Nee, eerder ergens binnen. Een boerenschuur of zo.

Elke ochtend om exact halfnegen knikte mevrouw Ferrer goedemorgen naar mevrouw Mackenzie, klakte met haar hakken over de gewreven houten vloer van de gang, liep rechts de trap af naar het souterrain, haalde de stofzuiger uit de bijkeuken en bracht een uur door in een verdovend waas van lawaai. Omhoog langs de grote trap aan de voorkant van het huis, door de gangen op de eerste etage, de tweede etage en dan weer naar beneden via de kleine trap. Maar waar was mevrouw Mackenzie nou toch? Ze bleef aarzelend bij de deur staan, in haar strak dichtgeknoopte papkleurige tweedjas, en verschoof haar balans van de ene voet naar de andere. Ze hoorde een televisie. Die stond nooit aan.

Behoedzaam veegde ze de zolen van beide schoenen af op de mat. Ze keek omlaag. Dat had ze toch al gedaan, of niet?

'Mevrouw Mackenzie?'

Ze stapte van de mat op het harde hout – bijenwas, azijn en paraffine. Ze liep naar de voorkamer die nooit werd gebruikt en eigenlijk nooit gestofzuigd hoefde te worden, hoewel ze dat toch altijd deed. Uiteraard was daar niemand. De gordijnen waren dicht, het licht was aan. Ze liep naar de andere voorkamer ter hoogte van de grote trap. Ze liet haar hand even rusten op de trapstijl met zijn barokke donkere houtsnijwerk dat op een besnavelde ananas leek. Afrormosia – lijnolie, dat had het nodig, gekookt, niet koudgeperst. Er was niemand. Ze wist dat de televisie in de zitkamer stond. Ze deed een pas naar voren, met haar hand langs de muur strijkend, alsof dat veiliger was. Een boekenkast. Leren banden die gelijke hoeveelheden lanoline en klauwolie nodig hadden. Het kon zijn, overwoog ze, dat degene die televisie zat te kijken haar niet gehoord had. En wat die deur betreft, misschien was er net wat afgeleverd of was de glazenwasser even binnengeweest en vergeten af te sluiten. Daardoor gesterkt liep ze naar de achterkant van het huis en ging de grote woonkamer in. Al heel snel, binnen een paar seconden nadat ze de kamer had betreden, moest ze uitgebreid overgeven op het tapijt dat ze anderhalf jaar lang elke werkdag gezogen had.

Naar lucht happend stond ze helemaal dubbelgeklapt voorover. Ze voelde in haar jaszak, vond een papieren zakdoekje en veegde haar mond af. Ze was verbaasd over zichzelf, wist zich bijna geen raad. Als kind was ze door haar oom rondgeleid in een slachthuis even buiten Fuenteobejuna, en hij had haar glimlachend aangekeken toen ze weigerde flauw te vallen van al het bloed en die uiteenrijting en vooral dat wasem dat van de koude stenen vloer oprees. Dat was de geur waar ze zojuist aan had moeten denken. Die hoorde helemaal niet bij een boerenschuur.

Er zaten zoveel bloedspatten overal, zelfs op het plafond en op de muur aan de overkant, dat het leek of meneer Mackenzie ontploft was. Maar het meeste lag in donkere poelen in zijn schoot en op de bank. Er was zoveel. Dat kon toch niet maar van één man komen? Misschien was ze wel zo misselijk geworden van het gewone van zijn pyjama, dat Engelse, met het bovenste knoopje dicht. Zijn hoofd rolde nu stompzinnig achterover en bleef in een onmogelijke hoek hangen. Zijn keel was bijna helemaal doorgesneden, en zijn hoofd werd alleen nog door de rugleuning van de bank omhooggehouden. Ze zag de botten en de pezen en die ongeloofwaardige bril, nog altijd doelloos voor zijn ogen. Zijn gezicht was heel wit. En gruwelijk en onverwacht genoeg ook blauw.

Ze wist waar de telefoon stond, maar was dat vergeten en moest ernaar zoeken. Ze vond het apparaat op een tafeltje aan de andere kant van de kamer, weg van al dat bloed. Het nummer kende ze nog van een tv-programma. Negen-negen-negen. Een vrouwenstem gaf antwoord.

'Ja, hallo. Er is hier een verschrikkelijke moord gepleegd!'

'Pardon?'

'Er is hier een moord gepleegd!'

'Het komt allemaal goed. Doet u maar kalm aan, u hoeft niet te huilen. Spreekt u Engels?'

'Ja, ja. Sorry hoor. Meneer Mackenzie is dood. Vermoord.'

Pas toen ze opgehangen had, moest ze weer aan mevrouw Mackenzie denken, en dus liep ze naar boven. Binnen de kortste keren zag ze waar ze zo bang voor was geweest. Haar werkgeefster was op haar eigen bed vastgebonden. Het leek alsof ze bijna in haar bloed was ondergedompeld, haar nachtjapon glom rood tegen haar magere lijf. Te mager, had mevrouw Ferrer altijd gevonden zonder het te zeggen. En het meisje dan? Ze ging nog een trap op en voelde iets op haar borst drukken. Ze duwde de deur open van de enige kamer in het huis die ze niet schoon mocht maken. Van de persoon die vastgebonden op het bed lag, zag ze nauwelijks iets. Wat hadden ze met haar uitgevoerd? Bruine glanzende tape over haar gezicht. Armen wijd, polsen vastgebonden aan de buitenste spijlen van het ijzeren hoofdeinde, smalle strepen rood over haar nachtjapon.

Ze keek om zich heen in de slaapkamer van Finn Mackenzie. Op de kaptafel en de vloer lagen flessen. Foto's waren verscheurd en verminkt, de ogen uitgestoken. Op een muur stond een woord in slordige donkerrode vegen: PIGGIES. Ineens draaide ze zich om. Er klonk een geluid van het bed. Een gemurmel. Ze rende naar voren. Ze raakte het voorhoofd aan, boven de vakkundig

9

afschermende tape. Het was warm. Buiten hoorde ze een auto, en in de gang zware voetstappen. Ze stormde de trap af en zag mannen in uniform. Een ervan keek haar aan.

'Ze leeft nog,' hijgde ze. 'Ze leeft nog.'

2

Ik keek om me heen. Dit was niet buiten. Dit was een woestenij waar stukjes buiten in waren geparachuteerd en vervolgens achtergelaten, hier en daar een boom of een struik, een heg, kaalgesnoeid voor de winter, ineens een wei, vastgelopen in modder en moeras. Ik zocht naar een geografisch kenmerk – een heuvel, een rivier – maar ik vond er nergens een. Met mijn tanden sjorde ik een handschoen uit om op de kaart te kijken en liet die op het slijmerige gras vallen. Het grote papier klapperde wild in de wind tot ik het als een accordeon in elkaar wist te schuiven en naar de bleekbruine contouren en roodgestippelde voetpaden en roodgestreepte ruiterpaden kon staren. Kilometers lang had ik de rode stippellijn gevolgd, maar was niet uitgekomen bij de zeewering die me weer bij mijn vertrekpunt zou brengen. Ik tuurde in de verte. Die lag kilometers hier vandaan, een dunne grijze sliert tegen de achtergrond van hemel en water.

Ik keek weer op de kaart die onder mijn strakke blik tot een volstrekte wanorde leek te vervallen, een ongebroken code van kruizen en lijnen, stippen en strepen. Ik zou te laat bij Elsie zijn. Ik heb een hekel aan te laat komen. Ik kom nooit te laat. Ik ben altijd te vroeg, altijd degene die moet wachten – boos onder de klok staan, in een café met een koud wordende kop thee zitten, met van ongeduld een tic onder mijn rechteroog. Ik ben nooit, helemaal nooit te laat bij Elsie. Deze wandeling hoorde precies drie en een half uur te duren.

Ik draaide de kaart om: ik zal wel een splitsing gemist hebben. Als ik hier links ging, langs die dunne zwarte lijn, sneed ik die drassige landtong af en kwam uit bij de zeewering vlak voor het gehucht waar mijn auto stond. Ik schoof de kaart, die nu bij de vouwen uit elkaar viel, in de zak van mijn jack en raapte de handschoen op. De koude modderige vingers sloten zich om mijn steeds gevoellozer wordende mensenvingers. Ik ging weer op pad. Mijn kuitspieren deden zeer en de slingertjes snot uit mijn neus liepen langs mijn schrijnende wangen. Er hing regen in de onmetelijke hemel.

Eén keer kwam er een donkere vogel laag overvliegen, de lange nek uitgestrekt en de vleugels zwaar klapwiekend in de lucht, maar voor het overige was ik volkomen alleen in een landschap van grijsgroene moerasgronden en grijsblauwe zee. Waarschijnlijk een of ander zeldzaam of interessant dier, maar ik weet nooit de namen van vogels. En ook niet van bomen, behalve van de bekende zoals de treurwilg en de zilverberk die in elke Londense straat voorkomen en met hun wortels de huizen ondermijnen. En ook niet van bloemen, behalve van de bekende zoals het boterbloempje en het madeliefje en de bloemen die je op vrijdagavond bij de bloemist koopt en in een vaas zet als er vrienden langskomen: stillevenrozen, irissen, chrysanten, anjers. Maar niet van die armetierige planten die langs mijn schoenen krasten op mijn weg naar een struikgewas dat maar niet dichterbij leek te komen. Toen ik in Londen woonde, kreeg ik het soms benauwd van al die borden, winkelreclames, huisnummers, straatnamen, postcodes, busjes met opschriften als 'verse vis' en 'de vriendelijke verhuizer', neonletters die in de oranje hemel aan- en uitflitsen. Maar dit keer kon ik niet eens zeggen hoe ik me voelde.

Ik kwam bij een prikkeldraadhek dat het moerasland scheidde van iets wat er bebouwd uitzag. Ik duwde de draad met mijn duim stevig naar beneden en zwaaide er een been overheen.

'Kan ik u misschien ergens mee helpen?' De stem klonk vriendelijk. Ik keerde me om en een scherp uitsteeksel verankerde zich in het kruis van mijn spijkerbroek.

'Bedankt hoor, maar het gaat prima.' Met enige moeite kreeg ik mijn andere been er ook over. Het was een bebaarde man van middelbare leeftijd met een bruin gewatteerd jack en groene laarzen. Hij was kleiner dan ik.

'Ik ben de boer.'

'Als ik hier recht doorsteek, kom ik dan bij de weg?'

'Dit is mijn land.'

'Ja...'

'U hebt hier geen recht van overpad. U bent op verboden terrein. Op mijn terrein.'

'O.'

'U moet die kant op.' Hij wees ernstig. 'Dan komt u bij een voetpad.'

'Kan ik niet gewoon even...?'

'Nee.'

Hij lachte naar me, niet onvriendelijk. Zijn overhemd zat van boven verkeerd dichtgeknoopt.

'Ik dacht dat buiten iets was waar je overal mocht lopen waar je wou.'

'Ziet u mijn bos daar?' vroeg hij nors. 'Jongens uit Lymne' – hij sprak dat uit als Lumney – 'zijn daar op een dag met hun mountainbikes gaan fietsen. Daarna kwamen ze met motoren. De koeien werden er doodsbang van en de paden werden onbegaanbaar. Afgelopen lente is er een stel mensen met hun hond over het land van mijn buurman gelopen en toen heeft dat beest drie van zijn lammeren doodgebeten. En dat kwam niet omdat alle hekken openstonden.'

'Ja, dat is wel vervelend, maar...'

'En Rod Wilson, die woont daar een eindje verderop, die had altijd kalveren die naar Oostende verscheept werden. Toen zijn ze gaan posten bij de haven van Goldswan Green. Een paar maanden terug is Rod z'n schuur afgebrand. De volgende keer is iemand z'n huis aan de beurt. En dan hebben we die vossenjagers nog.'

'Oké, oké. Weet u wat ik doe? Ik klim wel weer over dit hek en loop helemaal om uw land heen.'

'Komt u uit Londen?'

'Vroeger wel. Ik heb Elm House gekocht, aan de andere kant van Lymne. *Lumney*. U weet wel, het Huis met de Iepen, maar dan zonder iepen.'

'O, dat zijn ze dus eindelijk kwijtgeraakt?'

'Ik ben hier buiten komen wonen om weg te zijn van alle stress.'

'Is dat zo? We zien hier graag mensen uit Londen. Ik hoop dat u nog eens langskomt.'

Vrienden dachten dat ik ze in de maling nam toen ik zei dat ik in het ziekenhuis van Stamford ging werken en buiten ging wonen. ·Heel mijn leven heb ik in Londen gewoond – ik ben daar opgegroeid, of in ieder geval aan de rand van de stad, ben daar naar de universiteit gegaan, heb er mijn toelatingsjaar voor medicijnen gedaan, heb er gewerkt. Heb je daar dan ook afhaalzaken, had iemand gevraagd. En heb je daar dan ook nachtfilms, winkels die vierentwintig uur open zijn, babysitters, Marks & Spencer-maaltijden, schaakpartners?

Maar Danny had me aangekeken met ogen vol woede en pijn, toen ik eenmaal moed had verzameld om het hem te vertellen.

'Waarom is dit, Sam? Wil je dan je kwaliteitsuurtje met je kind op een of ander kutpleintje in een dorp gaan doorbrengen? Lunch en bloembollen planten op zondag?' Eerlijk gezegd had ik me inderdaad voorgenomen om wat bloembollen te planten.

'Of,' had hij eraan toegevoegd, 'ga je nou dan toch eindelijk van me weg? Zit dat erachter, en heb je daarom niet eens de moeite genomen om me te vertellen dat je aan het solliciteren was voor een baan tussen de boeren?'

Ik had mijn schouders opgehaald, in de kille en vijandige wetenschap dat ik me schandelijk gedroeg.

'Ik heb niet gesolliciteerd. Zij hebben bij mij gesolliciteerd. En we wonen niet samen, Danny, weet je nog? Jij moest zo nodig vrij zijn.'

Na een kreunende zucht had hij opgemerkt: 'Moet je luisteren, Sam, misschien is het zo langzamerhand tijd...'

Maar ik had hem niet laten uitpraten. Ik wilde hem niet horen zeggen dat we nu eindelijk eens samen moesten gaan wonen of eindelijk eens bij elkaar weg moesten, hoewel ik wist dat we vroeg of laat een beslissing moesten nemen. Ik had een hand op zijn onwillige schouder gelegd. 'Het is maar anderhalf uur hier vandaan. Je kan altijd bij me langskomen.'

'Bij je langskomen?'

'Bij me komen logeren.'

'Nou, ik kom wel een keertje bij je logeren, hoor schat.' En hij had zich naar voren gebogen, een en al donker haar en stoppelbaard en de geur van zaagsel en zweet, en had me aan de riem om mijn spijkerbroek naar hem toe gesleurd. Hij had de riem losgegespt en me omlaaggetrokken naar het linoleum van de keuken, precies boven een buis van de vloerverwarming, met zijn handen onder mijn kortgeknipte hoofd zodat ik me niet bezeerde toen we neerkwamen.

Als ik rende was ik misschien nog op tijd bij Elsie. Op de zeewering gierde de wind, en de hemel werd door het water verzwolgen. Mijn adem ging met horten en stoten. Er zat een beetje gruis in mijn linkerschoen en dat drukte tegen de bal van mijn voet, maar ik had geen zin om te stoppen. Het was pas haar tweede dag op school. De onderwijzer vindt me vast een slechte moeder. Huizen, eindelijk zie ik huizen. Negentiendertig, rode baksteen en vierkant, een kindertekening van een huis. Volmaakte kringeling van rook, een, twee, drie wolkjes, uit de keurige rij schoorstenen. En daar stond de auto. Misschien was ik toch nog op tijd.

Elsie wipte van haar hiel naar haar tenen en weer terug. Haar sluike blonde haar zwaaide mee. Ze droeg een bruine duffel, een rood en oranje geblokte jurk en een legging met roze stippen om haar stevige benen, die om haar voortdurend kantelende enkels was gaan plooien. ('Je zei tegen me dat ik zelf mijn kleren mocht uitkiezen en ik wil deze,' had ze onbarmhartig gesproken, bij het ontbijt.) Haar neus was rood en haar ogen stonden wezenloos.
   'Ben ik te laat?' Ik sloeg mijn armen om haar ontoegeeflijke lijf.
   'Mungo was bij me.'
   Ik keek om me heen op de verlaten speelplaats.
   'Ik zie niemand.'
   'Nou niet meer.'

Die avond, nadat Elsie in slaap was gevallen, kreeg ik een eenzaam gevoel in mijn huis aan zee. Het donker buiten was zo heel erg donker, de stilte zo griezelig totaal. Ik zat bij de onaangestoken haard met Anatoly op mijn schoot, en zijn gespin – ik krabbelde hem achter zijn oren – leek de kamer te vullen. Ik graaide zomaar wat rond in de koelkast en at een homp hardgeworden kaas, een halve appel, een stuk chocola met noten en rozijnen. Ik belde Danny, maar kreeg alleen zijn gereserveerde antwoordapparaatstem en sprak geen boodschap in.

Ik zette de tv aan voor het avondnieuws. Een plaatselijk stel in goeden doen was op beestachtige wijze vermoord, de keel doorgesneden. Een beeld van hun formeel lachende gezichten, het zijne hoogrood en pafferig, het hare bleek en smal en zelfverloochenend, werd gevolgd door een opname van hun grote rode huis vanaf het begin van een brede oprit met grind. Hun tienerdochter lag in het Stamford-ziekenhuis en 'maakte het goed'. Er werd een wazige schoolfoto getoond, die vast jaren oud was, een tevreden, rond en mollig gezicht, het arme kind. Een rijzige rechercheur zei iets over een inzet van alle middelen, een plaatselijke politicus deelde mee hoe geschokt en verontwaardigd hij was en riep op tot maatregelen.

Even dacht ik aan het meisje in het ziekenhuis, aan haar verwoeste toekomst. Op dat moment ging het nieuws verder met een of ander obstakel voor een vredesproces ergens, en al heel snel was ik haar volkomen vergeten.

3

'Ga jij maar eerst.'
'Nee, ga jij maar eerst.'
'In godsnaam, gooi 'm vol, eikel.'
In rijen van vier stonden ze voor de koffieapparaten, agenten in uniform en rechercheurs in pak vochten om de suiker en het melkkannetje. Ze hadden haast. De zitplaatsen in de doorgaans ongebruikte overlegruimte waren beperkt en niemand wilde dit keer te laat komen.
'Wel een beetje vroeg voor overleg over deze zaak, vind je niet?'
'De inspecteur wil het zo.'
'Volgens mij is het wel een beetje vroeg.'

De overlegruimte bevond zich in de nieuwe dependance van het Stamfordse politiebureau, een en al formica en neon en radiatorgeruis. Hoofdinspecteur Bill Day van de afdeling recherche had om kwart voor twaalf, de ochtend waarop de lijken waren ontdekt, deze bijeenkomst verordonneerd. De rolgordijnen werden omhooggetrokken en aan de overkant verscheen een kantoorgebouw met spiegelramen waarin een heldere winterhemel zichtbaar was. Een projector en een videorecorder werden achterin neergezet. Plastic stoelen werden van de stapels tegen de muur afgepeld en vlak naast elkaar om een lange tafel geschoven. Inspecteur-rechercheur Frank 'Rupert' Baird wrong zich voorzichtig door de politionele menigte – hij torende boven het merendeel uit – en ging aan het eind van de tafel zitten. Hij liet een aantal dossiers voor zich op tafel ploffen en keek met zijn vingers aan zijn snor peinzend op zijn horloge. Bill Day en een oudere geüniformeerde man kwamen het vertrek binnen, en onmiddellijk viel er een aandachtige stilte. Day ging in de buurt van Rupert Baird zitten, maar de geüniformeerde man bleef opvallend genoeg staan, aan één kant van de deur, en leunde lichtelijk tegen de muur. Bill Day nam als eerste het woord.

'Goeiemorgen, heren,' zei hij. 'En dames,' voegde hij eraan toe, wat hem een ironische blik van agente MacAllister aan de andere kant van de tafel opleverde. 'We zullen jullie niet te lang ophouden. Dit is slechts een voorlopig overleg.' Hij zweeg even en bestudeerde de gezichten om de tafel. 'Ja, jongens. Deze zaak gaan we wel even goed aanpakken. Geen geklooi.' Er werd instemmend geknikt. 'Ik maak graag van deze gelegenheid gebruik om jullie voor te stellen aan hoofdcommissaris Anthony Cavan, die de meesten van jullie waarschijnlijk nog niet kennen.'

De geüniformeerde man bij de deur knikte naar de hoofden die zijn kant op keerden.

'Bedankt, Bill,' zei hij. 'Goeiemorgen, allemaal. Ik ben hier eigenlijk voor de persconferentie, maar ik wou toch even binnenwippen, als een steuntje in de rug. Doe maar alsof ik er niet ben.'

'Juist,' zei Bill Day met een flauwe glimlach. 'Ik heb inspecteur-rechercheur Baird gevraagd om het overleg voor te zitten. Rupert?'

'Dank u wel,' zei Baird, en met een vertoon van efficiëntie verschoof hij enige paperassen die voor hem lagen. 'De bedoeling van deze bijeenkomst is om van meet af aan duidelijkheid te verschaffen. De recherche van Stamford komt in de schijnwerpers te staan. We gaan onszelf dus niet voor joker zetten. Denk maar aan de zaak Porter.' Iedereen kende de zaak Porter, al was het maar van horen zeggen: de tv-documentaires, het hoger beroep, de boeken, de vervroegde pensioneringen, de overplaatsingen. De sfeer bekoelde merkbaar. 'Ik zal proberen alles heel kort op een rijtje te zetten. Vragen staat vrij. Ik wil dat iedereen heel goed begrijpt wat hier aan de hand is.' Hij zette zijn leesbril op en keek in zijn aantekeningen. 'Rond halfnegen vanochtend werden de lijken gevonden. Op donderdag de achttiende januari. De slachtoffers zijn Leopold Victor Mackenzie en zijn vrouw Elizabeth. De heer Mackenzie was president van Mackenzie & Carlow. Die maakten medicijnen, tranquillizers, dat soort dingen. Hun dochter Fiona is naar het Stamford-ziekenhuis gebracht.'

'Overleeft ze het?'

'Heb ik niks over gehoord. We hebben haar in een geheel beveiligde kamer liggen en laten zo min mogelijk mensen bij haar. Daar stond haar arts op, en volgens ons heeft hij daar gelijk in. Een stel agenten houdt de boel in de gaten.'

'Heeft ze nog iets gezegd?'

'Nee. Even na halfnegen kwam er een telefoontje binnen van de Spaanse schoonmaakster van de familie, mevrouw Juana Ferrer. Binnen tien minuten hadden we de plaats van het misdrijf afgezet. Mevrouw Ferrer zit op het ogenblik beneden.'

'Heeft ze iets gezien?'

'Kennelijk niet, ze...'

Baird zweeg en keek op, want de deur ging open. Een man van middelbare leeftijd met ongeborsteld haar en een zware bril stapte het vertrek binnen. Hij droeg een uitpuilende aktetas en hijgde.

'Bedankt dat je even langswipt, Philip,' zei Baird. 'Kan iemand hem even een stoel geven?'

'Daar heb ik de tijd niet voor. Ik kom net van dat huis en ben onderweg naar Fallow Street. Ik wil de stoffelijke overschotten meteen door de molen halen. Een minuutje kunnen jullie krijgen. Volgens mij kan ik voor jullie trouwens toch niet veel betekenen.'

'Dit is Philip Kale, patholoog-anatoom,' legde Baird aan de aanwezigen uit. 'Wat kan je ons vertellen?'

Kale zette zijn tas op de grond en fronste zijn voorhoofd.

'Zoals jullie weten behoort het tot mijn verantwoordelijkheden als forensisch patholoog om geen voorbarige theorieën te construeren, maar...' Hij begon op zijn vingers af te tellen.

'Afgaande op het onderzoek van de lijken op de plaats van het misdrijf vertonen de twee zaken een opvallende overeenkomst. Oorzaak van overlijden: zuurstofgebrek door bloedverlies, als gevolg van rijtwonden aan de keel, die sommigen van jullie hebben gezien. Wijze van overlijden: hun keel is doorgesneden met een mes, mogelijk een ongekarteld lemmet van ten minste twee centimeter lengte. Dat kan alles zijn, van een Stanley-mes tot een vleesmes. Aard van overlijden: moord.'

'Kan je ons vertellen wat het tijdstip van overlijden was?'

'Niet exact. Jullie moeten wel begrijpen dat alles wat ik hierover zeg een zeer voorlopig karakter heeft.' Hij zweeg even. 'Toen ik de lijken op de plaats van het misdrijf onderzocht, was de hypostase wel ingetreden, maar nog niet geheel voltooid. Ik schat dat het overlijden heeft plaatsgevonden ruim twee uur voordat ze gevonden werden, maar niet eerder dan, zeg, vijf à zes uur. Zeker niet eerder dan zes.'

'Kan de dochter het dan vijf uur hebben overleefd met een doorgesneden keel?'

Kale dacht even na.

'Ik heb haar niet kunnen bekijken. Waarschijnlijk niet.'

'Is er nog iets wat je ons kan vertellen? Iets over de moord?'

Kale lachte nauwelijks waarneembaar.

'De persoon die het mes hanteerde heeft zijn of haar rechterhand gebruikt en wordt niet gehandicapt door een aversie tegen bloed. Maar nu moet ik ervandoor. De sectie zal waarschijnlijk halverwege de middag afgerond zijn. Jullie krijgen een rapport.'

Na zijn vertrek ontstond er even een geroezemoes dat met een roffel van Bairds knokkels tot zwijgen werd gebracht.

'Valt er nog iets over de plaats van het misdrijf te melden?'

Er werd met het hoofd geschud.

'Ik heb wel nog met die schoonmaakster gesproken.'

Dat was rechercheur Chris Angeloglou.

'Ja?'

'Die zei dat mevrouw Mackenzie eergisteren nog een feestje had gegeven. Tweehonderd mensen waren er. Geen best nieuws. Sorry hoor.'

'Christus. Heb je dat al aan Foster verteld?'

'Ja.'

'We zullen ze er toch gewoon op moeten zetten. Er moet een lijst opgesteld worden van alle aanwezigen.'

'Daar ben ik al mee bezig.'

'Mooi. Tot nu toe hebben we nog geen sporen van inbraak gevonden. Maar het is nog vroeg dag. Trouwens, je kan hun deur met een creditcard, of een liniaal of wat dan ook open krijgen. Een oppervlakkig onderzoek binnenshuis heeft aan het licht gebracht dat er wel wat laden en kasten overhoop zijn gehaald. Een hoop schade. Foto's verscheurd en vertrapt.'

'Op zoek naar iets?'

'Theorieën, daar beginnen we pas aan als we alle informatie in huis en geordend hebben. Ik wil niet dat mensen naar bewijzen gaan zoeken om een theorie te staven. Ik wil eerst al het bewijsmateriaal hebben. Daarna mogen jullie gaan nadenken.' Hij keek in zijn aantekeningen. 'Wat hebben we nog meer? Die teksten op de muur, met de lippenstift van mevrouw Mackenzie. PIGGIES.'

'Manson,' zei Angeloglou.

'Wat is dat?'

'Is dat niet wat die bende van Manson in bloed op de muur had geschreven toen ze al die mensen in Californië had vermoord? Dat komt van een Beatles-nummer.'

'Oké, Chris. Trek dat maar even na. Laat je er niet door meesleuren. Waarschijnlijk is het een doodlopende straat. Dus zover staan we nou, wat niet bepaald ver is. Ik draai er zo een punt aan. Als jullie straks even bij Christine langsgaan, krijgen jullie een kopie van het dienstrooster. Het onderzoek houdt in dat elke centimeter van het huis uitgekamd wordt, dat elk huis in de buurt bezocht wordt, dat er met Mackenzie & hoe dat bedrijf van hem ook heet wordt gepraat en dat de aanwezigen op dat feest allemaal ondervraagd worden. We hebben al mensen die op het station en Tyle Road bezig zijn om getuigen te zoeken. Ik hoop dat we die klootzakken binnen vierentwintig uur te pakken hebben. Als dat niet lukt, dan wil ik wel een hoop informatie hebben om op terug te vallen. Nog vragen?'

'Hadden ze nog vijanden?'

'Daar doen we nou dat onderzoek voor.'

'Waren er veel waardevolle spullen in huis?'

'Ga zelf maar kijken. Jij werkt hier ook.'

'Zou een hele simpele zaak kunnen zijn, inspecteur.'

Bairds borstelige wenkbrauwen rezen omhoog in een hoek van vijfenveertig graden. Iedereen draaide zich om naar Pam MacAllister aan de andere kant van het vertrek.

'Vertel, agent MacAllister.'

'Als die dochter het haalt, zou die ons wat kunnen zeggen.'

'Ja,' zei Baird droogjes. 'Maar tot de tijd dat zij in staat is om een verklaring af te leggen, zouden wij misschien kunnen doen alsof we politiemannen zijn. Of politievrouwen. Als jullie dat doen, doe ik dat ook.'

Pam MacAllister werd rood, maar zei niets.

'Oké,' zei Baird, en hij raapte zijn papieren bij elkaar en stond op. 'Als jullie iets belangrijks vinden, kom dan even praten. Maar kom niet mijn tijd verprutsen.'

4

'Draai je raampje eens dicht.'

'Ik heb het zo heet.'

'Het vriest buiten. Straks hebben we allebei longontsteking. Doe dicht.'

Elsie worstelde nukkig met de hendel. Het raampje ging langzaam omhoog, maar stopte toen ineens.

'Kan het niet.'

Ik boog me voor haar langs. De auto maakte een slinger.

'Kunnen we mijn bandje niet draaien? Die met de wormen.'

'Vind je het leuk op school?'

Stilte.

'Wat heb je gisteren gedaan?'

'Kweenie.'

'Vertel me dan eens drie dingen die je gisteren hebt gedaan.'

'Ik heb gespeeld. En ik heb gespeeld. En ik heb gespeeld.'

'Met wie heb je dan gespeeld?' Opgewekt. Gretig.

'Met Mungo. Mag ik mijn bandje horen?'

'De cassetterecorder is stuk. Jij hebt er munten in gestoken.'

'Dat is niet eerlijk. Je had het beloofd.'

'Ik heb niks beloofd.'

'Dat ga ik doorvertellen.'

We waren al drie uur op, en het was nog niet eens negen uur. Elsie was voor zessen bij me in bed gekropen, was tegen me aan gaan liggen, had die ijskoude ochtend het dekbed van me af getrokken, met haar teennagels, die ik vergeten was te knippen, mijn benen geschramd, had haar koude voetjes tegen mijn rug aangezet, haar hoofd onder mijn armen gewurmd, me met een

23

warme natte pruilmond een zoen gegeven, met haar vakkundige vingers mijn oogleden omhooggeschoven, het bedlampje aangedaan zodat de kamer vol met uitgepakte dozen en koffers, waar de verkreukelde kleren half uit hingen, heel even in een pijnlijk waas oploste.

'Waarom kan je me niet komen ophalen?'

'Omdat ik moet werken. Maar je vind Linda toch aardig?'

'Ik vind haar haar niet leuk. Waarom moet jij nou werken? Waarom kan pappa niet gaan werken en kan jij niet thuisblijven, net als andere mamma's?'

Ze heeft helemaal geen pappa. Waarom zegt ze dan dat soort dingen?

'Ik kom je zo snel mogelijk ophalen bij Linda, dat beloof ik. En ik ga vanavond voor je koken.' Ik negeerde het gezicht dat ze daarbij trok. 'En ik breng je 's ochtends naar school. Oké?' Ik probeerde iets vrolijks te verzinnen. 'Elsie, zullen we ons spelletje even spelen? Wat is er allemaal in huis?'

'Weet ik niet.'

'Weet je wel. Wat is er allemaal in de keuken?'

Elsie deed haar ogen dicht en fronste ingespannen haar voorhoofd.

'Een gele bal.'

'Prachtig. Wat is er allemaal in bad?'

'Een pakje Coco Pops.'

'Fantastisch. En wat is er allemaal in Elsies bed?'

Maar ze zat al met haar hoofd heel ergens anders. Ze staarde uit het raam. Ze wees naar een lage leigrijze wolk. Ik zette de radio aan. '...temperaturen rond het vriespunt... harde wind... noordoosten.' Wilde dat zeggen uit het noordoosten of naar het noordoosten? Wat maakte dat nou uit? Ik draaide aan de knop, gekraak, jazz, gekraak, stompzinnige discussie, gekraak. Ik zette de radio uit en concentreerde me op het landschap zoals het erbij lag. Was ik hiervoor uit Londen weggegaan? Vlak, doorploegd, grijs, nat, met af en toe een schuur van aluminium of B-2 blokken, die er industrieel uitzag. Geen plek om je te verstoppen.

In een poging om de knoop door te hakken over die Stamfordbaan had ik een lijstje opgesteld. Aan de ene kant had ik de voors

opgeschreven, aan de andere kant de tegens. Ik ben dol op lijstjes –
op mijn werk maak ik elke dag hele lange, met al naargelang de
prioriteit steeds een asterisk in een andere kleur. Als ik mijn leven
kan terugbrengen tot een half A4-tje krijg ik het gevoel dat ik alles
onder controle heb, en ik vind het heerlijk om de dingen die ik heb
gedaan keurig door te strepen. Soms zet ik zelfs boven aan de lijst
een stel keurig doorgestreepte dingen die ik al af heb, om er
zodoende wat vaart in te houden en hopelijk de dingen die ik nog
niet af heb makkelijker gedaan te krijgen.

Wat waren die voors dan? Ongeveer als volgt:
Buiten
Groter huis
Meer tijd met Elsie
Baan die ik altijd heb gewild
Meer geld
Tijd om het traumaproject af te ronden
Wandelingen
Huisdier voor Elsie (?)
Kleinere school
Relatie met Danny op orde krijgen
Avontuur en verandering
Meer tijd (hier had ik een aantal asterisken bij gezet omdat
dit al die andere redenen overkoepelde).

Aan de 'tegen'-kant stond slechts: Uit Londen weg.

Ik ben in de buitenwijken opgegroeid en tijdens mijn tienerjaren
wou ik alleen maar naar het centrum, het kloppend hart, het midden van het web. Ik ging altijd met mijn moeder winkelen in
Oxford Street toen ik klein was en zij nog altijd kleren voor me uit-
koos (zedige rokjes, topjes met rolkraag, nette spijkerbroeken,
marineblauwe sandalen met kneuterige gespjes, praktische jassen
met koperen knopen, leggings met dikke ribbels die nooit goed
bleven zitten, en 'O, moet je nou zien hoe groot je wordt!' riep
mijn moeder altijd als ze mijn slungelige lijf in kleren voor tengere
kleine meisjes probeerde te proppen). Ik ging altijd boven in de
dubbeldeksbus zitten en staarde naar de menigten, de rotzooi, de
chaos, de jongeren met hun woeste haardos die over het trottoir

liepen te swingen, de stelletjes die op de hoek stonden te zoenen, de hippe felverlichte winkels, alles door elkaar, de doodsangst en het genot. Ik zei altijd dat ik dokter wou worden en in het centrum van Londen ging wonen. Roberta zat haar poppen aan te kleden en liep er knuffelend en lief fluisterend mee rond, maar ik amputeerde ledematen. Ik wou dokter worden omdat niemand die ik kende dokter was en omdat de helft van mijn klas verpleegster wou worden en omdat mijn moeder haar wenkbrauwen en schouders ophaalde, telkens wanneer ik haar van mijn ambitie vertelde.

Voor mij was Londen moe zijn, vroeg in de ochtend beginnen, nachtfilms, verkeersopstoppingen, een ether vol montere radiostations, vuil in mijn kleren, hondenpoep op het trottoir, met 'dokter' aangesproken worden door mannen die eruitzagen als mijn vader, financiële vooruitgang en geld op de bank dat ik kon uitgeven aan schreeuwerige oorbellen en onpraktische jassen en puntige schoenen met schreeuwerige gespen, seks met vreemde mannen tijdens vreemde weekendjes waar ik me nu nauwelijks meer iets van herinner, behalve het gevoel in mijn euforische lijf dat ik Edgware achter me gelaten had, niet Edgware zelf, maar het Edgware in mijn bewustzijn, met zijn lunches op zondag, en drie straten lopen en toch niet bij een echt huis uitkomen. Londen was Elsie krijgen en haar vader verliezen. Londen was Danny. Het was het geografische gebied van mijn volwassen worden. Op het moment dat ik Stamford binnenreed, nadat ik Elsies vingers van mijn jasje had losgewrikt en haar plotseling rood geworden wangen had gezoend en haar in een opwelling had beloofd dat ik haar zelf van school kwam halen, miste ik Londen ineens, alsof het een minnaar was, een begeerd voorwerp uit een ver verleden. In feite had de stad me na Elsies geboorte bedrogen: ze was veranderd in een groot traliewerk van speelterreinen en crèches en babysitters en *Mothercare*-producten. Een parallel universum dat me nooit was opgevallen tot ik er deel van uitmaakte en door de week werkte, op zaterdag en zondag achter de kinderwagen liep en zwoer dat ik wraak zou nemen.

Dit was waar ik van gedroomd had. Tijd. Ik in mijn eentje in mijn huis, zonder kind, zonder kindermeisje, zonder Danny en zonder een werkschema dat in mijn hoofd doortikte. Er klonk gemiauw en ik voelde een stel klauwen in mijn been prikken. Met gestrekte armen maakte ik het blik kattenvoer open, vulde Anatoly's bakje en zette het bakje en de kat via de achterdeur buiten. Een zucht wind blies een vleugje van de tonijn en konijn in gelei terug in mijn gezicht, wat bij mij een hevig gehoest en herinneringen aan zeeziekte teweegbracht. Hoe kon zoiets zelfs maar voor een kat goed zijn? Ik waste Elsies ontbijtbordje en ontbijtmok af en maakte voor mezelf een kop oploskoffie, zonder te wachten tot het water kookte zodat de korrels boven kwamen drijven. De regen droop neer op mijn doordrenkte tuin, de roze hyacinten, waar ik gisteren nog zo enthousiast over was, waren scheef gaan hangen tussen al het puin in de aarde en hun rubberige bladeren zagen er smerig uit. Behalve het geluid van de regen hoorde ik niets, zelfs niet de zee. Een mistroostig gevoel bekroop me. Normaal gesproken zou ik al twee, misschien drie, of tijdens een crisistoestand wel vier uur aan het werk zijn. De telefoon rinkelde de hele tijd, het bakje met inkomende post puilde uit, mijn secretaresse bracht me een kop thee en ik was altijd weer verbijsterd dat de ochtend zo snel voorbij was. Ik zette de radio aan. '... zijn vier kleine kinderen omgekomen.' En zette het toestel vlug weer uit. Ik wou dat iemand me een brief had gestuurd, zelfs reclamepost was beter dan niks.

Ik bedacht dat ik aan het werk moest. De tekening die Elsie afgelopen week voor me had gemaakt nadat ik over de troosteloze lege plekken op de kleurloze afbladderende muren van mijn studeerkamer had geklaagd, staarde me beschuldigend aan van boven mijn bureau. De kamer was muf en koud, dus ik zette de elektrische kachel aan. Die verwarmde mijn linkerbeen en maakte me zo suffig dat ik wel een ochtenddutje had willen doen.

Het scherm van mijn computer verspreidde een groene gloed. Een cursor pulseerde een gezonde zestig keer per minuut. Ik klikte de muis op de harde schijf, en daarna op het lege bestand 'Boek'. 'Ook een reis van duizend kilometer moet met één eerste stap beginnen,' had een irritant iemand eens gezegd. Ik maakte een document aan en gaf het een naam, 'Inleiding'. Ik ging in dat document zitten en toetste weer 'Inleiding'. Dat woord stond daar zo zielig en klein boven aan een groene lege ruimte. Ik maakte er een blok van en koos een grotere letter, daarna maakte ik de letter vet en cursief. Zo, dat zag er beter uit, in ieder geval wat indrukwekkender.

Ik probeerde me weer voor de geest te halen wat ik in het voorstel aan mijn uitgever had gezet. Mijn hersens voelden even blinkend en leeg aan als het beeldscherm voor me. Misschien moest ik beginnen met de titel. Hoe noem je een boek over trauma? In mijn voorstel had ik het gewoon 'Trauma' genoemd, maar dat klonk kaal, als een gids voor de totale leek, en ik wilde dat dit iets controversieels, polemisch en spannends werd, een visie op de wijze waarop trauma als etiket wordt misbruikt, waardoor de mensen die er echt aan lijden onzichtbaar blijven, terwijl de catastrofejunkies onmiddellijk van die trend profiteren. Boven 'Inleiding' toetste ik in grote letters 'De verborgen wond' en centreerde het geheel. Dat klonk als een boek over menstruatie. Met een soepele zwier van de muis wiste ik alles uit. 'Van *shellshock* tot cultuurschok'. Nee, nee, nee. 'Traumaslachtoffers en traumaverslaafden'? Dat was maar een klein draadje binnen het boek, niet het algehele patroon. 'Op zoek naar de ziel.' Dat was de titel van een religieus pamflet. 'Op het spoor van het verdriet.' Jakkes. En 'De traumatische jaren'? Die bewaarde ik voor mijn memoires. In ieder geval stond de tijd nu niet meer stil. Bijna drie kwartier lang was ik titels aan het intoetsen en wissen, tot ik ten slotte bij mijn vertrekpunt uitkwam. 'Inleiding.'

Ik liet het bad vollopen en goot er een hoop dure badolie bij en ging in die glibberige warmte waar mijn vingers van rimpelden een boek liggen lezen over het eindspel bij schaken en naar de regen luisteren. Daarna at ik twee toastjes met geprakte sardines en de resten van een kwarktaart die al dagenlang vacuümverpakt in de ijskast lagen, en twee chocoladekoekjes en een nogal papperig stuk meloen.

Ik ging terug naar het melancholieke groen van mijn computerscherm in mijn werkkamer en toetste gedecideerd: 'Samantha Laschen is in 1961 geboren en groeide op in Londen. Ze is consulterend psychiater en als directeur verbonden aan de nieuwe Kliniek voor Posttraumatische Stressstoornissen in Stamford. Met haar dochtertje van vijf en haar kat woont ze in het landelijke Essex en speelt in haar vrije tijd schaak.' Ik wiste het stuk over de kat: te geëxalteerd. En dat stukje over schaken. Ik wiste mijn leeftijd (te jong om gezag uit te stralen, te oud om voor een wonder te zorgen) en dat stukje over opgroeien in Londen en nu in Essex wonen (saai). Ik wiste Elsie – ik had geen zin om mijn dochter als een accessoire te gebruiken. Daarna speelde ik met wat ideetjes. Waren wij artsen niet te veel aan status verknocht? Zie je wel, ik vond dat maar wat leuk: 'Samantha Laschen is consulterend psychiater.' En als ik nou eens gewoon 'Samantha Laschen is...' Minimalisme is altijd mijn stijl geweest. Ik leunde achterover in mijn stoel en sloot mijn ogen.

'Niet bewegen,' zei een stem, en twee warme eelthanden schoven voor mijn gesloten ogen.

'Mmmm,' zei ik, en ik liet mijn hoofd achterover zakken. 'Geblinddoekt door een vreemde man.'

Ik voelde lippen tegen mijn kloppende keel. Mijn lichaam gleed weg in de stoel en ik voelde hoe de gespannenheid zakte.

'"Samantha Laschen is..." Nou, daar kan ik niks tegenin brengen. Maar misschien zijn er wel betere manieren om je dagen te besteden dan drie woorden te produceren, hè?'

'Met wat dan?' vroeg ik, nog altijd niets ziend, nog altijd helemaal slap in mijn stoel met mijn gezicht in de greep van zijn ruwe handen.

Hij draaide de stoel, en toen ik mijn ogen opendeed, bevond zijn gezicht zich een paar centimeter van het mijne: de ogen zo bruin onder hun rechte donkere wenkbrauwen dat ze bijna zwart waren, het haar een ongewassen warboel boven een versleten leren jack, de kin met kuiltje stoppelig, de geur van olie, zaagsel en zeep. We raakten elkaar niet aan. Hij keek me in het gezicht en ik keek naar zijn handen.

'Ik heb je niet gehoord. Ik dacht dat je een dak aan het leggen was.'

'Gemaakt. Gelegd. Betaald. Hoe lang hebben we nog voordat je Elsie van school moet halen?'

Ik keek op mijn horloge.

'Zo'n twintig minuten.'

'Dan moet dat maar genoeg zijn. Kom hier.'

'Mammie.'

'Ja.'

'Lucy zei dat jij je haar hebt doorgespoeld.'

'Ze zal niet bedoeld hebben: door de wc. Waarschijnlijk bedoelt ze: een spoeling gegeven. Een ander kleurtje gegeven.'

'Haar mammies haar is bruin.'

'Ja, nou...'

'En Mia's mammies haar is ook bruin.'

'Wil je dat ik mijn haar ook bruin maak?'

'Het is wel heel erg rood, hoor mam.'

'Ja, daar heb je gelijk in.' Ik schrik me soms rot als ik mezelf op een katterige ochtend in de bespatte badkamerspiegel zie: wit gezicht, fijne lijntjes die rond de ogen beginnen uit te waaieren en een vuurrode bos haar boven op een knobbelige hals.

'Het lijkt wel op' – ze staarde uit het raam, haar onaandoenlijke lijfje strak tegen de gordel – 'dat stoplicht.'

Daarna was het stil, en toen ik weer keek lag ze in diepe rust, met haar duim in haar mond als een baby, het hoofd opzij.

Ik ging op de rand van Elsies bed zitten en las haar voor, af en toe op een woord wijzend dat ze aarzelend nazei of met een krankzinnige gok volledig verkeerd reproduceerde. Danny zat aan de andere kant en vouwde kleine stukjes papier tot een hoekige bloem, een buigzaam mannetje, een slimme hond. Elsie zat tussen ons in, met rechte rug, stralende ogen en blozende wangen, wetend dat ze lief en serieus deed. Dit was net een normaal gezin. Haar blik schoot tussen ons heen en weer, om ons vast te houden. Mijn lichaam gloeide van de herinnering aan mijn korte samenzijn met Danny op de stoffige vloer van mijn werkkamer en van het vooruitzicht voor vanavond. Tijdens het lezen voelde ik dat Danny me aanstaarde. De lucht was broeierig. En toen Elsie onsamenhangender begon te praten, vervolgens stilviel en haar oogleden sloot, gingen we zonder iets te zeggen naar mijn slaapkamer en trokken onze kleren uit en raakten elkaar aan, met als enig geluid de druppelende regen en af en toe een ademtocht die luider was dan normaal, zoals een pijnlijke kreun. Het voelde aan alsof we elkaar in geen weken meer hadden gezien.

Even later pakte ik een pizza uit de vriezer en deed die in de oven, en tijdens het eten voor de haard, die Danny had aangestoken, vertelde ik hem hoe het ging met de trauma-unit en hoe

Elsies eerste dagen op school waren geweest en dat ik geprobeerd had met het boek te beginnen en dat ik die boer was tegengekomen. Danny vertelde welke vrienden hij in Londen allemaal had gesproken en dat hij in de bittere kou op vochtige wegrottende dakspanten had gestaan, en toen moest hij lachen en zei dat terwijl ik steeds hogerop kwam in mijn vak, hij steeds verder wegzakte: van acteren naar de bijstand naar timmerwerk en nu dan naar klussen, een dak maken voor een kankerende oude vrouw.

'Niet doen,' zei hij, toen ik snel wilde zeggen dat succes niet alleen met werk te maken had, 'niet zo tekeergaan. Je hoeft je niet zo druk te maken. Jij vindt het leuk wat jij doet en ik vind het leuk wat ik doe.'

Het vuur ging uit en wij liepen de krakende treden nog eens op, keken even hoe Elsie lag te slapen in een nest van dons en zacht speelgoed, liepen door naar het tweepersoonsbed en gingen slaperig en ongecompliceerd met het gezicht tegenover elkaar liggen.

'Misschien zouden we het toch wel kunnen,' zei hij.

'Wat?'

'Samenwonen. En' – zijn hand wreef over mijn rug, zijn stem werd heel luchtig en informeel – 'en erover denken om een kind te nemen.'

'Misschien,' mompelde ik slaperig. 'Misschien.'

Dat was een van onze betere dagen.

5

'Gaat het een beetje, inspecteur?'

'Nee.'

'Daar weet ik wel wat op. Zin om wat te lezen?'

Angeloglou smeet een blad op Rupert Bairds bureau. Baird pakte het en las brommend de vage drukletters.

'*Nekslag?* Wat is dat?'

'Nog geen abonnement? Beneden hebben we alle jaargangen liggen. Dit is het huisblad van de wvd.'

'De wvd?'

'Dat staat voor Wij Vechten voor Dierenrechten.'

Baird kreunde. Zachtjes tikte hij op zijn kruin, die de kale plek wel bedekte, maar niet verborg.

'Echt waar?'

'Ja hoor. Dat zijn die lui die in tweeënnegentig bij een nertsfokkerij in Ness hebben ingebroken. Die hebben die nertsen losgelaten.' Angeloglou raadpleegde het dossier dat hij bij zich had. 'In drieënnegentig hebben ze een brandbom in de supermarkt van Goldswan Green gegooid. Daarna is er niet veel gebeurd, tot die ontploffing op de universiteit van het afgelopen jaar. Ook zijn ze betrokken geweest bij een paar van de radicaalste protesten tegen de kalfsvleesindustrie, die rechtstreekse acties tegen fokkers en transportbedrijven.'

'En?'

'Moet je dit zien.'

Angeloglou sloeg het blad open bij de middenpagina's, daar stond een artikel onder de kop in rode inkt: 'Slagers Snijden'.

'Heeft dit er wat mee te maken?'

'Dit is een van de diensten die ze hun lezers bieden. Ze drukken namen en adressen af van mensen die ze beschuldigen van het folteren van dieren. Kijk maar, hier staat professor Ronald Maxwell van het Linnaeus Instituut. Hij doet onderzoek naar vogelgezang. Hij gebruikt vogels in kooien. Dokter Christopher Nicholson is bezig met het dichtnaaien van oogleden bij jonge katjes. Charles Patton runt het bontbedrijf van zijn familie. En hier hebben we Leo Mackenzie, president van Mackenzie & Carlow.'

Baird graaide hem het blad uit handen.

'Wat heeft... waar was hij zogenaamd schuldig aan?'

'Experimenten met dieren, staat hier.'

'Godallemachtig. Goed gewerkt, Chris. Heb je het al nagetrokken?'

'Ja. In een laboratorium in Fulton is het bedrijf bezig met een project, voor een deel gefinancierd door het ministerie van Landbouw. Dat heeft betrekking op stress in de veeteelt, hebben ze me verteld.'

'Wat houdt dat project in?'

Angeloglou lachte breed.

'Nou komt het mooie,' zei hij. 'Bij dat onderzoek worden varkens onderworpen aan elektrische schokken en allerlei soorten verminkingen en worden hun reacties getest. Heeft u weleens iemand een varken zien doodmaken?'

'Nee.'

'Ze snijden zijn keel door. Een bloedbad is dat. Daar maken ze weer bloedworst van.'

'Ik heb een hekel aan bloedworst,' zei Baird, die een stuk doorbladerde. 'Ik zie nergens een datum. Weten we wanneer dit is uitgegeven?'

'*Nekslag* vind je niet bij de plaatselijke boekhandel. Op z'n best is het verschijningspatroon van dit blad onregelmatig en de verspreiding lukraak te noemen. Deze uitgave hebben we zes weken geleden te pakken gekregen.'

'Was Mackenzie hiervan op de hoogte?'

'Het is hem wel verteld,' zei Angeloglou. 'Maar het was niks nieuws. Als je zijn hoofdkantoor moet geloven, was hij aan dit soort dingen gewend.'

Baird fronste geconcentreerd.

'Wat we nou nodig hebben is een paar namen. Wie stond er ook weer aan het hoofd van die dierenoperatie? Dat was toch Mitchell, of niet?'

'Klopt, maar die loopt op het ogenblik tot zijn kruis in de West-Midlands rond te baggeren. Ik heb even gebeld met Phil Carrier, die zijn chef was. Hij heeft de laatste maanden niets anders dan afgebrande schuren en vernielde vrachtwagens gezien. Die komt wel met een stel namen.'

'Mooi,' zei Baird. 'Daar gaan we dan snel op door. Wat zijn de laatste berichten over dat meisje Mackenzie?'

'Die is weer bij bewustzijn. Niet kritiek meer.'

'Al kans dat ze een verklaring aflegt?'

Angeloglou schudde zijn hoofd.

'Op het moment niet. De artsen zeggen dat ze in een diepe shocktoestand verkeert. Ze heeft nog niks gezegd. Bovendien was haar gezicht bedekt, weet u nog. Ik zou daar maar niet te veel van verwachten.'

Tot 1990 was Melissa Hollingdale een biologielerares op een scholengemeenschap zonder ook maar een onbetaalde parkeerbon op haar conto. Nu was ze een vaste klant van de verhoorruimtes bij de politie, met een dossier dat je pagina's lang op het computerscherm door kon laten lopen. Via de doorkijkspiegel zat Chris Angeloglou naar deze onverstoorbare vrouw van midden dertig te staren. Haar lange, dikke donkere haar was opgestoken, geen make-up. Haar huid was bleek, glad en schoon. Ze was op een snel leven gekleed. Een gespikkelde coltrui, spijkerbroek, sportschoenen. Haar handen, rustig met de palm omlaag voor haar op tafel, waren verrassend fijn en wit. Zonder één teken van ongeduld zat ze te wachten.

'Beginnen we dus met Melissa?'

Angeloglou draaide zich om. Dat was Baird.

'Waar zit Carrier?'

'Die is op pad. Er was een melding dat er een bom naar een kalkoenfokkerij is gestuurd.'

'Christus.'

'In een kerstkaart.'

'Christus. Wel een beetje laat, niet?'

'Hij komt vandaag nog wel.'

Er verscheen een agent met drie koppen thee op een dienblad. Angeloglou nam het aan. De twee rechercheurs knikten naar elkaar en stapten de ruimte binnen.

'Bedankt dat u met ons wilde komen praten. Kopje thee?'

'Ik drink geen thee.'

'Sigaret?'

'Ik rook niet.'

'Heb jij dat dossier bij je, Chris? In welke hoedanigheid zit mevrouw Hollingdale hier?'

'Ze is coördinator van KALF: Kist Als Leefruimte is Foltering.'

'Nooit van gehoord,' zei ze op vlakke toon.

Angeloglou keek in zijn dossier.

'Hoe lang bent u nu al vrij? Twee maanden, is het niet? Nee, drie. Opzettelijk schade toebrengen aan bezit van derden, geweld- pleging tegen een agent van politie, ordeverstoring.'

Ze veroorloofde zich een berustende glimlach.

'Ik ben in Dovercourt voor een vrachtwagen gaan zitten. Maar wat moet dit allemaal betekenen?'

'Wat is uw huidige betrekking?'

'Ik heb problemen met het vinden van een betrekking. Kenne- lijk sta ik bij een aantal mensen op de zwarte lijst.'

'Hoe komt dat, denkt u?'

Ze zei niets.

'Drie dagen geleden zijn een zakenman met de naam Leo Mac- kenzie en zijn vrouw vermoord in hun eigen huis in Castletown, een buitenwijk van Stamford. Hun dochter ligt in kritieke toe- stand in het ziekenhuis.'

'Ja?'

'Leest u weleens het blad *Nekslag*?'

'Nee.'

'Dat is een obscuur blad van een terroristische dierenrechten- groep. In het laatste nummer staan de naam en het adres van de heer Mackenzie. Zes weken later werden hij, zijn vrouw en zijn dochter de keel doorgesneden. Heeft u daar iets op te zeggen?'

Ze haalde haar schouders op.

'Wat vindt u van dit soort activisme?' vroeg Baird.

'Heeft u me nou hiernaartoe laten komen om over dierenrechten te discussiëren?' vroeg ze met een sarcastische grijns. 'Ik ben er überhaupt tegen dat levende wezens de keel doorgesneden wordt. Is dat wat u wilt horen?'

'Zou u een dergelijke daad veroordelen?'

'In symbolische daden ben ik niet geïnteresseerd.'

'Waar bevond u zich in de nacht van de zeventiende op de achttiende januari?'

Ze zweeg lange tijd.

'Ik neem aan dat ik toen in bed lag, net als iedereen.'

'Niet iedereen lag toen in bed. Heeft u getuigen?'

'Waarschijnlijk vind ik wel een of twee mensen.'

'Dat zal vast wel. O ja, mevrouw Hollingdale,' voegde Baird eraan toe. 'Hoe gaat het met uw kinderen?'

Ze schrok, alsof ze ineens pijn had, en de uitdrukking op haar gezicht verhardde zich.

'Dat vertelt niemand me. U wel soms?'

'Mark Featherstone, of moeten we je bij je aangenomen naam noemen, Loki?'

Loki ging gekleed in een vormeloos hemd, aan elkaar genaaid van spectaculair uiteenlopende stoffen, en een wijde witkatoenen broek. Zijn rode haar was tot dreadlocks gevlochten en hing als een stel reusachtige pijpenragers stijf over zijn rug. Hij rook naar patchoeli-olie en tabak.

'De Noorse god van dood en verderf, is het niet? Nou, een god ben je niet, volgens mij.' Angeloglou raadpleegde zijn dossier. 'Inbraak. Diefstal. Mishandeling. Ik dacht dat jij tegen geweld was?'

Loki zei niets.

'Jij bent een slimme kerel, Loki. Scheikundig ingenieur. Gepromoveerd. Handig voor het fabriceren van explosieven, neem ik aan.'

'Zijn ze dan opgeblazen, die twee?' vroeg Loki.

'Nee, maar mijn collega's zullen het ongetwijfeld met je willen hebben over dat pakje dat Pluimveefokkerij Marshall heeft ontvangen.'

'Is dat dan afgegaan?'

'Gelukkig niet, nee.'

36

'Nou dan,' zei Loki minachtend.

'Bij de heer en mevrouw Mackenzie was hun keel doorgesneden. Wat vind je daarvan?'

Loki lachte.

'Die zal nou wel even nadenken voordat hij weer dieren foltert.'

'Ziekelijke klootzak, wat denk jij met het op die manier vermoorden van mensen te bereiken?'

'Willen jullie een lezing over de theorie van revolutionair geweld?'

'Probeer maar eens,' zei Baird.

'Het folteren van dieren is een onderdeel van onze economie, van onze cultuur. Hetzelfde probleem hadden de tegenstanders van de slavernij of de Amerikaanse kolonisten, heeft elke onderdrukte groep. Je hoeft die activiteit alleen maar van haar economische belang, van haar verteerbaarheid te beroven.'

'Ook al moet je daar een moord voor plegen?'

Loki leunde achterover in zijn stoel.

'Een bevrijdingsoorlog heeft zijn prijs.'

'Stuk stront,' zei Baird. 'Waar zat jij in de nacht van zeventien januari?'

'Ik lag te slapen. Slecht te slapen. Net als de Mackenzies.'

'Ik zou maar hopen dat je een getuige hebt.'

Loki haalde glimlachend zijn schouders op.

'Wie zit er hier nou te hopen?'

'Ik lees u even iets voor, professor Laroue,' zei Baird, met een volgetypt vel voor zijn neus. 'Neemt u het me niet kwalijk als ik geen recht doe aan de stijl.'

Ieder van ons aanvaardt dat er grenzen zijn aan onze plicht om ons aan de wet te houden. Na de holocaust kunnen we bovendien aanvaarden dat er tijden zijn dat we de plicht hebben om de wet te overtreden, de grenzen te overschrijden van wat we doorgaans als aanvaardbaar gedrag beschouwen. Ik voorzie dat toekomstige generaties ons vragen zullen stellen over onze eigen holocaust, de holocaust van de dieren, en ons zullen vragen hoe wij in staat waren werkeloos toe te zien. In Groot-Brittannië leven we elke dag met Auschwitz. Alleen is het dit keer erger omdat we niet kunnen aanvoeren dat we van niets wisten. We ontbijten ermee. We kleden ons ermee. Wat zullen we dan tegen ze zeggen? Wellicht zijn dan de enige mensen die met opgeheven hoofd rond kunnen lopen, de mensen die iets deden, die terugvochten.

'Herkent u dit, professor?'

Frank Laroues haar was zo kortgeknipt dat het bijna als een dun gaas over zijn schedel gedrapeerd leek. Hij had hele lichte blauwe ogen, met eigenaardig kleine pupillen, alsof hij al door flitslicht verblind werd. Hij ging gekleed in een smetteloos lichtbruin pak met een wit overhemd en canvas schoenen. Hij hield een pen in zijn vingers die hij dwangmatig ronddraaide en waarmee hij af en toe op de tafel tikte.

'Ja. Dat is een deel van een toespraak die ik vorig jaar bij een discussiebijeenkomst heb gehouden. Overigens is die nooit in druk verschenen. Ik zou graag willen weten hoe u daar een kopie van te pakken heeft gekregen.'

'O, wij willen 's avonds nog weleens de stad ingaan. Wat bedoelde u met die passage?'

'Wat moet dit allemaal betekenen? Mijn visie ten aanzien van onze verantwoordelijkheid jegens de dieren is welbekend. Ik heb erin toegestemd om hier te komen en enige vragen te beantwoorden, maar ik snap niet waar u heen wilt.'

'U hebt geschreven voor *Nekslag*.'

'Nee, dat heb ik niet.' Ter bevestiging lachte hij half. 'Dingen die ik heb geschreven of gezegd kunnen daarin opgenomen zijn, net zoals in andere bladen. Maar dat is heel iets anders.'

'Dus u kent het wel?'

'Ik heb er weleens eentje ingekeken. Mijn interesses liggen op hetzelfde vlak.'

Chris Angeloglou stond tegen de muur geleund. Baird trok zijn jasje uit en hing dat over de stoel recht tegenover die van Laroue. Daarna ging hij zitten.

'Uw toespraak is een duidelijke oproep tot geweld.'

Laroue schudde zijn hoofd.

'Ik ben filosoof. Ik maakte een vergelijking.'

'U heeft gesuggereerd dat mensen de plicht hebben om gewelddadig actie te voeren ter verdediging van dieren.'

Even viel er een stilte. Daarna klonk het geduldig:

'Het is geen kwestie van suggereren. Het is mijn overtuiging dat mensen objectief gezien de plicht hebben om tot actie over te gaan.'

'Heeft u die plicht?'

'Ja.' Hij glimlachte. 'Dat is logisch.'

'Bij *Nekslag* leeft die overtuiging ook, is het niet?'

'Hoezo?'

'Dat blad publiceert de namen en adressen van mensen die het beschuldigt van dierenmishandeling. De bedoeling is toch gewelddadige actie te bevorderen tegen die mensen?'

'Of misschien wel tegen hun bezittingen.'

'Dat onderscheid heeft u in uw toespraak niet gemaakt.'

'Nee.'

Baird leunde zwaar over de tafel.

'Is het naar uw overtuiging verkeerd dat Leo Mackenzie en zijn gezin zijn vermoord?'

Tik, tik, tik.

'Objectief gezien niet, nee,' zei hij. 'Zou ik wat thee of water kunnen krijgen?'

'En die onschuldige slachtoffers dan?'

'De term "onschuld" valt moeilijk te definiëren.'

'Professor Laroue, waar bevond u zich in de nacht van de zeventiende januari?'

'Ik was thuis, in bed met mijn vrouw.'

Baird keek Angeloglou aan.

'Geef mij even dat dossier. Bedankt.' Hij sloeg het open en bladerde door tot hij vond wat hij zocht. 'Uw vrouw heet Chantal Laroue-Bernard, is het niet?'

'Klopt.'

Baird liet zijn vinger de pagina aflopen.

'Sabotage van jachtpartijen, sabotage van jachtpartijen, verstoring van de openbare orde, verstoring van de openbare orde, belemmering van ambtenaar in functie, hier is ze zelfs tot geweldpleging overgegaan.'

'Prima.'

'Niet zo prima voor u, professor. Wilt u even met uw advocaat spreken?'

'Nee, agent.'

'Inspecteur.'

'Inspecteur.' Er verscheen een glimlach op Laroues bleke benige gezicht, en voor het eerst keek hij Baird recht in de ogen. 'Dit is allemaal geklets. Toespraken en waar ik wel of niet was in de nacht van wanneer dan ook. Ik ga er nu vandoor. Als u weer met me wilt spreken, zorgt u dan wel dat u iets hebt om over te spreken. Wilt u me er even uit laten, agent?'

Angeloglou keek Baird aan.

'Je hoort wat die klootzak zegt,' zei Baird. 'Laat hem er maar even uit.'

In de deuropening draaide Laroue zich om en keek de twee rechercheurs aan.

'Wij gaan dit winnen, weet u.'

Paul Hardy zei helemaal niets. Hij hield zijn lange canvas jas aan, alsof het al een kleine concessie zou betekenen als hij die uitdeed. Een enkele keer haalde hij zijn hand door zijn bruine krullen. Beurtelings keek hij vanachter zijn ziekenfondsbrilletje Baird en Angeloglou aan, maar voornamelijk staarde hij maar wat in de ruimte. Op vragen gaf hij geen antwoord en zelfs geen teken dat hij ze gehoord had.

'Weet je iets van de moord op de Mackenzies?'

'Waar was je in de nacht van de zeventiende?'

'Houd je er rekening mee dat als er een aanklacht komt, jouw zwijgen tegen je gebruikt kan worden?'

Niets. Na een aantal verspilde minuten werd er op de deur geklopt. Het was een jonge agente.

'Hardy's advocaat is er,' zei ze.

'Laat hem maar binnenkomen.'

Sian Spenser, een vrouw van begin veertig met een stevige kaakpartij, was buiten adem en boos.

'Ik wil mijn cliënt even onder vier ogen spreken.'

'Hij is nog nergens van beschuldigd.'

'Wat doet hij dan hier, als ik vragen mag? Wegwezen. Nu.'

Baird haalde diep adem en verliet de kamer, gevolgd door

Angeloglou. Toen Spenser ze weer binnenliet, zat Hardy met zijn rug naar de deur.

'Mijn cliënt heeft niets te zeggen.'

'Er zijn twee mensen vermoord,' zei Baird, die zijn stem verhief. 'We hebben bewijzen dat dierenrechtenactivisten daarbij betrokken zijn. Uw cliënt is veroordeeld wegens het lidmaatschap van een criminele organisatie met het oogmerk schade aan te richten. Hij had de kuttige mazzel dat hij niet met die explosieven is gepakt. We willen hem een aantal vragen stellen.'

'Heren,' zei Spenser. 'Ik wil dat mijn cliënt binnen vijf minuten dit pand heeft verlaten, anders krijgt u een bevel tot onmiddellijke invrijheidsstelling om uw oren.'

'Rechercheur Angeloglou.'

'Inspecteur?'

'Wilt u even noteren dat Paul Michael Hardy elke medewerking aan dit onderzoek heeft geweigerd.'

'Bent u nou klaar?' vroeg Spenser met een verwonderde, bijna geamuseerde blik.

'Nee, maar u kan dat stuk schorem wel meenemen.'

Hardy stond op en liep naar de deur. Hij bleef even voor Angeloglou staan. Kennelijk schoot hem iets te binnen.

'Hoe gaat het met dat meisje?' vroeg hij, waarna hij zonder op een antwoord te wachten wegliep.

Een uur later bevonden Baird en Angeloglou zich in het kantoor van Bill Day voor een nabespreking. Bill Day stond bij het raam in het donker te kijken.

'Nog wat gevonden?' vroeg hij.

'Niks concreets, inspecteur,' zei Angeloglou voorzichtig.

'Ik had ook niks verwacht,' zei Baird. 'Ik wou alleen even kijken hoe die lui waren. Even de sfeer opsnuiven.'

'En?'

'Volgens mij is het wel een lijntje dat we door kunnen trekken.'

'Wat hebben we allemaal?'

'Bijna niks. Die verwijzing in dat blad, die boodschap op de plaats van het misdrijf.'

'Bíjna niks?' vroeg Day sarcastisch. 'Op de plaats van het misdrijf?'

Baird schudde zijn hoofd.

'Dat ziet er niet goed uit. Een paar dagen ervoor hebben ze daar zo'n kolossale receptie gehouden. Voor haar en vezels een totale ramp. De kamer van dat meisje zou nog wat kunnen opleveren.'

'En het meisje zelf?' vroeg Day. 'Zijn we daar nog mee opgeschoten?'

Baird schudde zijn hoofd.

'Wat gaan we dan met haar doen?'

'Ze kan elk moment uit het ziekenhuis komen.'

'Is dat een probleem?'

'Kan zijn, let wel, het kan heel misschien zo zijn dat ze enig gevaar loopt.'

'Van die dierenneukers?'

'Van wie dan ook.'

'Kunnen ze haar niet nog een paar dagen in dat ziekenhuis houden?'

'Dit kan wel maanden gaan duren, in plaats van dagen.'

'Hoe is ze er geestelijk aan toe?'

'In de war. Traumatische stress, zoiets.'

Day bromde iets.

'Jezus, wij hebben twee oorlogen overleefd zonder al die kuttige stresstherapeuten. Moet je horen, Rupert, ik ben niet blij met dit hele gedoe, maar zoek even een geheim adres voor haar. En zorg in godsnaam dat de pers er niet achter komt.'

'Waar dan?'

'Geen idee. Vraag Philip Kale maar, die weet misschien wel wat.'

Baird en Angeloglou draaiden zich om en wilden weglopen.

'O ja, Rupert?'

'Ja?'

'Ik wil nou weleens wat bewijzen zien. Ik word een beetje nerveus.'

6

Binnen een paar weken had ik voor mezelf een leven opgebouwd. Ik had een huis en een tuin. Het huis was oud, met grote ramen en een solide, vierkante gevel, en stond op een kade, maar dan een van heel lang geleden. Nu keek het triestig uit over het moerasland naar de zee, zo'n kilometer verderop.

In de paar hectische dagen nadat ik in november het huis had gekocht, had ik na rondvragen bij makelaars en in de winkel in Lymne, een paar kilometer verderop, een oppas gevonden. Linda was klein en tenger, had een vale huid en zag er ouder uit dan twintig. Ze woonde in Lymne en bezat geen diploma's, maar wel de twee voornaamste kwalificaties waar ik in geïnteresseerd was: een rijbewijs en een rustig karakter. Toen Elsie haar voor het eerst zag, ging ze zonder iets te zeggen op haar schoot zitten, wat voor mij voldoende was. Daarnaast regelde ik dat Linda's beste vriendin, Sally, twee à drie keer per week het huis kwam schoonmaken.

De dichtstbijzijnde basisschool, Saint Gervase, was in Brask, vijf kilometer buiten Lymne, en daar ben ik even door het hek gaan kijken. Er lag een grasveld om op te spelen, de muren waren vrolijk beschilderd en ik zag niet veel tranen of kinderen die aan hun lot werden overgelaten. Dus ben ik het kantoor binnengelopen en heb het formulier ingevuld, en Elsie werd ter plekke toegelaten.

Het was naar mijn gevoel allemaal haast onrustbarend gemakkelijk gegaan: een volwassen leven, bij mijn volwassen baan van binnenkort. Na de tweede week van januari, toen Groot-Brittannië na de kerst weer op gang aan het komen was en Danny al vijf dagen bij me logeerde en geen enkele aanstalten maakte om te vertrekken – mijn huis vol bierblikjes, maar mijn bed heerlijk warm – reed ik naar het Stamford-ziekenhuis voor een gesprek met de onderdirecteur van de trust die het beheer voerde. Hij heette Geoffrey Marsh, een man van ongeveer mijn leeftijd, zo onberispelijk gesoigneerd dat hij de indruk wekte elk moment een tv-programma te moeten presenteren. En zijn kantoor zag er groot en smaakvol genoeg uit om als studio te dienen. Ik kreeg direct het gevoel dat ik te simpel gekleed ging, wat waarschijnlijk ook zijn bedoeling was.

Hij pakte me bij de hand – 'Sam, zeg maar Geoff' – en vertelde dat hij meteen enthousiast over mij en mijn unit was. Hij was ervan overtuigd dat die een nieuw voorbeeld zou worden op behandelingsgebied. Hij nam me mee de trap op en de gangen door om me de lege vleugel te laten zien die ik zou gaan vullen. Er viel bijna niets te zien, behalve dat het er groot was. De ruimte lag op de begane grond, wat me wel kon bekoren. Er lag een grasveld voor het raam. Daar kon ik nog iets mee doen.

'Wie zat hier voor mij?' vroeg ik.

Hij schudde zijn hoofd, alsof dat een onbelangrijk detail was.

'We gaan terug naar mijn kantoor. Sam, we moeten even afspreken wanneer wij een paar keer gaan brainstormen,' zei hij. Hij gebruikte mijn naam als een mantra.

'Waarover dan?'

'Over de unit.'

'Heeft u mijn voorstel dan niet gelezen? Volgens mij waren de procedures voor staf en therapie die ik daarin uiteen heb gezet, helder genoeg.'

'Sam, dat heb ik gisteravond inderdaad gelezen. Een fascinerend uitgangspunt, en ik wil je wel verzekeren dat ik er vast van overtuigd ben dat door deze unit, met jouw persoon, de Stamford Trust een algemeen bekende instelling zal worden, en het is mijn streven dat de unit de kwaliteit eruit krijgt die erin zit.'

'Uiteraard zal ik daar wel contact over moeten opnemen met de sociale instanties.'

'Ja,' zei hij, alsof hij dat niet gehoord had of niet wilde horen. 'Om te beginnen wil ik dat je een gesprek hebt met mijn manager *Human Resources* en de commissie die is belast met het huidige uitbreidingsplan.' Inmiddels waren we weer in zijn kantoor. 'Ik

laat je even zien hoe die *energy flows* volgens mij moeten lopen.'
Hij tekende een driehoek. 'Nou, bij de hoogste punt van de driehoek...' Zijn telefoon ging en hij nam fronsend op. 'Echt?' vroeg
hij, en keek me aan. 'Het is voor jou. Een mevrouw Scott.'
   'Scott?' vroeg ik ongelovig, en nam de hoorn aan. 'Thelma, ben
jij dat? ... Hoe heb je me in hemelsnaam weten te vinden? ... Ja,
natuurlijk, als het zo belangrijk is. In Stamford afspreken? ... Oké,
wat je wil. Dan kan je meteen zien op wat voor stand ik nu woon.'
Ik gaf haar een adres en lepelde uit mijn hoofd de ingewikkelde
aanwijzingen op over de derde afslag op de rotonde en overwegen
en eendenvijvers zonder eenden en zei haar gedag. Marsh zat al
aan een andere telefoon. 'Ik ben bang dat ik ervandoor moet. Iets
dringends.' Hij knikte naar me en zwaaide kordaat, in een panto-
mime van drukke bezigheden. 'Ik bel u volgende week wel,' zei ik,
en hij knikte ten antwoord, duidelijk in iets heel anders verzonken.
   Ik reed rechtstreeks naar huis. Danny's busje stond nog in de
oprit, maar hij was niet thuis en zijn leren jack hing niet meer aan
de kapstok. Even later kwam Thelma aanpruttelen in haar oude
Morris Traveller. Ik moest even lachen toen ik haar over het pad
aan zag komen struinen, het hoofd naar alle kanten flitsend om te
taxeren waar ik nu weer beland was. Ze droeg een spijkerbroek en
een lange tweed jas. Zij kon er in alle kleren onelegant uitzien.
Maar ik vond haar niet komisch. Als je onderzoek onder supervi-
sie van Thelma Scott had gestaan, vond je haar niet komisch. Ik
deed open en gaf haar een stevige omhelzing, wat wel enige han-
digheid vereiste omdat ze zo'n dertig centimeter kleiner was dan
ik.
   'Ik zie wel een huis,' zei ze, 'maar waar zijn dan die iepen?'
   'Als je meegaat naar de achtertuin kan je de boomstronken zien.
Die boomkevers uit Holland, die zijn hier uit de veerboot ge-
stapt.'
   'Ik sta versteld,' zei ze. 'Groene weiden, stilte, een tuin. Modder.'
   'Leuk, hè?'
   Ze haalde bedenkelijk haar schouders op en liep voor me langs
naar de keuken.
   'Koffie?' vroeg ze.

'Doe alsof je thuis bent.'

'Hoe gaat het met je boek?' vroeg ze.

'Uitstekend.'

'Zo slecht? Zie je Danny nog steeds?'

'Ja.'

Zonder te vragen maakte ze het keukenkastje open en haalde een pak koffie te voorschijn en wat koekjes. Ze schepte een flinke hoeveelheid koffie in een kan. Daarna strooide ze er wat zout over.

'Een snufje zout,' zei ze. 'Dat is mijn geheim van lekkere koffie.'

'En wat is dan het geheim van jouw aanwezigheid hier?'

'Ik werk de laatste tijd voor het ministerie. We zijn bezig met de neurologische pathologie van het kindergeheugen. Dat is met het oog op het vermogen van kleine kinderen om bij strafprocessen een belastende verklaring af te leggen.' Met een air van concentratie schonk ze de koffie in twee mokken. 'Wat je wel hebt als je tot de tamelijk groten der aarde gaat behoren, is dat je aan kaartjes voor dingen komt waar je anders nooit kaartjes voor kon krijgen.'

'Klinkt leuk. Kom je me meevragen naar de opera?'

'Wat je ook krijgt is dat mensen je opbellen met vreemde vragen. Gisteren vroeg iemand me iets over de posttraumatische stressstoornis, waar ik bijna niks over weet.'

Ik lachte.

'Je mag als arts van geluk spreken als je wéét dat je niks van posttraumatische stress weet.'

'Dat niet alleen, het ging over een probleem dat hier in Stamford is opgedoken. Mij viel op hoe opmerkelijk toevallig het was dat de beste die ik ken op dat gebied net in de buurt van Stamford was gaan wonen, dus ben ik even bij je langsgekomen.'

'Thelma, ik voel me gevleid. Wat kan ik voor je doen?'

Ze nam een hap van een koekje en fronste haar voorhoofd.

'Je moet die koekjes in een trommel bewaren, Sam,' zei ze. 'In zo'n opengemaakt pakje worden ze zacht. Zoals deze.' Maar ze at het toch op.

'Niet als je het hele pakje in één dag opeet.'

'We hebben een meisje van negentien, van wie de ouders vermoord zijn. Zij is ook aangevallen, maar heeft het overleefd.'

'Met mijn fameuze forensische vaardigheden kan ik volgens

mij wel raden over welk geval je het hebt. Dat is die moord op die farmaceuticamiljonair en zijn vrouw.'

'Klopt. Kende jij die?'

'Ik zal wel af en toe zijn shampoo hebben gebruikt.'

'Dus je kent de bijzonderheden. Fiona Mackenzies leven is niet in gevaar. Maar ze praat nauwelijks. Ze heeft geweigerd om welke bekende dan ook te spreken. Ik heb begrepen dat ze in Groot-Brittannië geen familie meer heeft, maar vrienden van de familie wil ze niet spreken.'

'Je bedoelt, helemaal niemand? Niet dat ik me ermee wil bemoeien, maar ze zou gestimuleerd moeten worden om op zijn minst weer enige contacten te herstellen.'

'Hun huisarts heeft ze wel bij haar laten komen. Volgens mij is hij de enige.'

'Dat is een begin.'

'Wat zou jij in zo'n geval aanraden?'

'Toe nou, Thelma. Mij maak je niet wijs dat je helemaal uit Londen hiernaartoe bent gekomen om mijn advies te vragen over een patiënte die ik alleen maar uit de krant ken. Wat is er aan de hand?'

Ze glimlachte en vulde haar mok nog eens.

'We hebben een probleem. De politie houdt er rekening mee dat ze misschien nog bedreigd wordt door de lui die haar ouders hebben vermoord en haar hebben proberen te vermoorden. Ze moet een plek hebben waar ze redelijk geborgen zit, en ik wou aan jou vragen wat jij vindt dat het beste is voor iemand die zoveel over zich heen heeft gekregen.'

'Wil je dat ik met haar ga praten?'

Ze schudde haar hoofd.

'Dit is allemaal onofficieel. Ik wou alleen weten wat jouw eerste indrukken over dit onderwerp zijn.'

'Bij wie is ze onder behandeling? Colin Daun, neem ik aan.'

'Klopt.'

'Dat is een goeie. Waarom vraag je het niet aan hem?'

'Ik vraag het aan jou.'

'Jij weet best wat ik ga zeggen, Thelma. Ze hoort in een vertrouwde omgeving, met familie of vrienden.'

'Er is geen familie meer. De mogelijkheid dat ze bij vrienden ging logeren is overwogen, maar dat is een academische kwestie want ze heeft het idee bij voorbaat afgewezen.'

'Nou ja, volgens mij heeft ze weinig baat bij een langer verblijf in het ziekenhuis.'

'Dat is trouwens ook niet haalbaar.' Ze dronk haar koffie op. 'Dit is een heerlijk huis, Sam. Wel groot, hè? En rustig.'

'Nee, Thelma.'

'Ik zeg helemaal niet...'

'Nee.'

'Wacht nou eens,' zei ze, deze keer op iets nadrukkelijker toon. 'Dit meisje heeft het ernstig te verduren gehad. Ik zal je even vertellen wat ik van haar weet. Daarna mag je nee zeggen.' Ze leunde achterover in haar stoel en ordende haar gedachten. 'Fiona Mackenzie is negentien jaar oud. Ze is slim genoeg om te studeren, maar niet briljant, en kennelijk wil ze altijd iets te graag het iedereen naar de zin maken en zich conformeren. Met andere woorden, een beetje een angstig meisje. Ik heb begrepen dat ze zeer door haar vader gedomineerd werd, een hele krachtige persoonlijkheid. Sinds haar puberteit was ze altijd iets te dik.' Ik zag het mollige lachende meisjesgezicht op het nieuws voor me. 'Op haar zeventiende is ze ingestort en bijna een halfjaar opgenomen in een afgrijselijke privé-kliniek in Schotland. Ondertussen is ze bijna de helft van haar gewicht kwijtgeraakt en heeft ze die molligheid ingeruild voor een anorexia die haar bijna de das omgedaan heeft.'

'Hoe lang is ze daar weg?'

'In de zomer is ze daar ontslagen, waardoor ze het laatste semester op school en het toelatingsexamen voor de universiteit heeft gemist. Volgens mij was het plan dat ze dit jaar een versnelde cursus zou doen om het alsnog te halen. Meteen daarna heeft ze een paar maanden in Zuid-Amerika rondgereisd. Volgens mij vonden haar ouders dat ze zo een nieuwe start kon maken. Ze is nog maar een paar weken terug, misschien wel korter. Het lijkt erop alsof de lui die de moord hebben gepleegd haar daar niet verwachtten. Dat zou de zwakke schakel in dat misdrijf kunnen zijn. Vandaar het gevaar dat ze loopt en vandaar dat ze mogelijkerwijs hulp nodig heeft. Vind je dat niet intrigerend?'

'Sorry, Thelma, het antwoord is nee. Het afgelopen anderhalf jaar heb ik Elsie alleen in het weekend gezien, en zodra ze zaterdags en zondags in slaap viel was ik tot twee uur in de ochtend met allerlei administratieve dingen bezig. Wat ik me er voornamelijk van herinner zijn migraines in een nevel van vermoeienis. Dat jij serieus de mogelijkheid hebt overwogen dat ik een getraumatiseerde jonge vrouw bij me in huis kon nemen, terwijl ik ook nog een dochtertje heb. En dat ze bij mij kon logeren omdat ze misschien gevaar loopt. Gaat niet door.'

Ze boog haar hoofd, ten teken dat ze het snapte, maar ik kende haar goed genoeg om te weten dat ze niet overtuigd was.

'Hoe gaat het met kleine Elsie?'

'Boos, opstandig. Het gebruikelijke gedoe. Zit net op een nieuwe school.' Ik maakte me zorgen over die geïnteresseerde roofzuchtige blik in Thelma's ogen toen ik het over Elsie en mijn huis had. Ik moest even over iets anders beginnen. 'Dat onderzoek van je klinkt interessant.'

'Mmm,' zei ze, haar koekje heftig in de koffie soppend, als protest dat ze zo uit de tent wordt gelokt.

'Ik moet naar wat werk kijken over trauma's bij kinderen dat jou wel zal interesseren,' ging ik door, stug op hetzelfde rampzalige spoor blijvend. 'Uiteraard weet je dat kinderen steeds dezelfde spelletjes spelen om hun trauma uit het verleden opnieuw te beleven. Een team uit Kent doet een poging om vast te stellen welk effect dit heeft op hun herinnering aan die gebeurtenis.'

'Dus het is niet jouw onderzoek?'

'Nee,' zei ik met een lach. 'Mijn onderzoek naar de herinneringen bij kinderen komt neer op een mnemoniek spelletje dat Elsie en ik met elkaar spelen.'

'Gewoon voor de lol, maar ik ben altijd geïnteresseerd geweest in systemen om denkprocessen te organiseren, en dit is een van de oudste. Elsie en ik hebben in ons hoofd een beeld van een huis geschapen, en we weten allebei hoe dat eruitziet en we kunnen ons dingen herinneren door die op een andere plaats in dat huis neer te leggen en ze dan weer terug te vinden als we ze ons weer voor de geest willen halen.'

Ze keek bedenkelijk.

'Kan zij dat aan?'

'Verbazingwekkend goed. Als ze in een goed humeur is, kunnen we iets aan de deur hangen, op de deurmat leggen, in de keuken, op de trap, enzovoort, en dan kan ze meestal alles later terugvinden.'

'Dat lijkt me wel hard werken voor een kind van vijf.'

'Als ze het niet leuk vond, zou ik het niet doen. Ze is er trots op dat ze het allemaal kan.'

'Of blij dat ze jouw goedkeuring krijgt,' zei ze. Ze stond op, een morsig en slonzig mens, onder de kruimels. 'Maar ik moet ervandoor. Als je nog iets over ons probleem weet te bedenken, bel me dan alsjeblieft.'

'Oké.'

'Je kan een geheugensteuntje op de voordeur van Elsies denkbeeldige huis plakken.'

Ik kreeg het gevoel dat ik nog iets moest zeggen.

'Weet je, toen ik arts werd had ik het idee dat ik aan een gezondere, rationelere wereld moest werken. Af en toe denk ik dat ik, vanaf het moment dat ik slachtoffers van trauma's begon te behandelen, de wereld heb opgegeven en gewoon ben gaan proberen om mensen te helpen met die wereld om te gaan.'

'Dat is geen kleinigheid,' zei ze.

Ik liet haar uit en keek hoe ze naar haar auto liep. Nadat ze weg was gereden bleef ik nog even in de deuropening staan. Het was absurd, volstrekt ondenkbaar. Ik ging op de bank zitten en dacht diep na.

7

'Dit kaantje is een beetje zacht.' Danny hield een krom, vaalbruin reepje omhoog dat eruitzag alsof het van een schoenzool kwam en niet van een varkensrug.

'Moet je bij de supermarkt zijn. Of bij de magnetron. Ik heb gewoon gedaan wat er op het pakje stond.'

'Voor mij moeten ze knapperig zijn. Dit is net kauwgom.'

'Dank je wel, en Elsie, haal die voeten van tafel – dat jij ineens weer vrij hebt van school, wil nog niet zeggen dat je Danny kan gaan nadoen en maar een beetje over tafel kan hangen. Geef mij even de appelmoes, Danny. Het blikje,' voegde ik eraan toe.

'Heeft jouw moeder je dan nooit leren koken?'

'Neem gerust wat van de spinazie. Met pak en al uit de magnetron.'

Ik schoof twee plakken wittig vlees op mijn bord.

'Maak voor mij eens een vogel,' zei Elsie.

'Even wacht,' zei Danny.

'Gewoon een klein vogeltje.'

'Oké.'

Danny scheurde een hoekje van een krant en maakte een aantal verrassend handige bewegingen met zijn grote geschaafde vingers, en binnen een paar seconden stond daar iets parmantigs op tafel, met twee pootjes en een nek, iets wat heel goed voor een vogel kon doorgaan. Elsie slaakte een kreet van voldoening. Ik was zoals altijd onder de indruk.

'Waarom kunnen mannen dit soort dingen altijd?' vroeg ik. 'Ik heb nooit iets met origami weten te maken.'

'Dit is geen origami, sukkel. Dit is een nerveuze gewoonte, voor als ik niks beters te doen heb.'

Dat was zeker waar. De hele kleine poppetjes van papier zwierven nu al als motten door het hele huis. Elsie spaarde ze.

'Nou wil ik een klein hondje,' zei ze.

'Even wachten,' zei Danny.

'Mogen we na de lunch gaan verven. Ik ben toch al klaar. Ik vind het niet lekker. Mag ik ijs toe?'

'Nog twee hapjes. Na de lunch gaan we met z'n allen wat wandelen en...'

'Ik wil niet wandelen!' Elsies stem klom op de toonladder. 'Ik ben zo moe van dat wandelen. Mijn benen zijn zo moe. Ik moet zo hoesten.' Ze hoestte zonder te overtuigen.

'We gaan niet wandelen,' zei Danny vlug. 'We gaan op avontuur uit. We gaan schelpen zoeken en een...' Zijn inspiratie schoot tekort. '...een doos van schelpen maken,' zei hij zonder veel overtuiging.

'Mag ik dan bij jou op je schouders als we op avontuur uit gaan?'

'Als je het eerste stukje gaat lopen.'

'Bedankt, Danny,' zei ik toen Elsie de kamer uit beende om een tas voor de schelpen te pakken. Hij haalde zijn schouders op en schoof een vork vol met vlees in zijn mond. We hadden een leuke nacht gehad, en nu hadden we een redelijke dag, zonder bekvechten. Over zijn volgende klus had hij het helemaal niet gehad, en ook niet over dat hij naar Londen terug moest – over Londen sprak hij altijd alsof het geen stad was, maar een afspraak – en ik had er ook niet naar gevraagd. Het ging beter tussen ons. Er moest wel gepraat worden, maar nu nog niet. Ik rekte me uit en duwde mijn bord van me af: moe, loom en op mijn gemak.

'Even het huis uit zal me goed doen.'

Van die wandeling is het nooit gekomen want terwijl ik bezig was Elsies rode olifantenschoentjes aan haar uitgestrekte voetjes te doen en zij zat te schreeuwen dat ik haar pijn deed, hoorden we een auto voor het huis stoppen. Ik ging rechtop zitten en tuurde door het raam. Een rijzige corpulente man met een roodaangelopen gezicht, waarop hij al een glimlach aan het oefenen was, stapte vanachter het stuur vandaan. Aan de andere kant stapte Thelma uit, in een buitengewoon onflatteus joggingpak. Ik draaide me om naar Danny.

'Misschien zou het leuk zijn als Elsie en jij m~
jullie avontuur uit gingen.'

Er veranderde niets in zijn gezicht, maar hij pak~
hand en nam haar, zonder dat ze één kik gaf, mee door ~
en via de achterdeur naar buiten.

'Nee.'

'Mevrouw Laschen...'

'Dokter Laschen.'

'Excuus. Dokter Laschen, ik verzeker u echt dat ik voor uw
terughoudendheid in dezen begrip heb, maar dit zou slechts een
zeer tijdelijke regeling zijn. Ze heeft een veilige plek nodig, iets
anoniems en beschermds, bij iemand die haar situatie kent, het is
maar voor korte tijd.'

Rechercheur Baird lachte geruststellend. Het was zo'n grote
man dat toen hij mijn woonkamer binnenliep, zijn hoofd buk-
kend voor de deur, en tegen de schoorsteenmantel ging staan,
mijn huis iets breekbaars kreeg, alsof het een toneeldecor van canvas was.

'Ik heb een dochter en een tijdrovende baan en...'

'Dokter Scott heeft me verteld dat u pas over een aantal maanden bij het Stamford-ziekenhuis begint.'

Ik wierp een venijnige blik in de richting van Thelma, die onbe-
kommerd midden op mijn bank zat, zeer bedachtzaam bezig om
Anatoly te aaien, ogenschijnlijk zonder te luisteren naar wat er
besproken werd. Ze keek op.

'Heb je nog iets anders bij de thee dan deze oude custardgebakjes?' vroeg ze.

'Het is niet te doen,' zei ik.

Baird nam een grote slok thee. Thelma zette haar bril af, en ik
zag de diepe rode put in de rug van haar neus. Ze wreef in haar
ogen. Geen van beiden zeiden ze iets.

'Ik woon hier nog maar pas. Ik wou een paar maanden bijko-
men.' Mijn stem, te hoog van de verontwaardiging, vulde de stille
kamer. Hou je kop, zei ik tegen mezelf. Hou nou gewoon je mond.
Waarom kwamen Danny en Elsie nou niet thuis? 'Die tijd is
belangrijk voor me. Het spijt me voor dat meisje, maar...'

'Klopt,' zei Thelma. 'Ze heeft inderdaad hulp nodig.' Ze floep-
te een heel gebakje in haar mond en begon krachtig te kauwen.

'Ik wou net zeggen dat het me voor haar spijt, maar dat het volgens mij niet...' De zin stierf een stille dood want ik wist niet meer wat ik ermee naar voren wilde brengen. 'Hoe lang zei je?'

'Ik heb niks gezegd. En je moet zelf beslissen.'

'Ja, ja. Inspecteur Baird, hoe lang ook al weer?'

'Meer dan zes weken wordt het niet, waarschijnlijk veel minder.'

Ik zweeg en dacht verwoed na.

'Als ik er eventueel over zou nadenken, hoe kom ik dan te weten of ik mijn dochter niet in gevaar breng. Als ik zou besluiten om het te doen.'

'Dit zou onder ons blijven,' zei Baird. 'Geheel onder ons. Niemand zou weten dat ze hier zat. Hoe zouden ze daar achter moeten komen? Puur uit voorzorg doen we dat.'

'Thelma?'

Ze tuurde omhoog naar me, een kleine boze geest uit de grote stad.

'Je werkt op het juiste vakgebied, je woont in de buurt. Jij was de voor de hand liggende persoon.'

'Als ze hier zou komen,' vroeg ik timide, 'wanneer zou dat dan zijn?'

Er verscheen een rimpel in zijn voorhoofd, alsof hij zich de dienstregeling van een forenzentrein probeerde te herinneren.

'Nou,' zei hij achteloos. 'We dachten dat morgenochtend wel goed uitkwam. Om, zeg, halftien.'

'Goed uitkwam? Doe maar halftwaalf.'

'Mooi, want dat betekent dat haar arts mee kan komen,' zei Baird. 'Nou, dat is dan geregeld.'

Bij het weggaan pakte Thelma mijn hand.

'Sorry hoor,' zei ze, maar dat meende ze niet.

'Ik ben wel weg als ze komt.'

'Danny, je hoeft helemaal niet weg. Ik vind het alleen een slecht idee als jij er bent wanneer...'

'Klets nou niet, Sam. Toen jij over dat meisje aan het nadenken was, kwam ik toen in dat rekensommetje voor?' Hij staarde me aan. 'Nee, hè? Je had er op z'n minst even met mij over kunnen praten voordat je ja zei, kunnen doen alsof het je kon schelen wat ik ervan vond. Is dit meisje d'r toekomst belangrijker voor jou dan die van ons?'

Ik had kunnen zeggen dat hij gelijk had en dat het me speet, maar ik wist dat ik niet meer op mijn toezegging om dat meisje in huis te halen zou terugkomen. Ik had me kunnen verdedigen. Ik had boos kunnen worden. In plaats daarvan probeerde ik op de oude vertrouwde manier onze ruzie bij te leggen. Ik sloeg mijn armen om hem heen, ik haalde mijn hand door zijn haar en streelde zijn stoppelige wang en kuste het hoekje van zijn woedende mond en begon het knoopje van zijn overhemd los te maken. Maar hij duwde me boos van zich af.

'Even een nummertje maken en hij vraagt er nooit meer naar, hè?'

Hij trok zijn schoenen aan en pakte zijn jasje van de stoelleuning.

'Ga je weg?'

'Ziet er wel zo uit, vind je niet?' Hij bleef even in de deuropening staan. 'Dag Sam, tot kijk. Misschien.'

8

Het vermoeiendste aan een gast – of in dit geval aan een pseudo-gast – is de kennelijke traditie dat je voor zijn komst alles moet opruimen. Ongeveer halverwege de ochtend zou Fiona Mackenzie arriveren. Dat gaf me een paar uur om Elsie naar school te brengen en wat nerveus in het huis rond te lopen. Dit moest ik tactisch aanpakken. Het huis echt een beetje opruimen was vanzelfsprekend niet praktisch. Er enige orde in aanbrengen was een nog hopelozer onderneming die eerst tot in de details met Sally doorgesproken moest worden. Maar Sally was heel traag en bezat een ingewikkeld gevoelsleven, dus elk gesprek met haar raakte in dat doolhof verstrikt. Voorlopig had ik nog even de tijd om een paar dingen uit de weg te halen zodat iedereen weer door de deuren naar binnen kon, door de gangen kon lopen en op de stoelen zitten.

Het blad van de keukentafel was bijna onzichtbaar, maar ik hoefde alleen Elsies bordje en beker naar de gootsteen over te brengen, al haar pakken cornflakes in het keukenkastje te stouwen, de geopende post van een paar dagen in de vuilnisbak te gooien en bijna de halve tafel was weer te gebruiken. Het keukenraam boven de gootsteen schoof ik een stukje omhoog en de deur naar de tuin zette ik open. In ieder geval zou het nu in huis een beetje schoner ruiken. Ik zwierf overal rond op zoek naar dingen die ik kon opruimen. Uit een van de radiatoren lekte roestig vocht op de vloer, dus daar zette ik een kopje onder. Ik nam een kijkje in de wc en overwoog die schoon te maken. Daar had ik bleek voor nodig, of een van die spullen die je met zo'n kromme tuit onder de rand kon spuiten. Ik besloot het bij doortrekken te laten. Voor één dag was dat allemaal wel genoeg.

Door een raam boven zag ik het zonlicht in banen over het gras schijnen en ik hoorde een vogel een kwetterend lied zingen. Vermoedelijk waren dit soort dingen een van de voordelen van het wonen in dit godverlaten stukje buiten. Je werd geacht zingende vogels mooi te vinden. Was het een leeuwerik? Een nachtegaal? Of zongen die alleen 's nachts? Een roodborstje soms? Of een duif? Alleen wist ik dat duiven niet zongen, maar koerden. Meer vogels kende ik niet. Ik zou een boek over vogelgezang moeten kopen. Of een cd of zoiets.

Dit was helemaal mis. Ik was wel nieuwsgierig, maar voornamelijk ergerde ik me eraan dat ik mezelf op iets had laten vastleggen waar ik geen controle meer over had. Ik voelde me schuldig tegenover Danny, erger nog, ik maakte me ernstige zorgen over hem. Ik wist dat ik hem moest bellen en zeggen dat het me speet, maar dat stelde ik voortdurend uit. Ik vind het moeilijk om mijn ongelijk te bekennen. Ik zette wat oploskoffie en maakte in mijn hoofd een lijstje. Voor mij was het weer eens wat anders, een verspilling van mijn tijd, een onprofessionele manier om met iemand om te gaan die hulp nodig had. Het zou zelfs gevaarlijk kunnen zijn. Elsie zou het geen goed doen, het idee dat een vreemde op mijn terrein kwam beviel me niet, en het idee dat ik me vastlegde op iets schimmigs, zonder een vaste termijn, beviel me evenmin. Ik pakte een van de oude enveloppen uit de vuilnisbak en maakte een echt lijstje.

Omstreeks halftwaalf hing ik wat rond bij het raam dat uitkeek op de toegangsweg naar het huis. Weer een totaal vermorste ochtend. Ik probeerde mezelf in te prenten dat ik van deze loze beetjes tijd moest genieten. Na jaren zonder één ogenblik voor mezelf doolde ik van kamer naar kamer en kon niet eens voor een duidelijke opwelling kiezen. Uiteindelijk hoorde ik een auto voor de deur stoppen. Ik keek uit het raam, maar bleef zo ver de kamer in staan dat niemand me kon zien. Het was een volstrekt anoniem vehikel met vier deuren, wigvormig als een stuk cheddar uit de supermarkt. Er zaten geen blauwe lichten of oranje strepen op. Drie van de portieren gingen tegelijk open. Baird en nog een man in een pak stapten aan de voorkant uit. Vanachteren stapte er een man in een lange antracietgrijze jas uit. Met onmiskenbare opluchting rekte hij zich even, want het was een lange man. Hij keek een moment om zich heen, en ik ving een glimp op van een waaier sluik donker haar en een smal puntig gezicht. Hij boog zich voorover en keek weer in de auto, en ik moest eraan denken hoe ik nog maar een jaar geleden die gordel om Elsies babyzitje, die onmogelijke hoek waaronder ik haar uit die oude Fiat moest wurmen, had vervloekt. Ik zag een been in spijkerbroek te voorschijn komen, en even later stapte een jonge vrouw uit. Door de grove korrel van het oude raam kreeg ik maar een vaag beeld. Ik zag een spijkerbroek, een marineblauwe jasje, donker haar, een bleke huid, meer niet. Ik hoorde op de deur kloppen en liep de trap af.

Met een vaderlijke, bezitterige houding, die ik weerzinwekkend vond, stapte Baird mijn huis me binnen. Ik vermoedde dat deze hele zaak niet zijn idee was, of op zijn minst dat ík niet zijn idee was, maar dat hij zich had voorgenomen duidelijk te laten merken dat hij de zaak tot een goed einde zou brengen. Hij deed een stap opzij om de anderen erdoor te laten. De man in de lange jas voerde haar aan de arm mee, op een kalme manier.

'Dit is rechercheur Angeloglou,' zei Baird. 'En dit is dokter Daley.' De man knikte kort naar me. Hij liep er ongeschoren bij, maar zag er desondanks goed uit. Met half toegeknepen ogen keek hij om zich heen. Hij maakte een achterdochtige indruk, niet geheel ten onrechte. 'En hier is Fiona Mackenzie. Finn Mackenzie.'

Ik stak mijn hand naar haar uit, maar ze keek me niet aan en zag dat niet. Ik maakte dus maar een of ander zinloos wappergebaar. Ik vroeg of ze verder wilden komen, tot waar de bank stond, en we gingen allemaal zitten, ons met de situatie geen raad wetend. Ik bood ze thee aan. Baird zei dat Angeloglou daar wel voor zou zorgen. Met een geïrriteerde blik stond Angeloglou op. Ik liep met hem mee, zodat er achter ons in de woonkamer een stilte viel.

'Is dit nou wel zo'n goed idee?' fluisterde ik tijdens het afspoelen van een stel mokken.

Hij haalde zijn schouders op.

'Misschien helpt het,' zei hij. 'Voor de rest kunnen we geen moer bedenken, maar vertel aan niemand dat ik dat gezegd heb.'

In de kamer was het nog altijd stil toen we terugkwamen. Baird had een oud tijdschrift van de vloer geraapt en zat daar verstrooid in te bladeren. Daley had zijn jas uitgedaan en droeg een zeer opvallend geel overhemd, of van een dure Italiaanse ontwerper, of uit een Oxfam-winkel, en zat nu naast Finn op de bank. Ik reikte twee mokken thee aan, en Daley pakte ze allebei en zette ze op tafel. Hij voelde in zijn broekzak alsof hij iets kwijt was geraakt en niet wist wat dat was.

'Mag ik roken?' Zijn stem klonk haast onnatuurlijk laag, met een lome slepende intonatie. Dat type kende ik nog van mijn medicijnenstudie. Zo zelfverzekerd in gezelschap als ik me nooit voelde.

'Ik pak even een asbak,' zei ik. 'Of iets wat daarvoor kan door-gaan.'

Ik voelde me onmiddellijk beter bij hem thuis dan bij Baird en Angeloglou. Hij was lang, ruim een meter tachtig, en het pakje sigaretten zag er in zijn lange vingers iets te klein uit. Hij stak direct een sigaret op en tikte even later de as op het schoteltje dat ik hem had gegeven. Waarschijnlijk was hij midden veertig, maar dat was moeilijk te zien omdat hij een vermoeide en afwezige indruk maakte. Onder zijn grijze ogen had hij donkere kringen en zijn gladde haar was een beetje vettig. Alles in zijn gezicht zat eigenaardig dicht op elkaar, de woeste wenkbrauwen, de hoge juk-beenderen en een brede sardonische mond. Naast hem leek Finn klein en frêle en heel zachtmoedig. De vale kleur van haar gezicht werd alleen maar geaccentueerd door haar dikke donkere haar en haar sombere kleren. Ze had duidelijk in geen dagen meer gege-ten: ze was vel over been, haar jukbeenderen staken uit. Ze was ongewoon stil, alleen haar ogen dansten heen en weer, zonder even ergens op te blijven rusten. Om haar hals zat een verband en de vingers van haar rechterhand plukten voortdurend aan de rand van het gaas.

Eigenlijk hoorde ik te zeggen dat ik met dit zo wreed mishan-delde schepsel te doen had, maar daar voelde ik me te bedreigd en verward voor. Dit was een belachelijke omgeving om met een nieuwe patiënt kennis te maken, maar ze was toch mijn patiënt niet, of wel soms? Maar wat was ze dan wel precies? Wat moest ik dan zijn? Haar arts? Oudere zus? Beste vriendin? Een verklikster? Een of andere amateurpsycholoog bij de politie die naar aanwij-zingen zocht?

'Vindt u het leuk om buiten te wonen, dokter Laschen?' vroeg Baird op luchtige toon.

Ik negeerde hem.

'Meneer Daley,' zei ik, 'volgens mij zou het een goed idee zijn als u met Finn naar boven ging om haar kamer even te bekijken. Het is de laatste kamer links met uitzicht op de tuin. U kunt daar dan wat rondkijken en me vertellen of ik nog iets vergeten ben.'

Daley keek Baird vragend aan.

'Ja, nu,' zei ik.

Hij nam Finn mee de kamer uit, en ik hoorde ze langzaam de trap opgaan. Ik draaide me om naar Baird en Angeloglou.

'Zullen we even naar buiten gaan, waar ik het zo leuk zou moeten vinden? U kunt uw thee meenemen.'

Baird schudde zijn hoofd toen hij zag hoe mijn moestuin erbij lag.

'Ik weet het,' gaf ik toe, en schopte een roze plastic voorwerp uit de weg dat Elsie waarschijnlijk had achtergelaten. 'Ik zag het al voor me hoe ik in mijn eigen behoeften kon voorzien.'

'Dit jaar nog niet,' zei Angeloglou.

'Nee,' zei ik. 'Kennelijk heb ik andere dingen te doen. Luister eens, inspecteur...'

'Zeg maar Rupert.'

Ik moest lachen. Ik kon er niets aan doen.

'Meent u dat nou? Oké. Rupert. Voordat ik ergens aan begin, moeten we het over een paar dingen hebben.'

Ik haalde de oude envelop uit mijn broekzak.

'Is dit officieel?' vroeg hij.

Ik schudde mijn hoofd.

'Het kan me geen zak schelen of het officieel is of niet. Jullie hebben mijn naam op gekregen als een autoriteit op het gebied van trauma's.'

'Wel eentje met een afgelegen huis in de buurt van Stamford.'

'Uitstekend, nou, ik wou beginnen met te zeggen, al is het maar tegen jullie twee, dat ik dit in mijn hoedanigheid van deskundige geen deskundige aanpak vind.'

'Maar die komt wel het beste uit.'

'Ik weet niet voor wie die zogenaamd het beste uit zou moeten komen, maar Finn hoort in een vertrouwde omgeving te zijn, met mensen die ze kent en vertrouwt.'

'De mensen die zij kent en vertrouwt zijn allemaal dood. Los daarvan heeft ze pertinent geweigerd om met bekenden te praten, wie dat ook waren. Afgezien van dokter Daley, uiteraard.'

'Zoals je waarschijnlijk wel verteld is, Rupert, is dat een standaardreactie op alles wat ze heeft doorgemaakt en op zichzelf geen rechtvaardiging om haar in een geheel nieuwe omgeving neer te poten.'

'En we hebben redenen om aan te nemen dat haar leven in gevaar zou kunnen zijn.'

'Oké, daar gaan we niet over discussiëren. Ik wou je alleen even mijn objectieve medische standpunt laten weten.' Ik keek op de envelop. 'Ten tweede: Hebben jullie soms voor mij een of andere informele rol bij jullie onderzoek in petto? Want als dat zo is...'

'Geen denken aan, dokter Laschen,' zei Baird op een sussende toon die me woedend maakte. 'Integendeel. Zoals u weet heeft mevrouw Mackenzie niets over de moorden gezegd. Maar er is geen sprake van dat van u verwacht wordt bij haar allerlei herinneringen boven te halen en naar aanwijzingen te zoeken. Dat zou meer kwaad doen dan goed. Trouwens, ik heb begrepen dat zoiets ook niet uw therapeutische stijl is.'

'Dat klopt.'

'Als mevrouw Mackenzie een verklaring wil afleggen, wordt ze behandeld als elke andere burger. U hoeft maar contact met mij op te nemen en wij zullen maar al te graag aanhoren wat ze te zeggen heeft. Wel zullen wij in het kader van ons onderzoek haar af en toe een bezoek brengen.'

'Waarom denkt u dat ze bedreigd wordt?'

Baird reageerde zogenaamd vertraagd.

'Heeft u haar keel gezien?'

'Is het normaal dat moordenaars terugkomen als ze de eerste keer een fout hebben gemaakt?'

'Dit is geen normale zaak. Ze wilden het hele gezin uitmoorden.'

'Rupert, in de bijzonderheden van jullie onderzoek ben ik niet geïnteresseerd. Maar als jullie Finn aan mijn zorgen toevertrouwen, moeten jullie ook alle ter zake doende informatie aan mij toevertrouwen.'

'Klinkt dat redelijk, Chris?'

Angeloglou, die net zijn mond vol koffie had, verslikte zich en sproeide enige druppels in de rondte.

'Sorry,' zei hij. 'Het kan zijn dat er een connectie is met dierenrechtengroepen. Dat is een lijntje dat we aan het natrekken zijn.'

'Waarom zouden die Finn willen vermoorden?'

'Om varkentjes te sparen voor al die watertjes en mengseltjes die aangebracht worden op bewust opengehouden wonden in hun vlees. Ze is schuldig omdat ze lid is van het verkeerde gezin.'

Ineens schoot me iets te binnen.

'Toen ik nog studeerde, zat ik bij een groep die jachtpartijen saboteerde. Heel eventjes. Ik ben nog gearresteerd en heb een reprimande gekregen.'

'Klopt, dat weten we.'

'Hoe weten jullie dan of ze bij mij veilig is?'

'U heeft toch de eed van Hippocrates afgelegd, of niet?'

'Artsen leggen geen eed van Hippocrates af. Dat is een mythe.'

'O,' zei Baird onthutst. 'Nou ja, maakt u haar dan alstublieft niet dood, dokter Laschen. Dit onderzoek verloopt al traag genoeg.'

Ik keek nog eens op mijn envelop.

'Ik heb vrienden, een kind, er komen mensen bij me langs. Wat moet ik die dan vertellen? Ik heb Danny – mijn, eh, vriend – al verteld wie ze is.'

'Het beste kunt u het simpel houden. Met ingewikkelde verhalen krijg je meestal problemen. Zou ze niet een of andere studente kunnen zijn, die een tijdje bij u op kamers woont? Hoe klinkt dat?'

Ik zweeg lange tijd. Dit kon ik helemaal niet aan.

'In al die geheimzinnigdoenerij ben ik niet geïnteresseerd. Ik krijg dit niet voor elkaar, en daar heeft Finn niet veel aan.'

'Daarom maken we het u zo makkelijk mogelijk. Dokter Laschen, ik weet dat dit geen ideale aanpak is. Maar andere oplossingen zijn waarschijnlijk nog erger.'

'Oké, ik heb al laten merken dat ik het doe, denk ik.'

'Ze kan u misschien helpen met uw boek.'

'Dat zou ik wel willen.'

'En u hoeft haar naam niet zo te veranderen. Noem haar maar Fiona Jones. Dat moeten we allemaal kunnen onthouden.'

'Oké. Maar één ding, Rupert, ik behoud me te allen tijde het recht voor deze overeenkomst te beëindigen. Als jij daar niet mee akkoord gaat, kun je haar beter meteen meenemen. Als ik ook maar enigszins het gevoel krijg dat deze maskerade slecht voor mij, slecht voor mijn dochter of, godbetert, slecht voor Finn is, dan is het afgelopen. Oké?'

'Uiteraard, dokter Laschen. Maar het gaat vast prima. We hebben allemaal groot vertrouwen in u.'

'Als dat zo is, dan is uw vertrouwen te gemakkelijk verdiend.'

We gingen weer naar binnen en ik vroeg aan Daley of hij me wilde helpen de mokken naar de keuken te brengen. Ik moest hem even onder vier ogen spreken. Finn liep toch niet met ons mee. Dat arme beschadigde meisje deed waarschijnlijk helemaal niets.

'Sorry dat ik u de keuken in lok,' zei ik. 'Eigenlijk hadden we even moeten praten voordat Finn er was, maar het lijkt alsof ik nergens meer greep op heb. En dat bevalt me niks.'

Daley glimlachte als vanzelfsprekend beleefd. Ik deed een pas naar voren en keek hem aan.

'Hoe gaat het met ú?'

Hij beantwoordde mijn taxerende starende blik. Hij had hele diepe ogen, ondoorgrondelijk. Dat mocht ik wel. Daarna ontspande zijn gezicht tot een lach.

'Het is geen beste tijd geweest,' zei hij.

'Slaapt u een beetje?'

'Prima,' zei hij.

'Mij hoeft u niet te imponeren. Dat kunt u bewaren voor uw assistente. Ik hou van kwetsbare mannen.'

Hij lachte en zweeg even. Hij stak nog een sigaret op.

'Ik heb wel het gevoel dat ik dit iets beter had kunnen aanpakken. En mij spijt het ook dat het allemaal zo moet lopen,' zei hij met een vaag gracieus gebaar, als het ware naar de hele situatie waar we ons in bevonden. 'Ik doe alleen maar wat me gezegd wordt.'

Ik zei niets. Hij begon te praten alsof hij niet tegen die stilte kon.

'Trouwens, ik wou u eigenlijk ook vertellen dat ik uw artikel in de *British Medical Journal* heb gelezen: "De uitvinding van een syndroom", of zoiets, dat al die commotie veroorzaakte. Dat was voortreffelijk.'

'Bedankt. Ik had niet gedacht dat artsen als u dat zouden lezen.'
Hij kreeg een lichte kleur en zijn ogen vernauwden zich.
'U bedoelt, zo'n huisarts uit de provincie.'
'Nee, dat bedoelde ik niet. Ik bedoelde een arts buiten dat vakgebied.'
Dit was een pijnlijk moment, maar even later glimlachte hij weer.
'Ik weet er nog een stukje van uit mijn hoofd: "(...)dogma, gebaseerd op ongetoetste vooronderstellingen en niet geschraagd door aantoonbare feiten." Na het lezen van zoiets zullen de stresstherapeuten ook wel wat therapie nodig hebben gehad.'
'Waarom denkt u dan dat ik hier in de rimboe mijn eigen unit opzet? Wie zou mij nog in dienst nemen? Overigens bedoel ik met dat "rimboe" iets heel positiefs, hoor.'
'Geeft niks,' zei hij. Hij stroopte zijn mouwen op en pakte de mokken. 'U wast af, ik droog af.'
'Nee, u wast af en zet ze in het rek, dan drogen ze vanzelf. Hoe gaat het met Finn?'
'Nou ja, die oppervlakkige laceraties...'
'Dat bedoel ik niet. U bent haar arts, wat vindt u van haar?'
'Dokter Laschen...'
'Zeg maar Sam.'
'En zeg jij maar Michael. Als je haar stemming bedoelt, in hoeverre ze in shock verkeert, dan gaat dat mijn competentie te boven.'
'Daar hebben andere mensen geen moeite mee. Wat denk je?'
'Volgens mij is ze door die gebeurtenissen ernstig getraumatiseerd. Begrijpelijkerwijs getraumatiseerd, zou ik zeggen.'
'Hoe gaat het met haar spraakvermogen?'
'Je bedoelt, met die verwondingen? Dat is wel aangetast. Er is sprake van enige laryngale paralyse. Wellicht hebben de stembanden lichte beschadigingen opgelopen.'
'Nog stridor of dysphonie?'
Hij hield even op met het schoonboenen van een mok.
'Hoort dat bij je vakgebied?'
'Is meer een hobby. Ietsje belangrijker dan postzegels verzamelen. Of ietsje minder belangrijk.'
'Misschien zou je eens met dokter Daun in het Stamford moe-

ten praten,' zei hij, en hervatte zijn schrobwerk. 'Hoe dan ook, ze valt nu onder jou.'

'Nee, dat valt ze niet,' antwoordde ik. 'Ze is jouw patiënt. Daar sta ik op. Deze hele gang van zaken is al ongebruikelijk genoeg. Op een informele manier bied ik de helpende hand, naar ik hoop met enig effect. Maar ik heb begrepen dat jij al jaren haar huisarts bent, dus is het van levensbelang dat jij in haar ogen de arts blijft. Kun je je daar in vinden?'

'Zeker wel. Ik sta altijd voor jullie klaar.'

'Dan hoop ik dat je haar regelmatig komt bezoeken. Jij bent haar enige band met de wereld waar ze vandaan komt.'

'Zo, dat is gebeurd,' zei hij, nadat hij niet alleen de mokken, maar ook de afwas van het ontbijt en gisteravond had gedaan. 'Ik moet wel zeggen dat ik zo mijn twijfels over dit alles had. Ik bedoel, als plan. Maar zoals het nu heeft uitgepakt, kon Finn niet in betere handen zijn.'

'Ik hoop wel dat iedereen nog zo voor me klaar blijft staan als alles in het honderd loopt.'

'Waarom zou het?' vroeg hij, maar hij zei dat met een lach, zijn wenkbrauwen in een donkere omgekeerde V-vorm. 'Het enige wat ik nog wil zeggen, is dat ik het zorgwekkend vind dat Finn zo van haar normale omgeving afgesneden is, van de mensen die ze kent.'

'Dat vind ik ook. Dat verzeker ik je.'

'Je weet dit soort dingen natuurlijk ook, maar als ik één ding mag voorstellen: ik vind dat we moeten zorgen dat ze mensen ziet. Aangenomen dat ze dat wil en dat de politie daarmee akkoord is, uiteraard.'

'We gaan deze zaak eerst eens rustig aankijken, goed?'

'Jij bent de arts,' zei hij. 'Nou ja, ik ben ook arts, maar wat ik bedoel is dat jij dé arts bent.'

'Ik weet niet wat je bedoelt,' protesteerde ik. 'Ik ben arts. Jij bent arts. En we proberen allebei van deze stompzinnige en tragische toestand het beste te maken. Ondertussen zou ik graag de bijzonderheden van haar medicatie, haar ziektegeschiedenis enzovoort, plus jouw telefoonnummer krijgen. Ik heb geen zin om elke keer bij Baird te moeten aankloppen voor informatie.'

'Dat zit allemaal in mijn tas in de auto.'

'Nog één laatste punt. Deze situatie is zo belachelijk vaag dat ik één ding duidelijk wil stellen. Ik zeg dat tegen Baird en ik zeg dat nu tegen jou: ik wens een strikte tijdslimiet aan deze hele affaire.'

Hij keek beduusd.

'Hoezo?'

'Als het allemaal goed gaat, bestaat er het risico dat we voor Finn in haar nieuwe leven een vervangend gezin worden. Dat deugt niet. De hoeveelste is het nu, de vijfentwintigste januari of zo?'

'De zesentwintigste.'

'Ik zal Finn duidelijk maken dat, wat er ook gebeurt, deze regeling uiterlijk tot midden maart loopt – laten we zeggen, de vijftiende – en niet langer. Oké?'

'Uitstekend,' zei hij. 'Ik weet overigens zeker dat het minder lang gaat duren.'

'Mooi. Nou, zullen we ons maar weer bij de dames voegen?'

'Je maakt er nu grapjes over, Sam, wacht maar eens tot je door de buren gevraagd wordt om te komen eten.'

'Ik zit er met smart op te wachten. Mijn poederdoos staat al klaar.'

9

Ik keek het meisje aan. Tot dan toe had ik haar nog niet goed in me opgenomen. Haar bleke ovale gezicht achter die waaier van donkerbruin haar miste elke uitdrukking. Onder haar keurige dikke wenkbrauwen staarden haar bruine ogen in het niets. Ze was aantrekkelijk, in andere omstandigheden misschien heel mooi, maar alle persoonlijkheid leek uit haar gezicht gewist.

'Ik laat je het huis zien,' zei ik. 'Maar dat is zo gebeurd.'

Ze bukte zich om het koffertje naast haar op te pakken, hoewel ze er te zwak en lusteloos uitzag om überhaupt iets te dragen.

'Ik neem die koffer wel. We gaan eerst even naar je slaapkamer, ook al heb je die al gezien.' Ze vertrok haar gezicht toen mijn hand de hare bij de hendel van haar koffer aanraakte. 'Je hebt koude handen. Ik zet zo de verwarming wel aan. Kom maar mee.'

Ik ging haar voor de trap op en ze liep gehoorzaam achter me aan. Ze had nog geen woord gezegd.

'Zo. Sorry van al die dozen, die kunnen we later wel naar de zolder brengen.' Ik zette haar koffertje bij het bed, waar het een troosteloze en kleine indruk maakte onder dat hoge plafond. 'Het ziet er allemaal nog een beetje kaal uit, ben ik bang.' Ze bleef in het midden van de kamer staan zonder iets te zien. Haar armen hingen langs haar zij, haar bleke vingers slap, alsof ze helemaal niet bij haar hoorden. Ik gebaarde vaag naar de klerenkast en het dressoir die Danny in een naburig dorp voor me gevonden had. 'Je spullen kun je daarin doen.'

Ik ging haar weer voor naar de gang. Op de vloer zag ik iets kleins en wits en hoekigs liggen. Ik hurkte neer en raapte het heel voorzichtig met twee vingers op.

'En dit, Finn, is een papieren vogeltje, gemaakt door mijn los-vaste vriend Danny.' Was hij nog wel mijn losvaste vriend of was hij inmiddels alleen nog maar los? Die gedachte stopte ik weg voor later. 'Moet je kijken, ik kan het laten flapperen, of zoiets. Prach-tig, vind je niet? Als je hier een paar dagen woont, kom je dit soort poppetjes overal tegen: in je kleren, in je haar, op je lijf, in je eten. Die slingeren hier overal rond. Mannen, hè?'

Ik liep voornamelijk tegen mezelf te praten.

'Dat is mijn kamer. En dit' – ze liep zo'n halve meter achter me en bleef staan als ik bleef staan – 'is de kamer van mijn kleine meid, Elsie.' De deur was gebarricadeerd door een wirwar van blonde Barbie-poppen, potlooddozen en plastic pony's. 'Elsie is een afkorting van Elsie.' Ik keek haar aan: ze lachte niet – nou ja, zo leuk was het ook weer niet – maar ze reageerde met een knikje dat meer weg had van een spastische zenuwtrek. Ik zag het verband om haar keel.

Beneden liet ik haar mijn werkkamer zien ('verboden terrein voor iedereen'), de woonkamer, de keuken. Ik trok de koelkast open.

'Neem gerust als je iets wil. Ik kook niet, maar ik doe wel bood-schappen.'

Ik wees waar de thee en de koffie stonden en het gat waar de wasmachine moest komen, en ik vertelde haar van Linda en Sally en wat de vaste patronen in huis waren. 'En dat is het zo'n beetje, behalve natuurlijk dat daar de tuin ligt' – ik wees naar de drijfnat-te struiken, de hopen tot muls vergane bladeren die niet wegge-haald waren, de rafelige randen van het kaler wordende grasveld – 'te wachten op een tuinman.'

Ze draaide zich om, maar ik wist nog steeds niet of ze iets zag. Ik tuurde weer in de koelkast en trok er een pak boerengroentesoep uit.

'Ik ga wat soep opwarmen. Ga jij je maar even opfrissen in de badkamer, dan gaan we daarna samen lunchen.' Ze bleef als aan de grond genageld staan. 'Boven,' zei ik aanmoedigend, met mijn vinger wijzend, en ik keek hoe ze zich langzaam omdraaide en de brede lage treden opliep, een voor een, en op elke trede even stop-te, heel langzaam, als een heel oude vrouw.

Soms zie ik traumaslachtoffers die wekenlang niets zeggen,

soms komen de woorden er ongeremd als een grote moddervloed uitstromen. Nog maar pas geleden kreeg ik bezoek van een man van middelbare leeftijd die met veel geluk een treinramp had overleefd. Heel zijn leven was hij zwijgzaam en gesloten geweest. Tijdens dat ongeluk had hij van de schok zijn darmen geleegd (zijn woorden, door zuinige dichtgeknepen lippen uitgesproken), iets wat hem kennelijk even diep raakte als al die mensen die hij dood had zien gaan. Later, nadat hij uit het ziekenhuis was ontslagen, verloor zijn spraakvermogen elke remming. Hij vertelde me dat hij bij bushaltes ging staan, bij winkels binnenliep, bij zijn voordeur ging staan en iedereen vertelde wat hem was overkomen. Hij draaide het hele tafereel steeds weer af, maar dat bracht hem geen verlichting. Het bleef gewoon als het krabben bij een onverdraaglijke jeuk. Finn zou pas gaan praten als ze eraan toe was. Zodra ze ging praten zou ik er zijn om het aan te horen, als ze verkoos om tegen mij te praten. Ondertussen had ze een structuur nodig waarin ze zich veilig voelde.

Ik keek hoe ze met haar lepel kleine plasjes soep opschepte en behoedzaam naar haar mond bracht. Als ze kon praten, wat zou ze dan zeggen?

'Elsie komt om zes uur thuis,' zei ik. 'Soms kan dat iets vroeger zijn. Ik ga haar vaak zelf ophalen. Ze vindt het heel spannend dat je komt. Ik zal haar vertellen wat we andere mensen ook gaan vertellen: dat je een studente bent die bij ons logeert. Fiona Jones.'

Finn stond op, lawaaierig met de stoel over de plavuizen van de te stille keuken schrapend, en bracht haar nog altijd halfvolle kom naar de gootsteen. Ze waste de kom af en balanceerde die tussen al andere borden in het afdruiprek, waarna ze weer met het gezicht naar me toe maar zonder me aan te kijken aan tafel ging zitten. Ze vouwde haar handen om de kop thee die ik haar had ingeschonken en rilde. Even later verhief ze haar fluwelen ogen naar de mijne en staarde me aan. Dat was de eerste keer dat ze zoiets deed, en merkwaardigerwijs schrok ik. Ik kreeg het gevoel alsof ik in haar schedel kon kijken.

'Hier ben je veilig, Finn,' zei ik. 'Je hoeft me niks te vertellen als je dat niet wilt. Je hoeft niks te doen. Maar je bent hier wel veilig.'

De secondenwijzer van de keukenklok, de felgroene doorklikkende cijfers van mijn radiowekker, de lage metronoom van mijn grootvaders pendule in de hal, die waren het allemaal met me eens dat het een lange trage middag was. De tijd, die tot dan toe maar voort had gedenderd, vertraagde zich tot een pijnlijk treuzelen.

Ik liet voor Finn een warm bad vollopen, met mijn favoriete badolie. Ze ging de badkamer in, deed de deur op slot, en ik hoorde hoe ze zich uitkleedde en erin stapte, maar binnen vijf minuten stond ze er weer naast, met dezelfde kleren aan. Ik vroeg of ze me wou helpen de gordijnen voor haar kamer uit te zoeken, dus we knielden neer bij stapels stof die ik vanonder het bed haalde, en ze keek hoe ik geplooide lappen omhooghield, maar zei niets. Dus ik zocht iets vrolijks voor haar uit in dof rood en geel en donkerblauw, dat veel te groot was voor het kleine vierkante raam, en hing het op. Ik liet haar alleen in de slaapkamer zodat ze haar spullen kon uitpakken, omdat ik dacht dat ze misschien wel even met rust gelaten wilde worden. Voordat ik de kamer uitging, zag ik haar naar de nog steeds verpakte kleren in haar open koffer kijken. Even later kwam ze weer beneden en bleef staan in de deuropening van mijn werkkamer waar ik mappen stond op te bergen. Ik nam haar mee naar de tuin, in de hoop dat de bloembollen die de vorige eigenaar vast had geplant al door de verwaarloosde aarde omhoogstaken, maar het enige wat we aantroffen waren een paar sneeuwklokjes in een gebarsten bloempot.

We gingen weer naar binnen en ik maakte een vuur (voornamelijk van aanmaakblokjes en strakke proppen krantenpapier) en zij ging een tijdje in mijn enige makkelijke stoel zitten en staarde in de grillige vlammen. Ik ging bij haar op het tapijt zitten en nam de schaakproblemen door die ik de afgelopen week uit de krant had geknipt. Anatoly kwam door het poezenluikje heen kletteren, liep de woonkamer in en duwde zijn vochtige kaak een paar keer tegen mijn opgetrokken knieën, waarna hij tussen ons in ging liggen. Twee vrouwen en een kat bij de haard: het was bijna gezellig.

Op dat moment sprak Finn. Haar stem klonk laag, hees.

'Ik bloed.'

Vol afschuw keek ik naar haar hals, maar dat bedoelde ze uiteraard niet. Haar wenkbrauwen waren in wezenloze verwondering opgetrokken.

'Geeft niks.' Ik stond op. 'Ik heb genoeg tampons en handdoeken en van alles in de badkamer. Ik had eraan moeten denken je dat te vertellen. Kom maar mee.'

'Ik bloed,' zei ze weer, deze keer bijna fluisterend. Ik pakte haar magere koude hand en hielp haar overeind. Ze was een aantal centimeters korter dan ik en zag er vreselijk jong uit. Te jong om te bloeden.

'Dit,' zei Elsie, 'is een "*shoulder*".' Ze maakte een *soldier* door haar dunne plakje toast in de stroperige eidooier te dopen en zoog er luidruchtig aan. Als gele lijm droop het ei langs haar kin omlaag. 'Eet jij ook weleens "*shoulder*"?' Ze wachtte niet op een antwoord. Het was alsof Finns stilzwijgen haar eigen gereserveerde tong losser had gemaakt. 'Vandaag hebben we kipnuggets gegeten, en Alexander Cassell' – ze sprak zijn voornaam uit als 'Alé-ksonder' – heeft de zijne in zijn zak gestoken, en toen zijn ze helemaal verpapt.' Ze slaakte een tevreden gilletje en zoog weer aan haar toast. 'Klaar. Wil je even naar mijn tekening komen kijken?' Ze liet zich van haar stoel glijden. 'Hierheen. Mijn mammie zegt dat ik beter teken dan zij. Is dat waar, denk jij? Mijn favoriete kleur is roze en die van mammie is zwart, maar ik heb een hekel aan zwart, alleen vind ik Anatoly wel mooi en hij is helemaal zwart als een panter. Wat is die van jou?'

Elsie merkte schijnbaar niet dat Finn geen antwoord gaf. Ze liet haar tekening zien van haar huis met een voordeur tot aan het dak en twee scheve ramen, ze deed voor hoe ze een radslag kon maken, waarbij ze tegen de stoelpoten aan knalde, en daarna eiste ze een videofilm en samen hebben ze *101 Dalmatiërs* helemaal uitgekeken, Finn op de stoel, Elsie op het tapijt, allebei naar het scherm vol kleine hondjes starend, Finn met nietsziende, Elsie met hongerige blik, en toen ik Elsie mee naar boven nam om in bad te gaan ('waarom moet ik áltijd in bad?') bleef Finn naar het lege scherm staren.

De avonden waren het ergst, vond ik: hele periodes dat we met z'n tweeën waren en er niets viel te organiseren en dat Finn maar zat te wachten, te wachten op niets. Ik moest denken aan de manier waarop ze me had aangekeken. Ik ging op zoek in de vriezer: *steak* en *kidney pudding* van Marks & Spencer, kip-Kiev van Sainsbury, een pak lasagna (twee personen), pastei met spinazie en kaas (één persoon). Ik haalde de lasagna te voorschijn en zette die in de magnetron om te ontdooien. Misschien waren er nog diepvrieserwten. Ik vroeg me af waar Danny uithing, met wie hij was en of hij ergens anders troost en plezier had gevonden, zijn woede naar een ander bed had meegenomen. Was hij nu met iemand anders terwijl ik een zwijgende zieke verzorgde? Legde hij nu zijn ruwe handen op het gewillige lichaam van iemand anders? Bij die gedachte kreeg ik even bijna geen adem meer. Hij zou wel zeggen dat ik hem ontrouw was geweest, op mijn manier. Finn, die apathisch in de kamer ernaast zat, vertegenwoordigde een soort bedrog. Ik wou dat hij nu hier was en dat ik voor hem de lasagna en erwten opwarmde. Daarna hadden we naar een film op tv kunnen kijken en samen naar bed kunnen gaan en in het donker tegen elkaar kunnen aan liggen. Ik wou dat ik Finn en heel die dwaze en haastige beslissing om haar in huis te nemen, ongedaan kon maken en weer naar het verleden van twee dagen geleden kon terugkeren.

'Zo.' Ik droeg het blad de woonkamer in, maar Finn was er niet. Ik riep naar boven, aanvankelijk niet al te hard, maar daarna steeds ongeduldiger. Geen reactie. Uiteindelijk klopte ik op haar slaapkamerdeur en ging naar binnen. Met al haar kleren aan lag ze op bed. Haar duim zat in haar mond. Ik trok het dekbed over haar heen, en op dat ogenblik gingen haar ogen open. Ze keek me boos aan en draaide haar hoofd naar de muur.

En zo eindigde Finns eerste dag. Later die nacht, toen ik zelf naar bed was gegaan en het zo donker was als het alleen buiten op het land kan zijn, hoorde ik een bons in Finns slaapkamer. Even later nog een, dit keer harder. Ik trok mijn peignoir aan en slofte door de koude gang. Ze lag in diepe rust, met beide handen voor haar gezicht als iemand die zich beschermt tegen een opdringerige camera. Ik ging terug naar mijn warme bed en hoorde niets meer, behalve het oehoe van een uil, het geruis van de wind, die gruwelijke onbewerkte geluiden van het buitenleven, tot de ochtend aanbrak.

10

Met Finn was er iets kils in huis gekomen. Uit mijn ooghoeken zag ik haar: ergens in hangen, ergens naartoe schuifelen. Tijdens al die discussies over veiligheid en positie was er niet gesproken over wat ze nu eigenlijk van uur tot uur in mijn huis moest gaan doen. De eerste paar dagen dat ze bij ons was, stond ze vroeg op. Af en toe hoorde ik blote voeten over de kale houten vloer van de overloop. Voor het ontbijt klopte ik op haar deur en vroeg of ik haar iets op bed kon brengen. Er klonk geen antwoord. Pas als ik Elsie naar school had gebracht zag ik dat ze haar kamer verlaten had. Ze zat op de bank naar de tv te kijken, spelletjes, publiekelijke bekentenissen, nieuwsuitzendingen, Australische *soaps*. Onaandoenlijk, bijna onbeweeglijk, behalve dat ze met haar vingers aan het verband om haar hals zat. Frunnik, frunnik, frunnik. Ik bracht haar koffie, zwart zonder suiker, en ze pakte die aan en vouwde haar handen eromheen, alsof ze de warmte bij zichzelf naar binnen wilde trekken. Meer menselijk contact is er die hele dag niet geweest. Ik heb haar toast gebracht, maar een halfuur later stond die er nog onaangeroerd, met de boter gestold.

Als ik haar tegenkwam, praatte ik oppervlakkig met haar, zoals je wel met een patiënt in een diep coma doet, zonder te weten of dat nu in jouw of zijn voordeel was. Hier heb je wat koffie. Pas op voor je handen. Mooie dag vandaag. Ga eens rechtop zitten. Waar zit je naar te kijken? De vragen die ik af en toe stelde, kwamen er per ongeluk uit en veroorzaakten pijnlijke stiltes. Ik voelde me opgelaten en werd woest op mezelf omdat ik me zo opgelaten voelde. Beroepsmatig en persoonlijk schaamde ik me. Dit hoorde zogenaamd mijn specialisme te zijn, maar wat ik deed was niet

73

alleen lachwekkend, maar ook onpraktisch. De situatie zelf was echter rampzalig, niet wat ik daarin deed. Een ernstig getraumatiseerde vrouw bij me in huis halen, haar een plaats geven binnen het verband van mijn gezin, zoals dat eruitzag, was in tegenspraak met elke normale gang van zaken. En ik miste Danny op een manier waar ik zelf verbaasd van stond.

Onderweg naar Elsies school, op de middag van Finns derde stilzwijgende dag, ging ik in mijn hoofd na wat ik daaraan kon doen. Ik liep Elsies klas binnen en trof haar bezig met een tekening die bijna even groot was als zijzelf. Fanatiek geconcentreerd zat ze er met zwart krijt een paar laatste dingen in te krassen. Ik knielde naast haar en keek over haar schouder. Ik rook haar zachte huid, voelde haar wattige haar tegen mijn wang.

'Dat is een mooie olifant,' zei ik.

'Dat is een paard,' zei ze op besliste toon.

'Het ziet eruit als een olifant,' protesteerde ik. 'Het heeft een slurf.'

'Het ziet eruit als een olifant,' zei Elsie, 'maar het is een paard.'

Dit liet ik niet over mijn kant gaan.

'Ik zie eruit als een gewone vrouw. Kan ik dan een paard zijn?'

Ze keek me met hervonden belangstelling aan.

'Ben je dat dan?'

Ineens kreeg ik een schuldig gevoel over wat ik dit boze vlasharige elfje allemaal opdrong. Ik hoorde iets voor haar te doen. Ik moest iets doen. Meteen. Ik keek om me heen.

'Met wie heb je vandaag gespeeld, Elsie?'

'Niemand.'

'Nee, even serieus. Met wie?'

'Mungo.'

'En wie nog meer?'

'Niemand.'

'Noem me één iemand met wie je gespeeld hebt.'

'Penelope.'

Ik stapte op juffrouw Karlin af, een droom van een onderwijzeres in een lange bloemetjesjurk, met een goedkoop rond brilletje en slordig opgestoken haar, en vroeg of ze me Penelope wilde aanwijzen, maar ze vertelde me dat er niemand in de klas of zelfs maar op school zo heette. Kon ze dan iemand aanwijzen met wie Elsie had gespeeld, of naast wie ze meer dan twee minuten had gestaan? Juffrouw Karlin wees op een meisje met muisbruin haar dat Kirsty heette. Dus ik stelde me als een privé-detective verdekt op aan de rand van de klas en toen er een vrouw op Kirsty afliep en een poging deed haar in een duffels jasje te proppen, sprak ik haar aan.

'Hallo,' zei ik meedogenloos. 'Ik ben zo blij dat Elsie – dat is mijn dochtertje daar op de grond – en Kirsty zulke goeie vriendinnetjes zijn geworden.'

'Is dat zo? Dat heb ik niet...'

'Kirsty moet maar eens bij Elsie komen spelen.'

'Nou ja, misschien...'

'Zou morgen kunnen?'

'Nou ja, Kirsty is het nog niet helemaal gewend...'

'Dat gaat vast prima, juffrouw Karlin zegt dat ze echt onafscheidelijk zijn. Linda komt ze wel allebei ophalen en dan breng ik Kirsty wel naar huis. Kan ik uw adres even krijgen? Of haalt u haar liever zelf op?'

Elsies sociale leven was geregeld. De rest van de dag verliep onbevredigend. Toen we thuiskwamen, hield ik Elsie zoveel mogelijk bij Finn weg. We aten met ons tweetjes alleen, en daarna bracht ik Elsie naar haar kamer. Ze ging in bad en daarna ging ik op de rand van haar bed zitten en las haar voor.

'Is Fing er?'

'Finn.'

'Fing.'

'Finn.'

'Fing.'

'Fin-n-n-n-n-n.'

'Fing-ng-ng-ng.'

Ik gaf het op.

'Ja, die is er.'

'Waar is ze dan?'

'Ik denk dat ze slaapt,' loog ik.

'Waarom?'

'Ze is moe.'

'Is ze ziek?'

'Nee. Ze heeft gewoon rust nodig.'

Dat bracht haar genoeg van haar apropos om op een ander onderwerp over te stappen.

De volgende ochtend deed ik een armzalige poging om me terug te trekken in mijn kamer en naar het computerscherm te staren. Ik klikte met de muis het schaakprogramma aan. Ik bedacht dat ik net zo goed even een spelletje kon spelen. Een opening met de koningspion, het programma voerde me mee naar een ingewikkelde versie van de Siciliaanse verdediging. Zonder veel na te denken bouwde ik een gunstige pionstructuur op, en met de uitruil van een reeks stukken vereenvoudigde ik de zaak. De stelling van het programma was aan de verliezende hand, maar het kostte een lange en gecompliceerde reeks manoeuvres om een pion tot dame te promoveren. Dat gunde ik het apparaat wel, en zo was een heel uur verstreken. Godallemachtig. Tijd om aan het werk te gaan.

Ik pakte een visitekaartje uit mijn zak en haalde dat door de gleuven van mijn toetsenbord. Ik wist er een verbazingwekkende hoeveelheid stof, pluis en haar uit te poeren dat eronder vastzat, dus dat probleem ging ik eens systematisch aanpakken. Ik haalde het kaartje tussen de cijferrij en de *qwerty*-toetsen, tussen *qwerty* en *asdf*, tussen *asdf* en *zxcv*. Uiteindelijk had ik een stapeltje troep, zo ongeveer genoeg om het kussen van een relmuis te vullen. Ik blies er hard tegen en de troep dwarrelde neer achter mijn bureau.

Het hele idee dat ik nog aan het werk zou komen was absurd. Ik heb een hekel aan spinnen. Het is iets belachelijks, want ik weet hoe interessant ze zijn en zo, maar ik kan er niet tegen. Ik kreeg het gevoel alsof ik een spin in de kamer had gezien, die net was weggescharreld. Ik wist dat hij ergens in de kamer zat en kon aan niets anders meer denken. Finn was bij mij in huis, en ik had het gevoel alsof ze ergens in mijn hoofd rondrommelde. Ik keek op het visitekaartje, met zijn inmiddels smoezelige ezelsoren. Dat was het kaartje dat Michael Daley bij me had achtergelaten. Ik belde het nummer van zijn praktijk. Hij was er niet, dus sprak ik mijn naam in. Binnen een minuut belde hij terug.

'Hoe gaat het met haar?' vroeg hij onmiddellijk.

Ik beschreef Finns gedrag en uitte mijn twijfels over de hele zaak. Toen ik klaar was, viel er een lange stilte.

'Ben je daar nog?'

'Ja hoor.' Hij wou ergens over beginnen, maar zweeg even. 'Ik weet niet precies wat ik ervan moet zeggen. Ik vind dat je in een onmogelijke situatie gemanoeuvreerd bent. Maar ik maak me ook zorgen over Finn. Hier moet ik even over nadenken.'

'Eerlijk gezegd, Michael, is volgens mij dit hele gedoe een farce. Ik geloof niet dat iemand er iets mee opschiet.'

'Waarschijnlijk heb je gelijk. Daar moeten we het maar eens over hebben.'

'We hebben het er nu over.'

'Sorry, ja. Kan ik even langskomen om haar te zien?'

'Wanneer?'

'Nu meteen.'

'Heb jij dan geen praktijk?'

'Ik ben klaar en heb wel een uurtje over.'

'Prima. Christus, Michael, een arts die zelf aanbiedt om op huisbezoek te komen. We zouden je vol moeten stoppen.'

Nog geen kwartier later stond hij voor de deur. Hij was op werk gekleed, een donker pak, een kleurige das en een jasje. Hij had zich geschoren en zijn haar geborsteld, maar zijn voorkomen viel toch plezierig uit de toon. Zijn gezicht stond bezorgd, zelfs verontrust.

'Mag ik haar even zien?'

'Tuurlijk, ze zit tv te kijken. Neem gerust de tijd. Wil je thee of iets?'

'Dadelijk. Geef me een paar minuten. Ik wil haar even bekijken.'

Hij verdween in de woonkamer en deed de deur dicht. Ik pakte een krant en wachtte. Ik hoorde de tv, maar verder niets. Na een tijdje kwam hij naar buiten, net zo somber kijkend als daarvoor. Hij liep door naar de keuken waar ik zat.

'Geef die thee nu maar,' zei hij. Hij haalde zijn hand door zijn haar.

Ik vulde de waterkoker en deed de stekker in het stopcontact.

'En?'

'Tegen mij zei ze ook niks. Ik heb haar wel snel even bekeken. Fysiek is er niks met haar mis. Zoals je wel weet.'

'Dat is ook het punt niet, of wel?'

'Nee.'

Ik schoof wat met de mokken, vond de theezakjes, liet de theelepeltjes rinkelen, wachtend totdat het water kookte.

'Als je water opzet en blijft kijken duurt het drie minuten tot het kookt,' zei ik.

Hij reageerde niet. Uiteindelijk zette ik twee mokken thee voor hem neer en ging tegenover hem zitten.

'Ik kan je niet al te lang mijn onverdeelde aandacht schenken,' zei ik. 'Linda komt terug met Elsie en Elsies nieuwe vriendinnetje, of wat daarvoor door moet gaan.'

'Ik moet toch ook zo weg,' zei hij. 'Moet je luisteren, Sam, sorry dat je hiermee opgescheept zit. Dit werkt niet. En dat is niet jouw fout. Doe even niks. Geef me een dag of zo. Ik zal met Baird bellen en dan zorgen we dat ze jou uit handen genomen wordt.'

'Dat bedoel ik niet,' zei ik, met een bezwaard gevoel. 'Dit is geen kwestie van mij iemand uit handen nemen.'

'Nee, nee, natuurlijk niet. Ik spreek nu als Finns arts. Ik geloof niet dat dit een geschikte oplossing voor haar is. Ten tweede, en helemaal los daarvan, is dit ook niet goed voor jou. Ik bel je morgenmiddag wel en laat je weten wat we gaan doen.'

Hij liet zijn hoofd in een hand rusten en lachte naar me. 'Ja?'

'Sorry hoor, Michael,' zei ik. 'Ik vind het verschrikkelijk dat ik niks kan doen, maar dit...' Ik haalde mijn schouders op.

'Je hebt helemaal gelijk,' zei hij.

De entree van Kirsty beloofde weinig goeds. Elsie rende me straal voorbij. Linda kwam binnen met een nors kijkend kind aan de hand.

'Hallo Kirsty,' zei ik.

'Ik wil m'n mammie,' zei ze.

'Wil je soms een appel?'

'Nee.'

'Ik wil naar huis,' zei ze, en begon te huilen, echt te huilen, met grote tranen die over haar rode wangen biggelden.

Ik tilde haar op en droeg haar naar de woonkamer. Finn was er niet, goddank. Met Kirsty op mijn linkerarm trok ik een doos speelgoed achter de bank vandaan en schreeuwde naar Linda dat ze Elsie van boven moest halen, zo nodig met geweld. Er waren poppen zonder kleren en kleren zonder poppen.

'Vind je het leuk om de poppen aan te kleden, Kirsty?' vroeg ik.

'Nee,' zei ze.

78

Een even boze Elsie werd de kamer ingesleurd.

'Elsie, vind jij het niet leuk om Kirsty te helpen de poppen aan te kleden?'

'Nee.'

In de hal ging de telefoon.

'Neem jij die even, Linda. Jij vindt die poppen wel heel leuk, hè Elsie? Waarom laat jij ze niet even aan Kirsty zien?'

'Wil ik niet.'

'Truttekoppen, jullie zijn toch zogenaamd vriendinnetjes?'

Toen Linda weer de kamer in kwam, zaten ze allebei te huilen.

'Het is een zekere Thelma,' zei ze.

'Christus, zeg maar... nee, ik kan haar beter even in mijn werkkamer nemen. Niemand mag hier de kamer uit.'

Thelma belde om te vragen hoe het ermee stond, en ik beschreef de situatie zo vlug als ik kon. Desondanks duurde het ruim twintig minuten voordat ik kon ophangen, dus toen ik mijn werkkamer uitkwam, verwachtte ik geschreeuw en bloed aan de muren en gerechtelijke stappen van Kirsty's moeder en het ingrijpen van de sociale instanties in Essex en een onderzoek met als eindresultaat dat ik ontslagen werd. Maar het eerste geluid dat ik hoorde was een heel klein tinkelend gelach. Linda moet een wonder hebben verricht, bedacht ik, maar zodra ik de hoek om kwam zag ik haar in de gang staan met de deur op een kier.

'Wat...?' begon ik, maar ze hield een vinger voor haar lippen en wenkte me met een glimlach.

Op mijn tenen liep ik naar haar toe en staarde door de kier. Er klonk een iele kreet van verrukking die tot een murmelend gelach verbrokkelde.

'Waar is ie nou gebleven?'

'Dat weet ik niet.'

Wiens stem was dat? Dat kon toch niet.

'Wel, wel,' drongen twee stemmetjes aan.

'Maar volgens míj zit ie in Kirsty's oor. Zullen we daar eens kijken? Ja, daar zit ie.'

Weer klonken er kreetjes.

'Nog een keertje, Fing. Nog een keertje.'

Elsie en Kirsty zat op hun knieën op het tapijt. Heel langzaam tuurde ik om de deur heen. Finn zat voor ze met een geel balletje uit de speelgoeddoos tussen duim en wijsvinger van haar linkerhand.

'Ik denk niet dat ik dat kan,' zei ze, en wreef haar handen tegen elkaar, waarbij ze de bal van haar linker- naar haar rechterhand overbracht. 'Maar misschien kunnen we het eens proberen.' Ze hield haar linkerhand naar voren. 'Kunnen jullie even blazen?'

Met gefronste wenkbrauwen en ronde wangen bliezen Elsie en Kirsty.

'En zeg het toverwoord maar.'

'Abracadabra.'

Finn opende haar linkervuist. Uiteraard was de bal weg. Het was een goedkope goocheltruc, maar de twee meisjes hapten van verbijstering naar adem, slaakten gilletjes en moesten lachen. Geen van allen zagen ze ons, en ik stapte weer terug de gang in.

'Daar bemoeien we ons niet mee,' fluisterde ik, en op onze tenen liepen we weg.

'Ik sta paf,' zei Kirsty's moeder twee uur later bij de voordeur, toen ze op het punt stond weg te gaan. 'Zo heb ik Kirsty nog nooit meegemaakt bij iemand anders thuis.'

'O, nou ja,' zei ik bescheiden, 'we hebben gewoon geprobeerd om haar op haar gemak te stellen.'

'Ik snap niet hoe je dat voor elkaar hebt gekregen,' zei ze. 'Kom mee, Kirsty. Dag, Elsie, wil jij een keertje bij ons komen spelen?'

'Ik wil niet mee,' zei Kirsty, opnieuw met tranen in haar ogen. 'Ik wil bij Fing blijven.'

'Wie is Fing?' vroeg Kirsty's moeder. 'Ben jij dat?'

'Nee,' gaf ik toe. 'Dat is... Fiona... iemand die bij ons logeert.'

'Ik wil niet mee,' gilde Kirsty.

Haar moeder tilde haar op en droeg haar mee naar buiten. Ik deed de deur achter haar dicht. Het geschreeuw stierf weg in de nacht. Er werd een portier dichtgeslagen, en het werd stil. Ik knielde neer en hield Elsie dicht tegen me aan.

'Vond je dat leuk?' vroeg ik zacht in haar oor.

Ze knikte. Ze gloeide helemaal.

'Mooi,' zei ik. 'Ga nou maar gauw naar boven en kleed je uit. Ik ben zo bij je en dan doe ik je in bad.'

'Mag Fing ook mee? Mag ze me voorlezen?'

'Dat zien we nog wel. Ga nou maar vast.'

Ik keek hoe haar sterke lijfje de trap opliep. Ik draaide me om en ging terug naar de woonkamer. De televisie stond aan. Finn zat te kijken. Ik ging naast haar zitten, maar ze liet niet merken dat ze me gezien had. Ik keek naar het scherm en probeerde erachter te komen welk programma het was. Ineens voelde ik haar hand op de mijne. Ik draaide mijn hoofd opzij, en ze zat me aan te kijken.

'Ik ben wel vervelend geweest,' zei ze.

'Geeft niks,' zei ik.

'Elsie heeft me een cadeautje gegeven.'

Ik moest lachen.

'En wat mag dat wel zijn?'

'Kijk maar,' zei ze, en ze stak haar vuist naar me uit. Langzaam vouwde ze haar vingers open en daar, keurig in haar handpalm, zat een van Danny's papieren vogeltjes.

Die avond belde ik Danny. Ik probeerde het om tien uur, elf, daarna twaalf uur, en toen nam hij met een schorre stem op, alsof ik hem wakker had gemaakt.

'Ik heb je gemist,' zei ik.

Hij bromde iets.

'Ik moet de hele tijd aan je denken,' ging ik door. 'En je had gelijk. Sorry.'

'Ach, Sammy. Ik mis jou ook,' zei hij. 'Krijg je maar niet uit mijn hoofd.'

'Wanneer kom je?'

'Ik ben bezig een keuken te verbouwen voor een stel dat kennelijk het idee heeft dat slaap een luxe is en weekends niet bestaan. Geef me nog een week.'

'Hou ik het wel een week uit?' vroeg ik.

'Maar dan moeten we wel even praten, Sam.'

'Dat weet ik.'

'Je bent een lastig wijf, maar ik hou van je.'

Ik reageerde niet, en hij zei mistroostig: 'Vind jij dat dan zo moeilijk om te zeggen?'

I I

We stonden naast elkaar voor de grote spiegel in mijn slaapkamer, als twee heksen bij een heksensabbat. Ik droeg een zwarte rok tot aan mijn knieën, een ruw zwartzijden hemd en een zwart vest, maar daarna schrok ik er zo van hoe rood mijn haar was boven al dat donkere goed dat ik ook nog eens een zwarte cloche-hoed opzette. Finn droeg haar zwarte coltrui, en ik had haar mijn vormeloze antracietkleurige jurk geleend. Die kwam tot haar kuiten, maar eigenlijk zag ze er in die inktzwarte plooien heel roerend en gracieus uit. Haar glanzende hoofd kwam nauwelijks tot mijn schouder. Onder de pony was haar gezicht bleek en waren haar lippen lichtelijk gezwollen. Plotseling, zonder haar ogen van haar spiegelbeeld af te wenden, voerde ze een verontrustend dansje uit: omhuld door de jurk stak één benige heup naar buiten. In andere omstandigheden had ik misschien moeten giechelen en enige ironie of zelfspot gebezigd. Maar nu zweeg ik. Want, wat viel er nou van te zeggen?

Buiten beeld, op een mollige knie na, zat Elsie, niet op school vanwege een verkoudheid die kennelijk inhield dat de neus om de twintig minuten theatraal opgehaald moest worden. Als ik me had omgedraaid – wat ik nog niet wilde doen omdat ik het gevoel had dat zich voor Finn een of ander subtiel drama voor deze spiegel afspeelde – had ik haar zien zitten met de benen onder zich gevouwen, zich behangend met de goedkope ronde kralen die ze uit een doos met deksel haalde. Wel hoorde ik haar tegen zichzelf mompelen: 'Dat ziet er mooi uit, ik ben zo trots op je. Een klein prinsesje.'

Het regende. Buiten wordt het natter dan in de stad. Dat komt doordat al die bladeren en grassprieten een groter oppervlak innemen. Een groot deel van het vocht leek ook nog in de lucht te hangen, alsof het moerasland en de modder al zo door en door nat waren dat ze niets meer konden opnemen. Dit was mijn stukje Engeland, geen zee en geen land. Een luidruchtig loeiende motor en een geknerp van kiezelstenen gaven aan dat er een auto arriveerde.

'Danny,' zei ik. Elsie gleed van mijn onopgemaakte bed en, terwijl achter haar het dekbed in een kluwen op de grond bleef liggen, de kettingen van gekleurd glas om haar hals dansten en een kroon van roze plastic van haar weerbarstige haar viel, stormde ze naar de trap.

'Weet je dit wel zeker?' vroeg ik Finn weer. Ze knikte.

'En weet je wel zeker dat je mij erbij wil hebben? Ik zit een heel eind van je af, hoor.'

'Ja. Ik weet het zeker.'

Ik was er nog niet zo zeker van. Ik weet dat een begrafenis ons helpt beseffen dat een geliefde dood is en nooit meer terugkomt, dat we dan afscheid kunnen nemen en aan de rouw kunnen beginnen. Ik ben weleens bij begrafenissen geweest – nou ja, één begrafenis – waar dat zo was, dat die grote ijsberg van verdriet begon te smelten. Die vertrouwde woorden raken je wel degelijk, en al die gezichten om je heen, allemaal met diezelfde uitdrukking van afgeschermd verdriet, maken je deel van een gemeenschap, en de muziek en het snikken in je borst en de aanblik van die langwerpige doos en het weten wat daarin zit wellen op tot een smart die het begin vormt van een ontdooien.

Maar bij deze begrafenis waren er politiemensen en journalisten en fotografen en pottenkijkers die hongerig naar haar loerden. Ze zou al die mensen moeten zien voor wie ze zich had verstopt sinds de dag dat ze haar ouders had verloren. We werden daar geëscorteerd door politiemensen in burger, die tijdens de hele plechtigheid om haar heen bleven staan, lijfwachten voor een meisje wier leven nog altijd gevaar liep. Mensen praten te makkelijk over het onder ogen zien, het leren leven met een verlies. Finn had volgens mij meer behoefte aan bescherming dan aan zelfkennis. Vermijdingsgedrag is een bekende maar onverstandige strategie voor mensen die aan een posttraumatische stressdepressie lijden. Ze was zeker aan het vermijden. Maar een veilig, rustgevend leefpatroon kan de beste manier zijn om het genezingsproces op gang te brengen.

'Het is jouw beslissing,' zei ik. 'Als je weg wil, moet je het gewoon tegen me zeggen. Oké?'

'Ik moet alleen even...'

Ze maakte haar zin niet af.

'Kom, we gaan naar Danny toe.'

Ze keek me smekend aan.

'Hij bijt niet. Niet zo hard, in ieder geval.'

Ik nam haar bij de hand en sleepte haar de kamer uit. Later moest Danny lachen om die eerste keer dat hij Finn zag – zij en ik die de trap afdaalden in melodramatisch zwart – maar op dat moment keek hij ons aan, met een strak gezicht en het haar tot op zijn schouders. Finn keek strak terug, maar aarzelde niet. Ze liet mijn hand los, en allebei – ik achter haar aan klossend op mijn leren schoenen met gesp en zij voor me uit trippelend op haar pumps – liepen we op hem af. Ze bleef voor hem staan, nietig vergeleken bij zijn grote lijf, en keek hem in de ogen. Nog altijd stond hun gezicht strak.

'Ik ben Finn,' zei ze met een mummelend stemmetje vanachter het zijden gordijn van haar.

Danny knikte. Hij stak zijn hand uit, maar zij vlijde haar smalle vingers in zijn palm, als een klein kind dat besluit om iemand te vertrouwen. Op dat ogenblik keek Danny pas langs Finn naar mij.

'Hoi, Sammy,' zei hij achteloos, alsof hij een uurtje en niet bijna twee weken weg was geweest. 'Weet je waar jullie op lijken?'

'Dat ga jij ons vast weleens even vertellen.'

'Andere keer.'

Elsie kwam uit de keuken.

'Er is een man gekomen, Mike heet ie.'

'We moeten ervandoor, Finn.'

Danny boog zijn hoofd en zoende me op de mond. Ik legde mijn hand tegen zijn wang, en hij leunde daar heel even tegenaan, en we lachten naar elkaar. Ik rook zijn huid. Daarna liepen Finn en ik de regen in. Daley stapte uit zijn auto. Hij droeg een verkreukeld donkerblauw pak met brede revers. Hij leek meer op een jazzmusicus met een lichte kater dan op een man in de rouw. Finn bleef plotseling staan, met één been in de auto.

'Nee.'

Ik legde mijn hand op haar rug.

'Finn?'

Daley deed een pas naar voren.

'Kom maar, Finn,' drong hij aan. 'Het valt...'

Ik onderbrak hem.

'Je hoeft niet te gaan hoor,' zei ik.

'Ga jij maar,' zei ze ineens. 'Gaan Michael en jij maar voor mij.'

'Finn, het is beter als je gaat, vind je niet, Sam?' zei Daley. 'Je moet weer onder de mensen komen.'

'Alsjeblieft, Sam. Alsjeblieft, wil jij voor mij gaan?'

Daley keek me aan.

'Sam, vind je niet dat het goed voor haar zou zijn als ze gaat? Ze kan toch niet zo door blijven gaan, ze moet weer eens onder de mensen zijn.'

Er verscheen een panische blik in haar ogen. Ik werd nat en wou weg uit die modderige kiezelstenen en die stromende regen. We konden haar niet dwingen.

'Ze moet het zelf beslissen,' zei ik.

Ik wenkte de gedaantes in de deuropening, die naar buiten kwamen rennen om te horen of de plannen veranderd waren. De laatste glimp die ik van Finn opving, was dat ze mee het huis in genomen werd, een kleine natte gestalte, slap tegen Danny leunend, met een huppelende Elsie achter hen aan, in de gestaag neerkomende regen.

Tijdens de dienst stond ik er zwijgend en roerloos bij, stond ook Daley er zwijgend bij, maar wel voortdurend onrustig. Hij haalde zijn vingers door zijn satijnglanzende haar, wreef in zijn gezicht alsof hij de donkere kringen onder zijn ogen, die hem zo'n liederlijk voorkomen gaven, kon wissen en ging steeds van de ene voet op de andere staan. Ten slotte legde ik een hand op zijn arm om hem te kalmeren.

'Je bent aan vakantie toe,' fluisterde ik. Een oudere vrouw, die aan de andere kant van me zat, met een platte hoed op haar hoofd gedrukt, zong met hoge stem. 'Brood des He-e-e-mels,' klonk het met een hartstochtelijk vibrato. Ik zong geluidloos mee en keek om me heen. Ik probeerde de wereld van Finn en haar familie op me in te laten werken. Volgens mij verkeerde Finn tot dusverre in een jammerlijk isolement. Deze begrafenis had iets onwerkelijks. Ik had geen enkele band met het dode stel, behalve dan via hun dochter. Ik wist nauwelijks hoe ze eruitzagen, behalve dan van wat ik in alle kranten had zien staan – een schimmige foto genomen tijdens een liefdadigheidsfeest, hij fors en zij broodmager, allebei beleefd glimlachend naar een gezicht buiten beeld, terwijl hun verschrikkelijke dood hun een plaats bezorgde in de geschiedenis. 'Ge-e-e-eft mij te eten tot ik niet meer behoef.'

Soms vraag ik me af of mensen kunnen ruiken dat ik uit de buitenwijken kom, zoals een hond zogenaamd een neus heeft voor angst. Ik meen dat ik rijkdom en aanzien op kilometers afstand kan ruiken, en die lucht hing hier. Bescheiden zwarte rokken en keurige zwarte handschoenen, grijze gabardine pakken met een vleugje glamour bij de hals, doorschijnende zwarte kousen, gewone lage schoenen (mijn gespen glommen opzichtig in de duffe atmosfeer van de Victoriaanse kerk), kleine oorbellen aan honderd oorlellen, make-up die je niet zag maar waarvan je wist dat alle vrouwen van middelbare leeftijd die op hadden, dat ingehouden welopgevoede verdriet, hier en daar een discrete traan, ingetogen maar dure boeketten met lentebloemen op de twee kisten die zo kaal op de katafalk lagen. Ik heb een keer een begrafenis moeten regelen en had alle catalogi doorgewerkt en de juiste woorden geleerd. Ik bekeek de gezichten een voor een. In een bank voor me zaten zeven tienermeisjes. Vanuit de hoek vanwaar ik naar ze keek, overlapten hun lieve profielen elkaar als engelen op een goudgerande kerstkaart. Ik zag dat ze elkaar allemaal een hand hadden gegeven of elkaar zaten aan te stoten en dat ze af en toe hun hoofd schuin hielden om enig gefluister van links of rechts op te vangen. Finns schoolvriendinnen, concludeerde ik, en nam me voor om later te proberen een toevallige ontmoeting te arrangeren. Recht voor me zat een mollige vrouw in glinsterend zwart met een grote hoed op in haar ruime zakdoek te snikken. Onmiddellijk wist ik dat dit de schoonmaakster was, degene die de lijken had aangetroffen. Zij was de enige die een rauw, luidruchtig, schaamteloos verdriet tentoonspreidde. Hoe moest het nu verder met haar?

In stilte knielden we om de geliefde overledenen te gedenken, alleen een tiental ouder wordende knieën kraakte. Ik vroeg me af wat al die mensen zich herinnerden – welk gesprek, welke ruzie, welk incident kwam aan dat onverzoenlijke oppervlak van de dood drijven? Of herinnerden ze zich dat ze de oven aan had laten staan, of zaten ze na te denken over wat ze naar het concert van die avond aan zouden doen of zich af te vragen of er nog roos op hun donkergeklede schouders terechtkwam? Wie waren de intimi van Finn – de oude vrienden van de familie die haar tijdens haar kinderjaren hadden gekend, haar hadden zien lijden en haar tot een mooie jonge vrouw hadden zien opgroeien, van het lelijke eendje tot de gracieuze zwaan? Wie waren de vage kennissen, die op kwamen dagen omdat het echtpaar was afgeslacht en er politie en journalisten bij de deur van de kerk stonden?

'Onze Vader,' dreunde de dominee.

'Die in de hemel zijt,' volgden we gehoorzaam. 'Uw naam worde geheiligd...' En de schoonmaakster, hoe die ook heette, bleef maar snikken.

Ferrer, dat was het. De mensen verlieten door het middenpad de kerk, maar zij stond daar nog, dus ik drong me tegen de stroom in naar haar toe. Ze was nauwelijks te zien omdat ze tussen twee banken gebogen stond. Ik kwam dichterbij en zag dat ze dingen van de grond opraapte en in haar tas stopte. Ze wilde net haar jas aantrekken, maar stootte weer haar tas om.

'Ik help u wel even,' zei ik, en bukte me en voelde onder de bank naar de sleutels en portemonnee en het kleingeld en de opgevouwen stukjes papier die eruit gevallen waren. 'Gaat u mee naar hiernaast?' Ik zag haar gezicht zich afsluiten, de huid bleek, de ogen gezwollen van het huilen. 'Hiernaast?'

Ik voelde een por in mijn rug, draaide me om en zag rechercheur Baird staan. Hij knikte glimlachend naar me, corrigeerde zich vervolgens en keek somber.

'U heeft met mevrouw Ferrer kennisgemaakt,' zei hij.

'Heeft iemand zich om deze vrouw bekommerd?' vroeg ik.

Baird haalde zijn schouders op.

'Dat weet ik niet. Volgens mij gaat ze over een paar dagen terug naar Spanje.'

'Hoe gaat het?' vroeg ik. Ze gaf geen antwoord.

'Het is in orde,' zei Baird, met die luide langzame stem waarmee je tegen buitenlanders praat. 'Dit is dokter Laschen. Ze is dokter.' Mevrouw Ferrer keek angstig en verward. 'Em... doctóra, medico.'

Mevrouw Ferrer negeerde mij en begon snel en onsamenhangend tegen Baird te praten. Ze had spullen van het meisje. Waar zat ze? Ze ging naar huis en wou die dingen aan mejuffrouw Mackenzie geven. Afscheid van haar nemen. Ze moest afscheid van haar nemen, ze kon niet weg voordat ze met haar gesproken had. Baird keek me zenuwachtig aan.

'Nou, mevrouw Ferrer, als u alles aan mij geeft, dan zorg ik direct...' Hij keek me aan en wuifde me weg met zijn hoofd. 'Laat maar, dokter, ik loop wel even met haar mee.'

'U ziet eruit als iemand die bridge speelt. Helpt u ons even.'

Twee vrouwen – eentje met grof bruin haar en een krachtige neus, de ander met perfect wit haar onder een heel klein zwart hoedje – betrokken me wenkend bij hun gesprek. Op ongeveer dertienjarige leeftijd had mijn moeder me gedwongen om lid te worden van de bridgeclub van school, als onderdeel van mijn opvoeding tot carrièremaakster. Ik had het er twee weken uitgehouden, lang genoeg om te leren hoeveel punten elke kaart waard was, maar meer ook niet.

'Als ik met twee sans open, wat denkt u dan dat ik heb?'

'Sans,' zei ik serieus. 'Zijn dat de zwarte of zijn dat de rode kaarten?'

Hun mond viel open, en ik trok me terug, het theekopje in de hand, een verontschuldigende glimlach op mijn gezicht. Aan de andere kant van de zaal zag ik Michael in een diep gesprek gewikkeld met een kalende man. Ik vroeg me af wie dit allemaal had geregeld – de zaal geboekt, de sandwiches verzorgd, de theeketel gehuurd. Ineens werd mijn aandacht getrokken.

'Ik had gehoopt dat ik Fiona even zou zien, dat arme kind. Heeft iemand nog met haar gesproken?'

Ik bleef staan en nipte aan mijn lege kopje.

'Nee,' klonk het ten antwoord. 'Volgens mij niet. Ik heb wel gehoord dat ze haar naar het buitenland hebben gestuurd om te herstellen. Ik denk dat ze nog familie in Canada hebben of zo.'

88

'Ik heb gehoord dat ze nog in het ziekenhuis ligt, of in een kliniek. Ze was bijna dood, weet je. Arme schat. Zo'n zacht, vriendelijk meisje. Hoe moet ze hier nou ooit overheen komen?'

'Monica zegt' – de stem achter me daalde tot een toneelmatig gefluister dat ik nu nog beter kon horen – 'dat ze, je weet wel, verkracht is.'

'O nee, wat vreselijk.'

Ik liep door, dankbaar dat Finn dit allemaal bespaard was gebleven. Dat rouwproces kon wel even wachten. Baird had plichtsgetrouw met mevrouw Ferrer in een hoek gestaan, en ik zag dat ze in de richting van de deur liepen. Ik maakte oogcontact, en ze kwam naar me toe, greep mijn hand en mompelde iets wat kennelijk dankjewel moest betekenen. Ik probeerde haar duidelijk te maken dat als er iets was wat ik voor haar kon doen, ik dat zou doen, en dat ik haar adres wel aan Baird zou vragen en haar kwam opzoeken. Ze knikte naar me, maar ik wist niet zeker of ze het wel had gesnapt, en ze liet mijn hand los en keerde me de rug toe.

'Hoe gaat het met de schoonmaakster?' vroeg een stem achter me. Michael Daley.

'Jij bent toch haar arts?'

'Ze staat bij mij ingeschreven. Dat heb ik gedaan om de Mackenzies een plezier te doen.' Hij draaide zich om en volgde fronsend hoe ze de zaal uitliep voordat hij zich weer tot mij wendde. 'Weet ze wie jij bent?'

'Baird heeft ons aan elkaar voorgesteld. Ik denk niet dat ze snapt wat Finn en ik met elkaar te maken hebben.'

'Wat wou ze van je?'

'Steun, zou ik zeggen, en heel dringend ook. En ze wil Finn iets geven. En haar even spreken voordat ze naar Spanje teruggaat.'

Hij nam peinzend een slokje van zijn sherry.

'Klinkt goed,' zei hij. 'Het is vast goed voor Finn als ze iemand spreekt die ze kent.'

'Ik weet niet of het wel veilig is, maar aan de andere kant zou zij iemand kunnen zijn die geen bedreiging voor haar vormt,' zei ik.

'Prima,' zei hij.

Er werd even gezwegen. Hij lachte half. 'Er lopen hier een of twee mensen rond met wie ik voor de vorm even moet praten. Ik zie je wel als we hier weggaan.'

In een hoek van de zaal groepten de meisjes die ik in de kerk had gezien. Ik liep op ze af en zodra ik oogcontact had gemaakt ging ik erbij staan.

'Jullie zijn zeker vriendinnen van Finn?'

Een lang meisje met donker haar tot op haar schouders en sproeten over de rug van haar wipneus keek eerst mij en toen haar vriendinnen wantrouwend aan. Wie was dat?

'Alleen van school,' zei ze.

Ik was er zo op uit geweest om iets over Finn te horen van mensen die haar kenden, maar nu wist ik niet wat ik moest zeggen.

'Ik heb haar vader gekend. Van het werk.'

Ze knikten allemaal naar me, zonder nieuwsgierig te zijn. Ze stonden te wachten tot ik door zou lopen.

'Wat is ze voor iemand, Finn?' vroeg ik.

'Voor iemand?' Dit kwam van een blond meisje met een kort kapsel en een puntneus. 'Een leuk iemand.' Ze keek om zich heen, zoekend naar bevestiging. De meisjes knikten.

'Wás een leuk iemand,' zei een ander meisje. 'Ik ben bij haar langs geweest in het ziekenhuis. Ik mocht niet bij haar in de buurt komen. Heel stom, als je het mij vraagt.'

'Het kan zijn...'

'Ben je zover?'

Ik draaide me geschrokken om en zag Michaels gezicht. Hij stak zijn arm onder mijn elleboog en knikte naar de meisjes. Ze glimlachten naar hem, heel anders dan naar mij.

Het parkeerterrein van het kerkje in Monkeness lag vlak bij de zeewering, en daar gingen we even zitten. Ik knabbelde wat aan een stuk walnotentaart dat ik onderweg naar buiten van een blad had gegrist en Michael stak een sigaret op. Dat kostte een aantal lucifers, en uiteindelijk moest hij op zijn hurken de beschutting van de zeewering zoeken.

'Kon Finn goed met haar ouders opschieten?'

Hij haalde zijn schouders op.

'Waren ze dik met elkaar? Hadden ze vaak ruzie? Je moet me een beetje helpen, Michael, ik woon met dat meisje samen.'

Hij nam een lange trek van zijn sigaret en maakte een hulpeloos gebaar.

'Volgens mij waren ze wel redelijk dik met elkaar.'

'Michael, er zijn vast problemen tussen hen geweest. Ze is vanwege een depressie en anorexia in het ziekenhuis opgenomen. Jij was haar arts.'

'Klopt, dat was ik,' zei hij, zijn ogen afwendend naar de schemerige zee. 'Het was een tiener, dat is voor de meesten van ons een rommelige tijd, dus...' Hij haalde zijn schouders op en maakte zijn zin niet af.

'Had je het er moeilijk mee, als vriend van haar ouders?'

Hij keek me met vermoeide donkere ogen aan.

'Ik heb het er heel moeilijk mee, als vriend van Leo en Liz. Heeft de politie je verteld wat ze met hen hebben uitgevoerd?'

'Een beetje. Zo erg was het.'

We stapten in de auto en reden weg. De omgeving zag er grijs, miezerig en vaag uit. Ik wist dat het door mijn stemming kwam. Ik was naar een begrafenis geweest en had geen verdriet gevoeld. Ik had alleen maar zitten nadenken, zonder enig resultaat. Ik keek uit het raam. Rietstad.

'Ik doe het niet goed tegenover Finn,' zei ik. 'En vandaag was ik nou niet bepaald trots op mezelf.'

Hij keek om zich heen.

'Waarom, en waarom?'

'Volgens mij wou Finn me iets duidelijk maken toen ze zei dat ik naar de begrafenis van haar ouders moest, maar het enige wat ik heb gedaan is er op een stiekeme manier proberen achter te komen wat voor iemand ze was.'

Hij keek verbaasd.

'Waarom heb je dat gedaan?' vroeg hij.

'Op een patiënt in een vacuüm krijg ik geen zicht. Ik moet een achtergrond hebben.'

'En wat ben je te weten gekomen?'

'Niks, behalve dan wat ik al wist: dat ons inzicht in onze vrienden en familie, hoe intiem die ook zijn, eigenaardig genoeg vaag is. "Leuk". Ik ben te weten gekomen dat Finn "leuk" is.'

Hij legde zijn hand op mijn arm, haalde die weer weg om te schakelen en legde 'm weer terug.

'Dat had je tegen me moeten zeggen. Als je dat wil, kan ik je wel voorstellen aan mensen die de familie goed hebben gekend.'

91

'Dat zou mooi zijn, Michael.'

Hij keek me aan en lachte ondeugend naar me.

'Ik zal jou weleens even deze dorpsgemeenschap inloodsen, Sam.'

'Ze moeten me vast niet, Michael. Ik kom uit de middenklasse, en daar de onderkant van.'

Hij lachte.

'Ik weet zeker dat ze in jouw geval wel een uitzondering zullen maken.'

I 2

'Ze vindt mij maar een zwerver. Waarom zou ik dan beleefd tegen haar doen?'

'Je bent ook een zwerver. Als je nou maar niet totaal onbeschoft tegen haar doet. Ga anders een flink eind lopen, zodat je helemaal uit de buurt bent.'

Danny legde zijn handen om mijn middel terwijl ik voor de gootsteen stond en beet in mijn schouder.

'Ik heb honger en ik ben hier graag.'

'Ik sta af te wassen,' zei ik boos. Hij begon me vandaag op mijn zenuwen te werken, net als gisteren. Na afloop van de begrafenis hadden we er lang met Finn over gesproken, was Michael nog even een glaasje blijven drinken – onder de dreigende blikken van Danny, alsof hij en ik een hele dag in een tweepersoonsbed hadden doorgebracht en niet bij een begrafenis, en terwijl Michael vreemd genoeg nerveus werd van Danny – was Elsie naar bed gebracht en hadden wij onze hereniging hartstochtelijk gevierd, maar de twee dagen daarna waren niet best verlopen. Hij had op zijn gebruike- lijke manier in huis rondgehangen, was laat opgestaan, had kolos- sale ontbijten verorberd, terwijl Sally om hem heen schoonmaak- te, was pas in de vroege uurtjes bij me in bed gekropen en met zijn bierkegel tegen me aan gaan liggen, en dat had me geïrriteerd. Hij had geen enkele rekening met Finn gehouden, ook al was hij niet echt onbeschoft geweest, maar dat had me ook geïrriteerd. Hij had zijn eetgerei onafgewassen in de gootsteen laten staan, zijn kleren ongewassen in de hoek van mijn kamer laten slingeren, hij had bijna mijn hele koelkast leeggeroofd zonder die bij te vullen, maar toen raakte ik geïrriteerd door mijn eigen nuffige gedoe. Ik wou toch zo graag dat Danny zichzelf bleef?' 'Kan je dan niet een keertje de tafel dekken of zo?' klaagde ik.

'De tafel dekken? Laat ze maar haar eigen vork uit de la pakken. Duurt nog zeker een kwartier voordat ze komt. Waarom gaan we niet eventjes naar boven?' Zijn handen bevonden zich nu onder mijn blouse.

Met mijn zeephanden duwde ik zijn tastende vingers weg.

'Elsie en Finn zitten in de kamer hiernaast.'

'Halverwege de puzzel.'

'Het is wel een heel leuk iemand om in huis te hebben, vind je niet?'

Hij liet me los en plofte neer op een keukenstoel. 'Vind jij van wel?' vroeg hij.

'Wat is daar nou weer mis mee?'

'Ach, jezus.' Hij haalde zijn hand door zijn haar. 'Ik heb helemaal geen zin om over jouw patiënt te praten.'

Ik pakte vijf vorken uit de plastic mand bij de gootsteen en liet die voor hem op tafel kletteren.

'In de koelkast staat nog een quiche. Warm die maar op. In de vriezer ligt ijs. Volgens mij ben je jaloers op haar.'

'En waarom zou ik jaloers zijn?' Hij hield nu zijn armen gevouwen voor zijn borst en keek me woedend aan.

'Omdat ik haar graag mag en Elsie haar graag mag en jij je helemaal niet meer zo de koning voelt als je je weer eens verwaardigt om ons hier buiten een bezoek te brengen – daarom.'

'En weet je wat ik vind, Sam? Ik vind dat jij je werk niet meer weet te scheiden van thuis. Je maakt er een puinhoop van. En dan moet je gelijk ook eens hierover nadenken: eerst moet ik voor jouw liefde concurreren met een dode en daarna nog eens met een ziek kind. Hoe kan ik dat nou ooit winnen?'

Er werd hard op de voordeur geklopt. Voor één keer was ik blij dat Roberta te vroeg langskwam.

Ik doe af en toe onaardig tegen Roberta omdat ik bang ben voor de gemengde en tegenstrijdige gevoelens die ik altijd voor haar heb gekoesterd. Ik wil niet weten of ze ongelukkig is. In onze jeugd werd Roberta tot het mooie meisje bestempeld en ik tot het slimme. Er was geen ontkomen aan. Zij droeg de roze jurken en had de rijen poppen op haar plank in haar slaapkamer, ik droeg een broek (ook al had die tot mijn afschuw hielbandjes en geen zakken) en las boeken onder de dekens, bij het licht van een lantaarn. Zij verfde haar nagels met een parelkleurige lak (ik beet op de mijne), droeg mooie blouses en epileerde haar wenkbrauwen. Zodra ze borstjes kreeg, gingen mam en zij speciaal naar Stacy's om mooie behaatjes met bijpassende slipjes te kopen. Zodra ze begon te menstrueren kwam er een sfeer van glamour en mysterie om het maandverband en de bloedvlekken te hangen. Ze was een onzeker meisje dat dapper maar toch bevreesd de vrouwelijke staat binnentrad, alsof die als haar gruwelijke roeping gold.

Toen ik mijn co-schappen deed en weekenddiensten van 72 uur draaide in het Sussex-ziekenhuis aan de rivier was zij moeder en woonde in Chigwell, en terwijl ik mager en onhandelbaar en oud werd, werd zij ronder en vermoeider en oud. Haar man noemde haar 'Bobsie' en vertelde me een keer dat mijn zus de beste scones van Essex maakte. Maar ja, wat dacht zij als ze mij zo eens bekeek? Zag ze dan een succesvolle arts, of een morsige alleenstaande moeder die een knipperlichtrelatie had met een ordinaire vriend, ordinair rood haar en die niet eens een quiche kon opwarmen als haar zus kwam lunchen?

'En Fiona, hoe vind je het om bij Sam te logeren?'

'Leuk.'

Finn had haar eten nauwelijks aangeraakt. Eens anorexia, altijd anorexia, zeggen ze, net als bij drinkers en rokers. Met een bangelijk lachje op haar gezicht had ze daar gezeten, en ondertussen had Danny zo'n beetje over tafel gehangen en flirterige opmerkingen gemaakt, en was ik tegen hem uitgevallen en had Bobbie opgewekt zitten voorstellen hoe we elkaar wat vaker konden zien.

'Vind je het leuk om buiten te wonen, of woon je liever in de stad?' In haar gezelschapsvrees klonk Bobbie alsof ze het tegen een kind van zes had.

'Dat weet ik niet...'

'Tante.' Elsie wou per se zo dicht bij Roberta zitten dat ze bijna bij haar op schoot zat. Telkens als ze weer een hap ijs met chocoladevlokken in haar besmeurde en gretige mond lepelde, gaf ze mijn zus een por met haar puntige elleboogjes.

'Ja, Elsie.'

'Raad eens wat ik word als ik groot ben.'

Dit was het soort gesprek dat Bobbie wel aankon. Ze wendde zich af van de drie volwassen gezichten tegenover haar.

'Eens kijken. Dokter, net als mammie?'

'Nevernooitniet!'

'Mmmm, verpleegster?'

'Nee.'

'Balletdanseres?'

'Nee. Geef je het op? Een mammie, net als jij.'

'Echt, lieverd? Dat is geweldig.'

Danny trok een meesmuilend gezicht, lepelde nog wat ijs op zijn bord en slurpte dat luidruchtig naar binnen. Ik wierp hem een woedende blik toe.

'Jij bent haar voorbeeld, Roberta,' zei hij.

Bobbie lachte verlegen. We zitten haar te treiteren, dacht ik.

'Laat mij maar even afruimen,' zei ze, en stapelde de borden kletterend op elkaar.

'Ik zet even water op,' zei ik, 'en misschien kunnen we daarna wat gaan wandelen.'

'Mij niet gezien,' zei Danny. 'Ik blijf hier wel een beetje rond-lummelen, denk ik. Dat is wat ik echt het liefste doe, hè Sammy?'

Finn liep achter Roberta en mij aan naar de keuken, met een stel glazen als excuus. Ze sprak mijn zus aan die verwoed de borden stond schoon te borstelen.

'Waar heb je die trui gekocht?' vroeg ze. 'Mooi. Die staat je goed.'

Ik bleef midden in de keuken staan, met de waterkoker in mijn hand. Bobbie glimlachte opgetogen maar wel verlegen.

'In een winkeltje bij ons in de buurt. Ik dacht eerst dat die me misschien te dik zou maken.'

'Helemaal niet,' zei Finn.

Een zee van emoties welde in me op – verbijstering dat Finn zo'n aplomb vertoonde, schaamte dat ik Bobbie zo verwaarloosd had, een vloedgolf van tederheid voor mijn zus die met zo'n kleine opmerking zo gelukkig gemaakt kon worden. Maar even later hoorde ik Bobbie vragen wat Finn eigenlijk studeerde. Er werd aan de deur gebeld, er klonk wat gemompel en Danny verscheen in de deuropening.

'Een zekere Baird voor je,' zei hij.

'Ik praat wel even met hem in de keuken. Kan jij de anderen even de woonkamer wijzen?'

'Ik voel me net zo'n kuttige butler,' zei hij, waarop hij Roberta aankeek. 'Ik bedoel, zo'n rottige butler.'

Baird zat aan mijn keukentafel en speelde met een mok.

'Zal ik daar wat koffie voor je in doen?'

'Nee, dank je. Je ontluchter moet gerepareerd worden. Dan ruikt het niet zo in de keuken. Ik kan er wel even voor je naar kijken als je wil. Ik haal 'm zo uit elkaar.'

Ik ging tegenover hem zitten.

'Wat is er?'

'Ik kwam hier toevallig langs.'

'Niemand komt hier toevallig langs.'

'Dokter Daley zegt dat mevrouw Mackenzie enige tekenen van vooruitgang heeft getoond.'

'Wel enige, ja.'

'Heeft ze al iets over het misdrijf gezegd?'

'Rupert, is er wat aan de hand?'

'Alles gaat uitstekend,' sprak hij formeel. 'Ik wou alleen weten hoe het met je ging.'

'Met ons gaat het ook uitstekend.'

Hij stond op, alsof hij wilde weggaan.

'Ik wou je alleen vragen,' zei hij, alsof dit iets was wat hij net bedacht, 'of je oplet als er iets raars gebeurt.'

'Spreekt vanzelf.'

'Niet dat zoiets zal gebeuren, maar als je iets raars opvalt of als mevrouw Mackenzie iets zegt, bel dan 999 en vraag naar Stamford Central 2243. Dat is de snelste manier om me te bereiken, dag en nacht, maakt niet uit hoe laat.'

'Maar Rupert, dat nummer ga ik helemaal niet bellen, want jij hebt me toch uitgelegd hoe volkomen veilig dit allemaal geregeld is en dat ik me nergens zorgen over hoefde te maken.'

'Je hebt helemaal gelijk. En dat is nog steeds zo, maar we hadden wel gehoopt dat we inmiddels een veroordeling zouden hebben. Is dit de enige buitendeur, behalve die aan de voorkant?' Hij greep de kruk en probeerde die. Het zag er niet zo stevig uit.

'Moet ik er soms tralies voor laten zetten?'

'Natuurlijk niet.'

'Rupert, is het niet het gemakkelijkst als je me vertelde op wie we moeten letten?'

'Je hoeft helemaal niet op iemand te letten.'

'Hebben jullie dan een verdachte of een beschrijving of een compositietekening?'

'We zijn allerlei mogelijkheden aan het natrekken.'

'Rupert, er gaat hier helemaal niets gebeuren. Niemand heeft het op Finn gemunt en niemand weet dat ze hier zit.'

'Zo hoor ik het graag.'

'Godallemachtig, Rupert, maandag is er toch die brand geweest op dat vrachtwagenparkeerterrein? Hoeveel wagens met kalfsvlees zijn daar in vlammen opgegaan? Veertig?'

'Vierendertig vrachtwagens hebben daar schade opgelopen, de ene wat meer dan de andere.'

'Moet je dan niet die dierenbevrijders gaan pesten, in plaats van mij ongerust te maken?'

'Ik geloof dat een stel collega's ook op dat lijntje bezig is. Als ik het goed heb...' De zin stierf weg.

'Hebben jullie dan een verdachte? Waarom kom je hier eigenlijk?'

'Even een kijkje nemen. Ik ga er nu vandoor. We houden contact.'

'Wil je Finn even spreken?'

'Beter van niet. Ik wil haar niet nerveus maken.'

We liepen samen naar zijn auto. Er schoot me iets te binnen.

'Heb je al iets van mevrouw Ferrer gehoord?'

'Nee.'

'Die wou Finn even zien, haar wat dingen geven, en ik dacht dat het misschien wel goed voor Finn was als ze met haar praatte.'

'Dat is op dit ogenblik waarschijnlijk niet zo'n goed idee.'

'Ik heb bedacht dat ik misschien wel eens bij haar langs kon gaan. Ik ben bang dat niemand zich om haar bekommerd heeft. Bovendien wil ik graag met haar over de familie praten, over Finn. Ik vroeg me af of jij me haar adres kon geven.'

Baird zweeg even en keek om naar mijn huis, kennelijk in gedachten verzonken.

'Daar zal ik over nadenken.'

We gaven elkaar een hand, en een fractie van een seconde

wachtte hij voor hij weer losliet. Ik dacht dat hij iets wilde zeggen, maar hij bleef zwijgen en knikte me alleen maar gedag. Ik draaide me om en zag Finns bleke gezicht voor het raam. Zo gemakkelijk was hij niet van me af. En alles waardoor ik nog even niet weer bij Danny en Roberta hoefde te gaan zitten was ook nog eens aantrekkelijk. Ik pakte de telefoon en belde Michael Daley.

13

'Lukt het een beetje?' vroeg Daley.

'Waarmee?'

Hij lachte.

'Ik weet niet waar ik moet beginnen. Met Finn. Met je kind. Met het buiten gaan wonen. Met je zware nieuwe baan.'

'Het lukt. Meer kan ik niet zeggen.'

Hij bracht me met de auto over de Stamfordse ringweg naar de wijk Castletown waar mevrouw Ferrer woonde. Aanvankelijk was hij ertegen, maar ik heb hem verteld dat ik haar ontmoet had en me in zekere zin verantwoordelijk voor haar voelde. Ik maakte me zorgen over haar stemming. Bovendien, als ze Finn wilde zien, dan kon dat weleens voor hen allebei goed zijn, en ik was vastbesloten om zoiets aan te moedigen. De schoonmaakster had wel degelijk vastbesloten geleken om Finn op te sporen en afscheid van haar te nemen. In ieder geval wou ik met haar praten. Nee, niet over de telefoon. Na mijn ervaring bij de begrafenis leek het mij dat het heel wat geduld, om maar te zwijgen over gebarentaal, zou kosten om enig zinvol contact met haar te leggen.

'Geef mij maar gewoon haar adres, dan ga ik morgenochtend bij haar langs.'

'Volgens mij werkt ze 's ochtends. Als je tot de middag kan wachten, ga ik met je mee. Ten slotte hoor ik haar huisarts te zijn. Dit zou je als een huisbezoek kunnen zien.'

Onder het rijden wees hij me op de resten van Romeinse vestingen, de sporen van een beleg tijdens de burgeroorlog, een grafheuvel uit een ver verleden, maar daarna lieten we die interessante plaatselijke monumenten achter ons en reden langs schoolsportvelden, volkstuintjes, rotondes, supermarktjes en benzinestations waar niets over te vertellen viel.

'Lukt het jóu een beetje?'

'Prima,' zei hij, ietwat fel. 'Waarom vraag je dat?'

'Uit beleefdheid.'

'Tegen mij hoef je niet beleefd te doen.'

'Je hebt mij nog niet anders zien doen.'

'Daar zou ik best tegen kunnen.'

Hij bleef op de weg kijken, dus ik zag niet hoe zijn ogen stonden.

'Vind je het vervelend dat ik er ben?' vroeg ik.

'In mijn auto?'

'Hier, bij de hele zaak betrokken. Terwijl jij Finns huisarts bent.'

'Ik heb je al verteld dat ik dat niet vervelend vind.'

'Dat zou wel begrijpelijk zijn.'

'Je bedoelt omdat ik maar een gewone dorpsarts ben en jij een ambitieuze specialiste.' Hij keek me aan om te zien of ik geschokt was.

'Jij bent nou niet direct wat ik me voorstel bij een dorpsarts,' zei ik. 'Dat is een compliment, volgens mij. Of zoiets. Maar het verbaast me wel dat je daar tevreden mee bent.'

We reden weer door een woonwijk met rijtjeshuizen.

'Als ik hier linksaf sla, komen we bij het oude huis van de Mackenzies. Maar we gaan hier gewoon rechtsaf naar het wat minder gezonde deel van Castletown. Wij lijken volgens mij op elkaar, jij en ik.'

Ik trok een spottend gezicht bij zijn duidelijke geflirt.

'Hoezo?'

'We houden allebei van een uitdaging. We gaan dingen aan.'

'Wat ben jij dan aangegaan?'

'Als jongetje had ik hoogtevrees. In de buurt waar ik naar school ging, stond een soort toren, een monument gebouwd door een excentrieke hertog. Die had honderdzeventig treden en als je boven was, voelde het net alsof je eraf viel. Ik heb mezelf tijdens het schooljaar gedwongen die één keer in de week te beklimmen.'

'En, ben je van die hoogtevrees afgekomen?'

'Nee. Dan was het saai geworden. Mijn werk is alleen maar

mijn werk. Behalve voor mensen als mevrouw Ferrer, uiteraard. Maar mijn echte leven speeelt zich voornamelijk daarbuiten af. Ik dwing mezelf tot dingen. Zweefvliegen, paardrijden. Heb jij weleens gezeild?'

'Nee, ik haat water.'

'Je kan hier niet wonen als je niet zeilt. Je moet een keertje mee in mijn boot.'

'Nou...'

'Deze auto is nog zo'n voorbeeld. Weet je iets van auto's af?'

'Volgens mij lijken wij helemaal niet op elkaar. Ik doe nooit dingen waar ik bang voor ben.'

'Hier moet het ergens zijn.'

'Hier? Kunnen we hier de auto wel kwijt?'

'Laat maar aan mij over. Ik ben arts. Ik heb een sticker op mijn raam. Ik ben op huisbezoek.'

'Woont ze in Woolworth's of zo?'

We reden in een drukke winkelstraat. Mevrouw Ferrer woonde in een van die kamers die je niet opvallen, een deur tussen twee winkels naar een verdieping die je daar niet zou verwachten. Een trap met een grijze loper voerde naar een overloop met twee deuren. Op de ene hing het naambordje van een tandarts, op de andere niets.

'Dit moet het zijn,' zei hij. 'Lekker dicht bij de winkels, in ieder geval.'

Een bel of klopper zat er niet. Hij roffelde met zijn knokkels op de deur. In pijnlijke stilte wachtten we. Er gebeurde niets. Hij klopte nog eens. Niets.

'Misschien is ze naar haar werk,' opperde ik.

Hij draaide aan de deurkruk. De deur ging open.

'Ik vind niet dat we naar binnen moeten gaan,' zei ik.

'De radio staat aan.'

'Waarschijnlijk is ze die vergeten uit te zetten toen ze de deur uit ging.'

'Misschien hoort ze ons niet. We gaan even boven kijken.'

Er kwamen nog meer treden. Dit keer zonder loper. Toen ik bovenkwam, blies er een verstikkende hitte in mijn gezicht. Hij trok een grimas naar me.

'Is er soms iets mis met de elektra?' vroeg ik.

'Zal wel heimwee naar Spanje zijn.'

'Mevrouw Ferrer!' riep ik. 'Hallo? Waar staat de radio?'

Hij wees voor me uit naar de piepkleine slonzige keuken.

'Ik kijk wel waar de kachel staat,' zei hij.

Ik liep de keuken in, waar de muziek blikkerig stond te galmen. Ik vond de radio bij de gootsteen, duwde zonder resultaat op enige knoppen en trok toen de stekker uit de muur. Er klonk een kreet die ik aanvankelijk voor een nagekomen gebonk uit de radio hield, maar op dat moment realiseerde ik me dat het mijn naam was. 'Sam! Sam!' Ik rende door naar de andere kamer en trof daar een gecompliceerd en merkwaardig tafereel. Ook toen ik even later erop terugkeek, kon ik me niet meer voor de geest halen hoe ik dat in mijn hoofd had weten te ordenen. Ik zag een vrouw op het bed met al haar kleren aan, een grijze rok, een vrolijk gekleurde nylon trui. Zonder hoofd. Ja, er was wel een hoofd, maar dat ging schuil onder iets, en Michael stond daar als een gek aan te sjorren, het stuk te scheuren. Het was plastic, een zak, waar je het fruit van de supermarkt in doet. Hij schoof zijn vingers in haar mond en drukte toen stevig op haar borst en deed allerlei dingen met haar armen. Ik keek om me heen of er een telefoon was. Daar. Ik toetste een nummer in.

'Kan er een ambulance komen? Hè? Waar we zitten? Michael, waar zitten we?'

'Quinnan Street.'

'Quinnan Street. Bij de Woolworth's. Boven de Woolworth's, volgens mij. Kunt u ook de politie waarschuwen?' Hoe heette hij ook al weer? Rupert. Rupert. 'Inspecteur Baird van de recherche in Stamford.'

Ik legde de hoorn neer en keek om me heen. Michael zat nu roerloos voor het lijk van mevrouw Ferrer, maar ik zag nog wel haar open ogen, het in de war geraakte grijze haar. Hij stond op en liep langs me heen. In de keuken hoorde ik water uit de kraan komen. Ik ging bij het lijk zitten. Ik raakte het haar aan en probeerde dat een beetje te fatsoeneren, alleen wist ik niet meer hoe het ook alweer zat. Was er nog iemand die dat wist?

'Sorry,' zei ik hardop tegen mezelf, tegen haar. 'Sorry, sorry.'

Binnen vijf minuten arriveerde de ambulance, een man en een

vrouw in een groene overal kwamen heel vlug het huis in lopen, voerden in een iets trager tempo een kort onderzoek uit en bleven toen stilstaan. Ze keken om zich heen alsof ze uit een droom waren ontwaakt en ons voor het eerst gewaar werden. We stonden ons net aan elkaar voor te stellen toen twee jonge agenten de trap op kwamen. Ik vroeg naar Baird, en een van de agenten zei iets in een portofoon. Ik fluisterde iets tegen Daley, met een schuldig en samenzweerderig gevoel.

'Hoe is het gebeurd?' Ik wist het antwoord al.

Hij keek verdwaasd uit zijn ogen.

'Met een plastic zak,' mompelde hij. 'Over het hoofd. Gestikt.'

In mijn maag voelde ik een pijn omhoogrijzen via mijn slokdarm en uiteindelijk doorbonken in mijn hoofd. Ik kon niet helder nadenken, ik had alleen het idee dat ik weg wilde, maar waarschijnlijk niet weg kon. Even later kreeg ik een merkwaardig dankbaar gevoel toen ik Baird de kamer zag binnenkomen, die op dat moment helemaal vol leek, samen met een verstrooid kijkende man in een kreukelig pak die aan me werd voorgesteld als dr. Kale, de patholoog-anatoom. Met een knikje liep Baird langs me heen en ging even zwijgend bij het lijk staan kijken. Daarna sprak hij me aan.

'Wat deed jij hier?' vroeg hij op ingehouden toon.

'Ik maakte me ongerust over haar. Ik heb haar een keer ontmoet en toen leek ze om hulp te schreeuwen. Maar kennelijk was ik te laat.'

'Je hoeft jezelf niks te verwijten. Dit was geen schreeuw om hulp. Ze wou echt dood... Is het lijk van zijn plaats geweest?'

'Nee. Michael heeft haar alleen geprobeerd te reanimeren.'

'Was het tijdstip van overlijden recent?'

'Geen idee. Lastig te zeggen met deze warmte in huis.'

Baird schudde zijn hoofd.

'Verschrikkelijk,' zei hij.

'Ja,' zei ik.

'Je hoeft hier niet te blijven, hoor. Jullie geen van beiden.'

'Dan denk ik dat we het maar aan Finn moeten gaan vertellen.'

'Dat zou ik graag doen, als je het niet erg vindt.' Dat was Michael. 'Tenslotte ben ik haar huisarts.'

'Ja, dat klopt.'

Dus reden we in een bedrukte sfeer terug naar Elm House. Michael bracht me naar zijn praktijk waar ik mijn auto had laten staan. Daarna reden we in een absurd konvooi Stamford uit, en onderweg moest ik de hele tijd denken aan een vrouw die op de plaats van een moord komt, daar al dat bloed en dat leed aantreft, dat allemaal niet kon verwerken en niemand had om haar te helpen, en dat ik dat wist en te laat was gekomen.

We troffen Finn en Elsie in de keuken, bezig met het natekenen van letters. Zonder iets te zeggen pakte ik Finn en Elsie bij de hand en liep naar buiten waar Michael stond te wachten. Ik hield Elsie stevig in mijn armen en babbelde met haar wat over hoe het was geweest op school, maar ondertussen keek ik hoe Michael en Finn in de richting van de zee liepen. Ik zag hun silhouetten, en achter hen kreeg het riet een gouden puntje van de lage zon, hoewel het nog niet eens vier uur was. Ze praatten aan één stuk door en leunden af en toe tegen elkaar aan. Uiteindelijk kwamen ze weer teruglopen en ik zette Elsie neer, en nog altijd zonder iets tegen me te zeggen stortte Finn zich in mijn armen en drukte zich zo dicht tegen me aan dat ik haar adem in mijn hals voelde. Ik merkte dat Elsie aan me trok, en we begonnen allemaal te lachen en gingen naar binnen, uit de wind.

14

'Ben ik jouw patiënt?'

Ik voelde me net een moeder aan wie gevraagd wordt waar de kindertjes vandaan komen, en inmiddels had ik de mogelijke antwoorden overwogen voor als die vraag werd gesteld. Even werd ik heen en weer geslingerd tussen het verlangen om haar gerust te stellen en de verantwoordelijkheid om duidelijk tegen haar te zijn.

'Nee, je bent de patiënt van dokter Daley, als je al van iemand patiënt bent. Maar je moet jezelf helemaal niet als patiënt zien.'

'Ik heb het niet over mezelf, ik heb het over jou.'

'Hoezo?'

'Ik snap niet wat ik bij jou in huis moet. Ben ik hier aan het onderduiken? Ben ik aan het vluchten voor iets? Ben ik een huurder? Een vriendin? Ben ik ziek?'

We zaten in een of andere pseudo-bistro in de buurt van de oude haven van Goldswan Green, een halfuur rijden langs de kust en op deze koude maandag in februari bijna leeg. Ik had een bord pasta en Finn zat met haar vork te prikken in een salade die als haar hoofdgerecht geserveerd was. Ze doorboorde een blad van een bittere slasoort die ik niet te eten vond en wentelde dat rond.

'Van alles een beetje, denk ik,' zei ik. 'Op dat ziek zijn na dan.'

'Ik voel me wel ziek. De hele tijd.'

'Klopt.'

'Jij bent de deskundige, Sam,' zei ze, haar salade over haar bord rondschuivend. 'Wat zou ik dán moeten voelen?'

'Finn, uit hoofde van mijn beroep zorg ik er doorgaans juist voor dat ik mensen níet vertel wat ze moeten doen of voelen. Maar in dit geval wil ik wel een uitzondering maken.'

Van paniek verstrakte haar gezicht.

'Hoe bedoel je?'

'Als autoriteit op het gebied van posttraumatische stressstoornis raad ik je ten sterkste aan om niet meer met je sla te spelen en met je vork over dat bord te schrapen, want dat begint op mijn zenuwen te werken.'

Ze keek geschrokken omlaag, maar ontspande zich toen tot een lachje.

'Aan de andere kant,' zo ging ik door, 'zou je ook eens wat van dat bord naar je mond kunnen brengen.'

Ze haalde haar schouders op en stopte het hele blad in haar mond en kauwde er knisperend op. Een sardonisch gevoel van triomf kwam boven.

'Zie je wel,' zei ik. 'Dat was toch niet zo moeilijk.'

'Ik heb honger,' zei ze, alsof ze het gedrag van een exotisch dier bestudeerde.

'Heel goed.'

'Misschien kan ik wat van die pasta van jou bestellen.'

'Neem de mijne maar.'

Ik schoof het bord naar haar toe en ze viel erop aan, bijna uitzinnig, omdat ze zoiets nieuws probeerde. Een tijdje zeiden we geen van beiden iets. Voor mij was het genoeg om haar te zien eten.

'Misschien heb ik wel te veel gegeten, zo allemaal achter elkaar,' zei ze toen de twee borden schoon op waren.

'Zoveel was het niet. Voor het merendeel was het wat ik vergeten ben op te eten. Wil je koffie?'

'Ja. Met melk.'

'Mooi, Finn. Nog meer proteïne en calcium. We gaan jou eens een beetje aansterken.'

Ze begon te lachen, maar hield zich toen in.

'Waarom heeft ze het gedaan?'

'Wie? Mevrouw Ferrer?' Ik haalde mijn schouders op en waagde vervolgens de gok. 'Ze wou langskomen om je te zien, weet je. Ze ging terug naar Spanje, maar wou jou eerst nog even zien.' Ik moest denken aan haar krankzinnige verlangen om 'het kleine meisje' een bezoek te brengen – maar toen zag ik haar weer dood op bed, in haar vrolijk gekleurde trui.

Finns gezicht betrok. Het was alsof ze door me heen naar iets in de verte keek.

'Ik wou dat ze dat maar had gedaan, denk ik. Ik had haar graag gezien. Het zal wel gekomen zijn door al dat gruwelijks dat ze gezien had.'

'Dat moet heel erg geweest zijn,' zei ik afwezig.

'Je klinkt wantrouwig.'

'Zo bedoelde ik het niet.'

'Vond je dat ik toen stom deed? Met dat grote vuur?'

Die rommelige zaterdagmiddag was Danny kort na Rupert en Bobbie vertrokken – hij had zijn weekendtas en pukkel opgepakt, Michael en Finn genegeerd en mij nors gedag geknikt. Toen ik hem probeerde tegen te houden ('Ik weet dat dit geen ideale toestand is, maar laten we er een andere keer over praten') had hij vermoeid opgemerkt dat hij daar al drie dagen op had zitten wachten en dat ik alleen maar stekelig en naar deed, en of ik niet inmiddels doorhad dat die 'andere keer' nooit kwam en dat hij trouwens van alles in Londen te doen had. Waarop ik hem kinderachtig toesiste dat hij zich kinderachtig gedroeg. Daarna was hij er in een wolk uitlaatgassen vandoor gescheurd. Dit werd een gewoonte. Noch Finn noch Michael zei er iets van en Elsie wekte de indruk nauwelijks te merken dat hij er niet meer was. Door mevrouw Ferrers dood en mijn concentratie op Finn, was hij tot de rand van mijn belangstelling teruggedrongen.

De volgende zondagochtend was Michael Daley ineens langsgekomen. Ik stond in de tuin van planken, rietstengels en oude takken een groot vuur te bouwen toen zijn Audi de oprit indraaide. Hij kwam niet naar me toe, maar haalde een tiental volle Waitrose-tassen van de achterbank. Kocht hij nou ook nog eten voor ons? Te mooi om waar te zijn. Hij had wat kleren van Finn meegebracht die de politie had vrijgegeven.

'Waar moet ik dit dan allemaal kwijt?' vroeg ik terwijl we de tassen over het voetpad de gang in transporteerden.

'Ik dacht dat dit misschien een stap terug naar een normaal leven kon zijn,' zei hij.

'Ik vroeg me al af hoe lang ze in mijn spijkerbroek met opgerolde pijpen kon rondsloffen.'

'Sorry dat ik niet even kan blijven,' zei hij. 'Doe haar maar de groeten.'

'De groeten,' zei ik. 'Ik weet nooit wat dat zijn.'

'Je verzint wel iets.'

'Gaat het wel goed met je?'

'Hoezo?'

'Omdat je weer een patiënt kwijt bent.'

'Is dat soms grappig bedoeld?' vroeg hij op scherpe toon, maar zei verder niets. Hij vertrok zonder met Finn gesproken te hebben. Ik riep haar naar beneden.

'Kijk eens wat de dokter voor je heeft meegebracht,' zei ik.

Ze schrok zichtbaar. Ze trok een kastanjebruine, verkreukelde fluwelen blouse uit een van de tassen en hield die omhoog.

'Ik ben even in de tuin bezig,' zei ik. 'Ik ben daar zo'n beetje alles wat los ligt aan het verbranden. Kijk jij zelf maar wat je nog leuk vindt, als je wil.'

Ze knikte, maar zei niets. Ik liet haar alleen en toen ik achterom keek voordat ik de deur dichtdeed, zag ik haar op haar knieën in de gang zitten, met het fluweel tegen haar wang gedrukt, alsof ze een heel klein verdwaald kind was.

Tuinieren zal altijd een mysterie voor me blijven, maar ik was wel dol op het maken van een vuur. Het had geregend, dus het werd een moeizame onderneming, maar dat verhoogde alleen maar de uiteindelijke voldoening. Aan de windkant van mijn stapel afval had ik op verschillende plaatsen proppen krantenpapier gelegd. Ik stak ze aan en het begon te knetteren en te gloeien, maar ging toch uit. Ik keek in de schuur en vond een bijna lege doos aanmaakblokjes en een flesje afwasmiddel dat niet meer naar afwasmiddel rook. De hele doos wikkelde ik in kranten en duwde die diep in de krochten van de hoop afval. De restanten van de benzineachtige vloeistof sproeide ik eroverheen. Ik had een brandbommetje gefabriceerd, maar wist niet zeker of dat mijn stapel troep in de vlam zou steken of gewoon op zou blazen. Ik stak een lucifer aan en smeet die op de stapel. Er klonk een doffe dreun, alsof iemand een boksbal op een betonnen vloer liet vallen. Ik zag een gele gloed, hoorde iets knetteren en toen ontsnapten er vlammen uit de hoop en werd ik achteruit gedreven door een zacht onzichtbaar kussen van hitte tegen mijn wangen en voorhoofd.

Ik voelde die gebruikelijke spanning wanneer een vuur dat niet wil aanslaan overgaat in een vuur dat niet meer te stoppen valt. Ik wakkerde de vlammen aan met allerlei rotzooi uit de tuin. Tegen de achtermuur van het huis lagen oude grijze raamkozijnen, een hoop oeroude planken, die allemaal even later in de hittekern lagen te knapperen en de vonken hoog de lucht in joegen. Ik voelde dat iemand naast me kwam staan. Het was Finn, de weerkaatsing van de vlammen dansend in haar ogen.

'Mooi vuurtje, hè?' zei ik. 'Ik had pyromaan moeten worden. Ik bén een pyromaan. Ik zie mezelf geen bank beroven of iemand vermoorden, maar ik snap wel hoe leuk het is om iets groots in brand te steken en te kijken hoe dat afbrandt. Maar dit moet maar genoeg zijn.'

Ze leunde dicht tegen me aan, met een hand op mijn schouder. Ik voelde haar lippen langs mijn oor strijken toen ze iets tegen me fluisterde. Daarna trok ze zich terug, maar bleef dicht tegen me aan staan. Ik zag het goudkleurige dons op haar wangen.

'Weet je dat wel zeker?' vroeg ik.

Ze knikte.

'Zou je het niet liever naar een Oxfam-winkel brengen of zoiets?'

Ze schudde haar hoofd.

'Ik wil niet dat iemand anders ze nog aan heeft.'

'Als jij vindt dat het zo moet.'

Dus liep ze het huis weer in en kwam even later naar buiten met een arm vol jurken, rokken en blouses. Ze liep me voorbij en slingerde alles op de brandstapel. De kleurige stoffen bolden tot een strakke ballon en barstten. Keer op keer ging ze nieuwe spullen halen. Daar waren hele mooie bij, die ze vast had gekocht nadat ze afgevallen was, en waarschijnlijk bespeurde ze iets weemoedigs in mijn gezicht want ze onderbrak een van haar expedities om me een vilten hoed op het hoofd te drukken en een damastpruimen kasjmier sjaal om mijn hals te draperen. De hoed paste me perfect.

'De huur,' zei ze met een glimlach.

Ze hield zelf niets. Toen het er allemaal op lag, gingen we samen bij het vuur zitten mediteren, kijkend hoe de stukjes boordsel en lint verteerd werden, en ik werd een beetje misselijk, als een paddestoeleneter die te veel van het goede heeft gehad.

'En, wat gaan we nou doen?' vroeg ze uiteindelijk.
'Ik denk dat ik jou morgen mee uit winkelen neem.'

'Sorry hoor, Sam,' zei ze, na haar laatste slok koffie. 'O, wat een
bitter gevoel. Heerlijk. Ik weet dat het een melodramatisch gedoe
was, dat ik ze allemaal heb verbrand. Maar ik had het gevoel dat
het moest.'
'Dat hoef je mij niet uit te leggen.'
'Jawel. Ik weet niet goed hoe ik dat moet zeggen, maar wat ik
voel is ongeveer zo. Op een bepaalde manier voel ik me besmeurd
door die mensen die... je weet wel. Door die lui is mijn leven aan
stukken gescheurd en volkomen veranderd. Snap je wat ik bedoel?
Je hebt graag het gevoel dat je leven de goeie kant opgaat. Maar ik
had het gevoel, heb het gevoel, dat mijn leven een bepaalde kant
op is gedrongen door mensen die ons haatten. Dat moest ik allemaal uit me weg snijden om opnieuw geboren te worden. Mezelf
opnieuw op te bouwen. Snap je wat ik bedoel?'
'Ik snap het helemaal,' zei ik, me doelbewust mild opstellend.
'Maar dat heb jij toch al vaker gedaan, of niet?'
'Hoezo?'
'Jij hebt anorexia gehad, wat je bijna je leven heeft gekost. Maar
je bent toch doorgegaan. Je weet hoe je er weer bovenop moet
komen, en dat is iets heel bijzonders.' Ik zweeg even, me afvragend
hoe ver ik hiermee kon gaan. 'Het is raar, weet je. De eerste keer
dat ik jou zag was op een oude foto, mollig en bang kijkend. En nu
zit je hier, een heel ander mens, zeker van jezelf, springlevend.'
Ik keek haar aan. Haar hand beefde zo dat ze haar mes moest
neerleggen.
'Dat meisje heb ik zo gehaat. Vette Fiona Mackenzie. Ik voel
geen enkele band met haar. Ik heb voor mezelf een nieuw leven
opgebouwd, dat dacht ik tenminste. Maar nu vind ik het lastig om
de goede dingen te accepteren. Dat ik jou en Elsie ben tegengekomen, en dit allemaal. Soms denk ik weleens dat ik Elsie en jou ben
tegengekomen vanwege, je weet wel, die lui. Ik weet niet zeker of
ik hier wel over moet praten. Is het goed dat ik hierover praat?'
Ik voelde steeds weer wat anders en was een beetje bang dat ik
op verschillende momenten steeds wat anders zei. Als ik haar geval
met een collega zou hebben zitten bespreken, hadden we de thera-

peutische mogelijkheden en voor elke behandeling de wisselende, zeer betwiste, kansen op succes onder de loep kunnen nemen. Tegenover een of twee van mijn trouwste vrienden had ik misschien opgemerkt dat we bij de behandeling van posttraumatische stressstoornissen nog altijd in de middeleeuwen zaten, in het tijdperk van bijgeloof, van lichaamssappen en koude koortsen en aderlatingen. Finn zocht bij mij het soort gezag dat mensen van artsen verwachten. En ik wist zoveel van het onderwerp af dat ik me er misschien minder zeker over voelde dan iemand die er minder van af wist. De meeste kennis die mensen van trauma en de behandeling ervan denken te hebben berust op een misverstand. In werkelijkheid schijnt het zo te zijn dat erover praten sommige mensen beter maakt, andere mensen verder in de put helpt en op weer andere mensen nauwelijks effect heeft. Dat horen mensen niet graag van een arts.

Ik haalde diep adem en deed een poging tot de waarheid, in zoverre we dat allebei aankonden.

'Ik weet het niet, Finn. Ik wou dat ik je een makkelijk antwoord kon geven zodat je je wat beter voelde, maar dat kan ik niet. Ik wil wel dat je het gevoel hebt dat je me alles kan vertellen. Aan de andere kant ben ik geen politie. Ik ben niet bezig om bewijsmateriaal uit je te krijgen. En ik kan het niet vaak genoeg zeggen: ik ben niet je arts. Er is hier geen sprake van een of ander behandelingstraject. Maar als ik even mijn geweldige en nobele beroep mag afvallen: dat zou weleens helemaal geen kwaad kunnen.' Ik reikte over tafel en pakte haar hand. 'Af en toe denk ik weleens dat juist artsen het moeilijk vinden om lijden te aanvaarden. Jij hebt iets verschrikkelijks, iets onuitsprekelijks meegemaakt. Het enige wat ik kan zeggen, is dat de pijn mettertijd minder zal worden. Waarschijnlijk gaat het beter als die klootzakken die het gedaan hebben gepakt worden. Maar als je specifieke lichamelijke symptomen krijgt, moet je die wel aan mij vertellen, of aan dokter Daley, en dan zal hij daar wat aan doen. Oké?'

'Ik zal het proberen.'

'Dat is best.'

'Sam?'

'Ja?'

'Ik zit jullie wel in de weg, hè?'

'In mijn leven zit alles altijd in de weg. Maar ik vind dat jij een van de leukere dingen bent, en dat is het enige wat telt.'

'Je hoeft niet het gevoel te hebben dat je aardig moet zijn, Sam. Door mij kan je bijvoorbeeld niet je boek schrijven, om maar eens iets te noemen.'

'Voordat jij kwam, was ik al heel goed bezig met niet schrijven.'

'Waar gaat het over?'

'O, je weet wel, trauma, wat ik allemaal doe, dat soort dingen.'

'Nee, serieus, waar gaat het over?'

Ik kneep mijn ogen in gespeeld ongeloof toe. Ik wenkte de serveerster en bestelde nog twee koffie.

'Oké, Finn, je hebt erom gevraagd. Het uitgangspunt voor het boek is de status van posttraumatische stress als ziektebeeld. Het is altijd de vraag of een pathologie, ik bedoel een bepaald ziektebeeld, in feite wel bestaat voordat het geconstateerd wordt en een Latijnse naam krijgt. Bobbie, nota bene, heeft me een keer een goede vraag gesteld. Ze vroeg of mensen uit het stenen tijdperk na een gevecht met een dinosaurus ook last hadden van traumatische stress. Allereerst legde ik haar uit dat er in het stenen tijdperk geen dinosaurussen waren, maar haar vraag liet me niet los. Dat neanderthalers botbreuken opliepen weten we, maar hadden ze na vreselijke gebeurtenissen ook last van nare dromen, van stressreacties, van vermijdingsgedrag?'

'En, was dat zo?'

'God mag het weten. Mijn opzet is om in kort bestek de geschiedenis van deze geestestoestand te schetsen, waarin die voornamelijk beschreven werd met behulp van valse analogieën met herkenbare lichamelijke trauma's, en daarna een analyse te maken van het verbluffende gebrek aan logica waarmee op dit moment in Groot-Brittannië de diagnose en behandeling op dit terrein worden aangepakt.'

'Ga je soms een studie van mij maken?'

'Nee. En nu gaan we wat geld uitgeven.'

Een paar extatische uren hebben we heen en weer gedwaald over het betegelde voetgangersgebied van het winkelcentrum in Goldswan Green. Ik heb een belachelijk klein rond dameshoedje met voile opgezet, dat heel mooi gepast zou hebben bij een zwarte jurk, zwarte kousen en zwarte schoenen die ik geen van alle had. Maar ik kocht een donkerblauw fluwelen jasje en dacht na over een stel oorbellen, tot ik besefte dat dit uitstapje bedoeld was om Finn in het nieuw te steken, en niet mezelf, en ik mijn aandacht weer op haar richtte. We vonden een grote zaak met modieuze vrijetijdskleding en hebben haar van top tot teen van het nodige voorzien: sokken, ondergoed, hemdjes, t-shirts, twee spijkerbroeken – een zwarte en een blauwe. Zelf zou ik de neiging krijgen om rond te hollen en zomaar wat te pakken, dus ik was onder de indruk van de ernst en de precisie waarmee Finn te werk ging. Haar keuzes hadden niets frivools of luchthartigs. Met de exacte instelling van iemand die een berg ging beklimmen en voor wie elke overtollige ons een risico inhield, selecteerde ze haar kleren.

Al ronddolend in de winkel merkte ik dat een vrouw ons stond te bekijken. Ik vroeg me af of dat kwam omdat we zoveel kochten, maar even later vergat ik haar weer, totdat ik een stem achter me hoorde.

'Jij bent toch Sam, of niet?'

Ik draaide me om, maar het drong langzaam tot me door dat ik haar niet herkende. Ik kende haar wel ergens van, maar ik merkte dat ik haar niet snel genoeg zou kunnen plaatsen.

'Hallo...'

'Ik ben Lucy. Lucy Myers.'

'Hallo...'

'Van Barts.'

Nu wist ik weer wie ze was. Gegoede christelijke familie. Met een bril, die ze nu niet meer had. Was kindergeneeskunde gaan doen.

'Lucy, hoe gaat het met je? Sorry, maar ik herkende je niet meteen. Komt waarschijnlijk door je bril. Zonder dan.'

'En ik wist niet zeker of jij het wel was, Sam, vanwege je haar. Dat ziet er echt...echt...' Ze zocht naar het juiste woord. 'Dapper uit,' zei ze ten einde raad. 'Ik bedoel, interessant. Maar ik heb wel alles over je gehoord. Je bent in het Stamford komen werken.'

'Klopt. Zit jij daar ook?'

'Ja, al jaren. Ik ben er volwassen geworden.'

'O.'

Er viel een stilte. Lucy keek verwachtingsvol naar Finn.

'O ja,' zei ik. 'Dit is Fiona. Jones. We zijn collega's.'

Ze knikten naar elkaar. Ik had geen zin om hier nog langer mee door te gaan.

'Moet je luisteren, Sam, het is fantastisch om je weer te zien. Als je in het ziekenhuis bent, moeten we eens, je weet wel...'

'Ja.'

'Nou, ik moet weer door met de boodschappen.'

'Ja.'

Ze draaide zich om.

'Je deed niet zo aardig tegen haar,' fluisterde Finn tegen me toen we naar wat vesten stonden te kijken.

'We waren ook niet zo dik met elkaar, we zaten alleen maar in hetzelfde jaar. Haar als zielsvriendin opgedrongen krijgen, hier in dit gat, is wel het laatste wat ik wil.'

Ze giechelde.

'En ik zie mensen liever alleen op afspraak,' vroegde ik eraan toe. 'Hier.' Ik zwaaide met een grijs vest. 'Dit moet je van mij kopen.'

'Koop maar voor jezelf.'

'Als jij het zegt.'

Ik lag in bed, met de ogen open in het donker. Overmorgen was het Valentijnsdag. Zou Danny komen met een rode roos en een sarcastische glimlach, een boze opmerking en een lieve blik? Zou hij ooit nog komen, of was ik hem kwijt, door mijn nonchalance, zonder dat ik dat zo bedoelde, gewoon omdat ik even niet op hem had gelet? Morgen zou ik hem schrijven, beloofde ik mezelf, zou ik alles goedmaken, en met dat voornemen viel ik in slaap.

15

Woensdag schuifelde ik de koude trap af in de ochtendjas van Danny, die hij in zijn haast om weg te komen had vergeten, en op de deurmat lag een brief. Maar de postbode kon nog niet geweest zijn en het 'Sam' in blauwe balpenletters op de envelop wees erop dat dit Elsies werk was, niet Danny's. Ik zette de thermostaat hoger, vulde de waterkoker en wurmde daarna een vinger onder de klep. Op een witte uitklapkaart had ze een hartje van roze zijde-papier geplakt. Aan de binnenkant van de kaart stond in scheve letters, van Elsie maar duidelijk met spellingshulp van Finn: 'Veel geluk op Valentijnsdag. We houden van je.'

Dat 'we' zat me een beetje dwars, maar ik was er toch door geroerd. In een moment van zwakte had ik Elsie vanwege een van haar niet al te erge verkoudheden weer eens thuis laten blijven, dus hebben we met z'n drieën aan de keukentafel ontbeten met *rice crispies* en toast. Van Danny was er niets gekomen – geen kaartje, geen telefoontje, geen teken dat hij aan me dacht. Ik wou dat ik die nogal ongenuanceerde brief van gisteren nooit had verstuurd. Nou ja, wie gaf er ook wat om Valentijnsdag. Ik dus.

Die ochtend rommelden we maar wat aan. Finn heeft een tijdje het pak brieven doorgekeken dat Angeloglou de vorige dag had gebracht – brieven van vrienden die ze door de politie lieten bezorgen. Het was een heel dik pakket waar ze behoorlijk geheim-zinnig mee op haar knieën zat. Ik lette heel goed op haar om te zien of ze onrustig werd, maar ze maakte vreemd genoeg een onaange-dane indruk. Het leek bijna of ze er niet in geïnteresseerd was. Na een tijdje deed ze alle brieven weer bij elkaar en nam ze mee naar haar kamer. Ze heeft het er nooit met me over gehad en ik heb haar er nooit meer in zien lezen.

Ze was gefascineerd geraakt door het onderwerp trauma, misschien wel door het onderwerp van haar eigen persoonlijkheid, en ik vertelde over het prille begin, over spoorwegrug en *shellshock*, dat de artsen tijdens de Eerste Wereldoorlog dachten dat dit veroorzaakt werd door de inslag van granaten. Ik vond het plezierig dat ze zoveel belangstelling toonde en maakte me slechts een klein beetje ongerust of het wel helemaal gezond was als ze zich zo in haar eigen toestand verdiepte. We waren van plan een wandeling te maken zodra het minder hard regende. Maar dat gebeurde niet. Het ging harder regenen, het ging hozen, en de ramen waren nu bijna verduisterd, alsof we achter een waterval woonden.

'Net alsof we op een ark zitten,' zei ik, en natuurlijk vroeg Elsie wat een ark was. Waar moest ik beginnen?

'Dat komt uit een verhaal,' zei ik. 'Heel, heel lang geleden heeft God – die heeft de wereld gemaakt, in dat verhaal – maar die vond dat het helemaal misging, dat iedereen slechte dingen deed. Dus heeft hij het laten regenen en regenen, net zolang tot de hele wereld onder water lag en iedereen dood was...'

Ik zweeg en keek bezorgd naar Finn die languit op de bank lag. Dat woord alleen al leek zo ongevoelig. Hoe had ze dat opgevat? Finn keek me niet aan. Ze lag naar Elsie te kijken. Ze liet zich op de grond rollen en kroop naar Elsie toe, die bij haar doos met speelgoed zat.

'Maar niet iedereen ging dood,' zei Finn. 'Er was een man die Noach heette en je had mevrouw Noach en hun kinderen en God hield van die mensen. Dus heeft God tegen Noach gezegd dat hij een hele grote boot moest bouwen en alle dieren in die boot moest laden zodat ze gered konden worden. Dus heeft hij die boot gebouwd en elk dier dat hij kon vinden erin geladen. Zoals honden en katten.'

'En leeuwen,' zei Elsie. 'En panda's. En haaien.'

'Geen haaien,' zei Finn. 'De haaien, die waren oké. Die konden zich in het water wel redden. Maar de anderen, het gezin en de dieren, die zijn allemaal in de ark gebleven. En het regende maar en regende maar en de hele wereld kwam onder water te staan en zij bleven veilig en droog.'

'Zat er dan een dak op?'

'Er zat een dak op. Het was net een huis op een boot. En op het eind, toen het water allemaal weg was, heeft God beloofd dat hij het nooit meer zou doen, en weet je wat hij toen gedaan heeft om te laten zien dat hij zijn belofte hield?'

'Nee,' zei Elsie, met haar mond wagenwijd open.

'Moet je opletten, dan laat ik je dat zien. Waar zijn je viltstiften?' Finn stak een hand in Elsies doos en haalde er een stel stiften en een blok papier uit. 'Eens kijken of jij kan raden wat ik teken.' Ze trok een felrode boog. Daarna een gele lijn erboven. En toen een blauwe.

'Ik weet het,' zei Elsie. 'Dat is een regenboog.'

'Klopt. Dat is wat God in de hemel heeft gezet als belofte dat het nooit meer zou gebeuren.'

'Kunnen we naar een regenboog gaan kijken. Nu?'

'Misschien later. Als de zon doorkomt.'

Wat niet gebeurde. We hebben een lekkere ouderwetse boerenlunch gemaakt, verzonnen door een of andere snelle gozer uit de stad. Lekker vers brood, voorgebakken gekocht in de supermarkt. Ik pelde het cellofaan van een stuk kaas. Een stel tomaten uit een pakje. Een pot saus. Zonnebloempasta. Finn en ik dronken samen een grote fles Belgisch bier. Elsie babbelde honderduit, maar Finn en ik zeiden niet veel. Bier en kaas en regen op het dak. Daar was ik tevreden mee.

Ik haalde wat blokken hout vanonder het afdakje naast het huis en maakte een vuur op het haardrooster in de woonkamer. Zodra de vlammen flakkerden, pakte ik het schaakbord en de stukken en zette alles neer op het tapijt. Ik speelde een oude partij tussen Karpov en Kasparov na en Finn en Elsie zaten aan de andere kant van de schoorsteenmantel. Elsie zat fanatiek en geconcentreerd te tekenen en Finn zat met een samenzweerderige lage stem iets te vertellen wat op een verhaal leek. Af en toe fluisterde Elsie iets terug.

Ik keek naar het bord en ging geheel op in Karpovs strategische hersenspinsels, waarmee hij het geringste voordeel tot een onweerstaanbare aanval wist om te buigen, en in Kasparovs wilde sprongen in het ontzagwekkend onoverzichtelijke, met het vertrouwen dat hij daar met een voorsprong uit zou komen. Ik probeerde wat andere varianten, dus het duurde heel lang voordat ik door de partij heen was. Na een tijdje, ik weet niet hoe lang, hoorde ik het tinkelen van porselein en rook een vertrouwde geur. Finn zat op haar knieën naast me met een blad. Ze had thee gezet en toast gemaakt, en een paar warme vlechtbroodjes voor Elsie.

'Hoe moet ik nou ooit weer aan een kantoor wennen?' vroeg ik.

'Ik snap niet hoe je zo in een spelletje kan opgaan,' zei Finn. 'Zit je gewoon nog eens te spelen wat iemand al gespeeld heeft?'

'Klopt. Het net alsof je iemand ziet denken.'

Ze trok haar neus op.

'Klinkt niet erg leuk.'

'Ik weet niet of "leuk" wel het goede woord is. Wie heeft er gezegd dat het leven "leuk" zou moeten zijn? Weet je hoe de zetten gaan?'

'Hoe bedoel je?'

'Dat een loper diagonaal gaat, dat een koning een vakje per keer mag opschuiven en dat soort dingen.'

'Ja. Dat weet ik nog wel.'

'Nou, dan moet je even opletten.'

Ik zette de stukken vlug weer in hun beginstelling en begon een partij die ik uit mijn hoofd kende opnieuw te spelen.

'Wie wint er?' vroeg ze.

'Zwart. Hij was toen dertien jaar.'

'Een vriendje van je?'

Ik moest lachen.

'Nee. Dat was Bobby Fischer.'

'Nooit van gehoord.'

'Die is wereldkampioen geworden. Hoe dan ook, zijn tegenstander had te veel zelfvertrouwen en heeft zijn stelling niet goed ontwikkeld.'

Ik deed wits zeventiende zet.

'Kijk maar naar het bord,' zei ik. 'Wat zie je nu?'

Ruim een minuut bestudeerde ze de stelling, met die ernst en concentratie van haar die me zo imponeerden.

'Het ziet eruit alsof wit een betere stelling heeft.'

'Heel goed. Waarom?'

'Zowel de koningin als het paard van zwart...'

'De dame.'

'De dame... worden aangevallen. Hij kan ze niet allebei houden. Dus hoe heeft zwart dan gewonnen?'

Ik schoof de loper over het bord. Geamuseerd keek ik naar haar verwonderde gezicht.

'Dat helpt toch niks, of wel?'

'Jazeker. Ik ben dol op deze stelling.'

'Waarom?'

'Wit kan een hele hoop dingen doen. Hij kan de dame pakken, of het paard. Hij kan de loper ruilen. Hij kan ook niets doen en proberen tegenmaatregelen te nemen. Wat hij ook doet, hij verliest altijd, maar steeds anders. Toe maar. Probeer maar eens iets.'

Ze keek even en pakte toen de zwarte loper. In vier zetten stond er een prachtig stikmat met het paard op het bord.

'Dat is schitterend,' zei ze. 'Hoe heeft hij dat allemaal kunnen verzinnen?'

'Weet ik niet. Ik krijg er al koppijn van als ik eraan denk.'

'Maar mijn spel is het toch niet,' zei ze. 'Die stukken staan allemaal open en bloot. Poker is mijn spel. Al die bluf en dat bedrog.'

'Laat Danny dat maar niet horen, anders moet je van hem de hele nacht doorspelen. Maar ja, dat is nou juist het mooie aan het spel. Aan schaken, bedoel ik. Twee mensen gaan tegenover elkaar aan het bord zitten. Alle stukken zijn goed zichtbaar, en ze manipuleren elkaar, bluffen tegen elkaar, verlokken, besodemieteren elkaar. Je kan je nergens verstoppen. Wacht eens even.' Ik pakte een boek naast het bord en sloeg het open bij de pagina met het motto. 'Moet je luisteren: "Op het schaakbord zijn leugens en hypocrisie geen lang leven beschoren. De creatieve combinatie ontmaskert de arrogantie van een leugen, het onverbiddelijke feit, met als hoogtepunt een schaakmat, weerspreekt de hypocriet."'

Ze trok een bijna flirterig pruilmondje.

'Klinkt mij een beetje beangstigend in de oren. Ik heb geen zin ontmaskerd te worden.'

'Dat weet ik,' zei ik. 'Ons kleine zelfbedrog en onze strategietjes hebben we nodig. In het echte leven, bedoel ik, wat dat ook mag zijn. Maar schaken is een heel andere wereld, waar dat ons allemaal afgenomen wordt. Bij de partij die ik je net heb laten zien, heeft een jongetje een volwassen grootmeester open en bloot de vernieling ingelokt.' Ik zag dat ze haar belangstelling verloor. 'We moeten maar eens een keertje spelen. Maar niet vandaag.'

'Zeker niet,' zei ze beslist. 'Ik heb geen zin om aan jouw genade overgeleverd te worden. Tenminste, niet meer dan ik het al ben. Nog thee?'

'Ik wil schapen spelen.'

Dat was Elsie, klaar met tekenen, of er gewoon mee opgehouden.

'Schaken,' zei ik. 'Oké. Hoe heet dit stuk?'

'Weet ik niet.'

'Hoe kan je nou al die zetten onthouden?' vroeg Finn.

'Omdat ik erin geïnteresseerd ben.'

'Mijn geheugen is volkomen hopeloos.'

'Dat betwijfel ik. Ik zal je wat laten zien. Kies zeven of acht voorwerpen in deze kamer en vertel ons wat ze zijn.'

Nadat Finn dat gedaan had, stuurden we haar even de kamer uit en riepen haar toen binnen. Ze ging weer op de grond zitten, bij Elsie en mij.

'Oké, Elsie, wat waren ze?'

Elsie deed haar ogen dicht en trok een plooi in haar voorhoofd en over haar ronde neusje.

'Het was een schaakstuk... en een kopje... en een lamp... en een schilderij van een schaap en een roze viltstift en een gele viltstift... en Fings schoenen en mammies horloge.'

'Briljant,' zei ik.

'Dat is heel knap voor een meisje van vijf, of niet?' zei Finn. 'Hoe doet ze dat?'

'Ze oefent erop,' zei ik. 'Eeuwen geleden was dingen onthouden een kunst die mensen leerden. Dat doe je door je een gebouw voor te stellen en daar leg je op verschillende plekken dingen neer en als je die wil onthouden ga je dat gebouw in – in je verbeelding – en haalt die voorwerpen terug.'

'Wat heb jij voor iets, Elsie?' vroeg Finn.

'Ik heb mijn eigen speciale huis,' zei Elsie.

'En waar zat dat schaakstuk dan?'

'Op de voordeur.'

'En waar lag het kopje?'

'Op de deurmat.'

'Hoe heeft iemand ooit zoiets kunnen bedenken?' vroeg Finn.

'Daar zit een oud verhaal aan vast,' zei ik. 'Een soort mythe. In het oude Griekenland was een dichter bezig iets voor te dragen tijdens een diner. Voor het einde van het feestmaal werd de dichter weggeroepen, en een paar minuten later stortte de eetzaal in en was iedereen dood. De lijken waren zo zwaar verminkt dat de bloedverwanten ze niet konden herkennen en opeisen voor de begrafenis. Maar de dichter wist waar iedereen had gezeten, en daarom kon hij alle lijken identificeren. De dichter had alle gasten onthouden omdat hij ze op een bepaalde plek had gezien, dus hij realiseerde zich dat dit een manier kon zijn om iets te onthouden.'

Finn trok nu een peinzend gezicht.

'Herinnering en dood,' zei ze. 'Ik zou niet in het huis van mijn eigen bewustzijn willen rondlopen. Ik zou bang zijn voor wat ik daar zou vinden.'

'Ik niet,' zei Elsie trots. 'Míjn huis is veilig.'

Ik ben nog lang opgebleven. Geen Danny.

16

De volgende avond ben ik naar een, zoals Michael Daley dat noemde, sociaal evenement geweest, toen hij me vroeg om mee te gaan. 'Jij wilde toch dat ik je bij de plaatselijke burgerij lanceerde,' zei hij, dus ik moest me wel sportief opstellen en ja zeggen.

Ik trok kleren van hun knaapje en smeet ze op het bed. Er was een lange kastanjebruine wollen jurk bij met een hoge taille die ik wel mooi vond, maar ze leek me te somber. Een paar zwarte minirokjes wees ik af, de fijne blauwe jurk met de zachte kraag en de driekwartsmouwen die ik nooit wegdeed en ook nooit droeg, en de wijde zwartzijden broek die op een pyjama was gaan lijken, en trok ten slotte een zwartsatijnen jurk aan met een voile bovenstukje, die tot mijn kuiten kwam. Ik haalde mijn favoriete zwarte platte schoenen te voorschijn (ik toren toch al boven de meeste mannen uit) met rammelende zilveren gesp en deed tinkelende oorbellen in, met allerlei warme kleuren. Daarna bekeek ik mezelf in de spiegel. Ik zag er niet erg respectabel uit. Ik deed geen make-up op, alleen een veeg rood op de mond, die bij mijn haar paste. Ik pakte Finns vilthoed van de kast en trok die over mijn hoofd. Ik wou dat Danny me naar dit feestje meenam. Zonder hem liep ik verkleed rond en stapte ik bij het verkeerde toneelstuk binnen. Waar zou hij nu zitten? Ik had mijn trots even opzijgezet en hem geprobeerd te bellen, maar er werd niet opgenomen, zelfs niet door zijn antwoordapparaat, om me te vertellen dat hij er niet was, maar me zo snel mogelijk zou terugbellen.

Elsie lag al te slapen, in een nest van dons. Ik knielde naast haar neer en snoof haar schone geur op: haar adem rook naar hooi en haar haar naar klaver. Mijn hoed raakte haar schouder en in haar slaap trok ze een grimas en ging in foetushouding op haar zij liggen, iets mompelend wat ik niet verstond. Haar tekeningen hingen overal in de kamer, elke dag kwamen er een paar bij. Regenbogen en mensen met armen en benen uit hun bolle hoofd, en scheve ogen, dieren met vijf poten, klodders woeste kleuren. Onder elke tekening had Finn netjes Elsies naam gezet en de datum waarop ze die gemaakt had. Soms stond er een titel bij: eentje, een paars gekrabbel met ogen en handen die rondzweefden in een wirwar van kleuren, heette 'Mammie aan het werk'. Ik bedacht dat als ik nu doodging, Elsie geen echte herinnering aan me zou hebben. Finn zou ze missen als die weg moest, maar daar zou ze vlug overheen zijn.

Linda en Finn keken me aan vanaf de bank toen ik de woonkamer in kwam. Ze zaten voor de tv popcorn uit de magnetron te eten en cola te drinken. Resoluut had Finn elke suggestie van mij afgewezen dat ze eens met haar oude vriendinnen contact moest opnemen, maar tussen deze twee was een onwaarschijnlijke vriendschap ontstaan, een kameraadschap, met wederzijdse vertroosting.

'Ik moet ervandoor. Waar zitten jullie nou naar te kijken?'

'Linda heeft *Dances with Wolves* meegenomen. Je ziet er leuk uit.' Finn lachte lief en goot een handvol popcorn in haar mond. Ze wekte de indruk alsof ze volkomen op haar gemak was. Ze had haar schoenen uitgeschopt en haar benen onder haar opgetrokken, met een vest losjes over haar heen. Ze had vlechten in en zag er nog jonger uit dan een pubermeisje. Ik probeerde me haar voor te stellen als dik en merkte dat me dat niet lukte.

Kevin Costner danste naakt rond, zijn schattige witte billen glommen.

'Wat een irritante acteur,' zei ik giftig. Linda keek me geschokt aan.

'Hij is prachtig.'

Buiten werd er getoeterd. Ik pakte mijn jas.

'Dat zal Michael zijn. Ik ben zo terug, Linda. Als je wat wil eten, neem maar. Finn, jou zie ik morgenochtend wel.'

En weg was ik, de koude nacht in, Michaels warme auto in, zijn goedkeurende blik beantwoordend, wegzakkend in mijn jas, achterover in de stoel. Ik vind het heerlijk om gereden te worden, waarschijnlijk omdat zoiets bijna nooit voorkomt. Michael reed weloverwogen en zijn grote auto gleed soepel door smalle lanen. Hij droeg een donkerblauwe jas over een donker pak en zag er nogal duur en minder louche uit dan normaal. Voelend dat ik naar hem keek draaide hij zich om, beantwoordde mijn blik en glimlachte.

'Waar zit je aan te denken, Sam?'

Voordat mijn brein me tegen kon houden zei ik al iets.

'Ik vroeg me af waarom je nooit getrouwd bent, geen kinderen hebt.'

Hij fronste.

'Je lijkt mijn moeder wel. Mijn leven verloopt zoals ik dat wil. Hier is het' – we waren in Castletown, met zijn stenen leeuwen op hekpilaren en zijn gazons – 'we zijn er nu zo.'

Ik ging rechtop zitten en streek een sliert haar terug die onder de hoed uit was gekomen.

'Hoeveel mensen komen er?'

'Zo'n dertig. Het wordt een lopend buffet. Laura is een van de specialisten bij jouw ziekenhuis die nog wel meevalt. Haar man Gordon werkt in Londen, in de binnenstad. Ze zijn heel rijk. Er zullen ook nog wel andere artsen zijn.' Hij lachte een beetje spottend. 'Een doorsnee van de provinciale burgerij.'

Hij sloeg af en stopte voor de oprit. Het huis in de verte was ontstellend groot. Had ik wel de goede kleren aan?

'In zo'n huis hebben Finns ouders gewoond, stel ik me voor,' zei ik.

'Dat ligt maar een paar straten verderop,' zei hij en keek even serieus. Hij stapte uit, liep om de auto heen en hield mijn portier voor me open. Niet iets wat Danny ooit zou doen. 'Laura en Gordon waren goeie vrienden van Leo en Liz. Er zullen nog wel meer vrienden zijn, neem ik aan.'

'Onthou wel even dat ik haar niet ken, Michael.'

'Jij kent Finn niet,' zei hij met een samenzweerderig lachje. 'Ik zal het proberen te onthouden.'

Hij pakte me bij de elleboog en dirigeerde me over een oprit omzoomd door rododendrons. Voor het Georgiaanse huis stond een Mercedes en op de veranda brandde een lamp. Achter de dunne gordijnen zag ik de contouren van groepjes gasten, hoorde ik het klinken van glazen, het geroezemoes en gelach van mensen die zich prettig voelen bij elkaar. Die fijne blauwe jurk had ik toch moeten aandoen en mijn lippen had ik een roze randje moeten geven. Demonstratief snoof Michael de lucht op.

'Ruik je het?' vroeg hij.

'Wat?'

'Geld. Die geur hangt in de lucht. Overal. Het enige wat wij kunnen doen is eraan ruiken.' Even klonk hij bitter. 'Heb jij ook weleens het gevoel dat mensen als Laura en Gordon altijd binnen staan en wij altijd buiten, met onze neus tegen het glas.'

'Als je aanbelt, laten ze ons er misschien ook wel in.'

'Zo blijft er niks van mijn imago over,' zei hij.

Hij liet de zware koperen klopper met een dreun neerkomen, en praktisch onmiddellijk werd er opengedaan door een knappe vrouw met metaalgrijze krullen en een tafzijden rok tot op de grond. De hal achter haar was breed en de muren hingen vol met schilderijen.

'Michael!' Ze gaf hem drie zoenen, de Franse manier. 'En u bent vast dokter Laschen. Ik ben Laura.'

'Samantha,' zei ik. Ze gaf een stevige hand. 'Erg aardig van je om mij ook uit te nodigen.'

'We zitten in het ziekenhuis met smart op je te wachten. Duurt nou niet lang meer, hè?'

Maar een antwoord wachtte ze niet af. Waarschijnlijk werd ik niet geacht om zomaar wat te praten. En over Finn kon ik het niet hebben. Dan bleef er voor mij weinig interessants over. Het vertrek was vol met mensen die in exclusieve kluitjes bij elkaar stonden, een glas amberkleurige wijn in de hand. De mannen hadden allemaal een donker pak aan, die nemen alleen risico met hun das. De meeste vrouwen droegen een lange jurk, aan hun oren en vingers blonken exquise sieraden. Tot mijn verbazing voelde Michael zich hier kennelijk thuis. Hij brak door een gesloten kring van vier mensen en zei op innemende toon:

'Dag Bill' – een grote man met, godbetert, een van die dingen die je om je middel draagt, schudde hem hartelijk de hand – 'Karen, Penny, Judith is het niet? Mag ik jullie aan een nieuwe buurvrouw van ons voorstellen. Samantha Laschen – Samantha is arts. Ze is bezig om een nieuwe afdeling op te zetten in het Stamford.'

Er klonk een belangstellend maar ingetogen gemompel. 'Iets op het gebied van trauma's. Mensen die overstuur raken na een ongeluk, zoiets was het toch, niet?'

Ik bromde iets zonder betekenis. Kritisch doen over de trauma-industrie was míjn werk. Ik zag het niet zo zitten als een of andere onnozele leek dat deed. Er werd in koor beleefd teruggegroet en daarna viel er een stilte. Maar deze lui waren sociale profs. Binnen een halfuur had ik het met Bill over tuinieren gehad, en met een bolronde man met een kraakstem en permanent opgetrokken wenkbrauwen, van wie ik de naam nooit heb kunnen achterhalen, over het leven buiten versus dat in de stad. Een vrouw met een hoog knotje, die Bridget heette, vertelde me over de recente activiteiten van de dierenrechtenterroristen. Honden die uit een onderzoekscentrum gekidnapt waren, sabotage op de universiteit, bedrijfswagens die vernield waren.

'Zelf eet ik geen kalfsvlees,' bekende ze. 'Ik heb een keer een artikel gelezen over dat die kalveren zo verzwakt zijn dat ze niet eens meer kunnen staan, de arme beesten. Dat vlees vond ik toch altijd al nogal smakeloos. Maar die dingen die ze nog meer doen, dat is wel wat anders. Het punt is dat dit stadsmensen zijn die de agrarische tradities niet kennen.'

'Je bedoelt, net als wanneer je jachthonden dwingt om sigaretten te roken?'

Ik keek naar de spreker rechts van me. Een zwaarmoedige jongeman met kort haar en uitzonderlijk bleke ogen knikte naar me en liep verder naar het blad met drankjes.

'Let maar niet op hem,' zei Bridget. 'Dat doet hij alleen maar om te pesten.'

Deskundig werd ik van het ene groepje aan het andere doorgegeven, en ondertussen schonken vrouwen in zwarte rok en witte blouse wijn in mijn glas of reikten me heel kleine sneetjes brood aan met een stevige garnaal of een reepje gerookte zalm met dille, tot ik merkte dat ik weer naast Laura stond.

'Samantha, dit is mijn man, Gordon. Gordon, Samantha Laschen, weet je nog wel? Een vriendin van Michael. En dit is Cleo.' Cleo was groter dan ik, en breedgebouwd. Ze was in het brievenbusrood, en haar haar, dat eens blond moet zijn geweest, maar nu een roestig grijs was, hing losjes langs de plooien van haar ouder wordende, intelligente gezicht.

'We hadden het net over Leo en Liz.'

Ik trok een geïnteresseerd maar nietszeggend gezicht en vroeg me af of er mayonaise op mijn kin zat. Ik haalde mijn vingers erover alsof ik stond na te denken. Niets. Misschien zat er alleen maar een veegje.

'Dat weet je vast nog wel. Leo en Liz Mackenzie, die vorige maand in hun eigen huis zijn vermoord.'

'Daar heb ik iets over gelezen,' zei ik.

'En hun dochter, natuurlijk, Fiona, zo'n schattig meisje. Die heeft het overleefd, natuurlijk, die heeft een tijdje in het Stamford gelegen. Ze heeft vreselijke wonden opgelopen en was helemaal van slag, heb ik gehoord. Vreselijk, zoiets.'

'Afgrijselijk,' zei ik.

'Ze waren vrienden van ons, bijna buren. We gingen altijd op de eerste donderdag van de maand met ze bridgen. Leo had het beste geheugen voor kaarten dat ik ooit heb meegemaakt.'

'Het is zo zinloos,' zei Gordon, krachtig zijn hoofd knikkend en zijn gezicht plooiend in de gangbare grimas van verdriet. Klaarblijkelijk hadden ze dit duonummer van geschokte nagedachtenis al eerder opgevoerd.

'Hoe is het met Fiona afgelopen?' Dat was Cleo, die een bord had weten te vinden en nu een handjevol asperges in bacon van het blad schepte dat de serveerster haar in het voorbijgaan voorhield.

'Niemand weet waar ze nu zit. Ze is spoorloos.'

'Dat zal Michael wel weten, natuurlijk.' Gordon keek me aan. 'Hij was haar huisarts. Maar hij is het toppunt van discretie.'

'Wat was Fiona voor een meisje?' Ik was Cleo zo dankbaar dat ze de vragen stelde die ik niet aandurfde, maar tegelijkertijd stelde ik vast dat ze over het meisje praatten alsof ze al dood was.

'Een schat. Ze had wel problemen met de lijn, natuurlijk, het arme kind. Donald.' Laura greep een lijkbleke man bij de arm, die net langs kwam lopen, en trok hem in onze kring. 'Cleo vroeg net wat voor meisje Fiona was. Vroeger ging ze toch weleens met jouw dochter om, of niet?'

'Fiona?' Hij fronste. Een stukje asperge gleed uit de ring van bacon toen ik het naar mijn mond bracht en belandde tussen mijn voeten.

'Je weet wel, Fiona Mackenzie, van wie de ouders allebei...'

'O, Finn.' Hij dacht even na. 'Een heel aardig meisje eigenlijk, niet zo luidruchtig als meisjes kunnen zijn, of zo uitgesproken. Uiteraard heeft mijn dochter haar niet meer gezien sinds ze vertrokken is, maar volgens mij heeft ze haar nog wel via de politie een brief gestuurd.'

Ik probeerde iets concreets uit hem los te peuteren.

'Moeilijke leeftijd wel, hè?' zei ik. 'Vriendjes. Feestjes, dat soort dingen.' Ik gooide die opmerking er zomaar tussendoor en hield toen mijn mond stijf dicht, alsof ik niets had gezegd.

'Vriendjes? O, maar volgens mij was ze daar helemaal niet mee bezig. Nee, zoals ik al zeg, ze was heel plezierig en beleefd, ze zat wel bij Leo onder de plak, vond ik vroeger altijd. Aardig meisje, zoals ik al zei.'

Meer kwam er niet uit. Om halftien werd het eten opgediend. Wildpastei en koolsalade, *pâtes choux* in halve maantjes met vis gevuld, kipsaté aan stokjes, een hoop verschillende kazen die er op hun grote houten plateau indrukwekkend uitzagen, een berg mandarijntjes in een schaal. Ik nam slokjes en hapjes en knikte en glimlachte, en de hele tijd moest ik eraan denken dat Finn vast in dit huis was geweest – maar hoe had ze uit deze wereld met zijn hoge plafonds kunnen komen en toch zo gemakkelijk in die van mij hebben kunnen passen? Ik ging op een gele stoel zitten, met het bord op mijn knieën, en werd even overmand door dat bekende schrijnende gevoel dat ik nergens thuishoorde, niet hier, niet in die twee onder één kap waar ik in mijn jeugd altijd uit weg wou vluchten, maar (ik voelde een golf van paniek door me heen gaan) nu ook niet in mijn eigen huis waar een jong meisje met zacht haar op mijn dochter paste en slaapliedjes zong die alleen een moeder hoorde te zingen. Als ik in mijn eentje was geweest had ik misschien wel mijn armen om mezelf heen geslagen en mezelf heen en weer gewiegd, dat eeuwenoude gebaar van grote droefenis dat ik bij mijn patiënten vaak zie. Ik wou dat Elsie er was, dat Danny er was, en meer wou ik niet. 'Zak maar in de stront, Danny, ik ga hier niet zitten kniezen,' mompelde ik tegen mezelf.

'*Clockwork Orange?*'

'Hè?' Fronsend keek ik om, uit mijn dagdromen opgeschrikt. Het was de man met het hele korte haar.

'Wat je aanhebt. Je bent verkleed als een figuur uit *Clockwork Orange.*'

'Die film ken ik niet.'

'Dat was een compliment. Je ziet eruit als een van die figuren die bij van die kortzichtige fatsoenlijke mensen inbreken en ze een beetje door elkaar schudden.'

Ik keek rond.

'U vindt dat deze lui door elkaar geschud moeten worden?'

Hij lachte.

'Ik zal wel zo'n slappe progressieveling zijn, maar na een avondje als dit krijg ik af en toe het idee dat de Rode Khmer geen ongelijk had. Alle steden tegen de grond. Iedereen met een bril op vermoorden. De rest het platteland op drijven en er handarbeiders van maken.'

'U draagt zelf een bril.'

'Niet de hele dag.'

Ik keek de man aan en hij keek mij aan. Na een kennismaking van een halve minuut moest ik zeggen dat hij de aantrekkelijkste man was die ik sinds mijn vertrek uit Londen was tegengekomen. Bij wijze van ironische toost hief hij zijn glas, waarbij een trouwring zichtbaar werd. Nou ja.

'Jij bent een vriendin van dokter Michael Daley.'

'Niet direct een vriendin.'

'De jagende dokter.'

'Hè?'

'Je kent de vliegende dokter. En de radiodokter. En de zingende non. Michael Daley is de jagende dokter.'

'Hoezo?'

'Wat ik zeg. Hij rijdt paard, en jaagt dan met honden op wilde dieren, en soms worden ze gevangen en in stukken gescheurd. En de triomfantelijke jagers smeren elkaars gezicht dan in met de ingewanden. Een van die landelijke tradities waar je zojuist vermanend over werd toegesproken.'

'Ik wist niet dat Michael dat deed. Ik zie hem eigenlijk zoiets niet doen.'

'Trouwens, ik heet Frank.'

'Ik ben...'

'Ik weet wie je bent. Jij bent dokter Samantha Laschen. Ik heb een aantal heel interessante artikelen van jou gelezen over het construeren van een ziektebeeld. En ik weet dat je bezig bent een nieuwe trauma-unit op te zetten in het Stamford. Het potentiële nieuwe melkkoetje van de Stamford Trust.'

'Daar is die nou niet meteen voor bedoeld,' zei ik, zo onvriendelijk als ik dat met een uitgestreken gezicht kon. Franks bemoeizieke maar tegelijkertijd geestige manier van doen was aantrekkelijk en toch ook verwarrend.

'Nou Sam, wij moeten samen eens wat gaan drinken, ergens waar echte mensen komen, en eens praten over hoe de functie en het doel van zoiets als jouw trauma-unit nou anders kunnen zijn dan ze op het eerste gezicht lijken.'

'Klinkt mij een beetje abstract.'

'Hoe gaat het met de unit?'

'Ik begin in de zomer.'

'En wat doe je dan nu?'

'Bezig met een boek en nog wat dingen.'

'Dingen?'

Frank nam niet zomaar een glas witte wijn van een langskomend blad, maar een hele fles en schonk ons allebei in. Ik keek nog eens peinzend naar zijn trouwring en een roekeloos gevoel, dat eigenlijk alleen maar een ongelukkig gevoel was, kwam in me boven. Met half toegeknepen, bedachtzame ogen keek hij me aan.

'Je bent een paradoxaal iemand, weet je dat. Je bent hier op bezoek bij Laura en Gordon Sims, maar godzijdank behoor je niet tot hun clubje bridgespelers en snobs. Je komt met Michael Daley naar het feest, maar zegt dat je niet met hem bevriend bent. Dat is wel allemaal heel mysterieus. Waarom zou een deskundige op het gebied van traumatische stress...?'

'Dag, professor.'

Frank draaide zich om.

'Nou ja, dat is de jagende dokter. Ik sta net tegen dokter Laschen te vertellen over je hobby.'

'Heb je haar ook verteld over je eigen hobby?'

'Ik heb geen hobby's.'

Ik draaide mijn gezicht naar Michael toe en zag tot mijn verbazing dat hij zijn kaken van woede op elkaar had geklemd. Hij keek me aan.

'Ik moet je even uitleggen, Sam, dat Frank Laroue een van de theoretici is achter al dat in brand steken van schuren en demonstreren voor de kalveren en inbreken in laboratoria.'

Frank boog ironisch zijn hoofd.

'Ik voel me gevleid, dokter, maar ik denk niet dat die activisten iets hoeven te leren van een nederige academicus als ik. Wat jij doet aan de andere kant heeft veel meer effect.'

'Hoe bedoel je?'

Frank gaf me een knipoog.

'Je moet nou niet zo bescheiden doen over je recreatieve bezigheden, dokter Daley. Ik steek even zijn eigen loftrompet. Hij is adviseur van een geheim comité van intellectuelen, politiemensen en andere kloeke burgers, dat de activiteiten en publicaties volgt van lui als ik die hun bezorgdheid tonen over ecologische kwesties, en ervoor zorgt dat we af en toe lastiggevallen kunnen worden, *pour décourager les autres*. Klopt dat een beetje?'

Michael gaf geen antwoord. 'Ik ben bang dat we ervandoor moeten, Sam.'

Hij had me een arm gegeven, wat me op zich in de verleiding bracht om te blijven, maar ik verzette me niet tegen zijn fysieke aandringen.

'Tot kijk,' zei Frank met een donkere stem toen ik langs hem liep.

'Was dat waar, wat Frank over jou zei?' vroeg ik toen we weer in de auto zaten. Michael startte de motor en we reden weg.

'Ja, ik ben jager. Ja, ik ben adviseur van een comité dat de activiteiten van deze terroristen in de gaten houdt.' Er viel een lange stilte terwijl we Stamford uitreden. 'Is dat een probleem?' vroeg hij ten slotte.

'Weet ik niet,' zei ik. 'Ergens krijg ik daar een naar smaakje van in mijn mond. Dat had je tegen me moeten zeggen.'

'Dat weet ik,' zei hij. 'Sorry.'

'Het is allemaal zo kinderachtig,' zei ik. 'Dat bespioneren van elkaar.'

Hij trok aan het stuur, remde en zette de auto langs de kant. Hij draaide het sleuteltje om en de auto bibberde even en viel toen stil. In de diepte hoorde ik zachtjes de zee. Hij keek me aan. Ik zag alleen zijn silhouet, maar niet zijn gezicht.

'Dat is niet kinderachtig,' zei hij. 'Weet je nog wie Chris Woodeson was, die gedragswetenschapper?'

'Ja, daar weet ik van.'

'We weten allemaal dat gedragswetenschappers ratten in een doolhof stoppen, of niet? Nou, iemand heeft hem een pakje met een bom erin gestuurd en dat heeft zijn hele gezicht weggeblazen, hij is blind. Hij heeft drie kinderen, weet je.'

'Ja, dat weet ik.'

'Frank Laroue kan af en toe een charmante man zijn, de dames zijn dol op hem, maar hij speelt met ideeën en soms brengen mensen die in praktijk, maar dan gaat hij zijn verantwoordelijkheid uit de weg.'

'Ja, maar...'

'Sorry dat ik je dit niet eerder heb verteld, en Baird zei dat ik dat ook niet moest doen, maar ik ga het je nou toch maar vertellen. Er is een blad dat door dierenactivisten wordt uitgegeven, illegaal en subversief en meer van dat soort dingen, en dat publiceert de adressen van mensen van wie beweerd wordt dat het folteraars van dieren zijn, als een duidelijke uitnodiging om tegen die mensen acties te ondernemen. In december is er een nummer van dat blad verschenen met daarin het huisadres van Leo Mackenzie, de farmaceuticamiljonair.'

'Godallemachtig, Michael. Waarom is me dat nooit verteld? Baird heeft alleen vaag iets geroepen over dierenactivisten, als een mogelijk verband. Maar nooit dat ze er rechtstreeks mee te maken hadden.'

'Mijn beslissing was het niet.'

Ik zag zijn gezicht niet. Had hij er spijt van? Trok hij zich er niets van aan?

'Als jij dat wist, en de politie ook, dan snap ik niet waarom je het zo'n goed idee vond om Finn ergens in de negorij te stoppen, bij Elsie en mij.'

'Dat hadden we niet eens overwogen als we niet hadden gevonden dat het bij jou veilig was.'

'Jij hebt makkelijk praten, Michael.'

'Misschien moet ik er even bij vertellen dat ik voor het eerst over dit nummer van het blad hoorde van Philip Carrier, een van de rechercheurs die met dat dierenrechtenonderzoek belast is. En hij belde me niet over de publicatie van Leo's huisadres.'

'Nee? Welk adres dan? Het mijne, zeker. Dat kan er ook nog wel bij.'

'Nee, ze hebben míjn adres gepubliceerd.'

'Jouw adres?' Ik voelde dat ik van schaamte moest blozen. 'Jezus, wat erg voor je.'

'Geeft niet.'

'Wat ga je nou doen?'

Hij startte de motor en we reden door.

'Ik heb 's avonds twee sloten op mijn deur, dat is het zo'n beetje. Maak je niet ongerust, ik kan het hebben.'

'Daar ben je jager voor.'

'Ik doe ook nog wel andere dingen. Ik zal je mijn boot eens laten zien. We moeten maar eens een dagje gaan varen. Even weg van deze hele toestand.'

Ik mompelde iets.

'Heb je zaterdag al wat?'

Ik mompelde nog iets.

'Ik kom je na het ontbijt wel ophalen.'

Die nacht kon ik niet slapen. Ik trok mijn ochtendjas aan – die van Danny, met zijn geur in al dat wijde badstof – en ging voor mijn raam naar de zee zitten luisteren. Ik geloof dat ik heb gehuild. Als Danny de kamer in was gelopen had ik hem zonder iets te zeggen mee naar bed genomen. En hem langzaam uitgekleed en teder gekust en zijn naaktheid met mijn lichaam toegedekt, mijn ochtendjas van me afgescheurd, me helemaal over hem heen laten zakken, hem heel dicht tegen me aan getrokken, en ondertussen steeds naar zijn gezicht gekeken. Ik had hem gevraagd om ons hier weg te halen, bij ons te komen wonen, met me te trouwen, samen een kind te nemen.

Bij zonsopgang viel ik in slaap.

17

'Een melkkoetje?'

Geoff Marsh leek geamuseerd, bijna gevleid door het idee.

'Dat is wat die man tegen me zei.'

'Je moet niet alles geloven wat vreemde mannen op feestjes tegen je zeggen. Wie was dat?'

'Een zekere Frank Laroue, een academicus.' Zijn gezicht brak open in een begrijpende glimlach. 'Een vriend van je?'

'Laroue ken ik wel. Die denkt waarschijnlijk dat de hele westerse geneeskunde een kapitalistisch complot is om de arbeiders ongezond te houden, maar in dit geval heeft hij wel een beetje gelijk. Posttraumatische stress is een groeigebied, dat staat buiten kijf.'

Het was de maandag na het feestje, en Geoff en ik zaten samen aan een werkontbijt van koffie en croissants. Ik had Geoff een beetje gepest met een citaat van Laroue en stond er verbaasd van dat hij daar serieus op inging.

'Aan trauma's valt toch niet zoveel te verdienen?' zei ik.

Hij schudde heftig zijn hoofd en slikte een mondvol croissant door.

'Daar zou je nog van staan te kijken. Je hebt vorige week de uitspraak toch gelezen van de rechter over dat trauma van die brandweerlieden in Northwick? Hoeveel hebben die aan schadevergoeding gekregen? Vijf miljoen, plus nog wat?'

'Mooi voor die brandweer.'

'Mooi voor óns. Ik vermoed dat verzekeraars nu gaan eisen dat er een preventieve stresstherapie komt, zodat ze in de toekomst van processen gevrijwaard blijven. En wij bevinden ons in een positie om de markt op dat terrein vóór te zijn.'

'Ik dacht dat deze unit bedoeld was om in een therapeutische behoefte te voorzien, niet om de investeringen van verzekeraars te beschermen.'

'Die twee dingen staan niet los van elkaar, Sam. Op al die mogelijkheden zou je trots moeten zijn. Die unit is tenslotte wel jouw kindje.'

'Af en toe heb ik het idee dat het met dit kindje anders gaat dan ik voor ogen had.'

Hij dronk zijn kopje leeg en zijn gezicht kreeg een moralistische trek.

'Nou ja, je weet dat je je kinderen hun eigen weg moet laten gaan.'

'Dank u, dokter Spock,' zei ik zuur. 'Dit kind is nog niet eens geboren.'

Hij stond op en veegde met een servet zijn mond af.

'Sam, ik moet je wat laten zien. Kom even mee.'

Hij ging me voor naar een raam van zijn grote hoge hoekkamer. Hij wees naar een hoek van het ziekenhuisterrein waar een paar man met oranje helm mistroostig voor een bouwkeet stonden.

'We zijn aan het uitbreiden,' zei hij. 'Stamford is aan het uitbreiden. We zitten hier op de goede plek, aan de goede kant van Engeland. In de buurt van Londen, van Europa, veel groen om ons heen. Ik heb een droom, Sam. Stel je voor dat deze ziekenhuistrust zijn mogelijkheden ten volle benut en een beursnotering aanvraagt. Wij zouden de Microsoft van de eerstelijnsgezondheidszorg kunnen worden.'

Verbijsterd volgde ik zijn blik.

'En nu ga jij me zeker vragen om stenen in brood te veranderen. Helaas kan ik niet de volle veertig dagen hier in de woestijn blijven, omdat ik weer met dat zogenaamde boek van me verder moet.'

Hij keek verwonderd.

'Waar heb je het nou over, Sam?'

'Laat maar, Geoff. Ik zie je volgende week wel, als je in de harde wereld terug bent.'

'Dit ís de harde wereld, Sam.'

Op die inmiddels vertrouwde weg Stamford uit bedacht ik somber dat hij waarschijnlijk gelijk had en liet daarna de rest van

mijn wereld de revue passeren – Elsie, Danny, Finn, mijn boek –
en kreeg een nog slechter gevoel. Elsie zat op school, Danny zat
god weet waar, maar toen ik thuiskwam zat Finn met een tijdschrift op de bank zonder het te lezen. Met een knagend schuldgevoel keek ik via de trap omhoog naar mijn werkkamer, haalde diep
adem en ging naar haar toe.

'Even wandelen?' stelde ik voor.

Zwijgend gingen we op pad, sloegen linksaf en liepen een paar
kilometer parallel aan de zee, waarna we weer een scherpe bocht
naar links maakten. We liepen naast de greppel, bijna zo breed als
een kanaal, van een omgeploegde akker. Het enige wat we voor
ons uit zagen waren de dunne rijen bomen, als een kaarsrecht hek,
waarschijnlijk tegen de wind.

Ik liep diep na te denken. Het was 19 februari. Finn was nu een
maand bij ons. Over twee, misschien drie weken zou ik er een
punt achter zetten. Maar voor Elsie was deze tijdelijke maatregel
haar leven geworden. Ze vond het zo heerlijk om elke ochtend de
trap af te komen en ons allebei (Finn in mijn oude peignoir, ik in
andere kleren dan mijn werkkleren) aan tafel te zien zitten kletsen
en koffiedrinken. Ze vond het heerlijk dat ik haar elke ochtend
naar school bracht en samen met de andere ouders even bij de deur
van het klaslokaal bleef staan en haar vlug een zoen op haar koude
wang gaf als de bel ging en zei: 'Ik kom je vanmiddag ophalen.' En
elke dag, als de bel om tien over halfvier weer ging, kwam ze naar
buiten rennen met haar jas en haar nylon schooltasje en meestal
een stijf stuk papier met kleurige kloddders erop, en ik zag dat ze
zich zo gelukkig voelde dat ze net als alle andere kinderen was. Ik
zorgde er zelfs voor dat ik mijn minst buitenissige kleren aan had
als ik haar kwam ophalen. Ik probeerde met de andere moeders te
babbelen over middeltjes tegen hoofdluis en de volgende rom-
melmarkt voor een goed doel. Ook ik wilde een beetje opgaan in
mijn omgeving. Met theetijd maakte Finn voor Elsie toast met
honing. Dat werd een ritueel. Als het bedtijd werd, schuifelde ze
stilletjes Elsies kamer binnen om welterusten te zeggen, terwijl ik
haar voorlas. Op een dag besefte ik dat ze ons het gevoel had gegeven een echt gezin te zijn, en niet alleen maar moeder en dochter,
wat Danny nooit echt was gelukt. En ik wist ook dat dit kwam
omdat ik Danny nooit de kans had gegeven.

Maar voor Finn en mij was het een vals sprookjesbestaan. Binnenkort moest ze terug naar een wereld van vrienden en advocaten, toelatingsexamens, verplichtingen en feestjes en concurrentie, seks, universiteit, toeval, pijn.

We kwamen bij een sober kerkje, niet veel meer dan een doos met één raam in de grijze muren en een bord op de deur waarop stond dat het uit de achtste eeuw stamde. Het was gebruikt als schuur, koeienstal, en volgens de plaatselijke overlevering als opslag voor gesmokkelde fusten wijn. En, of we geen afval wilden achterlaten. Ik vroeg Finn met zoveel woorden of ze erover na had gedacht wat ze ging doen. Ze haalde haar schouders op, schopte een steen uit de weg en stak haar handen nog dieper in haar zakken.

'Hier kan je niet blijven, dat weet je. Over een paar maanden begin ik aan mijn baan. En trouwens, jouw leven is niet hier.'

Ze brabbelde iets.

'Hè?' Ik keek haar aan. Haar gezicht stond schrap tegen de wind, met een norse trek.

'Ik zei,' antwoordde ze boos, 'dat mijn leven helemaal nergens is.'

'Luister nou eens, Finn...'

'Ik heb geen zin om het erover te hebben, ja? Je bent mijn moeder niet.'

'Over moeder gesproken,' zei ik zo zakelijk mogelijk, onaangenaam verrast door haar toon, 'mijn moeder komt morgen lunchen.'

Ze keek op. Haar gezicht verloor alle muiterij.

'Wat is ze voor een vrouw? Lijkt ze een beetje op jou?'

'Vind ik niet.' Ik hield me even in en glimlachte. 'Misschien ook wel meer dan me lief is. Ze lijkt, denk ik, meer op Bobbie. Een heel degelijk iemand. Ze vindt het verschrikkelijk dat ik niet getrouwd ben. Volgens mij weet ze er tegenover haar vrienden geen raad mee.'

'Wil ze dan dat je met Danny trouwt?'

'O god, nee.'

'Komt Danny binnenkort weer eens langs?'

Ik haalde mijn schouders op en we liepen door, in een heel grote, langzame cirkel terug naar huis.

'Sam? Wie was Elsies vader?'

'Een aardige man,' antwoordde ik kortaf. Even later liet ik me vermurwen en vertelde tot mijn verbijstering iets aan Finn wat ik bijna niemand had verteld. 'Hij is een paar maanden voor Elsies geboorte overleden. Hij heeft zelfmoord gepleegd.'

Ze zei niets. Dat was de enige juiste reactie. Ik zag mijn kans schoon.

'Jij praat nooit over je verleden, Finn. Dat snap ik wel. Maar vertel me dan tenminste iets. Iets wat belangrijk voor je was, een persoon, een ervaring, maakt niet uit.'

Ze wandelde stevig door en gaf geen teken dat ze me gehoord had. Ik was bang dat ik haar misschien afgeschrikt had. Na zo'n honderd meter begon ze te praten, zonder te stoppen met lopen, zonder opzij te kijken.

'Heb je al gehoord wat ik vorig jaar heb gedaan?'

'Iemand heeft me verteld dat je een reis door Zuid-Amerika hebt gemaakt.'

'Klopt. Dat lijkt nu allemaal zo vaag en ver weg dat ik al die landen nauwelijks meer uit elkaar kan houden. Voor mij was dat een rare tijd, een soort beter worden en opnieuw geboren worden. Maar één periode herinner ik me nog heel goed. Ik zat in Peru en ben naar Machu Picchu geweest, een belangrijke plek voor het Inca-rijk. Als je er bij volle maan bent, kan je voor zeven dollar een zogenaamde *boleto nocturno* kopen en 's nachts de ruïnes bezoeken. Ik ben naar de Intihuatana gaan kijken – dat is de enige stenen kalender die niet door de Spanjaarden is verwoest – en heb daar in het maanlicht gestaan en nagedacht over het licht en al die grote rijken die net als mensen aftakelen en sterven. Het Inca-rijk bestaat niet meer. Het Spaanse rijk bestaat niet meer. En ik stond daar te bedenken dat het enige wat overbleef die ruïnes waren, die stukken en brokken, en dat schitterende licht.'

Zo had ik haar nog nooit horen praten en ik was diep geroerd.

'Finn, dat is prachtig,' zei ik. 'Waarom vertel je me dat nu pas?'

'Omdat je het vroeg,' zei ze, en heel even kreeg ik het kille gevoel dat ze zich ervan afmaakte, tenzij dat kille van de Noordzee-wind kwam.

Zodra we het huis weer zagen liggen, zei ze: 'Wat ga je voor haar maken?'

'Ze. Pa komt ook. O, dat weet ik niet. Ik ga wel naar de super-markt en koop daar iets kant-en-klaars.'

'Mag ik die lunch voor je doen?'

'Zelf maken?'

'Ja. Dat zou ik leuk vinden. En kunnen we dokter Daley ook vragen?'

Tot mijn verbazing besefte ik dat ik er een heel klein beetje de pest over in had dat Finn nog zo aan Michael Daley gehecht was. Dat was wel begrijpelijk. Hij was een contact met het gewone leven, hij zag er goed uit, hij was de huisarts van de familie. Toch was ik in mijn ijdelheid zo pervers dat ik haar van mij afhankelijk wilde hebben, ook al stond het voor mij steeds meer vast dat ze binnen een paar weken weg moest.

'Ik bel hem wel even.'

'En Danny?'

'Misschien deze keer beter van niet.'

Een ogenblik zag ik Danny's nachtgezicht voor me, teder en stoppelig en zonder al die gebruikelijke ironie van overdag – het gezicht waarmee hij, zo hoopte ik, alleen mij aankeek – en voelde ineens een paniekerig verlangen in me opkomen. Ik wist niet eens waar hij zat. Ik wist niet of hij in Londen was, of in het buitenland. Wat zat ik hier in hemelsnaam eigenlijk te doen, in deze modder-woestenij: een doorgedraaid meisje helpen en ondertussen mijn geliefde kwijtraken?

Die onbehaaglijke sfeer bleef de hele dag boven me hangen, als onweer, en wilde ook niet over drijven toen ik Elsie van school ging halen. Zij was ook stuurs, dus ik probeerde haar op te vrolij-ken door haar te vertellen dat Finn en ik naar een kerkje waren geweest dat vroeger een geheime schuur was waar piraten hun schat verstopten die ze van hun piratenschip naar land hadden gesmokkeld.

'Welke schat?' vroeg ze.

'Gouden kronen en parelkettingen en zilveren oorbellen,' zei ik. 'En die begroeven ze dan en daarna tekenden ze een kaart en daar zetten de piraten dan met hun eigen bloed hun naam onder.'

Eenmaal thuis was Elsie vastbesloten om ook zo'n schatgravers-kaart te tekenen. Finn en ik gingen met een mok koffie in de keu-ken zitten en Elsie zat over tafel gebogen, met de rimpels in haar voorhoofd, het puntje van haar tong uit een mondhoek, en gebruikte bijna iedere kleur uit haar doos viltstiften. De telefoon ging en Linda nam op.

'Het is voor jou,' riep ze van boven.

'Wie is het?'

'Weet ik niet,' zei ze.

Geïrriteerd puffend nam ik op in de voorkamer.

'Spreek ik met dokter Laschen?'

'Ja, en met wie spreek ík?'

'Frank Laroue. Ik vond het een genoegen om met je kennis te maken zaterdag en ik zou je graag nog eens zien.'

'Dat zou wel leuk zijn,' zei ik kalm, maar ondertussen kon ik van paniek niet meer goed denken. 'Wat zou u dan willen doen?'

'Kan ik misschien op de thee komen in je nieuwe huis. Ik kijk graag rond in andermans huis.'

'Met uw vrouw?'

'Mijn vrouw is er niet.'

'Ik ben bang dat mijn huis op het ogenblik niet op bezoek berekend is. Wat zou u ervan denken als we wat gingen drinken in de stad?'

We spraken af wanneer en waar en hingen op voordat ik de kans kreeg om van gedachten te veranderen. Ik vroeg me af of ik dit aan Michael Daley moest vertellen, maar dat idee verwierp ik al snel. Met hem ging ik mee op zijn boot. Dat was voldoende. Een beetje plezier had ik wel verdiend, en Danny kon de pot op.

'Wij zijn ook net drie piraten, vind je niet, Elsie?' zei Finn toen ik in de keuken terugkwam. 'Mammie en ik en jij.'

'Joehoe,' zei Elsie.

'Is ie af?'

'Joehoe.'

Ik lachte.

'Zullen we nou allemaal onze naam op die kaart zetten, jij en ik en Finn?'

Elsies ogen lichtten op.

'Joehoe-oe,' zei ze enthousiast.

'Nou, dan pakken we de rode viltstift.'

'Nee,' zei Elsie. 'Bloed. Het moet in bloed.'

'Elsie!' riep ik fel, met een angstige blik op Finn. Ze stond op en liep de keuken uit. 'Elsie, ik wil niet dat je zo praat.'

Finn kwam terug en ging naast me zitten.

'Kijk,' zei ze. Tussen duim en wijsvinger hield ze een naald. Ze glimlachte. 'Geeft niet, Sam. Het gaat al beter met me. Niet fantastisch, maar wel beter. Kijk, Elsie, er is niks aan.' Ze prikte de naald in het topje van haar linkerduim, boog zich voorover en perste een vuurrode druppel op Elsies kaart. Met het oog van de naald maakte ze van de druppel iets dat redelijk op een F leek. 'En nou jij, Sam.'

'Nee, ik haat naalden.'

'Je bent arts.'

'Daarom ben ik er een geworden, zodat ik naalden in andere mensen kan steken.'

'Hand,' zei Finn beslist. 'Het kan geen kwaad. Ik heb een nieuwe voor je.' Met tegenzin stak ik mijn linkerhand uit en vertrok mijn gezicht toen ze de naald in het topje van mijn duim priemde. Ze kneep het bloed op het papier.

'Nou, hier kan ik wel mijn hele naam van maken,' mopperde ik.

'Een S is genoeg,' zei Finn lachend.

Ik maakte een S van mijn bloed.

'En nou Elsie,' zei Finn.

'Ik neem mammies bloed wel,' zei ze gedecideerd.

Finn perste nog een druppel uit mijn duim en Elsie smeerde dat tot iets wat op een platgetrapte framboos leek. Ik tuurde naar mijn duim.

'Dat doet zeer,' zei ik.

'Laat eens kijken,' zei Finn. Ze pakte mijn hand en bekeek mijn duim. Er zat een rood stipje op en ze boog haar hoofd voorover en depte het af met haar tong, waarna ze me met haar grote donkere ogen aanstaarde.

'Zo,' zei ze. 'Nou zijn we bloedzusters.'

18

'Sam, Sam, wakker worden.'

Een gefluister dicht bij mijn oor trok me omhoog uit een wir-war van dromen tot ik alleen maar een wit gezicht waarnam, met een bangelijk stemmetje. Ik ging rechtop zitten en keek naar de bleekgroene cijfers op mijn wekkerradio.

'Finn, het is drie uur in de ochtend.'

'Ik heb buiten iets gehoord. Er is iemand buiten.'

Ik fronste ongelovig, maar hoorde het toen ook. Er kraakte iets. Nu stond ik op, klaarwakker in de inktzwarte kou. Ik greep Finn bij de hand en rende door de gang naar Elsies kamer. Ik nam haar in mijn armen, dons, beertje en al, en droeg haar met haar duim nog in haar mond en één arm loshangend naar mijn kamer. Ik vlij-de haar op mijn bed, waar ze iets mompelde, zich met dons en beer tot een veiliger bal opkrulde en doorsliep. Ik pakte de telefoon. Negen, negen, negen.

'Goedendag, welke afdeling?'

Ik wist het nummer dat Baird me gegeven had niet meer. Van frustratie brulde ik het uit.

'Ik bel van Elm House in de buurt van Lymne. Ik heb een insluiper. De politie moet komen. Geeft u dat alstublieft door aan inspecteur Baird van de politie in Stamford. Mijn naam is Samantha Laschen.' O god, ze wou het gespeld hebben. Waarom heette ik niet Smith of Brown? Eindelijk was ze klaar, en ik legde de hoorn erop. Ik moest denken aan de sectierapporten van de Mackenzies en ineens kreeg ik het gevoel alsof er insecten over mijn vlees kropen. Finn hield zich strak aan me vast. Wat kon ik nou het beste doen? In mijn hoofd krioelde het van de mogelijkheden. De deur naar de slaapkamer barricaderen? In mijn eentje naar beneden gaan en zo'n insluiper lang genoeg bezighouden tot de politie er was? Plotseling maakte ik me alleen nog maar zorgen om Elsie. Zij had hier niet om gevraagd, haar verantwoordelijkheid was dit allemaal niet. Zou ze veiliger zijn als ik haar van Finn weg kon houden?

'Finn, kom eens mee,' siste ik.

Ik had het vage plan om ergens een wapen vandaan te halen, maar ineens – zo snel kon er vast niet op mijn telefoontje gereageerd zijn – klonken daar de geluiden van automotoren, knarsend grind en flitsten er koplampen. Ik keek uit het raam. Er stonden politiewagens, er liepen donkere gedaantes rond, er schenen zaklantaarns, ik zag een hond. Ik ging naar Finn toe, drukte haar dicht tegen me aan en prevelde iets in haar haar.

'Het is allemaal over, Finn. Je bent veilig. De politie is er. Je hebt je goed gehouden, liever, je hebt je heel goed gehouden. Ontspan nou maar.'

Er werd op de deur geklopt. Ik keek uit het raam. Er stond een groepje agenten op het pad en een tweede groepje iets verderop. Er stopte nog een auto. Ik rende de trap af, in mijn peignoir schietend, en deed de deur open.

'Is iedereen in orde?' vroeg de voorste agent.

'Ja.'

'Waar is Fiona Mackenzie?'

'Boven, bij mijn dochter.'

'Mogen we even binnenkomen?'

'Tuurlijk.'

De man keerde zich om.

'Eerste verdieping afzetten,' zei hij.

Twee agenten, waarvan één vrouwelijke, schoten rakelings langs me heen de trap op, klossend op het hout.

'Wat is hier aan de hand?'

'Laat ons even begaan,' zei de eerste agent. Een andere agent kwam naar hem toe rennen en fluisterde hem iets in het oor. 'We hebben een man aangehouden. Die beweert dat hij u kent. Kunt u hem even komen identificeren?'

'Goed.'

'Moet u zich nog aankleden?'

'Gaat wel zo.'

'Komt u dan maar mee. Hij zit daar in de auto.'

Mijn hart deed bijna zeer, zo hard klopte het toen ik de silhouetten in de auto naderde, maar even later moest ik gewoon lachen. Daar zat een verfomfaaide Danny, stevig ingeklemd tussen twee agenten.

'Het is oké,' zei ik. 'Dat is een vriend van me. Een goeie vriend.'

Met enige tegenzin lieten de agenten hem gaan. Ik zag dat een van hen een zakdoek tegen zijn neus hield.

'Oké, meneer,' zei de ander. 'Ik zou voortaan maar niet meer midden in de nacht in andermans tuin rondsluipen.'

Danny gaf geen antwoord. Hij keek hen en mij razend aan en liep naar het huis. Bij de voordeur haalde ik hem in.

'Wat was jij nou aan het uitvoeren?'

'Dat kutbusje van me hield er in het dorp mee op, dus toen ben ik gaan lopen. Iemand heeft me vanachter vastgepakt, toen heb ik teruggeslagen.'

'Ik ben zo blij dat je er bent, o god, ik ben zo blij,' zei ik, en schoof mijn armen om zijn middel. 'Het spijt me zo van alles.' Iets tussen een giechel en een snik rees omhoog in mijn borst.

Achter me klonk er weer een geknars van grind. Ik draaide me om en zag een gewone auto met veel geknerp tot stilstand komen. Het portier ging open en een forse man stapte uit. Baird. Hij kwam stijfjes op ons af lopen. Hij bleef staan en bestudeerde Danny met wazige ogen.

'Wat een zootje treurnis,' zei hij, en liep langs me heen de hal in. 'Ik moet eerst een bak koffie.'

'Je mensen waren wel onwaarschijnlijk vlug ter plaatse,' zei ik.

Baird zat met zijn hoofd in zijn handen aan tafel. Danny stond in de andere hoek met een glas whisky, dat hij af en toe bijvulde uit de fles die hij in zijn andere hand hield.

'Die waren toch in de buurt,' zei Baird.

'Waarom?'

'Ik heb begrepen dat je Frank Laroue bent tegengekomen.'

'Heb je dat soms van Daley?'

'Naar onze overtuiging is dat een gevaarlijk iemand, Sam. En nou heeft hij ook nog contact opgenomen met jou.'

Even wist ik het niet meer.

'Wat heeft...? Zijn jullie soms mijn telefoon aan het aftappen?'

'Dat is een voor de hand liggende voorzorgsmaatregel,' zei Baird.

'Kut,' zei Danny, en liep de keuken uit.

'Wat weet hij er allemaal van?' vroeg Baird.

'Wat weet ík er eigenlijk allemaal van? Waarom is mij niks verteld? Is Laroue een verdachte?'

Baird fronste en keek op zijn horloge.

'Godnogaantoe,' zei hij. 'Naar mijn idee houden de Mackenzie-moorden waarschijnlijk verband met de golf van terrorisme in Essex, in de streek rond Stamford. We achtten het mogelijk dat iemand iets tegen Fiona Mackenzie zou ondernemen. Zeg tegen je vriend dat ik 'm mijn excuses aanbied, alsjeblieft.' Hij stond op. 'Ik meld je even dat er morgen...' Hij zweeg en glimlachte lusteloos. 'Dat er vandaag een operatie op gang komt onder leiding van een collega die Carrier heet, waarbij er in het hele graafschap arrestaties zullen plaatsvinden. Onder andere van Frank Laroue, op beschuldiging van uiteenlopende zaken als samenspanning en aanzetten tot geweld.'

'O jee,' zei ik. 'Dus dat drankje dat ik met hem wou gaan drinken kan ik maar beter even uitstellen.'

'Dat was niet zo'n verstandig plan,' zei Baird. 'Hoe dan ook, ik ben ervan overtuigd dat je nu helemaal veilig bent.'

'En als die dierenterroristen de Mackenzies nou niet hebben vermoord?'

'In dat geval waren het waarschijnlijk inbrekers.'

'Wat hebben ze dan meegenomen?'

'Er ging iets mis, ze werden gestoord. Hoe dan ook, nu ben je veilig.'

'Nee, dat ben ik niet. Mijn ouders komen voor de lunch.'

Om tien uur die ochtend werd er bedeesd op de deur geklopt. Een magere jongeman, eigenlijk nog een jongen, met het haar strak achterover in een staartje, stond daar met een tas en een nerveuze adorerende glimlach. Die verdween toen hij me zag.

'Fiona wou wat groenten,' zei hij, en duwde de tas in mijn handen.

'Echt vers van het boerenland, en wat gaan we daarmee doen?' vroeg Danny. 'Echt thuis koken soms?'

Finn en Elsie kwamen de keuken uit. Allebei hadden ze hun mouwen opgestroopt, en Elsie had bij wijze van schort een theedoek om haar middel.

'Waarom gaan jullie twee niet even een stukje lopen voordat je moeder komt?' vroeg Finn.

Was dit het meisje dat een paar weken geleden nog geen twee woorden kon uitbrengen? Ze droeg haar nieuwe donkerblauwe spijkerbroek en een witte blouse, haar donkere haar zat in een paardenstaart, met een fluwelen strik. Haar gezicht was gebruind van onze wandelingen in de wind en gloeide helemaal van het warme fornuis. Ze zag er schoon en jong en zacht uit, met haar soepele ledematen en haar sterke smalle schouders. Ik wist dat ik de zeep en het talkpoeder had kunnen ruiken als ik dichterbij was gaan staan. Ze gaf me een oud en verweerd gevoel. Ze stapte naar voren, nam de tas van me over en keek wat er in zat.

'Aardappels,' zei ze. 'En spinazie. Net wat we wilden hebben, hè Elsie?'

'Wie was die jongen?' vroeg ik.

'O, dat was Roy, de zoon van Judith,' antwoordde ze luchtig. Ze kende veel meer mensen uit de omgeving dan ik. Ze giechelde: 'Volgens mij valt hij op me,' en even later bloosde ze van haar haarwortels tot haar hals, waar het litteken al aan het genezen was.

Danny keek haar na toen ze wegliep.

'Ze ziet er goed uit.'

'Het gaat tussen jou en die jongen met dat staartje,' zei ik.

Hij lachte niet.

De hemel was helblauw en het had een paar dagen geleden gesneeuwd – gemene spuugvlokjes die overal langs de randen van de rode akkers bleven liggen – maar de lucht was toch zacht. Ik had de verwarming afgezet en de ramen opengedaan. In de tuin straalden de narcissen tussen het onkruid en de struiken en stonden de tulpen in een rij met de knoppen nog helemaal dicht.

'Zullen we dan maar even gaan wandelen?' vroeg Danny. 'Hoe laat komen je ouders uit Londen?'

'We hebben nog wel een paar uur. We gaan eerst naar Stone-on-Sea' – de zee was al lang geleden door de zeewering teruggedreven, zodat het dorp nu omringd werd door troosteloos moerasland en eigenaardige, geheel door land ingesloten pieren – 'en vandaar naar de kust.'

Het was zulk mild weer dat we niet eens een jas nodig hadden. Achter het keukenraam zag ik dat Finn zich over iets boog, met een groef in haar voorhoofd van de concentratie. Elsie was nergens te bekennen. Danny trok me tegen zich aan en een hele tijd wandelden we zwijgend verder, in de pas. Even later begon hij te praten.

'Sam, er is iets waar ik het met je over moet hebben.'

'En dat is?' Hij klonk ongewoon serieus en een onverklaarbare angst beving me.

'Het heeft met Finn te maken, natuurlijk, en met jou en ook met Elsie. Ach, jezus, ik weet het ook niet meer, kom hier.'

En hij bleef staan en trok me dicht tegen zich aan en begroef zijn gezicht in mijn hals.

'Wat is er, Danny? Praat tegen me, we hadden al lang een keer moeten praten, alsjeblieft, vertel wat er is.'

'Nee, wacht,' mompelde hij, 'lichaamstaal is duidelijker.'

Ik schoof mijn handen onder zijn trui en overhemd en voelde het blote vlees van zijn warme sterke rug onder mijn vingers. Al wroetend met zijn gezicht, de stoppels schrijnend op mijn wang, gespte hij als een blinde mijn riem los en liet een hand in mijn broek glijden en pakte een bil. Ik begon vlugger te ademen.

'Niet hier, Danny.'

'Waarom niet? Er is niemand die het kan zien.'

Om ons heen lag er niets dan moerasland, met hier en daar wat onvolgroeide bomen en roestige schepen die vast waren gelopen toen de zee door de wering getemd werd. Met vakkundige hand maakte hij mijn beha los. Ik trok zijn hoofd achterover aan zijn lange, zeer ongewassen haar en zag dat zijn gezicht in een grimas stond van geconcentreerde onrust.

'Niet zo hebberig doen, lief,' zei ik, en maakte zijn broek los en liet hem de mijne omlaagtrekken, en hij schoof wanhopig in me, terwijl mijn spijkerbroek en mijn ondergoed als een homp klei mijn enkels vastklonken. Zo stonden we daar ineengestrengeld in die grote lege ruimte onder een lauwe zon, en ik bedacht hoe oneerbiedwaardig ik eruit moest zien en hoopte niet dat een boer deze kant op besloot te komen en vroeg me af wat mijn moeder hiervan zou vinden.

'Dit,' zei Danny met zijn mond vol, en ik zag dat mijn moeder hem van de andere kant van de tafel met een van walging vertrokken mond aankeek, 'is heerlijk, Finn.'

Finn had ons vergast op lamsbout met knoflook en rozemarijn, aardappels in de schil met zure room én boter, grof gehakte spinazie, en ze had er gisteren zelfs nog aan gedacht om mintsaus bij de supermarkt te halen. Mijn vader – in zijn versie van vrijetijdskleding: een tweed jasje, een broek van een onbestemde grijzige kleur, het bovenste knoopje van zijn mooi gestreken overhemd los, met een scheiding als een nieuwe roze straatweg door zijn dunner wordende grijze haar – had twee flessen wijn te voorschijn gehaald. Mijn moeder zat keurig te eten, na elke hap depte ze haar lippen, om de zoveel tijd nam ze een voorzichtig slokje wijn. Finn at bijna niets, maar zat met glanzende ogen en een zenuwachtige aarzelende lach om haar lippen aan tafel. Aan haar ene kant zat Danny, die zich voorbeeldig gedroeg, maar wel nogal ingetogen. Vond ik. Aan haar andere kant zat Michael Daley, volhardend in zijn opgewektheid, ijverig in zijn charme tegenover iedereen. Zijn aankomst was met veel drukte gepaard gegaan: gele rozen (voor mij), anemonen (voor Finn, die ze krampachtig vasthield als een verlegen bruid), wijn, stevige handdrukken. Aandachtig luisterde hij naar mijn moeder toen ze vertelde van de vreselijke ochtend die ze meegemaakt hadden, eerbiedig vroeg hij mijn vader welke route hij hiernaartoe had genomen, een tegensputterende Elsie tilde hij op zijn schouders, bemoedigend boog hij zich over naar Finn, telkens wanneer hij met haar praatte, waarbij zijn donkerblonde haar voor zijn ogen ging hangen. Hij deed niet hoffelijk, hij wilde alleen maar iedereen het op een leuke manier naar de zin maken, zo leek het. Als een windvaantje zat hij te draaien op zijn stoel en reageerde op elke opmerking. Hij schepte groente op, stond meteen klaar om Finn in de keuken te gaan helpen. Hij was een en al merkwaardige nerveuze energie. Ineens vroeg ik me met een schok af of hij verliefd op Finn aan het worden was, maar even later vroeg ik me af of hij verliefd op mij aan het worden was. En zo ja, hoe zat het dan met mij?

Ik bekeek de twee mannen die links en rechts van het meisje zaten: de een zo donker, bozig en mooi, de ander blonder, mysterieuzer. En ik zag welke van de twee mijn moeder, nijver kauwend op elke stuurse hap, het meeste mocht. Er hing een eigenaardige spanning tussen de twee mannen: ze waren concurrenten, maar op welk gebied kon ik niet precies achterhalen. Danny zat de hele tijd dingen van papier te vouwen, bloemen en bootjes uit stukjes servet te toveren.

Bij de gevulde warme appels (met rozijnen en honing, door Elsie verzorgd, die zich inmiddels in haar slaapkamer had teruggetrokken met de woorden dat ze een tekening ging maken) vroeg mijn moeder op haar o zo belangstellende toon: 'En hoe gaat het op je werk, Samantha?'

Ik mompelde iets over dat ik nog in de afwachtfase zat, en de conversatie zou vast doodgelopen zijn (ik zag dat Michael zelfs rechtop ging zitten, klaar om zich dapper in de stilte te storten waarvan hij wist dat die zou komen) als mijn vader niet met een formeel kuchje zijn servet had neergelegd. We richtten onze aandacht allemaal op hem.

'Toen ik in Japan gevangenzat,' begon hij, en de moed zonk me in de schoenen. Dit gesprek had ik al eens eerder gevoerd. '...heb ik heel veel mannen zien sterven. Als vliegen.' Hij zweeg, wij wachtten met het vanzelfsprekende respect van mensen die zich bij een tragedie nederig moeten opstellen. 'Ik heb er meer gezien dan jullie ooit zullen zien, en zeker meer dan die dierbare patiënten van jou zullen zien.'

Ik keek Finn aan, maar die staarde naar haar bord, waar ze bezig was met een vork een rozijn rondjes te laten draaien.

'Ik ben thuisgekomen en gewoon weer aan de slag gegaan. Ik weet alles nog.' Hij legde zijn hand op het tweed over zijn borst. 'Maar ik heb dat allemaal een plekje gegeven. Al dat gepraat over trauma en stress en slachtoffers, dat is toch nergens goed voor, dat is gewoon zout in de wonde strooien. Je moet die dingen laten rusten, dat is het beste. Ik twijfel niet aan je motieven, Samantha, maar jullie jonge mensen denken dat jullie récht hebben op geluk. Je moet doorzetten. Trauma!' Hij lachte minachtend. 'Dat is gewoon moderne flauwekul.' Hij pakte zijn glas en nam een slok wijn, zijn ogen schoten vuur boven de rand. Mijn moeder keek bezorgd.

'Nou...' begon Michael op begrijpende toon.

'Pa...' begon ik klaaglijk, wat ik herkende uit mijn jeugd.

Maar zacht en duidelijk sneed Finns stem erdoorheen.

'Wat ik ervan begrijp, meneer Laschen, is dat het woord trauma te vaak gebruikt wordt. Mensen zeggen dat ook als ze alleen maar verdriet of shock of rouw bedoelen. Een echt trauma is iets heel anders. Daar komen mensen niet zomaar over heen. Die hebben hulp nodig.' Haar ogen schoten even in mijn richting, en ik lachte kort naar haar. Er hing een vreemde rust in de kamer. 'Sommige mensen die getraumatiseerd zijn vinden het leven letterlijk onverdraaglijk. Dat zijn geen slappelingen of idioten, die hebben een wond opgelopen en moeten genezen worden. Artsen kunnen onze lichamelijke wonden genezen, maar soms kun je die wonden niet zien. Maar ze zijn er wel. Alleen omdat u geleden heeft en er niet over heeft geklaagd, moeten volgens u dan andere mensen ook lijden?' Niemand zei iets. 'Ik vind dat Samantha mensen heel erg helpt. Ze redt mensen. Dit gaat niet over geluk, snapt u, dit gaat over of je in staat bent om te leven.'

Michael boog zich naar haar toe en pakte haar de vork af waarmee ze nog steeds rondjes over haar boord zat te draaien. Hij sloeg zijn arm om haar heen en zij leunde dankbaar tegen hem aan.

'Finn en ik gaan even voor iedereen koffiezetten,' zei hij, en nam haar mee de kamer uit.

Luid kletterend stapelde mijn moeder de borden op elkaar.

'Tieners beleven alles zo intens,' zei ze begrijpend.

Ik keek mijn vader aan.

'Weet je wat het probleem is?' zei hij.

'Nee,' zei ik.

'Je deur klemt. Ik wil wedden dat het aan de scharnieren ligt. Ik kijk er straks wel even naar. Heb je carbonpapier in huis?'

'Carbon? Waar heb je dat nou voor nodig?'

'Om aan de onderkant van de lateibalk te plakken, om te kijken waar het stroef gaat. Daar is carbon het allerbeste voor.'

19

Op een keer, toen ik tien was, zijn we met de zomervakantie naar Filey Bay gegaan, aan de noordoostkust. Ik ben er nooit meer teruggeweest, en het enige wat ik me er nog van herinner zijn duinen en een verschrikkelijke gemene wind – die loeide 's avonds over de boulevard, liet de lege blikjes over de stoep rammelen en joeg de lege pakjes chips als kitscherige vliegertjes de lucht in. En ik weet ook nog dat mijn vader me meenam op zo'n waterfiets. Met mijn voeten kon ik nauwelijks bij de trappers, en ik moest op het puntje van mijn stoel zitten terwijl hij achterover kon leunen en met zijn benen – mager en glanzend wit in zijn onwennige korte broek – de druppels liet opspatten. Ik keek in het water en zag ineens de bodem niet meer, alleen nog een peilloos grijsbruin. Als de dag van gisteren voel ik nog de paniek die me overspoelde, in al de compartimenten van mijn bewustzijn doorlekte. Ik krijste het uit, greep me vast aan mijn vaders arm zodat mijn moeder, die op de kant stond te wachten, dacht dat er iets vreselijks was gebeurd, terwijl ons rode bootje nog altijd veilig een paar meter van het strand ronddobberde. Ik voel me niet veilig bij water, ik kan wel zwemmen, maar probeer dat altijd te vermijden. Als ik met Elsie naar het zwembad moet, ga ik meestal niet verder dan tot mijn knieën het water in en sta dan te kijken hoe zij daar ligt te spetteren. Voor mij is de zee niet iets waar je lol aan beleeft, geen reusachtig recreatiecentrum, maar een afschrikwekkende ruimte die boten en mensen en radioactief afval en stront in zich opzuigt. Soms, vooral 's avonds wanneer het gelaagde grijs van de zee overgaat in het donker wordende grijs van de lucht, ga ik bij mijn voordeur naar dat blinkende water staan kijken en stel me die andere wereld onder water voor, daaronder verscholen, en dan word ik helemaal duizelig.

Dus, wat bezielde me dan om met Michael Daley te gaan zeilen? Toen hij me opbelde om af te spreken had ik enthousiast geantwoord dat ik dolgraag met hem mee wou op zijn boot. Ik heb graag dat mensen denken dat ik een moedig, onverschrokken iemand ben. Ik heb sinds ik een klein meisje was nooit meer uit angst geschreeuwd.

'Wat moet ik allemaal meenemen?' vroeg ik.

'Niks. Ik heb wel zo'n rubberen pak voor je, en uiteraard een zwemvest. Doe wel je handschoenen aan.'

'Rubberen pak?'

'Je weet wel, wat duikers altijd aan hebben – staat je vast goed. Anders zou je in deze tijd van het jaar doodvriezen als we omsloegen.'

'Omsloegen?'

'Zit er soms een echo op dit toestel of ben jij het maar?'

'Hier kom ik nooit in.'

Ik zat te kijken naar iets dat leek op een stel zwarte en citroengroene binnenbanden.

'Je moet wel eerst je gewone kleren uitdoen.' We zaten in mijn woonkamer. Danny was naar Stamford om wat verf te kopen, Finn was naar de winkel op de hoek om melk en brood te halen en Elsie zat op school. Michael had zijn duikerspak al aan, onder een geel waterdicht jack. Hij zag er slank en lang uit, maar wel een beetje absurd, als een astronaut zonder ruimteschip, een vis uit het water.

'O.'

'Hou je ondergoed maar aan, en misschien ook maar je t-shirt.'

'Oké. Dat doe ik liever even in mijn slaapkamer. Neem maar koffie als je wil.'

Boven deed ik alles uit, op mijn beha en slipje na, en begon mijn benen in het dikke zwarte rubber te wurmen. God, wat zat dat strak. Elastisch omsloot het mijn dijen, en ik trok het verder over mijn heupen. Mijn huid voelde aan alsof die stikte. Het ergste was mijn armen in de mouwen krijgen. Ik kreeg het gevoel alsof mijn lijf onder de druk van het rubber zou bezwijken. De rits zat op mijn rug, maar daar kon ik niet bij – ik kon mijn armen nauwelijks hoger dan horizontaal krijgen.

'Gaat het?' riep hij.

'Ja.'

'Moet ik je soms helpen?'

'Ja.'

Hij kwam de kamer binnen, en ik zag ons allebei in de spiegel: langbenige maanwandelaars.

'Ik had gelijk, dat staat je goed,' zei hij, en gegeneerd trok ik mijn buik in toen hij de rits dichtdeed, met dat koude metaal en zijn warme vingers omhoog over mijn knobbelige ruggengraat. Zijn adem blies in mijn haar.

'Doe je schoenen maar aan' – hij gaf me een paar keurige rubberen schoenen – 'dan kunnen we gaan.'

De wind blies met ijzige vlagen over het kiezelstrand, waar zijn boot in een rij met andere bootjes op het droge lag. In zijn botenhuis bewaarde hij kennelijk zijn windsurf- en reservezeilspullen: de bootjes bleven buiten, weer of geen weer. Een merkwaardig zoemend geluid, zo'n beetje als in een bos op een stormachtige winternacht, kwam van de naakte boten: al die touwgevallen ('het want' zei hij), waarmee de masten overeind bleven, stonden te klapperen. De lage golven hadden witte kopjes. Ik zag hoe de windstoten het leigrijze water in beroering brachten. Hij boog zijn hoofd achterover.

'Mmm. Lekker zeilweertje.'

Dat klonk mij niet goed in de oren. In de monding van de rivier zag ik een eenzaam bootje met wit zeil zo angstig ver overhellen dat de onderkant ('de romp') helemaal uit het water leek te komen. Er was verder niemand te bekennen. De horizon verdween in een nevelig grijs. Het was zo'n dag dat het nooit helemaal licht werd. Boven het water hing een vochtig waas.

Hij trok het dikke groene dekzeil van zijn boot (een Wayfarer, met de naam Belladonna, vertelde hij me, vanwege haar zwarte spinnaker. Ik heb niet gevraagd wat dat was). Hij bukte zich naar de bodem van de boot en haalde een zwemvest te voorschijn.

'Doe dit maar aan. Ik tuig d'r even op.'

Hij schudde een groot roestkleurig zeil uit een nylonzak en

begon lange latten in de gleuven aan de onderkant te schuiven.

'Dit zijn zeillatten,' legde hij uit. 'Anders zouden de zeilen alle kanten op wapperen.'

Daarna haakte hij onder aan de mast een draad los en zette die met een kikker vast aan de bovenkant van het zeil. De onderkant haalde hij door de giek – dat woord kende ik – en maakte hij stevig vast.

'Dat is het grootzeil,' zei hij. 'Dat hijsen we pas als we de boot het water in duwen.'

Het volgende zeil gespte hij aan een ander stuk draad dat hij van de mast losmaakte. Aan één kant maakte hij het zeil met heel veel haakjes vast aan de voorstag, en liet toen het hele geval in een hoopje op het dek liggen. Daarna trok hij een lang touw door een gat in de dichtstbijzijnde punt van de driehoek en leidde de twee stukken ieder langs een boord van de boot, haalde ze aan elke kant door een oor en maakte een knoop in de vorm van een acht zodat het niet losschoot. Ten slotte pakte hij een zwart vlaggetje, bond dat aan een touw dat vastzat aan de mast en trok het omhoog tot het na enige aarzeling met een schok op zijn plaats boven in de mast bleef zitten.

'Oké, we trekken d'r het water in.'

Zijn gezaghebbende houding viel me op. Zijn handen waren sterk en nauwkeurig, zijn hoofd was bij niets anders dan zijn werk. Ik bedacht dat hij vast een goede arts was en vroeg me af hoeveel patiëntes verliefd op hem werden. Samen trokken we de Belladonna, nog altijd op haar trailer, naar de rand van het water waar hij haar in de ruwe golven duwde en ik het touw bleef vasthouden.

'Niet ongerust worden als je nat wordt,' riep hij, en klauterde in de boot, begon het roer erin te zetten en de klapperende lappen zeil te hijsen. 'Met een beetje water tussen je huid en het pak krijg je het juist wat warmer.'

'Oké,' zei ik met onvaste stem, en waadde de zee in, met de vanglijn in mijn blauwe handen die prikten op de plekken waar ze nog niet gevoelloos waren, want ik was mijn handschoenen vergeten. 'Wanneer dan?' schreeuwde ik.

'Hè?'

'Wanneer ga ik het dan warmer krijgen? Mijn bloedbanen beginnen te bevriezen, dokter Daley.'

Hij lachte zijn gelijkmatig blinkende gebit bloot, terwijl de zeilen wild om hem heen golfden. Plotseling, toen het voorste zeil en daarna het achterste zeil langs de mast omhooggetrokken waren, hield de boot op met zwalken en trok doelbewust een kant op. Het was niet meer alsof je een rukkende vlieger vasthield, eerder een hond die er graag op uit wil.

'Duw de voorkant een beetje richting zee,' riep hij. 'Zo ja, en nou springen. Spríngen, zei ik, niet je laten vallen.'

Spartelend als een vis kwam ik op de bodem van de boot terecht en stootte mijn knie. Onmiddellijk ging de boot naar mijn kant overhellen. Het water klotste over de rand. Mijn gezicht hing zo'n vijftien centimeter boven het water.

'Kom maar naar mijn kant toe,' instrueerde hij, kennelijk zonder al te veel in paniek te raken. 'Ga nou maar hier zitten, naast me, en steek je voeten onder die band daar, de voetenband. Dan kan je achterover leunen zonder in het water te vallen.'

Met één hand hield hij het roer vast en met de andere duwde hij het kielzwaard naar beneden en trok hij het touw aan het kleine zeil strak. De zeilen bolden en ik voelde hoe de boot niet meer zomaar opzij dreef maar snelheid kreeg. Meer snelheid dan me lief was.

'Oké, Sam, we houden deze koers aan zolang de wind nog heel gematigd is...'

'Gematigd!' piepte ik.

'Pas als we overstag gaan bij de punt en op open water zitten zal die wat aantrekken.'

'O.'

'Je moet alleen goed onthouden dat we de wind gebruiken om daar te komen waar we willen komen. Soms waait die van opzij, dan heet dat bij de wind, en soms zit die achter ons, en dan heet dat vóór de wind. En soms gaan we er bijna recht tegenin...'

'En dat zal wel omslaan heten,' riep ik benauwd.

Hij grijnsde naar me.

'Wat jij moet doen is dit vasthouden' – hij smeet het touw aan het kleine zeil in mijn schoot – 'en op de stag letten. Hoe meer we in de wind gaan, des te strakker trek je dat touw. Als we vóór de wind varen laat je het zeil uitbollen. Als we overstag gaan, hoef je alleen maar het ene touw los te laten en het andere aan te trekken. Ik let wel op de rest, oké?'

'Oké.'

'Bij de boeg ligt nog een stel reservehandschoenen.'

Ik boog me naar voren om ze te pakken, maar ineens helde de boot verder over.

'Achterover leunen. Nee, Sam, achterover zodat de boot recht blijft liggen, achterover, Sam.'

Ik leunde achterover en kreeg het gevoel alsof ik boven het water hing, met als enig houvast mijn broze tenen. Mijn handen tintelden van de kou, mijn rug deed zeer van het krom staan, mijn nek hing zo ver buiten de boot dat ik als ik met mijn ogen rolde, het water onder ons kon zien, alarmerend ver van me af. Het kielzwaard stak uit het water. Als ik voor me uit keek, zag ik het water aan de andere kant in de boot klotsen. Ik deed mijn ogen dicht.

'We gaan overstag, Sam. Als ik "Klaar om te wenden? Ree!" roep, trek jij je touw los en laat je het zeil klapperen. Als de boot draait, ga je vlug naar de andere kant. Snap je?'

'Nee. Als ik hier wegga, valt de boot om.'

'Slaat de boot om.'

'Jij mag het omslaan noemen, voor mij is dat omvallen, maar kut blijft het.'

'Maak je niet ongerust, Sam, we gaan niet omslaan. Zoveel wind staat er niet.' Dat paternalistische geduld in zijn stem beviel me niks.

'Oké, daar gaan we!' riep ik, en ik rukte het touw uit de kikker. Het zeil klapperde woest, de boot steigerde, het lawaai was oorverdovend. Ik stortte me in het midden van de boot en struikelde over het kielzwaard. Hij duwde het roer van zich af, stapte kalm naar de andere kant en hield ondertussen mijn hoofd omlaag. Vlak boven me kwam de giek overzwiepen. Hij trok zijn zeil aan, en toen het mijne. Het lawaai nam af, het klapperen hield op, de boot lag keurig recht op het grijze water. Ik schoof iets dichter naar hem toe. Als mijn handen niet verstijfd van de kou waren, hadden ze wel gebibberd.

'Als je nou volgende keer eens wacht tot ik "Klaar om te wenden? Ree!" zeg,' zei hij mild.

'Sorry.'

'Je krijg het gauw genoeg onder de knie. Wel leuk dit, hè?' De boot lag nu heel vlak en schoot met de zeilen bol en strak over het water. 'Ga nou maar rustig zitten en geniet ervan. Kijk, daar vliegt een reiger. Die zie ik vaak als ik hier zeil. Dat' – hij wees op een stel rotsen in het donkere water – 'is Needle Point. Daar komen de twee stromingen bij elkaar. Een heel gevaarlijk stukje, vooral bij springtij.'

'Daar gaan we nou toch niet naartoe, hè?' vroeg ik zenuwachtig.

'Dat kunnen we maar beter,' antwoorde hij ernstig, het zeil aantrekkend, 'een andere dag doen.'

Heel even, zolang de Belladonna deze koers bleef aanhouden en ik alleen maar stil hoefde te zitten en naar het langsschietende water te kijken, en naar Michaels ernstige profiel, zijn blonde haar strak naar achter, zijn hoge kalme voorhoofd, zat ik er inderdaad bijna van te genieten. Onder ons klotsten de golven in een gestaag ritme, door de loodgrijze lucht priemde de zon met één vinger. Achter ons kwam een ander bootje langs, en de twee zeilers staken hun gehandschoende hand kameraadschappelijk in de lucht en ik was nog net in staat terug te zwaaien, met een onnatuurlijk blije lach op mijn gezicht. We hebben zelfs nog zoiets als een gesprek gevoerd.

'Jij vindt het verschrikkelijk om in iemand anders' handen te zijn, hè?'

'Ik heb niet zo'n vertrouwen in iemand anders z'n handen,' antwoordde ik.

'Ik hoop dat je de mijne wel vertrouwt.'

Zat hij nou te flirten? Want daar was dit nu niet direct het goede moment voor.

'Ik doe mijn best.'

'Je bent vast een moeilijke vrouw om mee te leven, dokter Laschen. Vindt Danny je moeilijk?'

Ik reageerde niet. Een vochtige wind striemde mijn wangen en de grijze zee kwam langsgalopperen.

'Hij lijkt me wel iemand die op eigen benen kan staan, zich kan beschermen. Een beetje een wereldwijze knaap, zo stel ik me voor.'

Als ik niet zo naar de kust in de verte had zitten staren en op het duiken en stoten van de boot had gelet, was dat woord 'knaap' slecht bij me gevallen. Nu knikte ik alleen maar en speelde met de drijfnatte knoop in mijn touw die doelloos in mijn schoot lag.

Maar op dat moment trok hij het roer naar zich toe tot de wind pal achter ons stond, trok het kielzwaard in één soepele beweging omhoog, liet het zeil vieren tot het als een weelderige, bijna uitgebloeide bloem openging en zei tegen mij dat ik mijn zeil naar de andere kant moest halen om daar de wind te vangen.

'Even een stukje vóór de wind,' zei hij. 'Kom maar een beetje naar me toe, we moeten ons gewicht goed verdelen.'

De boeg ging omhoog en we schuimden door de golven.

'Oppassen, Sam. Als de wind draait, moeten we gijpen.'

'Gijpen? Nee, niet uitleggen, vertel me alleen maar hoe we dat kunnen voorkomen.'

Hij was geconcentreerd bezig, keek omhoog naar de vlag om de windrichting te bepalen en veranderde toen heel even iets aan de stand van het zeil. De boot stampte onaangenaam. We gingen zo slingerend op en neer dat er vreemde dingen met mijn ingewanden gebeurden. Mijn tong voelde gruizig aan, en te groot voor mijn mond.

'Eh, Michael.'

'Mmmm.'

'Kan je zorgen dat die boot niet zo schommelt? Ik word een beetje...'

'De wind is aan het draaien, we gaan gijpen. Laat je zeil maar klapperen.'

Langer dan een seconde kan het niet geduurd hebben. We bleven doodstil in het water liggen, met de zeilen slap omlaag. Even later zag ik tot mijn afgrijzen de giek helemaal van de andere kant op ons af komen zwiepen. De boot helde scherp over. Mijn maag protesteerde en ik stond op, aan niets anders denkend dan dat ik bij de rand van de boot moest komen voordat ik overgaf.

'Hou je hoofd in,' zei hij.

De giek knalde zo loeihard vlak boven mijn oor dat alles me even zwart voor ogen werd. Ik tuimelde door de boot, waardoor die helemaal overhelde en de giek weer terug zwaaide. Deze keer miste hij me (ik lag al bijna in coma op de bodem), maar nu beukte hij tegen het hoofd van Michael die net was opgestaan om me te helpen. Uiteindelijk zaten we samen als twee grote zwarte kevers in het plasje water op de bodem, een heen en weer slingerende giek boven ons en beide zeilen woest om ons heen wapperend. Dat ik niet zag wat er gebeurde, gaf me een veel veiliger gevoel.

'Stil blijven zitten,' commandeerde hij.

'Maar...'

Heel zachtjes, heel voorzichtig haakte hij een losgeraakte oorbel weer in mijn oorlel.

'Jij moet natuurlijk weer zulke belachelijk bungelende oorbellen in hebben als je gaat zeilen. Gaat het een beetje?'

Eigenlijk voelde ik me ineens zonder enige reden heel rustig. Het misselijke gevoel in mijn maag zakte, het bonken van mijn bange hart werd minder, alleen de zijkant van mijn hoofd voelde gezwollen en pijnlijk aan. De boot lag nog altijd te steigeren, maar de vlagerige wind kon op de loshangende zeilen geen vat krijgen. Michael zat zo onverstoorbaar naast me, zo zeker van zichzelf. Ik zag de vage borstel van zijn stoppelbaard, de nadrukkelijke boog van zijn bovenlip, de grote pupillen van zijn grijze ogen.

'Met jou doe ik geen gevaarlijke dingen, Sam,' zei hij zachtjes, me recht aankijkend.

Ik wist nog net een grijns op mijn gezicht te krijgen.

'Misschien kan ik je bij ons volgende afspraakje eens meenemen naar de film, Michael.'

20

Onderweg terug naar huis zaten Michael en ik zwijgend in de auto. Ik had het gevoel dat ik hem teleurgesteld had, en ik vind het zo vreselijk als ik iemand teleurstel dat ik er een slecht humeur van krijg, en ik was bang dat ik tegen hem zou uitvallen, maar wou niet iets zeggen waar ik later spijt van kreeg, dus was het beter dat ik helemaal niks zei. Hij zette een bandje op met een soort klassieke muziek, en ik deed alsof ik daar helemaal in opging. De schemering werd nacht en op onze kronkelweg langs de kust ving ik verleidelijke glimpen op van warm verlichte interieurs. De duisternis verborg de eigenaardigheden van het landschap en gaf het nu bijna iets geruststellends, zoals het hoort. Tegen de tijd dat we thuiskwamen, merkte ik dat de vulkaan in mijn borst weer tot rust was gekomen. Ik haalde diep adem.

'Volgens mij ben ik geen geboren zeiler.'

'Het ging heel goed.'

'Ja, die ken ik. En admiraal Nelson werd ook altijd zeeziek. Maar heel aardig van je dat je me meegenomen hebt.' Hij bleef zwijgen, met een lachje om zijn mond, dus kletste ik de stilte vol. 'Dit doen we nog een keertje over. Dan ben ik er vast beter in.'

Godallemachtig. Waar had ik me nou weer op vastgelegd? Maar Michael maakte een tevreden indruk.

'Dat zou ik heel erg leuk vinden,' zei hij.

'Straks zit ik als geen ander te gijpen, te gieken en overstag te gaan.'

Hij lachte en we stapten allebei uit en liepen gearmd naar het huis. Het was inmiddels donker en achter het raam zag ik iets bewegen. Ik wandelde ernaartoe en keek naar binnen. Het vuur stond te loeien. Danny zat in de leunstoel, opzij van de haard. Hij zat met zijn rug naar me toe, dus ik zag eigenlijk alleen maar zijn achterhoofd en het flesje bier dat hij met zijn rechterhand op de leuning hield. Maar ik wist hoe zijn gezicht stond. Hij staarde dromerig in het vuur. Elsie was in haar pyjama, het haar gewassen en plat gekamd, het gezicht rood en vlekkerig van de opwinding en de weerkaatsing van de vlammen. Ze zat iets te bouwen met haar houten bakstenen. Ik hoorde niets, maar zag wel haar lippen voortdurende babbelbewegingen maken in de richting van Finn die naast haar lag, ook met haar rug naar me toe. Ik zag niet of Finn iets terugzei. Waarschijnlijk lag ze daar alleen maar, met de ogen half dicht. Ik vermoedde dat Elsie zowel op Finns gemoedsrust als op haar jeugd reageerde. Dit waren twee meisjes samen, zoals ik dat nooit meer zou meemaken. Het was zo'n schitterend tafereel dat ik me even op pijnlijke wijze buitengesloten voelde, of voelde ik me soms schuldig dat ik er niet bij was?

Ik voelde een hand op mijn schouder. Michael.

'Wat een prachtig familietableau,' zei ik, op een onmiskenbaar droge toon.

Het duurde een tijd voordat hij antwoord gaf. Hij stond gefascineerd naar het tafereel bij de haard te kijken. Zijn kaken op elkaar geklemd van zichtbare voldoening.

'Dat komt door jou, wist je dat?' zei hij.

'Hoezo?'

'Toen ik voor het eerst met de politie ging praten en wij wat mensen naar jou vroegen, vertelde iedereen hoe fantastisch jij was. En dat ben je ook. Het is ongelooflijk wat jij met Finn voor elkaar hebt gekregen.'

Ik fronste even en gaf hem een beetje plagerige duw.

'Op jou gevlei zit ik niet te wachten, dokter Daley. Bovendien heb ik haar op geen enkele wijze behandeld. Alles wat Finn heeft gedaan, heeft ze helemaal zelf gedaan.'

'Je onderschat jezelf.'

'Ik heb mezelf nog nooit onderschat.'

'Je hebt geen gelijk, weet je. Als huisarts moet ik er vaak aan denken hoe mijn beroep er een eeuw geleden uitzag, toen er nog geen antibiotica waren, geen insuline was, alleen morfine, vingerhoedskruid en nog wat dingen. Een arts had bijna niets in zijn tas zitten waarmee hij het verloop van een ziekte kon beïnvloeden. Hij was een genezer. Hij ging bij een patiënt zitten, en dat was al genoeg om hem te helpen, misschien gewoon omdat hij zijn hand vasthield.' Zijn gezicht was vlak bij het mijne, hij sprak zo zacht dat hij bijna fluisterde. 'Jij bent een koppig mens. Je bent arrogant. Je bent succesvol. Je kan heel hard tegen anderen zijn. Maar toch heb jij dat wel, dat hele menselijke.'

Ik zei niets. Met een vinger raakte hij heel even mijn haar aan. Zou hij me nou gaan zoenen, hier voor het raam, terwijl Danny een paar meter verderop zat? Wat moest ik doen? In minder dan een seconde zag ik voor me hoe ik een verhouding met hem kreeg, hoe we naakt naast elkaar lagen en daarna al die conflicten en angst en al dat bedrog. Op een vriendschappelijke, zusterlijke manier pakte ik zijn hand.

'Dank je wel voor het compliment, Michael, hoe onterecht ook. Kom even binnen wat drinken. Een grog, of wat jullie zeebonken ook lekker vinden.'

Hij glimlachte, maar schudde zijn hoofd.

'Ik moet weer terug naar huis, ik moet me hier niet mee bemoeien. Goeienacht, intelligente vrouw.'

Ik ging het huis binnen met die warme gloed in je lijf die je alleen maar hebt als je je ontiegelijk gestreeld voelt. Ik duwde de deur naar de woonkamer open en drie hoofden, drie gezichten draaiden zich naar me om. Danny met een licht ironisch lachje. Zat hij me iets te verwijten? Elsies hele gezicht schitterde alsof ze van binnen brandde. Finn keek me kort aan, als een poes die mijn haardkleedje had geannexeerd en half gewekt werd uit een langdurige slaap. Diep van binnen voelde ik iets trillerigs en onrustigs.

'Kijk, mammie, kijk dan,' zei Elsie, alsof ik er al de hele tijd was.

'Ongelooflijk. Wat is dat?'

'Iets geheims. Raad maar.'

'Een huis.'

'Nee.'

'Een boot.'

'Nee.'

'Een dierentuin.'

'Het is geen dierentuin. Het is iets geheims.'

'En, hoe heb je het vandaag gehad?'

'Ik ben met Dan en Fing weggeweest.'

Verwachtingsvol keek ik de twee grote mensen aan.

'We hebben een zandkasteel gemaakt,' zei Finn. 'Met stenen erbij, en blikjes.'

'Dank je wel, Finn,' zei ik. Ik ging op de leuning van Danny's stoel zitten en zoende hem op zijn boze hoofd. 'En jij ook, dank je wel.'

'Ik moet morgen naar de stad,' zei hij.

'Voor je werk?'

'Nee.'

Dit was een pijnlijk onbevredigend moment, met Finn en Elsie zo vlak naast ons.

'Is er iets met je?' mompelde ik.

'Waarom zou er iets met mij moeten zijn?' antwoordde hij op die normale toon die ik zo lastig vond om te interpreteren.

'Weet ik niet,' zei ik.

Er viel weer een pijnlijke stilte en ik zag dat Finn en Elsie even naar elkaar lachten.

'Wat is er?' vroeg ik.

'Vraag maar aan Elsie wat er aan de deur hangt,' zei Finn.

'Wat hangt er aan de deur van je veilige huis, Elsie?'

In haar opwinding zag Elsie eruit als een bijna te hard opgeblazen feestballon die als een wilde door de kamer zou vliegen als die losgelaten werd.

'Er hangt een schop aan de deur,' zei ze.

'En vraag Elsie eens wat er op de deurmat ligt.'

'Wat ligt er op de deurmat, Elsie?'

'Een zandkasteel,' zei Elsie met een gilletje.

'Een zandkasteel? Op de deurmat? Dat is raar.'

'En vraag Elsie eens wat er in mammies bed ligt.'

'Wat ligt er in mammies bed?'

'Een dikke zoen.' En Elsie rende op me af en sloeg haar armen om me heen. Van die zachte druk op mijn schouders moest ik bijna huilen. Geluidloos zei ik over Elsies schouder dank je wel tegen Finn.

Elsie wilde dat Finn haar naar bed bracht, maar dat liet ik me niet zomaar afpakken, dus ik stond erop dat ik dat deed, en toen bleef zij op haar standpunt staan en moest ik haar tegenstribbelend en wel de trap opdragen, nadat ik haar had beloofd dat Finn haar een kusje kwam geven én een verhaaltje kwam voorlezen. Ik trok het rubberen pak uit, deed een spijkerbroek aan en een t-shirt en hielp haar met tandenpoetsen en ging haar toen knorrig voor zitten lezen uit een boek met zinnen waar ik mijn tong over brak.

'Kan Fing nou even komen?'

'Eerst een kusje.'

Zuchtend duwde ze haar lippen naar voren en daarna werd ik naar beneden gestuurd om Finn te halen. Ze vloog langs me de trap op om zich aan haar afspraak met mijn boef van een dochter te houden. Danny zat nog in zijn stoel, maar ik zag wel dat hij weer een flesje bier had gepakt. Naast de stoelpoot stonden al drie lege flesjes.

'Geef mij eens een slok,' zei ik, en hij gaf me het flesje aan. 'Wat is er?'

'Het wordt tijd dat ik weer eens naar Londen ga, dat is alles.'

'Oké.'

Er viel weer een stilte en dat was weer geen aangename. Ik ging bij zijn voeten op de grond zitten, leunde met mijn rug tegen hem aan en voelde zijn knieën tegen mijn schouderbladen. Ik nam een slok uit de fles en gaf die weer aan hem.

'Wat vind jij van Finn?' vroeg ik.

'Hoezo?'

'Wat voor indruk maakt ze op jou?'

'Ik ben geen dokter, dokter.'

'Maar je bent wel een mens.'

'Dank je, Sam.'

'Jij hebt de hele dag met haar opgetrokken, Danny. Zeg nou eens wat je denkt.'

'Interessant meisje.'

'Interessant beschádigd meisje,' zei ik.

'Jij bent de dokter.'

'Vind je haar aantrekkelijk?'

Hij fronste zijn voorhoofd.

'Wat zijn dit voor kutpraatjes?'

'Toen Michael me thuis afzette, hebben we samen even door het raam naar binnen gekeken. Ik zag dat Finn languit voor het vuur op de grond lag. Als ik een man was geweest, dacht ik, dan had ik haar heel aantrekkelijk gevonden. Een prachtig verleidelijk mens.'

'Maar ja, jij bent geen man.'

Er viel een stilte. Ik luisterde of ik Finns voetstappen op de trap hoorde. Kort daarna hoorde ik Elsie heel in de verte giechelen. Finn bleef nog wel eventjes weg.

'Danny, heb jij hier soms problemen mee?'

'Waarmee?'

'Met Finn, met deze hele toestand, je weet wel.'

Ik voelde zijn hand in mijn haar. Ineens trok hij mijn hoofd naar achteren. Ik voelde zijn lippen op de mijne, ik proefde zijn tong. Zijn linkerhand ging langs mijn buik omhoog. Ik verlangde hevig naar hem. Hij hield ermee op en leunde achterover. Hij lachte sardonisch.

'Je weet dat ik je nooit zal vertellen wat je moet doen, Sam. Maar...'

'Sssst,' zei ik.

Er klonken voetstappen, Finn kwam binnenlopen en ging bij ons op het kleedje voor de haard zitten.

'Elsie slaapt bijna. Ik heb wat salades gemaakt,' zei ze. 'En wat knoflookbrood erbij. Volgens mij heb je toch niet zo'n honger. Ik hoop dat het genoeg is.'

'Andere kookplannen had je niet, of wel Sam?' vroeg Danny sarcastisch.

Finn moest giechelen.

'Klinkt lekker hoor,' zei ik.

Danny dronk nog een paar flesjes bier. Ik dronk wijn. Finn dronk water. De salades waren knapperig en kleurrijk. Je zou bijna denken dat ze van M&S waren, in die grote plastic bekers. Ik vertelde een beetje over het dagje zeilen. Finn vroeg een paar dingen. Danny zei bijna helemaal niets. Toen we klaar waren, gingen we met onze mok koffie terug naar de woonkamer waar het vuur smeulde. Danny nam nog een flesje bier. Ik legde een paar stukken hout op het vuur en bleef blazen tot er weer vlammen kwamen. De wind deed de raamkozijnen rammelen en blies druppels water tegen de ruiten.

'Dit is nou zo'n avond om heerlijk bij het vuur te zitten,' zei ik.

'Hou op met die flauwekul, Sam,' zei Danny.

'Hoe bedoel je?'

'Je praat net alsof je in zo'n kutreclame voor het een of ander zit.'

Hij liep naar het raam.

'Dit is niks voor jou, Sam. Wat moet je hier nou? Je hebt hier alleen maar bomen en modder en moeras en regen en dan komt de zee. Echte mensen houden het hier niet uit, alleen van die opgedofte pummels die gaan jagen.'

'Danny, hou op,' zei ik, met een snelle blik op een geschokte Finn.

'Waarom? Wat vind jij, Finn? Vind jij het leuk om hier te wonen?'

De paniek stond in haar ogen.

'Weet ik niet,' mompelde ze. 'Ik moet even nog wat opruimen. In de keuken.'

Ze liep vlug de kamer uit en ik keek Danny razend aan.

'Jij met je kuttige humor,' siste ik. 'Wat is dit nou weer voor spelletje?'

Hij haalde zijn schouders op.

'Ik heb het helemaal gehad met dit buiten wonen. Met dit hele gedoe.'

'Hoe kan je zulke dingen nou zeggen waar Finn bij is? Hoe kán je? Wat is er allemaal aan de hand? Heb je soms een hekel aan haar, of aan Michael? Ben je soms jaloers?'

Hij bracht de fles naar zijn mond en dronk die leeg.

'Ik ga naar bed,' zei hij, en liep de kamer uit.

Ik bladerde wat in een tijdschrift totdat Finn binnenkwam.

'Sorry hoor,' zei ik. 'Danny kan soms zo raar doen.'

'Geeft niks,' zei ze. 'Ik vind Danny leuk. Ik vind het leuk dat hij er zomaar alles uitflapt. Dat hij zo lastig is. Ik val altijd op dat soort harde mannen.'

'Ik niet.'

Ze glimlachte en ging naast me op het kleedje voor de haard zitten. Dicht tegen me aan. Ik rook haar zachte warme huid.

'Heb je een vriendje?' vroeg ik.

'Weet je wat ik nou zo afschuwelijk vind, aan wat mij allemaal is overkomen?'

'Nou?'

'Na al die ellende ben ik voor de mensen zo'n teer en heilig schepseltje geworden, en iedereen is bang om in mijn bijzijn iets verkeerds te zeggen. Nee. Ik heb nooit een vriendje gehad. Toen ik nog zo dik was, had niemand natuurlijk oog voor me, en ik zal ook wel geen oog voor iemand anders gehad hebben. Of ik was doodsbang. Misschien had dik zijn voor mij daar wel wat mee te maken. Zodra ik al die kilo's kwijt was, zonder dat ik een gratenpakhuis werd, voelde ik me zo anders, en toen ben ik wel met jongens naar bed geweest. Vooral in Zuid-Amerika, dat hoorde allemaal bij het avontuur. Nou ja' – ze lachte schel, wat niks voor haar was – 'mammie zei altijd dat ik te jong was om me te laten binden. Vind je het erg als ik dat zeg?'

Nou, reken maar.

'Nee hoor, tuurlijk niet. Ik ben bang dat ik, met dit hier allemaal' – ik gebaarde naar de dingen om ons heen – 'in jouw ogen wel een beetje saai ben.'

'O nee, Sam, helemaal niet.' Ze keek me aan. Ze streelde mijn wang en gaf er een zoen op, heel zachtjes. Ik wou me terugtrekken, maar dwong mezelf om dat niet te doen. 'Ik vind jou helemaal niet saai.' Ze leunde achterover. 'Vroeger was ik – godnogaantoe, hoor mij nou. Ik bén een impulsief iemand. Toen Danny zo zat te praten over buiten wonen was ik het wel een beetje met hem eens. Maar toch verveel ik me hier niet. Ik heb dat idee in mijn hoofd dat er maar niet uit wil. Dat er hier ergens in het donker mensen rondlopen die mijn gezicht hebben ingetaped en mijn keel hebben doorgesneden en die dat zo weer zouden doen als ze de kans kregen.'

'Zo moet je niet praten, Finn.'

'Maar er is nog wat, Sam. Er zit een beeld in mijn hoofd dat steeds maar terugkomt. Ik weet niet of dat nou een droom is. Ik zie een huis midden in de nacht. Buiten schijnt een zaklantaarn, er wordt een raam omhooggeschoven. Er klinkt gekraak op de trap. Ik word wakker met tape over mijn mond, een mes op mijn keel. Daarna gaan ze naar jouw kamer. En dan naar die van Elsie...'

'Finn, hou op,' schreeuwde ik bijna. 'Dat moet je niet zeggen. Dat mag je helemaal niet zeggen.'

Ik proefde iets zuurs achterin mijn keel. Ik had zin om te kotsen.

'Wie z'n gevoel zit je nou te beschermen?' vroeg ze. 'Dat van mij of dat van jou?'

'Dat van mij, deze keer.'

'Dus je weet hoe zoiets voelt.'

Ik werd boos.

'Dat wist ik al, Finn. Dat wist ik. Dat was slecht van je om zoiets over Elsie te zeggen. Laat mijn dochter er nou maar buiten.'

'Ik wil zo graag dat ze gepakt worden, Sam.' Er was iets griezelig theatraals aan dit hele gedoe.

'Dat willen we allemaal.'

'Ik wil jullie daarbij helpen. Ik zit maar te denken en te denken, te proberen iets weer boven te krijgen, iets waar de politie wat aan zou hebben. Een geur misschien, een stem. Ik weet het niet.'

Mijn hoofd was helemaal daas, van de wijn, de warmte van het vuur, het late uur. Ik probeerde helder na te denken. Wou ze me iets vertellen?

'Finn, zit je soms iets achter te houden, iets wat je de politie niet hebt verteld?'

'Volgens mij niet. Tenminste...'

'Zijn er toen nog andere dingen met je gebeurd? Heb je de politie wel alles verteld?'

'Waarom zouden die er zijn? Ik wou dat ze er waren. Misschien is er wel iets waar ik niet aan wil. Misschien ben ik wel laf. Sam, ik wil helpen. Kan jij daar iets aan doen?'

Ze sloeg haar armen om me heen en drukte me zo dicht tegen zich aan dat ik haar hart voelde kloppen. Een wanhopige omhelzing. Dit was griezelig, hier zat iets helemaal mis, alsof ik verleid werd door iemand die wist dat ik hem niet kon weerstaan. Ik sloeg mijn armen om haar heen als een moeder die een kind troost, maar tegelijkertijd zag ik hoe ik dat deed en vroeg me af wat ik deed. Ik twijfelde aan mijn rol als Finns arts, als Finns vriendin, en nu verwachtte ze dat ik een soort psychologische detective werd, een zielsvriendin.

'Sam, Sam,' kreunde ze. 'Ik voel me zo eenzaam en hulpeloos.' Als dit een crisis was, wou ik wel dat ik er een beetje meer controle over had, me iets minder gemanipuleerd voelde.

'Hou op, rustig aan nou. Hou op!' Ik duwde haar van me af. Haar ogen waren gezwollen en vochtig, ze zat te hijgen. 'Luister nou eens naar me. Wij zijn hier om je te steunen. Je bent hier veilig. Er gebeurt je niks. Oké? Ten tweede, het is heel goed mogelijk dat een emotioneel en fysiek trauma gepaard gaat met een zeker geheugenverlies, en dat is te genezen. Maar nu is het laat en zijn we moe en uitgeput en is dit niet het moment om daarover te beginnen. Er kan iets aan gedaan worden, maar ik betwijfel of ik daarvoor wel de aangewezen persoon ben. Om een aantal redenen. Bovendien zijn er vormen van therapeutische hulp die ik je niet kan geven en die je in deze omgeving niet krijgen kan. Daar moeten we eens goed over nadenken. Ik beschouw jou... Dat klinkt te klinisch. Je bent me heel dierbaar. Maar we moeten hier wel even over nadenken. Niet nu. Ook morgen niet. Ga nu maar naar bed.'

'Ja, Sam,' zei ze met een breekbaar gelouterd stemmetje.

'Nu,' zei ik.

Ze knikte, nam een laatste slokje van haar koffie en ging zonder verder nog een woord met me te wisselen de kamer uit. Zodra ze weg was, slaakte ik een diepe zucht. Wat had ik me toch in huis gehaald? En nu werd Finn zo door Elsie aanbeden, meer dan wie ook op de wereld. Wat deed ik iedereen aan?

Ik ging naar boven. In mijn donkere slaapkamer liet ik mijn kleren van me af vallen en schoof tussen de lakens en voelde het warme lijf van Danny. Ik liet mijn handen over hem heen gaan, onder hem door, over hem heen, tussen alles door. Ik had zo'n behoefte aan hem. Hij draaide zich om en greep me onstuimig vast. Hij gaf me een harde zoen, zijn tanden beten in mijn lippen. Ik voelde zijn handen op mijn lijf. Ik beet in zijn schouder om het niet uit te schreeuwen van genot, bijna van angst. Met één grote hand hield hij mijn armen boven mijn hoofd en met de andere betastte hij me alsof hij me helemaal opnieuw aan het ontdekken was. 'Stil liggen,' zei hij toen ik me uit zijn greep probeerde los te wurmen. 'Heel stil blijven liggen.' En zodra hij in me stootte, voelde ik hoe hij me neukte met alle onderdrukte hartstocht, al die woede zelfs, van die avond. Hij zei mijn naam niet, maar keek me strak aan en ik deed mijn ogen dicht om aan de zijne te ontkomen. Na afloop voelde ik me beurs, gewond. Zijn ademhaling werd langzaam en regelmatig, en ik dacht dat hij sliep. Maar even later sprak hij met die versufte halfdronken stem van een man die bijna in slaap is en nauwelijks zijn gedachten kan ordenen.

'Heb jij weleens goed naar Finn gekeken?' mummelde hij. 'Echt goed naar haar gekeken? Als die fantastische arts die je bent.' Ik wou wat zeggen, maar hij ging door alsof ik er niet was en hij alleen hardop lag te denken. 'Of is het allemaal maar Sam en Elsie en het huis en het buiten wonen en een nieuwe hartsvriendin?' Het bed kraakte toen hij zich omdraaide, en ik voelde zijn adem op mijn wang. 'Heb jij weleens goed naar haar gekeken, Sam? Hoe zeg jij dat ook weer? Op een objectieve, een wetenschappelijke manier?'

'Ben jij soms helemaal weg van haar, Danny?' Er kwam een afschuwelijke gedachte bij me boven. 'Is dat het soms? Heb jij fantasieën over Finn?'

Ik kon nauwelijks ademhalen, mijn hart bonkte. Ik voelde het in mijn oren.

'Jij ziet het gewoon niet, hè?'

Ik voelde hoe hij zich weer omdraaide.

'Terusten, Danny.'

'Terusten, Sam.'

Toen ik de volgende ochtend wakker werd, was hij verdwenen.

21

'Mag ik binnenkomen?'
'Als je maar niks doet,' antwoordde Finn.
'Maak je maar niet ongerust.'
Mijn keuken leek net het laboratorium van een krankzinnige geleerde, een en al stoom en hitte en geheimzinnig geklepper en gedruis. Alles werd gebruikt. Op de zijplaat van het fornuis stond een pan te pruttelen, en de deksel van een koekenpan trilde toen de damp over de rand pufte. In een kom water lag iets dat op doorweekte bladeren leek. De kippenborsten lagen in de oven. Finn stond iets heel snel fijn te hakken op een plank, tak-tak-tak-tak, als een roffel op een snaardrum.
'Wat ik nou niet snap,' zei ik, 'is hoe je al die verschillende dingen tegelijk kan doen. Als ik ga koken moet ik de dingen een voor een doen, en dan nog gaat alles mis.'

Een stel oude vrienden kwam bij me eten. Normaal had ik iets gehaald of een aantal kant-en-klaarmaaltijden in de magnetron gedonderd, maar Finn zei dat ik het maar aan haar moest overlaten, dat zij wel iets simpels zou maken. We brachten Elsie naar school, en zijn toen wel dertig kilometer verder gereden, door dorpjes, langs antiekhallen en maneges, helemaal langs de kust naar een supermarkt die geruststellend veel leek op die waar ik altijd na mijn werk naartoe ging toen ik nog in Londen woonde. Ik kocht wat diepvriesspullen en vuilniszakken en afwasmiddel, maar Finn liep door naar het echte eten: kippenborsten, niet verpakt in cellofaan, paddestoelen en rijst in dure doosjes, rozemarijn, knoflook, olijfolie, groente, rode en witte wijn. Het wagentje

werd steeds voller en ik probeerde het haar uit haar hoofd te praten.

'Sarah en Clyde zijn net als ik. Die hebben heel hun werkende
leven afhaal-Indiaas gegeten. Hun smaakpapillen zijn al lang weggebrand. Die proeven het verschil toch niet eens meer.'

'Geniet zolang je nog leeft,' antwoordde ze. 'Want de dood
duurt heel lang.' Met moeite voorkwam ik dat ik naar adem
hapte.

'Daarom kon het mij nou juist nooit schelen wat ik at.'

'Ga je schamen, Sam. En jij bent nog wel arts.'

Ze werd onrustbarend dwingend en ik werd eigenaardig pas-
sief, als een gast in mijn eigen huis. Het viel me op, voordat ik dat
hele idee haastig uit mijn hoofd zette, dat naarmate zij de afgelopen paar weken steeds verder opkrabbelde en opbloeide, ik de
greep op mijn leven steeds meer kwijtraakte. Elsie was bijna verliefd op Finn, Danny was weer verdwenen, mijn trauma-unit was
een kapitalistische droom van iemand anders geworden en mijn
boek was nog altijd niet af.

Die hele namiddag leek mijn keuken wel een eerstehulppost. Ik
heb een beetje gewerkt en wat met Elsie gespeeld en haar daarna
in bed gestopt, en toen ik een paar uur later terugkwam was het
er allemaal iets netter geworden: zoiets als een intensive-care-
afdeling, misschien. Er klonk wat gebiep en gepruttel, maar de
activiteiten beperkten zich tot even roeren hier en even ruiken
daar.

Vlak na zevenen kwamen Sarah en Clyde aanzetten, hijgend
en deugdzaam in hun fluorescerende wielrennersoutfit. Ze hadden tot Stamford de trein genomen en waren vandaar gaan fietsen. Ze gingen naar boven om zich wat op te frissen en kwamen
terug in spijkerbroek en wijde bloes. Nu vond het echte wonder
plaats. Al had het avondeten alleen maar bestaan uit pizza in een
doos, per motor gebracht, en blikjes bier in een verpakking van
zes, dan nog had ik in paniek door het huis geheld. Maar vanavond hing er een serene sfeer. Op tafel stonden een paar ont-
kurkte flessen wijn, naast de olijven en een paar dingetjes met
salami en kaas die Finn had gemaakt, en de tafel was gedekt en
overal hing de geur van lekker eten, zonder dat je het gevoel kreeg

dat iemand iets deed. Finn had geen roodaangelopen gezicht en stormde niet elke twee seconden de keuken in om een of andere ramp te bezweren. Ze stond hier de wijn in te schenken, maar deed niet pretentieus. Ze had een lichte broek aan en een wijd zwart topje en had haar haar opgestoken. Kut, ik stond versteld van haar.

Misschien was ik wel vrienden geworden met Sarah en Clyde, niet omdat we samen aan fitness deden, maar omdat ze net zo lang en slank waren als ik. Sarahs golvende haar was nu grijs en ze had lijntjes om haar ogen. Clyde zag er nog steeds uit als de gebeeld-houwde, benige Clark Kent die hij als roeier op de universiteit ook was, maar hij was wel magerder geworden, dus zijn adamsappel leek nog groter. We waren allemaal even lang en keken elkaar dus recht in de ogen. Clyde en Sarah werkten samen als huisarts bij een gezondheidscentrum in Tower Hamlets. Als ze het weekend vrij hadden, zetten ze hun fiets in Londen op de trein, en tegen zondagavond hadden ze een paar honderd kilometer afgelegd, van het ene huis van vrienden naar het andere. Dit weekend was ik hun eerste stop.

'Morgen logeren we bij Helen, je weet wel, Farlowe.'

'Waar woont die?'

'In Blakeney. North Norfolk.'

'Jezus, dat eten morgenavond hebben jullie dan wel verdiend.'

'Daar doen we het ook voor.'

We namen ons drankje mee naar buiten en liepen wat rond over het terrein, zoals ik de verwaarloosde tuin sarcastisch noemde. Sarah herkende vogels aan hun gezang en Clyde vertelde me hoe de planten in mijn tuin heetten, waarbij bleek dat ik een aantal heel mooie exemplaren in een aanval van enthousiasme gewied en op de composthoop gesmeten had. Finn riep ons binnen en we aten kommetjes sappige rijst met gewelde paddestoelen, en daar-na kip gebakken in olijfolie met knoflook en rozemarijn, en kriel-tjes met lentegroente.

'In tegenstelling tot mij,' legde ik Finn aan tafel uit, 'zijn Sarah en Clyde in Londen gebleven en hebben een echte baan.'

'Je moet jezelf niet zo tekortdoen, Sam,' zei ze met gevoel.

Sarah moest lachen.

'Maak je maar niet ongerust, Fiona,' zei ze. 'Sam staat nou

niet direct bekend om haar Engelse bescheidenheid en reserve.'

'Bescheidenheid is het in ieder geval niet,' zei ik. 'Het gaat erom dat je jezelf kleineert en dat andere mensen dan zeggen hoe geweldig je bent. Het is een manier van vragen om geprezen te worden.'

Finn schudde met een melancholieke lach haar hoofd.

'Daar geloof ik niks van,' zei ze. 'Ik geloof niet dat de meeste mensen zo onafhankelijk zijn dat ze kunnen kijken naar wat iemand doet en daar dan zelf een conclusie uit trekken. Dat is te veel moeite. Mensen nemen je zoals je zelf denkt dat je bent. Als je zegt dat je ergens goed in bent, geloven de meeste mensen dat. Als je vindt dat je bescheiden bent, zijn ze het met je eens.'

Finns gloedvolle verhaal werd gevolgd door een spelonkachtige stilte die door Clyde verbroken werd.

'En wat doe jij? En je hoeft er van ons niet bescheiden over te zijn.'

'Ik ben bezig met m'n scriptie,' zei Finn.

'Waarover?'

'Het heeft iets met wetenschapsgeschiedenis te maken.'

'Wat dan?'

'Dat willen jullie toch niet allemaal precies weten.'

'Jawel,' drong Sarah op warme toon aan. 'Onthou goed, iedereen mag nu over zichzelf opscheppen.'

Van de andere kant van de tafel keek Finn me even aan. Ik probeerde een manier te bedenken om deze catastrofe te voorkomen, maar alles wat ik verzon leek de zaak alleen maar erger te maken. Er viel een lange stilte en Finn reikte over tafel naar de wijn, schonk zich in en nam een slokje.

'Willen jullie dit echt weten?' vroeg ze.

'We zitten op het puntje van onze stoel,' zei Clyde.

'Nou goed, jullie hebben erom gevraagd. Ik ben bezig met een scriptie over de taxonomie van psychische stoornissen, met als hoofdonderwerp posttraumatische stressstoornis.

'Hoe heet zoiets in huis-tuin-en-keukentaal?'

Voordat Finn antwoordde, gaf ze me een nauwelijks waarneembare knipoog.

'De vraag die mij eigenlijk fascineerde, was in hoeverre een bepaalde pathologie ook werkelijk bestaat voordat die een naam krijgt. Wordt zoiets nou ontdekt, geïdentificeerd of uitgevonden? Gebroken benen en tumoren zijn er altijd geweest. Maar hadden neanderthalers na een veldslag met hun stenen messen en bijlen ook last van posttraumatische stress?'

'Na de Eerste Wereldoorlog had je wel zoiets als *shellshock*, toch?' zei Clyde.

'Klopt, maar weten jullie waar die term vandaan kwam?'

'Nee.'

'Ze dachten dat die ontploffende granaten fysieke schade aanrichtten aan de zenuwen rond de ruggengraat. Dat kwam doordat deze toestand voor het eerst een medische status kreeg nadat de overlevenden van een treinongeluk in de Victoriaanse tijd wel symptomen van shock vertoonden, maar geen lichamelijke verwondingen. Ze namen aan dat dit een gevolg was van de lijfelijke schok en noemden het dus een 'spoorwegrug'. Toen er in de loopgraven vergelijkbare symptomen werden geconstateerd, gingen ze ervan uit dat die veroorzaakt werden door de schokgolven van de granaten. Ze konden niet anders dan geloven dat dit weer een andere versie was van iets dat zij een verwonding noemden. Misschien vertoonden die soldaten gewoon een natuurlijke reactie op de waanzin van het vechten in loopgraven. Maar daarna gaan de mensen die daartoe bevoegd zijn sommige van deze vormen van gedrag symptomen en een stoornis noemen en gaan ze die in een medische omgeving behandelen.'

'Vind jij dat een uitvinding?'

'Dat is wat Sam aan het onderzoeken is.'

'Hoe zijn jullie met elkaar in contact gekomen?'

'Iemand bij mij op de faculteit wist van Sams onderzoek. Ik heb wat statistiek gedaan en Sam had nog een kamer over, dus het leek ons wel een aardig idee als ik hier een tijdje kwam inwonen. Een ontzettende geluksvogel ben ik. Ik denk dat Sams werk een nieuwe definitie van het onderwerp gaat opleveren en dat er voor het eerst een goeie systematische basis ontstaat voor verdere studie. Ik heb alleen maar het geluk dat ik een tijdje met haar mee mag lopen.'

Sarah keek me aan.

'Klinkt wel heel boeiend wat Fiona daar zegt. Hoe gaat het onderzoek?' Er viel een stilte. 'Sam?'

'Hè?'

'Hoe gaat het met het onderzoek?'

'Sorry hoor. Ik was even heel ergens anders. Prima, dat gaat prima.'

'En ze kan ook nog koken.'

'Ja,' zei ik slapjes.

Ik wilde absoluut niet dat Finn de afwas deed. Ik stuurde haar door naar de woonkamer met Clyde, en ik ging afwassen en Sarah droogde af.

'Hoe gaat het met je boek?'

'Niet,' antwoordde ik.

'O jee – nou ja, als je het af hebt, wil je dan dat ik ernaar kijk?'

'Dat zou fantastisch zijn, alleen kan dat weleens lang wachten worden.'

'En hoe is het met Danny?'

'Dat weet ik eigenlijk niet,' zei ik, en tot mijn afgrijzen voelde ik de tranen aan mijn oogleden prikken.

'Gaat het wel een beetje met je?'

Ik haalde mijn schouders op, omdat ik weigerde mijn stem te vertrouwen.

Sarah keek me van opzij aan, wreef toen nauwgezet een lepel schoon en legde die in de la. 'Die Fiona, dat is een echte tref,' zei ze.

'Ja,' zei ik een beetje somber.

'Ze is idolaat van je, weet je.'

'O, nou, dat vind ik niet.'

'Tuurlijk wel. Onder het eten heb ik haar in de gaten gehouden. Ze zit de hele tijd naar je te staren. Ze deed na hoe jij je gezicht trok, hoe jij zat. Na alles wat ze zei, leek het bijna of ze heel even controleerde of jij dat goedvond, alsof ze zeker moest zijn van jouw reactie.'

'Dat klinkt bijna griezelig.'

'Zo bedoelde ik het niet.'

'Hoe dan ook, dat komt vaker voor, hè, bij... eh... leraren en leerlingen. Net als patiënten die aan hun arts gehecht raken. Maar dit is maar voor even.'

Sarah trok een wenkbrauw op.

'Echt waar? Ik dacht dat ze jou hielp met je project?'

'Op dit moment ja, maar het is niet iets permanents.'
'Ik snap niet hoe jij het zonder haar af kan.'

Sarah en Clyde wilden zodra het licht werd weer verder, dus na de koffie en wat gepraat over het werk gingen ze naar bed. Finn lag met een boek op de grond.

'Dat was wel heel bijzonder.'

'Wat?'

'Ik dacht dat ik een hartaanval kreeg toen Clyde over jouw onderzoek begon.'

Finn legde het boek neer en ging rechtop zitten, met haar knieën tegen haar borst.

'Ik vond het zo erg voor je,' zei ze. 'Ik heb er echt alles aan gedaan om overtuigend over te komen. Ik hoop wel dat het een beetje gelukt is.'

'Gelukt? Ik dacht: die scriptie moet ik lezen. Het is ongelooflijk hoeveel jij ervan opgepikt hebt. Je bent een wonderbaarlijk meisje, Finn. Een wonderbaarlijke vrouw.'

'Dat komt niet door mij, dat komt door jou, Sam. Ik ben alleen maar in jou en je werk geïnteresseerd. Toen Clyde me vroeg wat ik deed, raakte ik heel even helemaal in paniek. En weet je wat ik toen deed? Ik stelde me voor dat ik jou was en probeerde te zeggen wat jij zou hebben gezegd.'

Ik moest lachen.

'Ik wou dat ik net zo goed mezelf kon zijn als jij mij bent,' zei ik.

Ik draaide me om, maar Finn hield niet op met praten.

'Ik wil dat dit allemaal gewoon doorgaat, weet je.'

'Hoezo?'

'Ik ben hier zo dol op. Niet lachen. Echt. Ik ben zo dol op jou en op het bij Elsie zijn en voor haar zorgen. Ik vind Danny geweldig. En Michael... die heeft eigenlijk mijn leven gered. Zonder hem was ik niks. Ik heb geen idee hoe ik hem dat ooit moet terugbetalen.' Ze keek omhoog, bijna smekend. 'Ik wil dat dit eindeloos doorgaat.'

Dit was een moment waarop ik had gewacht, en nu voelde ik me opgelucht dat het aangebroken was. Ik knielde naast haar neer.

'Finn, dat kan niet. Je hebt je eigen leven. Dat moet je weer oppakken, heel binnenkort. Kijk nou eens naar jezelf, jij kan alles. Dat kan je aan.'

Haar ogen vulden zich met tranen.

'Ik voel me hier zo veilig, in dit huis,' zei ze. 'Ik ben zo bang voor de buitenwereld.'

22

De eerste keer dat ik Danny tegenkwam was op een feestje, hoewel ik dan meestal helemaal niemand tegenkom, behalve mensen die ik al ken. Dat was tijdens het stadium dat je lekker loom en aangeschoten bent, dat de meeste gasten al weg zijn en dat de gastheer en -vrouw bezig zijn met glazen naar de keuken brengen of propvolle asbakken legen en dat de resterende gasten zich volkomen op hun gemak voelen en de muziek aangenaam en langzaam is. De druk om te presteren is weggevallen, dus je hoeft niet meer zo slim te zijn of zo te lachen en je weet dat de avond op zijn eind loopt, maar ineens heb je zin om het nog even te rekken. En op dat ogenblik kwam Danny naar me toe lopen, met zijn ogen strak op me gericht. Ik weet nog dat ik hoopte dat hij geen domoor was, alsof zo'n aantrekkelijk iemand niet ook intelligent kon zijn, alsof het in het leven allemaal zo eerlijk verdeeld is. Nog voordat hij één woord tegen me zei, wist ik al dat we een verhouding zouden krijgen. Hij vertelde me hoe hij heette en vroeg hoe ik heette. Vertelde dat hij een onsuccesvolle acteur was, maar wel een heel succesvolle timmerman, en ik zei dat ik arts was. Daarna zei hij heel gewoon dat hij me graag nog een keertje wou zien, en ik antwoordde dat ik dat ook graag wou. En toen ik terugkwam in mijn appartement en de oppas had betaald en mijn schoenen had uitgeschopt en even bij de slapende Elsie had gekeken heb ik de boodschappen op mijn antwoordapparaat afgeluisterd, en daar klonk zijn stem, met de vraag of ik morgen met hem wilde gaan eten. Waarschijnlijk had hij me gebeld meteen nadat ik van het feest was weggegaan.

Wat ik wil zeggen is: Danny speelt geen spelletjes. Hij komt en hij gaat, en af en toe hoor ik dagenlang niks van hem of weet ik niet eens waar hij zit. Maar hij is wel altijd eerlijk tegen me geweest. We krijgen ruzie en maken het weer goed, we schreeuwen tegen elkaar en bieden onze excuses aan. Hij is niet achterbaks. Hij blijft niet weg om me een lesje te leren. Hij vergeet niet te bellen alleen om me te laten wachten, om het me te laten voelen.

Dagenlang heb ik gewacht tot hij me belde. Telkens als ik thuis-kwam, luisterde ik mijn antwoordapparaat af. Keek ik of Elsie de hoorn er niet af had geslagen. Als de telefoon ging, werd ik een zenuwachtig tienermeisje: ik liet 'm twee of drie keer overgaan voordat ik opnam, maar Danny was het nooit. 's Nachts bleef ik, lang nadat Finn naar bed was, nog op omdat ik het idee had dat hij zomaar binnen zou komen lopen, alsof hij nooit weg was geweest. Ik werd dan wakker, in het donker, en dacht dat hij er was, mijn hele lijf hoopvol gespannen. Ik sliep als een veertje, bij elk geluid werd ik weer tot bewustzijn getrild – een auto in de verte, wind door de bomen, het onheilspellende oehoe van een uil in de duisternis. Als ik zijn woning belde, werd er nooit opgenomen, en hij zette nooit zijn antwoordapparaat aan. Na bijna een week belde ik zijn beste vriend, Ronan, en vroeg hem zo nonchalant mogelijk of hij Danny de laatste tijd nog had gezien.

'Is het weer hommeles, Sam?' vroeg hij vrolijk. En: 'Nee, Dan heb ik niet gezien. Ik dacht dat hij bij jou zat.'

Ik bedankte hem en wou net de hoorn er weer op leggen toen Ronan er nog aan toevoegde: 'Trouwens, over Dan gesproken. Ik maak me de laatste tijd een beetje zorgen over hem. Gaat het wel goed met hem?'

'Waarom? Hoe bedoel je?'

'Hij is gewoon een beetje, ja, somber. Tobberig. Snap je wat ik bedoel?'

'Mammie?'

'Ja, liefje.'

'Wanneer komt Danny weer eens?'

'Weet ik niet zeker, Elsie. Hij heeft het druk. Waarom? Mis je hem dan zo?'

'Hij heeft beloofd dat hij me mee zou nemen naar de poppen-kast en ik wil hem laten zien hoe ik nou een radslag kan maken.'

'Als hij komt zal hij zo trots zijn op hoe jij een radslag maakt.

Kom eens hier en geef me eens een knuffel, een echte berenknuffel.'

'Au, mammie, je doet me pijn. Je moet me niet zo hard vasthouden. Ik ben maar klein.'

'Sam.'

'Mmmmmmm.'

'Komt Danny gauw weer eens langs?'

'Weet ik niet. Godallemachtig, Finn, ga jij nou ook niet over Danny beginnen. Die komt pas langs als z'n kop ernaar staat, neem ik aan.'

'Gaat het wel met je?'

'Ja, natuurlijk wel. O kut, ik ga een stukje lopen.'

'Wil je dat ik...?'

'In mijn eentje.'

'Sam, je vader en ik vroegen ons af of Elsie en Danny en jij geen zin hadden om volgende week zondag langs te komen. We dachten dat het, tja, een keer tijd werd dat we ons best deden om jouw jonge vriend eens wat beter te leren kennen.'

'Mam, dat zouden we geweldig vinden, dat is echt heel aardig van je, dat waardeer ik echt – maar kan ik je daar een keer over terugbellen? Dit is niet het goede moment.'

'O,' – een bekende humeurige toon van gekwetste trots die me een onbekende, onwelkome aanval van heimwee bezorgde – 'nou ja, best hoor, schat.'

Geen goed moment.

Als een gek liep ik door de supermarkt, met hoofdpijn van een hele deprimerende ochtend vol sollicitatiegesprekken met secretaresses in het ziekenhuis. Diepvrieserwten. Badschuim met een stripfiguur op de fles die ik niet herkende. Vissticks. Pasta in drie kleuren. Theezakjes. Volkorenbiscuits en tampons. Die kut Danny, kut, kut, kut. Knoflookbrood. Zonnebloempasta. Gesneden bruin brood. Pindakaas. Ik wilde hem terug. Ik wilde hem hebben, maar wat moest ik dan doen, o, wat moest ik dan doen? Kippenvleugels, oosters gekruid. Sappige groene appels helemaal uit Zuid-Afrika, maar dat mocht tegenwoordig. Drie pakken soep, linzen, spinazie en pastinaak met kerrie, voor in de magnetron. Vanille-ijs. Pecannotentaart, niet ontdooien, zo in de oven. Belgisch bier. Ik had nooit buiten moeten gaan wonen en ik had nooit Finn in huis moeten nemen. Cheddar, mozzarella. Kattenvoer met konijnen-, kippen- en zalmsmaak, en het dikke gezicht van een spinnende poes op het blik. Chips. Nootjes. Tv-diner, voor één persoon.

Toen ik thuiskwam, was de deur op slot. Ik liet mezelf binnen en riep naar boven of Finn op haar kamer zat, maar er was niemand. Dus ik pakte alle boodschappen uit, propte het eten in de al overvolle vriezer, vulde de waterkoker, zette de radio aan, zette die weer uit. Ik haalde diep adem en ging naar mijn werkkamer om te zien of er iets op het antwoordapparaat stond. Het groene oogje knipperde niet. Niemand had gebeld.

Maar er lag wel een envelop op mijn bureau, met mijn naam erop. En – ik steunde even met mijn hand op het houten bureaublad – het handschrift was dat van Danny. Hij was hier geweest, was hier binnengelopen terwijl ik weg was en had een brief achtergelaten zodat hij het niet tegen me hoefde te zeggen. Ik pakte de envelop, draaide die om en hield 'm even zo vast. Er zaten twee vellen papier in. Het bovenste was van hem. Het papier was groezelig en besmeurd. Er stonden een paar woorden op, duidelijk haastig opgeschreven, zonder zorg, maar die waren wel onmiskenbaar de zijne.

Sam
Tot ziens. Sorry, maar ik
Danny

Meer stond er niet. Zijn kennelijke poging tot zelfrechtvaardiging was als een nachtkaars uitgegaan, en hij had niet eens de moeite genomen om zijn zin af te maken. Mijn adem ging heftig op en neer in mijn borst. Het bureau voelde korrelig aan onder mijn hand. Voorzichtig legde ik Danny's brief neer. Mijn handen beefden. Even later keek ik op het vel daaronder, een oerwoud van blauwe lussen en strepen.

'Lieve Sam' – wat was ze toch intiem geworden, ineens. Misschien had ze bijna het gevoel gekregen dat ze mijn zus was geworden, nu ze er met mijn minnaar vandoor was – 'dit is waanzin, ik

183

weet het. We konden niet meer zonder elkaar.' Wat roerend, dacht ik, de liefde zoals het in de bladen staat: als een lawine, een noodlot, een vlaag van waanzin. 'Sorry dat ik je zo pijn moet doen, het spijt me. Liefs. Finn.'

Ik vouwde Danny's zielige krabbeltje en Finns brief weer in de envelop en legde die terug. Danny en Finn, Danny en Finn. Ik pakte de foto van Danny, zijn rug naar de lens, zijn hoofd omgedraaid, genomen zonder dat hij het wist, en legde die netjes in mijn bureaula. Ik rende naar Finns kamer. Het bed was opgemaakt, een badhanddoek lag er keurig gevouwen bovenop. Ik denderde de trap af. Een van Finns jasjes, het donkerblauwe, hing er niet meer. Was dit soms een of andere krankzinnige grap waar ik de clou niet van snapte? Nee. Ze waren weg. Dat zei ik hardop, alsof het de enige manier was om te vatten wat er gebeurd was: 'Ze zijn er samen vandoor. Finn.' Ik dwong mezelf om het te zeggen. 'Danny.' Ik keek op mijn horloge. Over twee uur kwam Elsie thuis. De herinnering aan haar lijfje ineengestrengeld met het slanke lichaam van Finn, haar bleke ernstige gezicht dat opkeek naar een lachende Finn, de radslag waar elke avond op geoefend werd voor als Danny terugkwam, deed me even stilstaan. Het zuur kwam omhoog door mijn keel. Ik liep naar het aanrecht in de keuken, spetterde mezelf koud water in het gezicht en dronk twee glazen. Ik liep terug naar mijn werkkamer, pakte de telefoon en drukte driemaal op dezelfde toets.

'Politiebureau Stamford, nummer 2243.' Ik zweeg even. 'Inspecteur Frank Baird, alstublieft. Nou, gaat u hem dan maar halen.'

In nog geen halfuur was Baird bij me, met Angeloglou. Allebei keken ze verontrust, maar toch gewichtig. Ze durfden me nauwelijks aan te kijken. Mijn warrige hoofd concentreerde zich ineens op de tegenstelling tussen die twee. Baird groot, zijn pak strak onder de oksels, rood haar over een groot hoofd. Angeloglou was netter, zijn das zat helemaal tegen de boord, een hoofd vol donkere krullen. Hoe kreeg hij die geborsteld? Ze wekten de indruk of ze me opnieuw wantrouwden. Van een werkend persoon was ik een verlaten vrouw geworden. En ze zeiden het niet, maar ze vonden allebei duidelijk dat het toch bijna crimineel van Danny was dat hij er met Finn vandoor was gegaan. Er viel voor mij weinig te vertellen, het verhaal was simpel genoeg. De grootste idioot kon dat snappen. Angeloglou noteerde iets in zijn boekje, ze lazen de brieven die de twee hadden achtergelaten en samen liepen we naar Finns slaapkamer en staarden in haar klerenkast. Tussen de wirwar van lege knaapjes hing nog één hemd: geen ondergoed, geen schoenen, niets. De kamer was heel netjes achtergelaten, in de prullenmand lag één verfrommeld papieren zakdoekje en het dekbed was teruggevouwen. Ik deed heel vinnig tegen Baird, ben ik bang, maar volgens mij begreep hij dat wel. Vlak voor hij wegging bleef hij in de deuropening staan, zijn eenvoudige trouwring om zijn dikke vinger draaiend, met een verlegen blos op de wangen.

'Mevrouw Laschen...'

'Dokter Laschen.'

'Dokter Laschen, ik...'

'Je hoeft niks te zeggen,' zei ik. 'Maar toch, bedankt.'

Ik had nog een halfuur voordat Elsie thuiskwam. Ik ruimde de keuken op, nam de tafel af, deed het raam open omdat het een zachte lentedag geworden was. Ik plukte vier oranje tulpen uit mijn verwaarloosde tuin en zette die in de woonkamer in een vaas. Ik rende naar Elsies kamer, maakte haar bed op, sloeg het laken terug en legde haar kalende teddybeer op het kussen. Daarna zocht ik in de keukenkast iets voor het avondeten. Pasta, in de vorm van Sonic de Egel, daar was ze dol op. En ik had dat ijs in de supermarkt gekocht. Ik poetste mijn tanden in de badkamer en staarde in de spiegel naar mijn starende gezicht. Ik lachte tegen mezelf en mijn eigen persoon lachte gehoorzaam terug.

Elsie at haar Sonic-vormpjes en haar ijs, en deed Pocahontasbadschuim in haar badwater. Daarna deden we een spelletje hints, in een wat troosteloze sfeer, en las ik haar drie boekjes voor. Op dat moment vroeg ze: 'Waar is Fing?'

Wat had ik ook alweer met mezelf afgesproken om te zeggen?

'Ze is even weg.' Nee, dat was het niet. 'Finn is weer naar huis, lieverd. Ze zou hier maar even blijven. Nou moet ze met haar eigen leven verder.'

'Maar ze heeft geen dag gezegd.'

'Ze heeft tegen mij gezegd dat ik dag tegen jou moest zeggen,' loog ik. 'En dat ik je van haar een zoen moest geven.' Ik kuste Elsies verbijsterde wenkbrauw en zachtglanzende haar. 'En een knuffel.' Ik nam haar in mijn armen en voelde haar weerspannige schouders in mijn nerveuze handen.

'Maar waar is ze dan heen?'

'Nou, eigenlijk' – een afschuwelijke opgewekte toon in mijn stem – 'is ze even bij Danny gaan logeren. Dus dat is wel leuk, hè?'

'Maar Danny is van ons.'

'Ach liefje, we zijn toch allemaal van elkaar.'

'Mammie, je knijpt te hard.'

Nadat Elsie in slaap was gevallen ben ik lang in bad gaan liggen. In dat warme water moest ik aan Danny en Finn denken. Ik zag ze voor me. Haar gladde jonge lichaam overweldigd door zijn sterke lijf, de donkere pijl van haar op zijn borst, haar tedere borsten. Ik zag hun benen, de hare zo bleek en de zijne zo behaard en gespierd, verstrengeld op mijn bed, Danny's krachtige voeten, de tweede teen veel langer dan de grote, onder haar inschikkelijke kuit. Had hij haar met diezelfde serieuze blik aangekeken als hij mij altijd aankeek? Natuurlijk wel. Ze hielden van elkaar, of niet soms, dat had Finn toch geschreven? Dat hadden ze vast ook tegen elkaar gezegd. Waarom had ik dat niet gezien? Ook nu zag ik dat nog niet goed. Als ik terugkeek op de afgelopen weken was het alsof er een duisternis over die aaneenschakeling van dagen viel. Hadden ze in dit huis dan geneukt, hun zuchten ingehouden? Dat moet wel. In dit huis. Deze plek die ik hun had gegeven, in mijn vertrouwen. In mijn blindheid. We hadden vast vaak met zijn drieën bij elkaar gezeten, en al die tijd dacht ik dat ik het middelpunt was, maar eigenlijk stond ik erbuiten, terwijl zij elkaar aankeken, de elektrische pulsen heen en weer lieten golven, onder tafel elkaar met de voet aanraakten, tussen de regels door berichtjes verzonden. Had hij gekreund toen hij bij haar naar binnen ging, met dat verscheurende smartelijke geluid? Ik zag ze voor me, hij hoog boven haar uit, het zweet op zijn gespannen rug, zij lachend naar zijn fronsende ingespannen gezicht. Ik waste me grondig, masseerde de shampoo in mijn hoofdhuid en voelde me wel moe, maar toch verschrikkelijk wakker. Na afloop keek ik in de spiegel, met mijn spookachtige rode haar op mijn hoofd geplakt, en liet mijn vinger over de lichte wallen onder mijn ogen gaan, mijn hand over de droge huid van mijn gezicht. Ik zag eruit als een ouder wordende kraai.

Ik trok een oud joggingpak aan, maakte een vuur van strakke proppen krantenpapier, gooide daarna lege enveloppen en lege wc-rollen en mueslipakken bij de blokken hout totdat er een laaiend vuur ontstond dat een snelle maar kortstondige warmte afgaf. Er werd op de deur geklopt.

'Sam.'

Michael Daley stond met open armen op mijn stoep: theatraal, tragisch en absurd. Wat verwachtte hij nou dat ik zou doen? Me in die armen storten soms? Hij zag eruit zoals ik me voelde. Bleek en geschokt.

'Nou, Michael, dat is een verrassing. Wat brengt jou hier?' vroeg ik sardonisch.

'Niet zo afstandelijk doen, Sam. Ik heb net een uur met die politieman, Baird, zitten praten. Ik vind het zo erg voor je. Het is ongelooflijk, ik vind het zo vreselijk. En ik voel me wel verantwoordelijk. Als er iets is wat ik voor je kan doen, moet je dat zeggen. Ik was onderweg naar Londen, maar ik moest even bij je langs.'

Tot mijn ontzetting voelde ik de tranen in mijn ogen prikken. Als ik ging huilen hield ik nooit meer op. O god, ik wou niet dat Michael Daley me zag huilen. Ik moest me blijven concentreren.

'Wat moet je in Londen doen?'

'Niks belangrijks. Ik moet met het vliegtuig naar Belfast voor een conferentie. Over budgetverantwoordelijkheid. Een nachtmerrie. Ik vind het zo erg...' Zijn stem stierf weg. Ik keerde me half om naar het huis, maar voelde toen zijn handen op mijn schouders, een stevige greep. Hij rook naar sigaretten en wijn. Zijn pupillen waren verwijd.

'Tegen mij hoef je niet zo dapper te doen, Sam,' zei hij.

'Nou, ik vind van wel,' snauwde ik, hem van me af schuddend.

Maar hij nam mijn kin in de kom van zijn hand en met de andere volgde hij het spoor van een traan. Een eindeloos moment staarden we elkaar aan. Wat wou hij van me?

'Welterusten, Michael,' zei ik, en deed de deur dicht.

23

Mannen laten mij niet vallen. Ik laat mannen vallen. Ik word niet vernederd. Dat is voor anderen. In mijn jeugd was ik altijd degene die tegen de jongen zei dat we moesten praten en dan keek ik hem recht in de ogen – of als ik dat te veel moeite vond, belde ik hem op – en vertelde hem dat we elkaar maar niet meer moesten zien en dat soort dingen. Mijn vriendjes, ex-vriendjes, die werden rood en voelden zich gekwetst en afgewezen. En slapeloosheid heb ik nooit gekend. Ook in de ellendigste tijden, in ieder geval tot ik buiten ging wonen, heb ik van een ongestoorde slaap genoten. Maar de nacht na dit alles, nadat Danny en Finn weg waren, ben ik wakker geworden, met tintelende huid, een ruis in mijn hoofd als een elektrische motor die zonder enig nut bleef draaien tot die opgebrand was. Ik voelde iets vertrouwds tegen mijn rechterarm drukken. Geen Danny. Elsie, zachtjes deinende borst, diep in slaap. Die was vast bij mij in bed gekropen zonder dat ik er wakker van was geworden. Ik gaf een zoen op haar haar en haar neus. Met een hoekje van het dekbed veegde ik haar voorhoofd af, waar een warme traan op was gevallen. Ik keek naar het raam. De gordijnen waren donker. Ik zag mijn horloge niet. Ik zag de cijferplaat van de wekkerradio niet, en als ik me verroerde, zou ik Elsie wakker maken en dan viel ze nooit meer in slaap.

Ik zou graag een scalpel hebben gepakt en duizend sneetjes in Danny's lijf hebben gemaakt, langzaam, een voor een. Ik vond het ongelooflijk dat hij me dit had aangedaan. Ik wilde hem opsporen, waar hij ook zat, en hem alleen maar vragen of hij zich wel realiseerde wat hij Elsie had aangedaan, die zo afhankelijk van hem was. Besefte hij wel wat hij mij had aangedaan? Ik wilde hem terug. Ik wilde hem vreselijk graag terug. Ik wilde hem opzoeken zodat ik hem kon uitleggen dat als hij terugkwam we het weer goed konden maken. We zouden alles uitpraten. Ik kon weer in Londen gaan wonen, we konden gaan trouwen, wat dan ook, als het maar weer werd zoals vroeger.

En Finn. Die zou ik graag een dreun in haar mooie gezichtje willen verkopen, een heleboel dreunen. Nee. Mijn hakken erin zetten. Tot moes pletten. Ik had haar in mijn huis toegelaten, in mijn diepste zielenleven, haar geheimen verteld die ik nooit aan iemand anders had verteld, Elsie aan haar toevertrouwd. Ik had me nauwer met haar verbonden gevoeld dan met mijn eigen zus, en toen kwam zij als de wolf bij de drie biggetjes en blies mijn hele huisje weg. Op dat moment moest ik weer denken aan de details van dokter Kales sectie op haar ouders en aan het verband om haar hals toen ik haar voor het eerst zag, angstig en stil, bij mij op de bank. Voor mij was ze als porselein geweest dat kon omvallen en breken. Ik had gezien hoe ze weer zacht en menselijk geworden was, en kijk nou eens wat ze had gedaan. Of was dit gewoon weer zo'n symptoom? Een schreeuw om hulp van een droevig en een-zaam meisje? En was Danny's weglopen eigenlijk niet het typische gedrag van een zwakke man? Is dit niet gewoon wat mannen doen als ze zich gestreeld voelen door de aandacht van een mooie jonge vrouw? De tranen liepen langs mijn gezicht. Zelfs mijn oren waren nat.

Na een uurtje hevig gesnik daalde ik af tot een verstilde rust. Ik kon met een objectief oog naar mijn reacties kijken, tenminste, dat dacht ik. Ik voelde de pijn in lagen. De kern was dat Finn mijn vertrouwen had geschonden, dat Elsie en ik door Danny in de steek waren gelaten. Ik voelde me weggebrand, alsof niks er ooit meer toe deed, maar de gewaarwording raakte verdoofd, en ik dacht aan andere dingen. Ik had het gevoel dat ik als arts gefaald had. Ik had steeds beweerd dat Finn niet mijn patiënt was. Ik had me tegen dit hele stompzinnige plan verzet. Maar ook al nam ik dit alles in aanmerking, het bleef een totale ramp. Ik had een getraumatiseerd slachtoffer van een moordaanslag onder mijn hoede genomen, maar die hele episode was niet uitgelopen op herstel maar op een gruwelijke farce. Ze was er met mijn geliefde vandoor gegaan. Ik ging er prat op dat ik een eenzame jager was, die het niets kon schelen wat andere mensen van haar dachten, maar nu kon ik daar niet onderuit. De gezichten van mijn rivalen en tegenstanders op mijn vakgebied kwamen me voor de geest. Ik moest eraan denken hoe Chris Madison in Newcastle en Paul Mastronarde in Londen om me zouden lachen en tegen mensen zouden zeggen dat het natuurlijk vreselijk voor me moest zijn, maar dat het eerlijk gezegd wel mijn verdiende loon was, voor al dat arrogante gedoe. Ik moest aan Thelma denken, die op dit idee was gekomen. Aan Baird die aanvankelijk zo aan me getwijfeld had, en aan die hele rugbyclub op het politiebureau. Die zaten zich nu vast rot te lachen.

Maar toen – o god – moest ik denken aan mijn ouders en Bobbie. Ik weet niet wat me erger leek: de mengeling van ontzetting, schaamte en afkeuring als eerste reactie van mijn familie of het medeleven dat daarop zou volgen, de open armen, uitgestrekt naar Samantha, de verloren dochter. Een vluchtig moment kreeg ik het gevoel dat ik nog liever weer in slaap viel en nooit meer wakker werd dan de verschrikkingen onder ogen zien die het daglicht voor me in petto had. Dit werd allemaal zo afschuwelijk en zo vervelend, en daar kon ik de kracht niet voor opbrengen.

Bloedsuiker was laag, natuurlijk. De vertraagde stofwisseling, zo typerend voor de vroege ochtend, opgeheven door activiteiten en voeding. De gordijnen waren nu grijs en Elsie kwam in beweging tegen mijn arm. Haar ogen gingen open en ze schoot overeind alsof er een springveer in haar zat. Mijn arm sliep, dus ik wreef er verwoed over en langzaam kwam er weer leven in. De wereld kon doodvallen. Hier kwam ik wel doorheen en het maakte me niks uit wat iedereen van me vond. Mijn zwakke punten kregen ze niet te zien. Ik pakte Elsie onder haar oksels, gooide haar omhoog en liet haar los. Met een gilletje van griezelend genot kwam ze weer op het dekbed neer.

'Nog een keertje, mammie. Nog een keertje.'

De volgende ochtend maakte ik van ons meidenontbijt een avontuur. Eieren met spek en toast en jam en grapefruit, en Elsie at haar deel, plus de vol verrukking ontvreemde stukjes van het mijne. Ik nam koffie. Om halfnegen reed ik Elsie naar school.

'Waar lijkt die boom op?'

'Op een man met groen haar en een groene baard. Waar lijkt díe boom op?'

'Boom heb ik al gezegd.'

'Nee, ík zei dat, ík zei dat.'

'Oké, Elsie. Die lijkt... met deze wind lijkt hij op een groene wolk.'

'Niet.'

'Welles.'

'Nietes.'

'Welles.'

'Nietes.'

Het spelletje eindigde in een crescendo van lacherige tegen-spraak.

Op de weg terug kwamen de wolken meer naar voren, staken de gebouwen duidelijker af tegen de hemel. Ik kreeg een vastberaden gevoel. Ik ging voor Elsie zorgen en ik ging werken. De rest kon weg. Ik zette nog wat koffie en ging naar mijn werkkamer boven. Op de computer wiste ik alles wat ik tot nu toe had geschreven. Dat was rotzooi, het nutteloze product van halfhartig werk. Ik keek even in een bestand om mijn geheugen met wat cijfers op te frissen, sloot het toen af en begon te schrijven. Het zat toch allemaal al in mijn hoofd. Verwijzingen kon ik later wel controleren. Bijna twee uur lang heb ik doorgeschreven, zonder mijn blik van het scherm af te nemen. De zinnen kwamen zo uit mijn vingers rollen en ik wist dat ze goed waren. Als een god die de wereld aan het scheppen is. Vlak voor elven hoorde ik de voordeur opengaan. Sally. Toch tijd voor nog een mok koffie. Terwijl het water stond te koken deed ik haar een kort en opgepoetst verslag van wat er ge-beurd was. Mijn stem klonk evenwichtig, mijn handen beefden niet, ik bloosde niet. Haar maakte het allemaal weinig uit, en mij maakte het niets uit wat zij ervan vond. Sam Laschen had haar zaakjes weer onder controle. Sally begon aan haar schoonmaak-werk en ik ging weer naar boven. Tegen lunchtijd kwam ik vijf minuten naar beneden. Er stond nog een halve doos ovenklare lasagna in de ijskast. Die at ik koud op. De tijd van gezond eten was voorbij. Na nog een uur had ik een hoofdstuk af. Ik klikte een paar keer met de muis. Viereneenhalf duizend woorden. In dit tempo was mijn boek binnen een paar weken af. Uit mijn dossier-kast haalde ik twee mappen met bewerkte data. Die liep ik even heel snel door om mijn geheugen op te frissen. Binnen een paar minuten lagen ze weer in de kast. Ik maakte een nieuw document: Hoofdstuk Twee. Definities van herstel.

Vanuit mijn ooghoek zag ik iets bewegen. Ergens voor het huis. Een auto. Baird en Angeloglou stapten uit. Even was er iets in me wat aannam dat dit een herinnering of een hallucinatie moest zijn. Dit was gisteren gebeurd. Zat ik weer een ellendige droom in mijn hoofd af te spelen? Dit kon toch niet nog een keer gebeuren? Er werd op de deur geklopt. Dit was vast iets routinematigs, een for-mulier waar ik een handtekening onder moest zetten of zo.

Toen ik opendeed, keken ze elkaar achterbaks aan.

'Ja?' vroeg ik.

'We dachten dat je het misschien al wel gehoord had,' zei Baird. 'Danny heeft nog niet gebeld, en als die zak dat doet...'

De twee politiemensen keken elkaar weer aan. Wat was hier aan de hand?

'Dat bedoelden we niet. Binnen?' vroeg Baird in een hopeloze poging tot een informele toon. De gebruikelijke lachjes en knip-ogen bleven achterwege. Baird leek net een man die de beroeps-matige houding van een politieman nadeed. Het zweet parelde op zijn voorhoofd, terwijl het toch koud en nat weer was.

'Wat is dit allemaal?'

'Alsjeblieft, Sam.'

Ik liep voor ze uit naar binnen en zij gingen als Diedeldei en Diedeldom naast elkaar op de bank zitten. Baird wreef met de vin-gers van zijn rechterhand over de rug van zijn harige linkerhand. Een man die op het punt stond een speech te houden. Angeloglou zat stil, zonder me aan te kijken. Zijn jukbeenderen werden geac-centueerd door het strakke gezicht dat hij trok, zijn strakke kaak.

'Ga alsjeblieft even zitten, Sam,' zei Baird. 'Ik heb slecht nieuws voor je.' Hij zat nog steeds met zijn vingers aan zijn hand. De haren waren onthutsend rood, nog roder dan op zijn hoofd. Ik kon mijn ogen er niet vanaf houden. 'Gisteravond werden we bij een uitgebrande auto geroepen, vlak voorbij Bayle Street, zo'n dertig kilometer verderop aan de kust. Al snel wisten we te achter-halen dat dit Renault-busje op naam stond van Daniel Rees.'

'Jezus,' zei ik. 'Is hij verongelukt...?'

'Er zaten twee zwaar verbrande mensen in de wagen. Dood. De effecten van de brand waren zeer ernstig en er moeten nog enige identificatietests worden uitgevoerd. Maar ik zou me er maar op voorbereiden dat dit bijna zeker de stoffelijke overschotten van de heer Rees en mevrouw Mackenzie zijn.'

Ik probeerde dit moment vast te houden, de schok en de verwarring aan te grijpen alsof dit alles een kostbare bewustzijnstoestand vormde. Erger dan dit kon het niet worden.

'Heeft u gehoord wat ik zei, dokter Laschen?'

Baird sprak zachtjes, als tegen een kindje op zijn schoot. Ik knikte. Niet te hard. Niks hysterisch of al te gretigs.

'Ja, natuurlijk. Nou, dank u wel, meneer Baird, dat u me dit bent komen vertellen. Ik zal u niet langer ophouden.'

Chris Angeloglou boog zich naar voren.

'Is er nog iets wat u ons wil vragen? Iets wat u wil zeggen?'

'Sorry,' zei ik, op mijn horloge kijkend. 'Het probleem is dat ik zo mijn... eh... kind moet gaan ophalen van school.'

'Doet Linda dat dan niet?'

'Is dat zo? Dat kan ik me niet...'

Zolang Baird nog sprak was het me helemaal duidelijk wat er allemaal gebeurde. Al luisterend naar de informatie had ik ook met beroepsmatige belangstelling geobserveerd hoe hij pijnlijk nieuws overbracht. En ik had mijn reactie in alle helderheid overwogen. Ik voelde de tranen over mijn gezicht lopen en besefte dat ik zo zat te snikken dat mijn hele lijf ervan schokte. Ik huilde net zolang tot ik van alle verdriet en pijn bijna moest kokhalzen. Ik voelde een hand op mijn schouder en er werd een mok thee tegen mijn lippen gedrukt, wat me verbaasde omdat naar mijn idee in de tussentijd nooit thee gezet had kunnen worden, die nooit had kunnen trekken en nooit ingeschonken had kunnen worden. Ik nam een grote slok en toen een kleine en brandde mijn mond. Ik probeerde iets te zeggen, maar dat lukte niet. Ik haalde een paar keer diep adem en probeerde het nog eens.

'Verongelukt?' vroeg ik.

Baird schudde zijn hoofd.

'Hè?' Meer dan een hees gezucht was het niet.

'Er is een briefje bij de auto gevonden.'

'Wat wil dat zeggen?'

'Dat was aan jou gericht.'

'Aan mij?' vroeg ik mat.

'Dat briefje is geschreven door mevrouw Mackenzie. Ze schrijft dat toen ze beseften wat ze hadden gedaan, jou hadden aangedaan vooral, dat ze toen het gevoel kregen dat hun leven geen zin meer had en dat ze verkozen om samen te sterven.'

'Hebben ze dan zelfmoord gepleegd?'

'Daar gaan we voorlopig wel van uit.'

'Dat is belachelijk.' De twee zwegen. 'Horen jullie niet wat ik zeg? Dat is belachelijk, dat kan helemaal niet. Danny zou nooit zelfmoord plegen. Onder geen enkele omstandigheid. Die... Hoe hebben ze dat dan gedaan?'

Ik keek Baird aan. Hij had al die tijd krampachtig een paar handschoenen in één hand gehouden en zat ze nu met twee handen ineen te draaien, alsof hij er water uit wilde wringen.

'Is dit iets wat je echt moet...?'

'Ja.'

'De auto was in brand gestoken met een lap die in de tank was geschoven. Klaarblijkelijk hebben ze zich daarna allebei met één enkel schot in het hoofd geschoten. Ter plekke is er een pistool gevonden.'

'Een pistool?' vroeg ik. 'Waar hadden ze dat nou vandaan?'

Rupert slikte moeizaam en ging verzitten.

'Dat pistool stond op naam van Leopold Mackenzie,' mompelde hij met een diepe stem.

Het duurde even voordat het tot me doordrong wat ik hoorde, maar toen duizelde het me van woede.

'Wil jij beweren dat Finn in het bezit is gekomen van haar vaders pistool?' Baird haalde met een beschaamde blik zijn schouders op. 'En dat ze dat hier in huis heeft gehad? Wist jij soms niet dat Mackenzie een pistool had en dat het vermist werd?'

'Nee,' zei Baird. 'Wij hebben het hier moeilijk mee, en ik weet dat jij het er ook moeilijk mee hebt.'

'Niet zo paternalistisch tegen me doen, Rupert, met dat voorgekookte psychologentaaltje van je.'

'Zo bedoel ik dat niet, Sam,' zei hij zachtjes. 'Ik bedoelde dat jíj het er vast moeilijk mee had.'

Ik schrok.

'Hoezo?'

'Ik bedoel, dat dit nog een keer moet gebeuren, voor de tweede keer.'

Triest en verslagen leunde ik achterover in mijn stoel.

'Klootzakken die jullie zijn. Jullie hebben wel je huiswerk gedaan, zeg.'

24

'Ik kan tot honderd tellen.'

'Nee! Laat dan eens horen.'

'Een, twee, de rest doet niet mee, negenennegentig, honderd.'

Ik grinnikte goedkeurend, met de handen op het stuur, ogen op de weg, donkere bril voor mijn bloeddoorlopen starende blik.

'En luister. Klop-klop.'

'Wie is daar?'

'Issebel.'

'Issebel hoe?'

'Issebel nodig op een fiets? En luister, luister. Hoe roept Batmans mammie hem om te komen eten?'

'Weet ik niet. Hoe roept Batmans mammie hem om te komen eten?'

'Batman! Eten-eten-eten-eten-eten-eten-eten-eten!'

'Van wie heb je die?'

'Van Joshua die verliefd op me is en me verstiekeme kusjes geeft als de juf niet kijkt en wij gaan trouwen als we volgewassen zijn. Hoeveel nieren heeft Davy Crockett van binnen?'

'Weet ik niet. Hoeveel nieren heeft die dan van binnen?'

'Drie. Een linkernier, een rechternier en een pielenier. Die snap ik niet.'

'Ja, maar dat heet ook een pionier. Van wie heb je die?'

'Van Danny. Die heeft Danny een keer gezongen, en toen moest hij heel erg lachen.'

'Kijk eens,' zei ik opgewekt. 'Daar is Kirsty's huis.'

Kirsty deed zelf open: witte kousen strak tot aan de mollige knieën, blauwe jurk met smokwerk en een frisse witte kraag, een rode jas achter haar aan slepend, een glanzende haarspeld in haar glanzend bruine haar.

'Gaat Fing niet mee?' vroeg ze toen ze Elsie en mij zag. Achter haar stond mevrouw Langley met brede mond de woorden te vormen: 'Ik-heb-het-haar-nog-niet-verteld.'

'Fing is...' begon Elsie gewichtig.

'Vandaag-niet-Kirsty-maar-het-wordt-vast-heel-leuk-dus-waar-heb-je-je-zwemspullen-en-spring-maar-snel-in-de-auto-en-wat-zie-je-er-sjiek-uit-en-hup-klim-er-maar-in,' ratelde ik erdoorheen, alsof ik door maar vlug en lang genoeg te praten haar vraag naar de achtergond kon schuiven, kon vervangen door gedachten aan water vol chloor en chips na afloop en een hele middag in het warme duister van een oude bioscoop waar de versleten fluwelen zittingen terugsprongen en de popcorn over de vloer rolde en de tekenfiguren in elkaar geslagen en tot pulp vermalen en in de hete olie gegooid konden worden en toch weer tot leven kwamen.

Mevrouw Langley stak haar hoofd door het autoraam, met een vurig meelevend gezicht, en legde een gladde hand op mijn eeltige hand die krampachtig het stuur vasthield. Ze vijlt haar nagels, dacht ik.

'Als ik nog iets voor je...'

'Nee hoor, dank je. Ik breng Kirsty vanmiddag wel weer terug.' Ik rukte mijn hand los en draaide het contactsleuteltje om. 'Hebben jullie allebei je riem om, meisjes?'

'Ja,' zeiden ze in koor, keurig naast elkaar, twee paar voeten bungelend in hun lakleren schoentjes, twee enthousiaste gezichten.

'Oké, daar gaan we dan.'

Kirsty en Elsie dreven beschaafd rond met hun zwembandjes om middel en arm, zo hoog boven het water dat hun bovenlijf nauwelijks nat werd. Hun witte beentjes roffelden in het water, hun gezichtjes waren roze, zo dapper vonden ze zichzelf.

'Kijk eens wat ik kan,' zei Kirsty. Eén miljardste van een seconde doopte ze haar neus en kin onder water en kwam triomfantelijk boven met één druipende haarlok. 'Ik kan onder water. Wedden dat jij dat niet kan.'

Elsie keek me aan, mijn bange landrotje. Ik dacht even dat ze zou gaan huilen. Maar toen dompelde ze haar hoofd in het zwembad en worstelde onhandig in haar feloranje hulpstukken.

'Ik heb het gedaan,' zei ze. 'Ik heb het gedaan. Mammie, zag je dat?'

Ik wou haar oppakken en dicht tegen me aan houden.

'Mijn twee kleine visjes, hè?' zei ik. 'Zal ik de haai zijn?'

Onder water was ik gewichtloos en halfblind. Met toegeknepen ogen zwom ik door het stroperige groene water en de oplichtende benen die als zeewier rondzwierden, mijn handen uitstekend naar de trappelende enkels. Een paar centimeter onder mijn lichaam lagen de geruststellende tegels. Ik hoorde de meisjes gillen en giechelen toen ik onder hen door dreef. Ik ben geen vis, ik niet. Ik hou alleen van vaste grond.

In het kleedhokje stootte een tienermeisje haar vriendinnetje aan toen ik truitjes over natte hoofden stond te sjorren, nukkige voetjes in weerspannige schoenen met strak aangegespte bandjes stond te wurmen. Met haar ogen wees ze naar me.

Kipnuggets met frietjes en felroze ijslolly's als lunch. Popcorn, zout en zoet door elkaar, en sinas met prik in een reusachtige kartonnen beker met twee gestreepte rietjes erbovenuit. De meisjes keken naar een tekenfilm en ik zat in het niets te staren zodat het scherm één groot waas werd, en zij zaten aan weerszijden van me, ieder met een hand in de mijne. Hun vingers waren plakkerig, hun hoofd hielden ze schuin naar mijn schouder. De lucht om ons heen rook tweedehands, te veel gebruikt. Ik probeerde mijn ademhaling aan de hunne aan te passen, maar dat lukte niet. De adem kwam in rafelige onsymmetrische stoten uit mijn zere longen. Zodra we de foyer uit waren, zette ik mijn zonnebril op.

'Mammie.'

'Ja, schat.' Kirsty was weer veilig bij haar moeder en wij reden door een melkachtige nevel terug naar huis.

'Weet je nog in die video' – alleen sprak Elsie dat uit als vidjo, een restantje babypraat, het laatste tere bruine blad aan de boom – 'van *De leeuw, de heks en de klerenkast?*'

'Ja.'

'Dat hij door die nare heks doodgemaakt wordt en hij bij de muizen gaat liggen?'

'Ja.'

'En dat hij dan weer levend wordt, echt waar. Nou...'

'Nee. Met Danny en Finn gaat dat niet zo. We zullen ze missen en we zullen altijd aan ze denken en we zullen samen over ze praten, als je over ze wil praten moet je het meteen tegen me zeggen, en hier zullen ze nooit dood zijn.' Ik legde een hand op een bonkend hart. 'Maar we zullen ze nooit meer zien.'

'Maar waar zijn ze dan? Zijn ze nou in de hemel?'

Verkoolde hompen vlees, vrolijk grijnzende schedels met uitgebrande ogen, gelaatstrekken die als in een gruwelijke rivier langs hun geruïneerde gezicht omlaagstromen, gesmolten ledematen, in een metalen schuifla in een koelkast een paar kilometer van waar we nu reden.

'Dat weet ik niet, lieverd. Maar ze hebben nu wel rust.'

'Mammie?'

'Ja.'

'Was het dapper van me om mijn hoofd in het water te steken?'

'Dat was heel dapper. Ik was trots op je.'

'Net zo dapper als een leeuw?'

'Dapperder.'

We naderden ons huis, maar dat zag eruit alsof er een feest aan de gang was, dat opdoemde uit de nevel. Een zwerm witte lichten, een kudde auto's. We stopten en zachtjes raakte ik met mijn wijsvinger het puntje van Elsies neus aan.

'Biep,' zei ik. 'We gaan nu dwars door die onbeschofte mannen met hun camera's en taperecorders heen hollen. Leg je hoofd maar op mijn schouder en dan zullen we eens kijken of we bij de deur kunnen komen voordat jij tot honderd kan tellen.'

'Een, twee, de rest doet niet mee...'

'Je vader en ik vinden dat jullie maar eens een paar dagen bij ons moeten komen logeren. Tot al die drukte voorbij is.'

'Mam, dat is...' Ik zweeg even, zoekend naar wat ik moest zeggen. '...lief van je, maar het gaat best. We moeten hier blijven.'

Mijn ouders waren vlak na ons aangekomen. Als twee schildwachten marcheerden ze het huis in, links-rechts, kin omhoog, de blik recht vooruit. Ik was dankbaar dat ze zo veerkrachtig bleken. Ik wist hoe afschuwelijk ze dit alles vonden. Ze hadden een vruchtentaart bij zich, in een grote bruine trommel, een bos bloemen in cellofaan, en een pakje Smarties en een kleurboek voor Elsie die kleurboeken haat, maar dol is op Smarties. Ze nam ze mee naar de keuken en at ze daar zorgvuldig kleur voor kleur op, de oranje snoepjes voor het laatst bewarend. Mijn vader maakte een vuur. Hij stapelde keurig wat twijgjes op een half aanmaakblokje en legde daar vier blokken hout bovenop. Mijn moeder ging druk in de weer met de thee en plempte een brok vruchtentaart voor mijn neus.

'Laat ons dan tenminste een tijdje hier blijven.'

'Ik red me prima.'

'Je kan niet alles in je eentje af.'

Iets in de toon van mijn moeders stem deed me haar aankijken. Achter haar brillenglazen zwommen haar ogen, haar lippen zetten zich schrap tegen elke emotie. Wanneer had ik haar ook weer voor het laatst zien huilen? Ik ging voorover zitten en raakte onbeholpen haar knie aan, onder de dikke wollen rok. Wanneer had ik haar ook alweer voor het laatst aangeraakt, afgezien van die stijve zoentjes op de wang?

'Laat maar, Joan. Je ziet toch dat Samantha overstuur is?'

'Nee! Nee, dat zie ik niet. Dat is het punt, Bill. Ze hoort overstuur te zijn, ze hoort... helemaal... kapot te zijn. Die vriendin van haar – dat vond ik altijd al zo'n geniepige tante, en dat heb ik jou de dag dat we haar ontmoet hebben al gezegd – en die vriend gaan er samen vandoor en plegen zelfmoord in die auto, en dat komt dan allemaal in de krant, en alles.' Ze gebaarde vaag naar het raam, naar de wereld daarbuiten. 'En Samantha zit hier maar koeltjes als wat, terwijl ik haar alleen maar wil, alleen maar wil hélpen.' Ze zweeg en misschien had ik haar op dat moment in mijn armen moeten nemen, maar ik zag een zenuwtrek in haar gezicht en toen zei ze ten slotte nog iets dat ze zichzelf vast voorgenomen had niet te zeggen: 'Dit is niet de eerste keer dat Samantha zoiets is overkomen.'

'Joan...'

'Geeft niet, pa,' zei ik, en dat meende ik ook. Dat mijn moeder dit tegen me zei, deed zo intens pijn dat het bijna een krankzinnig bitter genot werd.

'Elsie hoort hier helemaal niet te blijven,' zei mijn moeder. 'Die moet met ons mee.'

Ze maakte aanstalten om op te staan, alsof ze mijn dochter meteen ging meenemen.

'Nee,' zei ik. 'Elsie blijft bij mij.' Alsof het afgesproken werk was, verscheen Elsie in de woonkamer, knagend op haar laatste Smarties. Ik trok haar op schoot en legde mijn kin op haar hoofd.

Er werd op de deur geklopt.

'Wie is daar?' vroeg ik.

'Ik ben het. Michael.'

Ik liet hem binnen en deed vlug de deur achter hem dicht. Hij trok zijn jas uit en ik zag dat hij een oude spijkerbroek en een vaal-blauw katoenen overhemd aan had, maar voor de rest zag hij er wel ontspannen en rustig uit.

'Ik heb wat gerookte zalm en bruin brood en een fles Sancerre bij me, ik dacht, misschien kunnen we... o, dag mevrouw Laschen, meneer Laschen.'

'Ze moeten zo weer naar huis, Michael,' zei ik.

'Maar Samantha, we zijn net...'

Mijn vader stond druk naar mijn moeder te knikken en gaf haar een arm. Zwijgend hielp ik ze in hun jas en dirigeerde ze naar de deur. Mijn moeder keek achterom naar Michael en mij. Ik weet niet wat me nu meer verontrustte, haar verbijsterde of haar goedkeurende blik.

Elsie lag die avond in mijn bed op me te wachten. Ik schoof tussen de lakens en zij ging verliggen, sloeg een tentakelarmpje om mijn hals, stootte haar gezicht in mijn schouder en slaakte een zucht. Daarna deed ze met dat wonderbaarlijke gemak van een kind haar ogen weer dicht en zonk terug in slaap. Ik lag lang wakker. Er stond geen maan, dus het was donker. Iedereen was naar huis. Ik hoorde alleen nog de wind door de bomen, af en toe het flauwe gekrijs van een vogel boven zee. Als ik mijn hand op Elsies borst legde, voelde ik haar hart kloppen. Haar adem blies warm in mijn hals. Op gezette tijden mompelde ze iets onverstaanbaars.

Michael was die avond niet lang gebleven. Hij had de wijn

opengemaakt en me een glas ingeschonken dat ik zonder iets te proeven achteroversloeg, alsof het een borrel was. Hij had boter, die hij ook had meegenomen, op sneetjes bruin brood gesmeerd en daar gerookte zalm op gedaan, die me op een gruwelijke manier aan rauw mensenvlees deed denken, dus ik heb een beetje aan een korstje geknabbeld en het daarbij gelaten. Veel gepraat hebben we niet. Hij heeft me wat bijzonderheden over die conferentie in Belfast verteld, waarvan hij dacht dat die me misschien interesseerden. Ik heb niets gezegd en zat alleen maar naar de smeulende resten te staren van het vuur dat mijn vader had aangelegd. Anatoly vlijde zijn lange zwarte lijf om onze benen en ging luid liggen spinnen.

'Dit doet zo onwerkelijk aan, dit kan bijna niet, hè?' zei hij. 'Ik ken Finn al jaren,' zei hij. 'Jaren.'

Ik zei niets. Ik had het gevoel alsof ik niet eens kon knikken.

'Nou.' Hij stond op en deed zijn jas aan. 'Ik ga ervandoor, Sam. Denk je dat je nog kan slapen? Ik heb anders wel iets voor je.'

Ik zwaaide hem na. Toen hij weg was, liep ik naar boven. Ik hield Elsie dicht tegen me aan en staarde met grote droge ogen in het stille duister.

25

'Slechte zaak, die zelfmoorden.'
  'Ik red me wel.'
  'Voor ons, bedoel ik.'
  'Nee, ik weet niet wat je bedoelt.'
Geoff Marsh speelde met de knoop van zijn das, alsof hij op de tast probeerde vast te stellen of die wel precies in het midden zat. Twee weken geleden hadden we afgesproken om eens te praten over een aantal potentiële nieuwe geldbronnen die zich hadden aangediend. Dat hadden we allemaal met een kop koffie erbij geregeld. Ik was opgestaan om de kamer uit te lopen, maar hij had gebaard dat ik weer moest gaan zitten en een zorgelijk gezicht opgezet.
  'Dit had niet op een slechter moment kunnen gebeuren,' zei hij.
  Ik slikte mijn repliek in en zei niets.
  'Dat had je ons moeten vertellen, Sam.'
  'Wat had ik jullie moeten vertellen, Geoff?'
  Hij pakte een notitieblok en keek met zogenaamde bureaucratische competentie naar wat krabbels.
  'Theoretisch gezien was je bij ons in dienst, Sam,' zei hij na een moment stilzwijgen. Hij haalde hulpeloos zijn schouders op, wat ik zo goed van hem kende. Hiermee wilde hij bevestigen hoe onverbiddelijk het politiek-economische klimaat was dat hem op wrede wijze in zijn mogelijkheden beperkte. Hij ging door: 'Het laatste wat ik wil, natuurlijk, is dat tegen je gebruiken, maar je had ons wel moeten vertellen dat je met zulk vertrouwelijk werk bezig was, dat zoveel consequenties voor ons project zou kunnen hebben.'

Met deze man moest ik nog een hele tijd samenwerken, dus het viel niet mee om iets te bedenken wat ik met enig fatsoen kon zeggen. Ik haalde diep adem.

'Ik vond het gewoon mijn burgerplicht. De politie vroeg of ik wilde helpen. Die geheimhouding, daar stonden ze op. Mijn familie heb ik het niet eens verteld.'

Hij plaatste zijn twee handen voorzichtig op de rand van zijn veel en veel te grote bureau. Ik voelde me net een schoolmeisje in het kantoor van de bovenmeester.

'Het komt allemaal in de krant,' zei hij fronsend.

'Het staat al in die rottige krant,' zei ik. 'Mijn voortuin lijkt wel het park van Greenham op een zondag.'

'Ja, ja, maar tot nu toe hebben ze nog niks geschreven over, nou ja... ' Hij gebaarde vaag om zich heen. '...over ons, dit hier, de unit.'

'Waarom zouden ze daar iets over schrijven?'

Hij stond op, liep naar het raam en staarde naar buiten. Ik probeerde een manier te verzinnen om een einde aan deze moeizame bijeenkomst te maken. Na een paar minuten stilzwijgen hield ik het niet meer uit.

'Geoff, als dit het is, ik heb het erg druk.'

Plotseling draaide hij zich om alsof hij vergeten was dat ik er nog zat.

'Sam, mag ik heel eerlijk tegen je zijn?'

'Ga je gang,' zei ik droog. 'Trap me maar op m'n ziel.'

Hij vouwde zijn handen tot een pose van gebeeldhouwde ernst.

'Het hele onderwerp posttraumatische stressstoornis is nog steeds controversieel. Dat heb jij me vaak genoeg zelf gezegd. We zijn er hier een nieuw centrum voor aan het opzetten, maar ik zal je niet vertellen hoeveel afdelingen ik de afgelopen maanden heb moeten sluiten. En dat Linden-rapport – je weet wel, over dat fotogenieke meisje van zes dat in Birmingham is overleden nadat wij haar hadden afgewezen – dat komt over een paar weken uit. En ik zit er gewoon op te wachten dat een of andere slimme medische journalist dat allemaal met dat gedoe van jou in verband brengt...'

'Hoezo, dat gedoe van mij?'

Zijn gezicht werd rozer en harder.

'Ik balanceer hier nu toch op de rand van de afgrond,' zei hij, 'dus ik zal het je maar vertellen. We hebben jou als supervisor gekozen voor het grootste project onder mijn bewind... mijn gezag, of hoe je dat ook wil noemen. Sir Reginald Lennox, een lid van mijn bestuur, beweert dat posttraumatische stressstoornis een excuus is voor weekdieren en mietjes, om zijn woorden te gebruiken. Maar nu hebben wij de beroemde Dokter Samantha Laschen erbij gehaald om voor ons hoekje te strijden. En nog geen maand voordat ze haar functie gaat bekleden, heeft ze de wereld laten zien wat ze allemaal kan door een getraumatiseerde vrouw in huis te nemen en te behandelen. Een journalist zonder verantwoordelijkheidsgevoel zou erop kunnen wijzen dat Dokter Laschens persoonlijke aanpak tot gevolg heeft gehad dat de patiënt verliefd is geworden op Dokter Laschens eigen vriendje, dat ze toen samen weggelopen zijn en daarna zelfmoord hebben gepleegd.' Hij zweeg even. 'Een dergelijke samenvatting van het gebeurde zou uiteraard heel onbillijk zijn. Maar mocht dit argument gebruikt worden dan kan moeilijk aangevoerd worden dat jouw behandeling van Fiona Mackenzie een van je grootste successen was.'

'Ik heb Fiona Mackenzie niet behandeld. Ze was mijn patiënt niet. Het ging erom dat haar een veilig en vertrouwd – maar ook tijdelijk – toevluchtsoord verschaft werd. En om je de waarheid te zeggen was ik ertegen.'

Ik zat te zeuren en verontschuldigingen te zoeken, en ik walgde van mezelf. Hij leek niet onder de indruk.

'Dat is wel heel een subtiel onderscheid,' zei hij bedenkelijk.

'Wat is dit toch allemaal, Geoff? Als je iets wil zeggen, zeg dat dan gewoon.'

'Ik probeer je te redden, Sam, en de unit.'

'Me te redden? Waar heb je het over?'

'Sam, ik sta hier niet mijn persoonlijke mening te verkopen. Ik leg alleen een paar onomstotelijke feiten op tafel. Als deze trust bij een publiek schandaal betrokken raakt, in de media, dan wordt dit voor iedereen een pijnlijke zaak.'

'Ik wil hier geen oorlog over maken, maar moet ik dit als een dreigement opvatten? Wil je soms dat ik ontslag neem?'

'Nee, absoluut niet, op dit moment niet. Dit is jouw project, Sam, en dat ga jij afmaken, met onze steun.'

'En?'

'Misschien zouden we een strategie van conflictbeheersing moeten overwegen.'

'Zoals?'

'Dat had ik gehoopt met je te kunnen bespreken, maar ik bedacht dat één mogelijkheid misschien zou zijn een verstandig interview te geven aan de juiste journalist, een soort preventieve aanval.'

'Nee, absoluut niet.'

'Sam, denk er eens over na, zeg nou niet meteen nee.'

'Nee.'

'Denk erover na.'

'Nee. En nu moet ik er echt vandoor, Geoff. Ik heb afspraken met artsen. We moeten vooral niet vergeten dat dit project bedoeld is om een medische dienstverlening te verschaffen.'

Hij liep met me mee door zijn immense kantoor naar de deur.

'Ik ben jaloers op je, Sam.'

'Daar geloof ik niks van.'

'Mensen komen naar jou toe met hun symptomen en jij helpt ze en dat is het dan. Ik moet met artsen discussiëren en daarna met politici en daarna met de bureaucratie en daarna weer met artsen.'

Ik draaide me weer om naar het kantoor en keek naar het Mexicaanse kleed, de bank, het bureau, zo'n beetje het formaat van Ayers Rock, het panoramische uitzicht over vennen en moeraslanden of wat daar ook allemaal lag tussen Stamford en de zee.

'Daar staat wel wat tegenover,' zei ik.

We gaven elkaar een hand.

'Ik moet mijn bestuur recht in de ogen kunnen kijken, zonder al te veel pijnlijke momenten. Doe alsjeblieft nou niks wat mij in een moeilijk parket brengt. En als je dat toch doet, vertel me dat dan eerst.'

Bij thuiskomst duurde het wel een kwartier voordat ik alle boodschappen op het antwoordapparaat had afgespeeld. Ik raakte de tel kwijt van alle kranten die via hun vertegenwoordiger hun nummer hadden achtergelaten en van alle eufemismen die ze hanteerden, de aanbiedingen, het medeleven, de honoraria. Daartussen begraven zaten de boodschappen van mijn moeder, verbijsterd door de stortvloed aan gepiep van de voorafgaande boodschappen, en van Michael Daley en Linda, die vandaag wat later kwam, en van Rupert Baird, die vroeg of we het even over Finns bescheiden konden hebben.

Haar bescheiden. Het idee ergerde me, maar even later werd ik er heel triest over. Wat moest er met die paar spullen van haar gebeuren? Vermoedelijk hadden die als onderdeel van een onderzoek nu geen enkel nut meer. Dat was geen bewijsmateriaal meer, behalve dan van twee vermorste levens en een landschap van emotionele beschadiging. Onze bezittingen hoorden af te zakken van de ene generatie naar de andere, maar ik kon geen mens bedenken aan wie ik die paar zielige dingetjes van Finn kon geven.

Hoe dan ook, als er voor mij niets te doen viel, wilde ik dat wel meteen doen. Ik pakte een kartonnen doos uit de keuken en rende naar de kamer boven die ik voor mezelf bewust tot verboden gebied had verklaard. Finns kamer. Toch voelde ik me nog altijd een indringer toen ik de deur openduwde en naar binnen stapte. Het was er treurig en kaal, alsof er in geen maanden iemand had gewoond. Voor het eerst besefte ik dat Finn nooit die bullen en ballast om haar heen had verzameld die in de loop van ons leven meestal aan ons blijven klitten. Afgezien van een stapel paperbacks op een plank was er nergens iets persoonlijks te ontdekken, nog niet een potlood. Het bed was zorgvuldig opgemaakt, het kleedje lag recht, nergens stond of lag iets. Er hing een muffe geur, dus ik zette vlug het raam open. In de klerenkast hing alleen een kletterende verzameling metalen knaapjes. Ik keek naar de boeken: een stel thrillers, *Het sombere huis* van Dickens, *De vrouw in het wit* van Wilkie Collins, gedichten van Anne Sexton, een stukgelezen reisgids van Zuid-Amerika. Die pakte ik en smeet ik door de deur op de overloop. Ik had zin om naar Zuid-Amerika te vluchten. Of waar dan ook. De rest deed ik in de doos, maar ineens kwam er uit een boek een witte envelop dwarrelen.

Ik raapte de envelop van de grond en wilde die net weer in de doos stoppen toen ik zag wat erop stond. In grote kinderlijke letters stond daar: MIJN TESTAMENT. Finn, die zo bang was voor de dood, die aan niets anders kon denken, had een testament opgemaakt.

Plotseling kwam ik met enig gebibber tot de overtuiging dat ze in een opwelling alles aan mij had nagelaten en dat dit de publicitaire ramp nog groter zou maken. Langzaam draaide ik de envelop om. Hij was niet dichtgeplakt. De flap was gewoon in de envelop gestoken, zoals bij wenskaarten. Ik wist dat wat ik nu deed verkeerd, misschien wel illegaal was, maar ik keek er toch in en vouwde het vel papier dat erin zat open. Het was een blauw formulier, met het kopje 'Maak je eigen testament op', en was heel simpel ingevuld. In het hokje 'Testament van' stond: Fiona Mackenzie, 3 Wilkinson Crescent, Stamford, Essex. In het hokje 'Tot executeur testamentair benoem ik' stond: Michael Daley, 14 Alice Road, Cumberton, Essex. In het hokje met het opschrift 'Ik laat al mijn bezit na aan' stond: Michael Daley, 14 Alice Road, Cumberton, Essex. Daaronder stonden een handtekening en de datum, maandag 4 maart, 1996. Ze had aangekruist dat ze gecremeerd wilde worden.

Onderaan waren twee hokjes met het opschrift 'In onze aanwezigheid getekend door de persoon die dit testament heeft opgesteld, en in haar aanwezigheid door ons getekend'. In de hokjes stond in twee verschillende handschriften: Linda Parris, 22 Lam Road, Lymne. Sally Cole, 3b Primrose Villas, Lymne.

Finn was helemaal waanzinnig geworden. En toen hadden die kutoppas en die kutschoonmaakster van me zich bij een krankzinnig complot aangesloten, onder mijn eigen dak. Het duizelde me, en ik moest even op bed gaan zitten. Maar wat voor complot eigenlijk? Een complot om na je dood al je rijkdommen op een waanzinnige manier weg te geven. Oude dames lieten miljoenen na aan hun katten, dus waarom niet aan Michael Daley? Maar toen ik dacht aan zijn ontoereikende rol bij dit alles als Finns huisarts, als mevrouw Ferrers huisarts, werd ik boos. Wie wisten er allemaal van dit testament af? Linda en Sally uiteraard, die bedriegsters, maar die konden niet weten dat Finn het niet had vernietigd. Het idee dat het hele vermogen van de familie Mackenzie in handen van Michael Daley viel, kwam me plotseling onverdraaglijk voor. Waarom zou ik dit testament niet vernietigen, zodat er nog enig recht zou geschieden? Hoe dan ook, als de persoon die tot executeur was benoemd ook nog al het geld kreeg, kon dat nauwelijks een wettig testament heten, dus kon het net zo goed vernietigd worden. Tijdens deze overpeinzingen zag ik dat er nog een stukje papier in de envelop zat. Dat was nauwelijks groter dan een visitekaartje. Daarop stond in Finns onmiskenbare handschrift: 'Een kopie van dit testament bevindt zich in het bezit van executeur testamentair Michael Daley.' Getekend, Fiona Mackenzie. Ik kreeg de rillingen en had het gevoel alsof Finn de kamer was binnengekomen en me had betrapt bij het doorzoeken van haar spulletjes. Ik bloosde zo dat mijn wangen ervan prikten.

Zorgvuldig stopte ik de beide stukken papier weer in de envelop en legde die in de kartonnen doos. Daarna zei ik hardop, ook al was ik daar in mijn eentje:

'Wat een verschrikkelijke puinhoop.'

26

Ik geloof niet in God, ik denk niet dat ik daar ooit in heb geloofd, maar er staat me nog wel iets wazigs en bedenkelijk banaals bij dat ik als Christopher Robin voor mijn bed heb geknield en Onze-Vader-die-in-de-hemel-zijt-Uw-naam-worde-geheiligd heb afgeraffeld. En ik weet nog heel goed hoe doodsbang ik als kind werd van het gebed: 'Als ik voor het ontwaken moet sterven, moge dan de Heer mijn ziel beërven.' Ik lag dan in mijn tot de knieën reikende nachtjapon met ruches om de pols en de schelpwitte knopen tot aan de kuise halslijn gesloten, zorgelijk met mijn ogen knipperend in het donker, terwijl Bobbies adem in de andere hoek van de kamer ritmisch op en neer ging, en probeerde die grote muur van de slaap uit de buurt te houden. En ik heb altijd een hekel gehad aan het idee van een wispelturige god die de roep om hulp van de een wel beantwoordt en van de ander niet.

Maar toen ik wakker werd in het grijze licht van een maartse ochtend, op een smal stukje van het bed dat bijna geheel in beslag genomen was door een met de armen en benen wijd liggende Elsie, merkte ik tot mijn schande dat ik lag te mompelen: 'Alsjeblieft Heer, Lieve Heer, laat het niet waar zijn.' Maar de ochtend is hard. Niet zo hard als de nacht natuurlijk, als de tijd net een machtige uit zijn oevers tredende rivier is die al zijn wild stromende vaart verliest en in ondiepe stilstaande poelen eindigt. Mijn patiënten vertellen me vaak van hun nachtelijke doodsangsten. En ook van de angst uit dromen te ontwaken, een uit de droom geholpen dag tegemoet.

Ik bleef nog even liggen tot de eerste paniek was gezakt en mijn adem weer rustig werd. Elsie ging ineens verliggen, rukte het dekbed van me af en nestelde zich erin, als een dier in de winterslaap. Alleen de bovenkant van haar hoofd was nog te zien. Ik streelde dat kleine stukje, maar dat verdween toen ook. Buiten hoorde ik de geluiden van de dag: een blaffende hond, een kraaiende haan, een schakelende auto in de bocht. De journalisten stonden niet meer voor mijn deur, de kranten stonden niet meer vol van het hele verhaal, de telefoon ging niet meer om de zoveel minuten, met bezorgde of nieuwsgierige mensen aan de lijn. Dit was mijn leven.

Dus ik sprong het bed uit en trok stilletjes, om Elsie niet wakker te maken, een korte wollen rok aan, een geribbelde panty en een stel hoge schoenen waarvan ik de veters methodisch door de oogjes vlocht, terwijl mijn handen niet meer trilden, zo merkte ik. Ik haakte bungelende oorbellen in mijn oorlellen en borstelde mijn haar. Ik hoefde nergens heen, maar ik wist dat als ik in lubberende leggings rond ging lopen, ik alleen maar moedelozer zou worden. Thelma had een keer tegen me gezegd dat emoties vaak een gevolg van gedrag zijn, en niet andersom: gedraag je moedig en je krijgt moed, gedraag je onbekrompen en je raakt die kwaadaardige jaloezie kwijt. Dus nu ging ik de wereld tegemoet treden alsof die me niet ziek van paniek maakte en misschien zou dat misselijke gevoel dan wel weggaan.

Ik gaf Anatoly te eten, dronk een snoeihete kop koffie en maakte een boodschappenlijstje, net voordat Elsie wakker werd en de keuken in kwam wankelen. Ze wilde een kommetje Honey Nut Loops, waarvan ik het restje opat, en daarna een kommetje muesli, waaruit ze met haar lepel de krenten viste, en het zompige beige restje gaf ze aan mij.

'Ik wil een wandelende tak in een potje,' zei ze.

'Oké.' Het huisje van een wandelende tak schoonhouden, dat redde ik nog wel.

Ze keek me verrast aan. Misschien had ze te laag ingezet, een zware onderhandelingsfout.

'Ik wil een hamster.'

'Daar moet ik even over nadenken.'

'Ik wíl een hamster.'

'De moeilijkheid met huisdieren,' zei ik, 'is dat er schoongemaakt en gevoerd moet worden, en dat je daar na een paar dagen genoeg van krijgt, en raad eens wie het dan moet doen? En ze gaan ook dood.' Die woorden had ik nog niet uitgesproken of ik had er al spijt van, maar Elsie knipperde niet eens met haar ogen.

'Dan wil ik twee hamsters zodat als er eentje doodgaat ik die ander nog heb.'

'Elsie...'

'Of één hond.'

Plotseling gleden er brieven door de brievenbus, die op de tegelvloer ploften.

'Ik pak ze wel.'

Elsie schoof van tafel en kwam terug met een stapel enveloppen, meer dan normaal. De bruine met de rekeningen legde ik apart. De dunne witte met mijn naam er officieel op getypt en de afgestempelde postzegel in de hoek gunde ik een wantrouwige blik en legde ik op een andere plek apart. Die kwamen bijna zeker van kranten of tv-programma's. De handgeschreven brieven maakte ik open en keek ik vlug even door: 'Lieve Sam, als er iets is wat we voor je kunnen doen...', 'Ik was zo verbaasd toen ik las...', 'Lieve Sam, ik weet dat we elkaar de laatste tijd uit het oog hebben verloren, maar toen ik hoorde van...'

Maar er was één envelop waar ik geen raad mee wist. Hij was aan Daniël Rees gericht, in keurige grote balpenletters. Die kon ik maar beter naar zijn ouders doorsturen, dacht ik. Ik hield de envelop tegen het licht, staarde ernaar alsof die de sleutel tot een mysterie bevatte. In één hoekje zat de dichtgegomde flap los. Ik stak mijn vinger eronder en maakte die nog wat verder open. Vervolgens helemaal.

> *Geachte heer Rees,*
> *Hartelijk dank voor uw belangstelling voor de weekendarrange-*
> *menten in Italië. Bij deze bevestigen wij dat u twee overnachtin-*
> *gen, half pension, heeft geboekt in Rome voor het weekend van*
> *18/19 mei. De vluchtgegevens en de tickets krijgt u binnenkort*
> *van ons toegestuurd. Volgens onze informatie gaat het hier om*
> *dhr. D. Rees en mevr. S. Laschen. Graag ontvangen wij hiervan*
> *telefonische bevestiging.*
> *Vriendelijke groet,*
> *Sarah Kelly, Globe Travel.*

Ik vouwde de brief dicht en schoof die weer in de envelop. Naar Rome met Danny. Hand in hand, in een T-shirt, verliefd. Tussen de stijf gestreken lakens in een hotelkamer, met een ventilator die in de kokende lucht roerde. Pasta en rode wijn en kolossale ruïnes. Koele kerken en fonteinen. In Rome was ik nog nooit geweest.

'Van wie is die brief, mammie?'

'O, niemand.'

Waarom was hij zo opeens van gedachten veranderd? Wat had ik gedaan, of nagelaten, dat hij Rome met mij liet schieten voor een zelfmoord in een uitgebrande auto met een doorgedraaid meisje? Ik trok de brief er weer uit. 'Onze dank dat u vanochtend heeft geïnformeerd...' De datum was 8 maart 1996. Dat was de dag waarop het gebeurd was, dat hij er met Finn vandoor was gegaan. De pijn verzamelde zich boven mijn ogen, klaar om los te barsten.

'Zijn we weer te laat voor school, mammie?'

'Hè? Nee hoor! Natuurlijk zijn we niet te laat voor school, we zijn te vroeg. Kom mee.'

'Ik heb gewoon mijn handtekening gezet waar zij dat wou.'

'Maar Sally, waarom heb je dan niet even gekeken? Dat was haar testament, en ze was een verward meisje.'

'Sorry hoor.' Sally bleef de oven schoonboenen. Einde verhaal.

'Ik wou het er even met je over hebben, Linda, voordat Elsie thuiskomt.'

'Ze zei dat het niks voorstelde.' Linda's ogen vulden zich met tranen. 'Een formaliteit.'

'Heb je het dan niet gelezen?'

Ze haalde alleen maar haar schouders op en schudde haar hoofd. Waarom waren ze niet net zo bemoeiziek als ik?

Michaels huis was niet groot, maar op een koele en modieuze manier wel heel mooi. De benedenverdieping was helemaal open en de dubbele deuren in de opgeruimde keuken kwamen uit op een betegelde binnenplaats met een conisch fonteintje. Ik keek om me heen: goed gevulde boekenplanken, kleurige tapijten op een sobere vloer, gekwelde tekeningen in zwart-en-witte kronkels op serene witte muren, potplanten die er groen en vlezig uitzagen, een vol wijnrek, foto's van boten en kliffen, zonder één mens erop. Hoe kon een huisarts zich dit allemaal permitteren? Nou ja, hij voldeed in ieder geval aan de status die hij binnenkort zou krijgen. We gingen aan een lange kloostertafel zitten en dronken echte koffie uit een mok met een fijn oortje.

'Je hebt geluk dat ik nog thuis ben. Ik heb dienst,' zei hij. Met twee handen pakte hij er eentje van mij vast. Ik zag hoe lang en schoon zijn nagels waren.

'Gaat het met je, Sam?'

Alsof ik een patiënt van hem was. Ik trok mijn hand weg.

'Wil dat zeggen dat het niet gaat?' vroeg hij. 'Moet je luisteren, dit is een ellendige toestand, voor jou, maar ook voor mij. We moeten proberen elkaar te steunen.'

'Ik heb Finns testament gelezen.'

Hij trok een wenkbrauw op.

'Heeft ze dat dan aan jou laten zien?' Ik schudde mijn hoofd en hij slaakte een zucht. 'Dus daarom ben je hier?'

'Michael, weet jij wat erin staat? Je hebt een kopie.'

Hij zuchtte.

'Ik weet dat ik executeur testamentair ben, wat dat ook mag betekenen. Dat heeft ze me gevraagd.'

'Je wil zeggen dat je geen idee hebt?'

Hij keek op zijn horloge.

'Heeft ze soms alles aan jou nagelaten?' vroeg hij met een glimlach.

'Nee. Aan jou.'

De uitdrukking op zijn gezicht versteende. Hij stond op en liep naar de openslaande deuren.

'Nou?' vroeg ik.

Hij draaide zich om.

'Aan mij?' Hij haalde zijn hand door zijn haar. 'Waarom zou ze dat nou gedaan hebben?'

'Maar dat gaat niet door, hè?'

Zijn gezicht kreeg iets verwonderds.

'Ik weet niet wat ik daarop moet zeggen. Dit is allemaal zo...'

'Onethisch,' zei ik. 'Bedenkelijk.'

'Hè?' Hij keek op alsof hij het nauwelijks had verstaan. 'Waarom zou ze zoiets nou doen? Wat was ze dan van plan?'

'Ga je het accepteren?'

'Hè? Dit overvalt me allemaal zo.'

Er klonk ineens een gebiep en hij stak zijn hand in zijn jaszak. 'Sorry hoor, maar ik moet er als een gek vandoor,' zei hij. 'Ik sta helemaal perplex, Sam.' Maar toen lachte hij. 'Zaterdag.' Ik keek verbaasd. 'Zeilen, weet je nog? Zou weleens goed voor ons kunnen zijn. Kunnen we de zaken op een rijtje zetten. En we moeten eens praten.'

Die afspraak was ik vergeten: zeilen, dat had ik nou net nodig.

'Dat doet me vast goed,' zei ik hol.

Ik hield Elsie vast als een kostbaar sieraad. Ik was zo bang dat ik haar met de macht van mijn liefde zou breken. Ik voelde me zo sterk, zo vitaal, zo euforisch van alle verdriet en woede. Mijn bloed joeg door mijn lijf, mijn hart bonkte luid. Ik voelde me schoon en soepel en onvermoeibaar.

'Heeft Danny,' vroeg ik voorzichtig, langs mijn neus weg, 'tegen jou ooit iets over Finn gezegd?'

Ze haalde haar schouders op.

'En Finn dan?' Ik streelde haar zijdeachtige haar en vroeg me af welke geheimen in dat nette schedeltje opgesloten lagen. 'Heeft ze nog wat over Danny gezegd?'

'Nee hoor.' Ze ging verzitten op mijn schoot. 'Danny vroeg mij altijd dingen over Finn.'

'O.'

Ze keek me met grote nieuwsgierige ogen aan.

'En Danny zei dat jij de beste mammie van de wereld bent.'

'Ja?'

'Ben jij dat dan?'

Toen ze eenmaal sliep snuffelde ik rond in huis, ik keek achter gordijnen, wurmde me onder bedden, voelde in hoeken. Uiteindelijk lag er voor me op de keukentafel een gehavende dierentuin van zes papieren beestjes: drie vogeltjes, twee honden of iets dat erop leek, en nog iets heel raars. Ik keek ernaar en zij keken terug.

27

Ze had zijn donkere ogen en de zware wenkbrauwen die bijna in elkaar doorliepen. Het haar was iets lichter en fijner en haar huid had een andere structuur, met nu al heel veel sproeten terwijl het nog maar lente was. Danny had een bleke, maar wel altijd gave huid. Hij werd altijd heel mooi egaal karamelbruin. De geur herinnerde ik me nog, en ook dat lichtelijk vochtige als hij in de zon had gezeten.

Zijn familie had ik nooit ontmoet. Hij zei dat die in het zuidwesten woonde, zijn vader had daar een aannemersbedrijf, hij had nog een broer en een zus, maar dat was het dan. Ik zat driftig op de computer aan mijn boek te werken – het ging nu heel snel, binnen een paar weken was dat af – toen de telefoon ging. Dat liet ik over aan het antwoordapparaat.

'Goeiedag, dokter Laschen. U spreekt...eh... met Isabel Hyde, we hebben elkaar nooit ontmoet, maar ik ben de zus van Danny en...'

Ik moest even rillen en voelde enige weerzin. Wat moest die in hemelsnaam nou van me? Ik nam op.

'Hallo, met Sam Laschen. Ik zat me te verstoppen achter het antwoordapparaat.'

Er volgden enige gegeneerde, hortende gedachtewisselingen omdat zij het idee had dat ik het idee had dat ze op Danny's nog resterende bezittingen uit was en omdat ik niet snapte wat ze wilde. Ik zei dat er niets meer van waarde bij me lag, maar dat ze het uiteraard allemaal mocht hebben, en zij zei dat ze dat niet bedoelde, maar dat ze een paar dagen in Londen moest zijn en of ze niet even met de trein bij me langs kon komen. Ik weet niet waarom, misschien een irrationeel instinct, maar ik wilde haar niet in huis hebben. Ik had toch al geen zin meer om mensen te laten zien hoe ik woonde en ik wist niet wat voor enge motieven een vrouw kon hebben om te zien waar haar dode broer had samengewoond met een vrouw die hij had verlaten en zo meer. Sterker nog, ik wist bij god niet wat dit allemaal te betekenen had, dus ik zei dat ik haar morgenochtend van de trein zou halen in Stamford en dat we wel even ergens wat konden gaan drinken.

'Hoe herkennen we elkaar dan?' vroeg ze.

'Misschien herken ik jou zo, maar ik ben lang en heb heel kort haar. Van de mensen die hier zomaar vrij mogen rondlopen lijkt er niemand ook maar in de verste verte op mij.'

Ik moest bijna huilen toen ze de trein uit kwam en wist niets te zeggen. Ik gaf haar een hand en ging haar voor naar een koffiehuis tegenover het station. Daar zaten we even met ons kopje koffie te spelen.

'Waar kom je vandaan?'

'Op het ogenblik wonen we in Bristol.'

'Waar in Bristol?'

'Ken je Bristol een beetje?'

'Niet echt,' moest ik bekennen.

'Dan heeft het weinig zin om dat helemaal uit te leggen, of wel?'

Ik zag dat Danny's losse charme een familietrekje was.

'Ik heb niks van Danny bij me,' zei ik. 'Er lagen nog een stel overhemden, wat onderbroeken, een tandenborstel, een scheermesje, dat soort dingen. Veel bezittingen had hij kennelijk nooit. Ik kan ze je toesturen als je dat wilt.'

'Nee.'

Er viel een stilte die ik moest verbreken.

'Ik vind het interessant om jou nu eens te zien, Isabel. Griezelig ook. Je lijkt zo op hem. Maar Danny heeft het nooit over zijn familie gehad. Misschien vond hij me niet het soort persoon dat je meeneemt naar je ma. Hij is op een verschrikkelijke manier bij me weggegaan. En ik weet niet goed wat wij hier zitten te doen, hoewel ik het natuurlijk heel erg voor jullie allemaal vind.'

Opnieuw viel er een stilte en ik raakte een beetje in paniek. Wat moest ik met deze vrouw die me met Danny's starende blik zat aan te kijken?

'Dat weet ik zelf ook niet zo goed,' zei ze ten slotte. 'Het klinkt misschien stom, maar ik wou jou ontmoeten, jou zien. Dat wou ik al eindeloos lang, en nu dacht ik dat zoiets misschien wel nooit meer zou gebeuren.'

'Dat is begrijpelijk, gezien de omstandigheden. Ik bedoel: dat we elkaar misschien nooit zouden zien.'

'De familie is er vreselijk kapot van.'

'Dat verbaast me niets.'

Aan Danny's ouders had ik van mezelf nog niet mogen denken. Isabel had de hele tijd in haar koffie zitten kijken, maar nu richtte ze haar donkere ogen, met de zware oogleden, naar me op. Ik voelde een siddering van lust door me heen gaan, dus ik klemde mijn kiezen zo hard op elkaar dat het zeer deed.

'Kom je ook naar de begrafenis?'

'Nee.'

'Dat dachten we wel.'

Een gruwelijk idee kwam bij me op.

'Je komt hier toch niet om me te vragen of ik niet wil komen?'

'Nee, natuurlijk niet. Dat moet je niet denken.'

Ze zat kennelijk moed te verzamelen om een grote sprong te wagen.

'Isabel,' zei ik, 'is er iets wat je me wil vertellen, want als dat niet zo is...'

'Ja, dat is er wel,' zei ze. 'Ik ben niet zo goed in dingen onder woorden brengen, maar wat ik wou zeggen is dat jij wel weet dat Danny hopen relaties heeft gehad, hopen en hopen vrouwen heeft gehad voor jou.'

'Nou, dank je wel, Isabel, dat je helemaal met de trein hierheen komt om me dat te vertellen.'

'Dat bedoel ik niet. Zo was hij nou eenmaal, dat weet je best, en vrouwen vielen altijd op hem. Maar wat ik wou zeggen is dat jij anders was. Voor hem.'

Ineens liep ik het risico de emotionele controle over mezelf te verliezen.

'Dat dacht ik ook, Isabel. Maar dat heeft wel heel anders uitgepakt, of niet soms? Met mij is het net zo gegaan als met al die anderen: laten vallen en meteen vergeten.'

'Ja, dat heb ik gehoord, en ik weet niet wat ik anders moet zeggen dan dat ik het niet kon geloven. Ik kon het gewoon niet geloven. Ik geloof het gewoon niet.'

Ik schoof mijn kopje van me af. Ik wilde deze bijeenkomst langzaam afsluiten.

'Ja, maar je ziet wel dat het gebeurd is, wat je instinct je ook zegt. Het was aardig van je om me dat zomaar ineens te komen vertellen, maar het helpt helemaal niks. Wat moet ik nou aan met wat jij allemaal zegt? Om heel eerlijk te zijn probeer ik dit allemaal juist achter me te laten en de draad weer op te pakken.'

Ze keek ontzet.

'O, nou, ik wou je nog iets geven, maar misschien wil je het niet.'

Ze rommelde wat in haar tas en haalde een bundeltje fotokopieën te voorschijn. Aan het krachtige handschrift zag ik onmiddellijk dat het van Danny was.

'Wat is dat?'

'Danny schreef me vroeger zo'n twee brieven per jaar. Dit is een kopie van de laatste. Ik wist dat het afschuwelijk voor je moet zijn geweest dat jullie uit elkaar gingen. En dan nog die zelfmoorden. Dat alles in de pers kwam, moet ook vernederend voor je geweest zijn.'

'Klopt.'

'Ik ben toch niet tactloos bezig, of wel? Het leek me alleen dat deze brief je misschien wat kon opbeuren.'

Ik betuigde haar mijn onoprechte dank, maar wist niet precies hoe ik verder moest reageren, hoewel ik de brief wel aanpakte, op een behoedzame manier alsof die me misschien pijn kon doen. Ze stapte gewoon op de trein, en ik zwaaide heel even naar een vrouw van wie ik wist dat ik haar nooit meer zou zien. Een moment kwam ik in de verleiding om die gefotokopieerde brief ongelezen weg te gooien.

Een uur later zat ik bij de afdeling recherche op het politiebureau in Stamford. Een agente bracht me thee en liet me aan het bureau van Chris Angeloglou plaatsnemen. Ik keek naar zijn jasje dat over de rugleuning van zijn stoel hing, naar een foto van een vrouw en een bol kindje, speelde met zijn pennen, en even later kwam Angeloglou zelf te voorschijn. Met een zorgvuldig bestudeerd, spontaan geruststellend gebaar legde hij zijn hand op mijn schouder.

'Sam, gaat het een beetje met je?'

'Ja.'

'Rupert is nog even bezig, ben ik bang.'

'Hoe staat het met het onderzoek?'

'Prima. De invallen van vorige week zijn heel goed verlopen. We hebben interessant materiaal gevonden.

'Over de moorden?'

'Niet direct.'

Ik zuchtte.

'Dus een aanklacht zit er nog niet in. Moet je deze brief eens lezen. Die heeft Danny een paar weken voor zijn dood aan zijn zus geschreven.'

Hij nam de brief aan en trok een gezicht.

'Maak je geen zorgen, je hoeft alleen de laatste paar pagina's te lezen.'

Hij leunde op de rand van zijn bureau en las ze vluchtig door.

'En?' vroeg hij toen hij klaar was.

'Is dat een brief van iemand die op het punt staat er met een andere vrouw vandoor te gaan?'

Hij haalde zijn schouders op.

'Je hebt 'm gelezen,' zei ik. 'Nooit zo iemand in mijn leven ontmoet, iemand anders wil ik niet, ik wil met haar trouwen en de rest van mijn leven bij haar blijven, ik ben dol op haar kind, mijn enige zorg is of ze me wel wil.'

'Ja,' zei hij slecht op zijn gemak.

'En dan is er nog dit.'

Ik gaf hem de bevestiging van het reisbureau. Met een lachje om zijn mond nam hij de brief door.

'Maak jij plannen om er met iemand vandoor te gaan als je zoiets geregeld hebt?'

Hij lachte, niet onvriendelijk.

'Dat weet ik niet. Misschien juist wel. Was Danny een impulsief type?'

'Nou ja, een beetje wel...'

'Het soort man dat gewoon van het ene moment op het andere wegloopt?'

'Ja, maar dit had hij nooit gedaan,' zei ik zwakjes.

'Is er nog meer?' vroeg hij zacht.

'Nee, alleen...' Ik kreeg een wanhopig gevoel. 'Alleen het hele gedoe op zichzelf. Heb je daar al over nagedacht?'

'Waarover?'

'Een jong meisje maakt haar testament op...'

'Hoe weet jij van dat testament af, Sam? Oké, laat maar zitten, ik hoef al niet meer te weten.'

'Ze maakt een testament op, en even later is ze dood. Is dat niet merkwaardig?'

Hij dacht even na.

'Heeft Finn het weleens over doodgaan gehad?'

'Ja, natuurlijk.'

'En over zelfmoord?'

Ik zweeg even en slikte hard.

'Ja.'

'Nou dan,' zei hij. 'Maar wat wou je eigenlijk suggereren?'

'Heb jij er wel eens bij stilgestaan dat ze ook vermoord kunnen zijn?'

'Godallemachtig, Sam, door wie dan?'

'Door iemand die na Finns dood een ongelooflijk bedrag zou incasseren.'

'Is dit een serieuze beschuldiging?'

'Nee, maar wel een serieuze kandidaat.'

Hij moest lachen.

'Oké,' zei hij. 'Ik geef het op. Mag ik deze stukjes papier houden?' Ik knikte. 'Uit mededogen voor iedereen, dus ook voor jou, zal ik dit onderzoekje zo discreet mogelijk uitvoeren. Maar ik bel je morgen wel. En nu dokter, ga jij naar huis, je neemt een pil in of een drankje of je gaat tv kijken, of alle drie tegelijk.'

Maar dat werd niet de volgende ochtend. Diezelfde dag nog, om zeven uur 's avonds, belde Chris Angeloglou me op.

'Ik heb wat inlichtingen ingewonnen over jouw verdachte.'

'Ja?'

'Even voor de duidelijkheid, Sam. Die nog brandende auto is vlak voor zessen 's avonds gevonden, op de negende.'

'Klopt.'

'Op de achtste is Dokter Michael Daley naar Belfast gevlogen voor een huisartsenconferentie over budgetverantwoordelijkheid. Op de negende heeft hij de conferentie toegesproken en is 's avonds laat naar Londen teruggevlogen. Zo genoeg?'

'Ja. Eigenlijk wist ik dat wel. Sorry hoor, Chris. Heel stom van me, enzovoort.'

'Geeft allemaal niks. Sam?'

'Ja?'

'We zitten er allemaal over in dat we je hiermee hebben opgezadeld. Als we je kunnen helpen, doen we dat graag.'

'Bedankt, Chris.'

'Jij bent de deskundige op het gebied van trauma's, Sam, maar volgens mij moeten wij meer werk van ons onderzoek maken en jij meer werk van je rouwproces.'

'Klinkt goed, Chris.'

28

Zes jaar geleden heeft mijn geliefde, de vader van mijn ongeboren kind, zelfmoord gepleegd. Uiteraard zei iedereen tegen me dat ik me geen seconde schuldig hoefde te voelen. Dat zei ik ook tegen mezelf, op mijn dokterstoontje. Hij had last van depressies. Hij had al eens eerder een poging gedaan. Je dacht dat je hem kon redden, maar we kunnen alleen onszelf redden. En ga zo maar door.

Een week geleden heeft mijn geliefde – de enige andere man van wie ik echt heb gehouden – zelfmoord gepleegd. Andermans waarschuwingen dat ik me niet schuldig hoefde te voelen, begonnen nu een beetje paniekerig te klinken. Danny's begrafenis was de volgende dag, maar ik ging er niet heen. Hij was toch in de armen van een andere vrouw gestorven, of niet soms? Hij was helemaal bij me weg. Bij de gedachte aan Danny en Finn samen kreeg ik het warm, werd ik lichtzinnig, bijna opgewonden en bijna wanhopig. Even werd ik ziek van jaloezie en hopeloze geilheid.

'Sally, ik ga,' zei ik een paar minuten later. 'Als ik terugkom, ben jij al weg, dus ik heb het geld op de schoorsteenmantel gelegd. Bedankt hoor, het ziet er hier nou zoveel beter uit.'

'Moet je niet werken?' Ze keek naar mijn vale spijkerbroek, met een gat op een knie, en mijn versleten leren jack.

'Ik ga zeilen.'

Ze trok een gezicht. Afkeurend?

'Leuk,' zei ze.

Finns twee artsen, de een haar veronderstelde beschermer, de ander de enige begunstigde van haar testament, hadden elkaar tijdens de korte rit naar zee weinig te melden. Michael maakte een gepreoccupeerde indruk en ik keek door het raam naar buiten zonder iets te zien. Toen de auto even moest stoppen, draaide hij zijn gezicht naar me toe.

'Je bent vergeten je rubberen pak aan te trekken,' zei hij.

Dat zat in een boodschappentas die tussen mijn benen stond.

'Jij bent vergeten dat tegen me te zeggen.'

Zwijgend reden we door. Ik keek of ik de zee al kon zien. Het was een te grijze dag. Michael sloeg af bij een weggetje tussen hoge heggen. Ik keek hem vragend aan.

'Ik heb de boot in de buurt van het botenhuis gelegd.'

Het was net alsof we door een tunnel reden en ik voelde me opgelucht toen we weer in de open ruimte zaten. Ik zag een stel zeilboten. Zodra de auto stilstond, hoorde ik het geklapper van de touwen. Er stonden een paar houten schuren met afbladderende verf. Een ervan was leeg en had geen dak. Er was niemand te bekennen.

'Je kan je wel in de auto omkleden,' zei hij monter.

'Ik wil een kleedkamer,' zei ik nukkig, en stapte uit. 'Welk botenhuis is van jou?'

'Ik heb niet zo'n zin om het mijne daarvoor helemaal open te maken. De auto komt mij beter uit, als je het niet erg vindt.'

'Dat vind ik wel erg.'

Moeizaam sleepte hij zich uit de auto. Hij liep al in zijn pak, groot en glad en zwart.

'Oké,' zei hij met tegenzin. 'Het is hier.'

Hij ging me voor naar een verweerd houten gebouw met een dubbele deur aan de zeekant en gaf me zijn bos sleutels.

'De deur kan een beetje klemmen,' zei hij. 'Die is sinds de lente van vorig jaar niet meer open geweest. Er hangt een zwemvest aan een haakje.' Hij slofte weg door het ruwe gele gras en over het kiezelstrand naar de boot. 'Blijf maar een beetje voorin, anders ga je misschien op iets scherps staan of trek je iets over je heen.'

Ik keek langs de kust. Niemand, en dat was geen wonder: de hemel vertoonde alle tinten grijs en het water werd door gemene rukwinden opgezweept. Een witte schuimregen woei op van de golven. De landtong zag ik bijna niet en de wind voelde ijzig aan op mijn wangen. Ik stak de sleutel schrapend in het slot, draaide die met moeite om en duwde een van de deuren een klein stukje open. Binnen lag een allegaartje aan spullen: links gele en oranje zwemvesten aan een grote haak in de muur, twee vishengels tegen de andere muur, een aantal grote nylon zakken waarin na enig gepor met een nieuwsgierige voet zeilen bleken te zitten. Achter in de schuur lag een windsurfplank. Emmers, hoosvaten, dozen met spijkers en haakjes en klein ijzerwaar dat ik niet herkende, een paar lege bierflesjes, een oud groen dekzeil, een stel verfpotten, schuurpapier, een gereedschapskist, een koevoet, een bezem. Een zware geur van olie, zout, zoetigheid, verrotting, verval. Waarschijnlijk lag er ergens een dode rat.

Ik legde het pak op een houten bank en begon me uit te kleden, bibberend in de ijskoude windstille lucht. Daarna sjorde ik me in het ongastvrije rubber. Meedogenloos sloot dat zich om mijn ledematen. Mijn god, waar was ik eigenlijk mee bezig?

Mijn rubberen schoentjes had ik onderweg naar de bank laten vallen, dus behoedzaam schuifelde ik door de schuur om ze op te rapen, proberend om niet met mijn blote voeten in houtsplinters of scherpe steentjes te gaan staan, en liep wankelend terug. Ik ging weer op de bank zitten en wreef over mijn voetzolen om alle vastgeplakte rommel te verwijderen. Er was iets – het voelde als een stukje stro – tussen mijn tenen blijven zitten. Ik stak er een vinger tussen en haalde het eruit. Een roze stukje papier, gevouwen in de vorm van iets met vier poten, een hoofd en een raar staartje. Ik liet het ronddraaien in mijn vingers, een neefje van de zes beestjes op mijn keukentafel.

Had Michael het hier mee naartoe genomen? Was het soms aan zijn kleren blijven hangen? 'Sinds de lente van vorig jaar was die niet meer open geweest.' Afgelopen lente hadden Danny en ik ruzie in Londen. Danny was hier geweest. Ik kreeg het heel erg benauwd. Ik wist dat ik goed moest nadenken, maar de dingen in die ruimte veranderden van vorm, ik werd helemaal duizelig. Mijn maag roerde zich. Ik voelde elke haar op mijn huid tegen de binnenkant van mijn tweede rubberen huid prikken. Ergens in mijn hoofd was het nog helder en alleen met overleg kon ik daar komen, maar alles waar ik tot nu zeker van was geweest was totaal vervormd geraakt. Danny was hier geweest.

'Denk aan je zwemvest, Sam.'

Ik keek naar de deur waar Michael stond, in silhouet tegen het grijs. Ik sloot mijn vuist om het papieren diertje. Hij kwam naar me toe.

'Ik help je wel even,' zei hij. Hij trok de rits op mijn rug dicht, zo hard dat ik naar lucht hapte. Ik was me ervan bewust hoe groot en lijfelijk hij aanwezig was. 'En nu de schoenen.' Hij knielde voor me neer. Ik ging zitten en hij pakte eerst de ene en toen de andere voet en schoof die rustig in de schoen. Hij keek me lachend aan. 'Dat muiltje zit je als gegoten, Assepoester,' zei hij. Danny was hier geweest. Hij nam een geel zwemvest van het haakje en hing dat om mijn schouders. 'En nou nog de handschoenen.' Ik keek naar mijn gebalde vuist. Ik pakte de handschoenen aan met mijn linkerhand.

'Die doe ik zo wel aan.'

'Prima,' zei hij. 'Dan kunnen we.'

Met een arm zachtjes in mijn rug drukkend dirigeerde hij me in de richting van de boot, en we klommen aan boord. Hij keek me aan, maar de wind woei ons in het gezicht dus ik zag niet hoe hij keek.

'Oké, nou gaan we genieten.'

Dit had ik al eens eerder meegemaakt. Het natte touw schuurde mijn handpalm als ik het strak trok, de boot hing helemaal op zijn kant in de wind, de zeilen knalden van de windvlagen, het metaalgrijze water klotste naar binnen, de zeevogels slaakten hun angstaanjagende kreten terwijl we op onze eenzame weg naar open zee scheerden, de kernachtige commando's als 'Klaar om te wenden? Ree!' en ik die me wanhopig van de ene naar de andere kant slingerde, de stille momenten waarop ik achteroverhing als de boot zwaar overhelde. Danny was in het botenhuis geweest. Ik probeerde een onschuldige verklaring te verzinnen. Was Danny hier met Michael geweest om te wandelen? De deur was sinds de lente niet meer open geweest. Dat zei Michael. Het papieren diertje zat nog in mijn bevroren vuist geklemd.

In hoog tempo laveerden we van de kust af, en het stuifwater striemde me zo in het gezicht dat hij niet kon weten of ik huilde. En zelf wist ik dat ook niet. In mijn hoofd kwamen er beelden langs: Finn die bij mijn huis arriveerde, zo wit en stil. Danny die haar van de andere kant van de tafel aanstaarde – maar dat was toen geen begerige blik, dat herinnerde ik me nog heel levendig, maar een misnoegde blik. Danny met Elsie, hij tilde haar op zijn schoot, boog zich over haar heen zodat zijn zwarte haar verstrengeld raakte met haar blonde slierthaar. Ik probeerde me aan gedachten vast te klampen, als aan slierten rook. Danny was daar geweest. Danny was er niet met Finn vandoor gegaan. Danny had geen zelfmoord gepleegd.

'Wat ben je stil, Sam. Begin je er al een beetje lol in te krijgen?'

'Misschien wel.'

Op dat ogenblik werden we door een windvlaag gegrepen en kwam de boot bijna loodrecht op zijn kant te staan. Met mijn hele gewicht hing ik naar buiten.

'Zo, we zijn bijna om die landtong heen.' Hij klonk volkomen kalm. 'Daarna hoeven we niet zo in de wind te varen. Klaar om te wenden...'

En met een keurige zwiep van de giek en een smak van de zeilen keerden we richting open zee, met een gestage wind van opzij. Ik keek achterom, maar zag de kust waar we begonnen waren niet meer. Die was opgelost in de nevel en de grijze gloed.

'Dat ging niet gek.'

'Dank je.'

'Voel je je al wat beter, Sam?'

Ik deed een poging tot schouderophalen en neutraal gemompel.

'Wat zei je?'

'Ik ben niet misselijk hoor,' zei ik. Hij keek me aandachtig aan. Hij draaide zich weer om. Met één hand hield hij nu het roer en het grote zeil in bedwang en met zijn andere zat hij ergens aan te frunniken. Ik keek om me heen. Even later zat hij dicht naast me.

'Wat heb je daar gevonden, Sam?'

Ik kreeg een ijskoud metaalachtig gevoel onder in mijn buik.

'Niks,' zei ik.

Voordat ik iets kon doen, greep hij mijn rechterpols en opende mijn vingers. Hij was sterk. Hij pakte me het papieren diertje af.

'Dat zal,' zei hij, 'wel aan je kleren zijn blijven hangen.'

'Ja,' zei ik.

'Of aan mijn kleren.'

'Ja.'

Met een spookachtig gegiechel schudde hij zijn hoofd.

'Jammer genoeg niet,' zei hij. 'Haal je fok even in, Sam, we gaan een stukje laveren.'

De wind trok aan en striemde mijn linkerwang. Michael wendde het roer zodat de boot voor de wind kwam te liggen en liet het grote zeil bollen. We hadden de landtong nu veilig gerond en richtten de steven weer naar de kust, in de richting van de scherpe rotspunten die hij de vorige keer had aangewezen. Ik draaide me om en keek hem recht in de ogen. Zijn vreemde gezicht was met deze wind en al dit stuifwater op zijn best. Langzaam trok de mist in mijn hoofd op. Finn was vermoord. Danny was vermoord en ik ging vermoord worden. Ik moest iets zeggen.

'Jij hebt Finn vermoord.'

Hij keek me aan met een lachje om zijn mond, maar zei niets. Zijn pupillen waren groter geworden, achter dat beheerste uiterlijk joeg de spanning door zijn lijf. Wat had hij me ook alweer gezegd, over dol zijn op risico's?

'We gaan een eindje planeren, laat de fok maar lopen, Sam.'

Gehoorzaam liet ik het touw vieren en het kleine zeil vulde zich met wind. De boot leunde achterover, de boeg kwam omhoog. Onder ons golfde het water voorbij.

'En daar is Danny zeker toevallig achter gekomen? Was dat het? Dus toen heb je Danny vermoord, en die zelfmoord in scène gezet? Met dat briefje, dat afschuwelijke briefje.'

Hij haalde heel licht zijn schouders op.

'Helaas was er een zekere mate van dwang nodig om dat voor elkaar te krijgen.' Met zijn rechterhand vormde hij een pistool en zette dat op mijn slaap. 'Maar je moet wel de hele situatie in ogenschouw nemen, Sam.'

'En toen...' Het kon me allemaal niets meer schelen. Mijn eigen leven ook niet. Ik moest het gewoon weten. 'Finn en jij hebben samen haar ouders vermoord, neem ik aan.' De Belladonna voer nu op de verraderlijke dwarsstromen af. Ik zag hoe hij met zijn berekenende zeilersblik de afstand inschatte. Ik keek naar het water. Dood door verdrinking.

'Zoiets,' antwoordde hij nonchalant, en moest weer lachen

alsof hem iets grappigs inviel. Zijn tanden en zijn grijze ogen blonken, zijn haar zat strak achterover door de wind en het stuifwater. Hij zag er gretig uit, heel knap eigenlijk, afzichtelijk.

En op dat moment moest ik aan Elsie denken. Hoe haar lichaam aanvoelde tegen het mijne. Ik voelde bijna haar sterke armpjes om mijn hals. Ik moest eraan denken hoe ze eruitzag die ochtend dat ik haar naar school had gebracht, in haar paarse maillot en haar bolletjesjurk, met haar stevige beentjes en haar sproeten. De glans van haar haar. Haar concentratie, het roze puntje van haar tong uit haar mond, als ze zat te kleuren. Ik was niet van plan om hier dood te gaan en mijn dochter als weeskind achter te laten. Ik liet het touw zomaar wat door mijn vingers spelen.

'Waarom heb je Finn dan vermoord?'

Hij lachte, gooide zijn hoofd echt achterover en bulderde het uit, alsof ik een briljante mop had verteld.

'Voor het geld, natuurlijk. Maar die prachtige situatie zie je nog steeds niet.'

Op dat ogenblik helde de boot zwaar over, alsof de wind ineens was gedraaid. De zeilen klapperden en de giek maakte een slinger. Zonder dat Michael iets zei, trok ik de fok aan en hij het grote zeil, en de boot stormde op de woeste maalstroom af. Nu zag ik het: dat blinkende stukje in de diepte gezogen water. De rotspartij kwam steeds dichterbij, de punten en uitsteeksels werden steeds beter zichtbaar. Plotseling begon de wind te loeien, dus ik moest schreeuwen.

'Needle Point?' vroeg ik.

Hij knikte.

'Jij gaat me vermoorden.'

Maar ik praatte te zachtjes en hij ging helemaal op in het zeilen. Ik keek op de bodem van de boot. Een hoosvat. Een lange metalen stok. Een reservezeil onder in de voorplecht. Een tros touw. Een stel roeispanen. De boot steigerde nu als een paard en boorde steeds weer met zijn neus in de trog van de zee. Ineens hield het op, van het ene moment op het andere, en ik voelde geen wind meer, maar om me heen zag ik wel hoe de zee tekeerging. De zeilen hingen slap omlaag. We zaten in het oog van de storm. Ik keek Michael aan, en hij keek mij aan. Hij schudde zijn hoofd, alsof hij teleurgesteld was.

'Dit is allemaal zo irritant en onnodig,' zei hij. 'Net als met die ellendige schoonmaakster.'

'Net als met mevrouw Ferrer? Heb jij...'

Hij wendde zich af. Hij keek links en rechts, in een poging om te bepalen waar de wind vandaan kwam. Hij zei niets en we bleven daar naast elkaar zitten – ik en de man die me ging vermoorden – in dat windstille moment. Even leek hij met deze pijnlijke leemte bijna geen raad te weten. Maar toen sloeg de wind pal vanachteren toe en maakte de boot een slinger. De zeilen knalden, als een pistool dat afgaat, en de boeg kwam zo hoog uit het water dat ik op de bodem terechtkwam. Even dacht ik dat de boot een achterwaartse salto zou maken, over ons heen. Ik keek op, met spartelende benen, en zag Michaels gezicht boven me hangen. Het doemde op uit de storm, aantrekkelijk en voorkomend.

'Sorry, Sam,' zei hij, en maakte een buiging in mijn richting alsof hij me eer bewees. Hij had de stok in zijn hand.

Ik kwam overeind, met het hoosvat in mijn hand, en stortte me tegen de giek aan. Die zwierde op Michael af, maar hij bukte zich. Ik smeet het hoosvat naar zijn hoofd en schopte wild naar hem. Hij gaf een kreun en liet het roer, het grote zeil en de stok los. Het water kwam nu de boot in en de giek slingerde heen en weer. Hij dook naar mijn middel en trok me weer omlaag naar de bodem. Zijn gezicht bevond zich op een paar centimeter van het mijne, een stroompje bloed sijpelde van zijn voorhoofd. Onder al dat zweet en stuifwater zat een lichte stoppelbaard. Gevangen in de kooi van zijn gespannen lijf gaf ik hem een knietje in zijn kruis en toen hij ineenkromp, beet ik in het dichtstbijzijnde hompje vlees. Zijn neus. Hij slaakte een kreet en begon me te stompen, op mijn kaak, in mijn hals, op mijn borsten, in het verende rubber van mijn maag. Een vinger priemde in mijn oog zodat de wereld heel even een rode bal van pijn werd. Ik voelde zijn adem en de vuistslagen die op mijn lijf, mijn kaak, mijn ribben neerregenden.

Hij hees zich boven me uit, met zijn knieën op mijn gespreide armen, en plaatste zijn handen om mijn hals. Ik spuugde hem mijn bloed in zijn bebloede vertrokken gezicht. Daar gingen we dan. Ik werd gewurgd en als een stukje aas overboord gedonderd. Hij begon te knijpen, langzaam en geconcentreerd. Achter zijn hoofd zag ik de reusachtige contouren van Needle Point boven ons uit torenen, de hemel verduisteren. Ik bokte onder zijn lijf. Ik moest blijven leven. Ik moest koste wat het kost blijven leven. Ik deed mijn mond open en voelde hoe mijn tong naar voren gleed, hoe mijn ogen wegrolden. Als ik Elsies naam kon zeggen bleef ik leven, maar mijn wereld was al zwart geworden.

Vanonderen werd de boot opgetild, er klonk een gierend geluid van hout op steen. Michael werd van me afgeslingerd. Zwarte golven, zwarte rotsen, overal. Ik ging op mijn knieën zitten, greep de stok, en toen Michael in de splijtende boot ging staan stootte ik de stok in zijn lijf, met alle kracht die ik nog in me had, en zag hem wankelen. Het was nog niet voorbij. Ik keek om me heen, wanhopig, hongerig. Het roer. Ik rukte het roer naar me toe. De giek maakte een zwaai en sloeg keihard tegen hem aan. Zijn lichaam stortte in zee.

'Elsie,' zei ik. 'Elsie, ik kom eraan.' Even later brak de boot op de rotsen in tweeën en sloot het water zich om me heen.

29

Eerst werd ik me vaag gewaar dat er iets bewoog. Ik wist dat ik weg was geweest, ergens in het tijdloze duister was verdwaald. Mijn oogleden knipperden. Ik zag een gezicht. Opgelucht gaf ik me weer aan het donker over. Bij latere pogingen – hoeveel later wist ik niet – werd het licht makkelijker te verdragen en waren de gedaantes die af en toe rond mijn bed bewogen duidelijker te onderscheiden, maar ik zag nog steeds niet wie het waren. Ik gaf ze denkbeeldige gezichten. Danny, Finn, mijn vader, Michael. Dat kostte me allemaal te veel kracht.

Op een dag leek het licht grijzer en aangenamer. Ik hoorde een voetstap en voelde iets tegen het bed aan stoten. Ik deed mijn ogen open en alles was helder. Ik was er weer, en Geoff Marsh stond me vragend aan te kijken.

'Kut,' zei ik.

'Ja,' zei hij, met een ongemakkelijke blik op de deur. 'Je moeder is even naar de cafetaria. Ik heb gezegd dat ik een paar minuten bleef. Ik kom zomaar even langs van kantoor. Misschien moet ik er iemand bij halen. Hoe is het nou met je, Sam?'

Ik mompelde iets.

'Hè?'

'Gaat wel.'

Hij pakte er een stoel bij en ging naast me zitten. Plotseling moest hij lachen. Bijna dan. Ik plooide een verwonderd gezicht. Die lichte beweging deed al schrikbarend zeer.

'Ik zat te denken aan die laatste keer dat wij elkaar spraken,' zei hij. 'Weet je dat nog?'

Traag en pijnlijk haalde ik mijn schouders op.

'Je hebt toen beloofd dat je je koest zou houden. Dat je de publiciteit zou mijden.'

Het kostte me kennelijk te veel moeite om iets te zeggen.

'In ieder geval zijn de media niet meer in posttraumatische stress geïnteresseerd,' ging hij joviaal door. 'Ongelukken op het water, wonderbaarlijke ontsnappingen. Volgens mij is de unit nu veilig uit de schijnwerpers verdwenen.'

Ik raapte alles bij elkaar wat ik in me had en greep Geoff bij zijn mouw.

'Michael.'

'Wat?'

'Daley. Waar?' Ik forceerde mezelf. 'Waar is Michael Daley?'

Ineens keek hij angstig en achterbaks. Ik greep zijn mouw nog steviger beet.

'Is die hier? Moet je me vertellen.'

'Dat hebben ze je nog niet verteld? Je bent nauwelijks bij bewustzijn geweest.'

'Hè?'

'Volgens mij moet je nu even met een dokter praten.'

'Wat?!'

Dat schreeuwde ik.

'Oké, Sam,' siste hij. 'Godallemachtig, maak nou niet zo'n kabaal. Ik vertel het je wel. Daley is dood. Hij is verdronken. Ze hebben zijn lijk gisteren pas gevonden. Het is een wonder dat iemand zoiets kan overleven. Hoe jij aan land bent gekomen snap ik niet. En toen duurde het nog uren voordat je gevonden werd. Na zo'n schok en al die ontberingen heb je nog geluk dat je in leven bent.' Hij probeerde zijn mouw uit mijn greep te verlossen. 'Zou je me nou even los kunnen laten?'

'Baird. Bel Baird voor me.'

'Wie is dat?'

'Rechercheur. Van het bureau in Stamford.'

'Volgens mij moet ik er nu eerst even een dokter bij halen. En je moeder zit hier al dagen.'

Ik was bijna aan het eind van mijn krachten. Ik probeerde nog iets te roepen, maar er kwam alleen maar een hees gefluister uit.

'Baird. Nu.'

Ik werd wakker van twee zacht converserende mensen. Ik deed mijn ogen open. Rupert Baird zat te praten met een man van middelbare leeftijd in krijtstreep. Zodra hij merkte dat ik wakker was, kwam de man naast me op het bed zitten. Hij lachte bijna ondeugend naar me.

'Hallo, ik ben Frank Greenberg. Ik wilde dolgraag met u kennismaken zodra u hier kwam. Maar dat het zo zou verlopen, had ik niet echt verwacht.'

Ik moest bijna lachen en ondertussen besefte ik dat ik me al sterker, soepeler voelde.

'Sorry voor het spektakel,' zei ik.

'Is dit de manier waarop u meestal uw entree in een nieuwe werkkring maakt?'

'Ik wist nog niet eens dat ik mijn entréé al had gemaakt.'

'Ja zeker, sterker nog, uw unit komt een eindje verder in de gang. Daar kunt u over een dag of wat in uw rolstoel een kijkje gaan nemen, als u goed vooruitgaat.'

'Ik voel me nu al wat beter, volgens mij.'

'Mooi. Het zal u misschien verbazen om te horen dat u echt in een ernstige toestand verkeerde toen u hier binnen werd gebracht.'

'Wat waren de symptomen?'

'Bloeddruk desastreus verlaagd. Duidelijke tekenen van perifere vasoconstrictie. Het was een mengelmoesje van onderkoeling en shock. U heeft heel erg veel geluk gehad. Zoals u nu nog wel merkt, had u bijna te maken met een acute stilstand van de bloedcirculatie.'

'Hoe ben ik gevonden?'

'Er liep een man op het strand met zijn hond, en een mobiele telefoon.'

Baird stapte naar voren.

'Mag ik even?' vroeg hij.

Dokter Greenberg keek me aan.

'Gaat dat?'

'Ja.'

'Vijf minuutjes, niet meer.'

Ik knikte. Greenberg stak zijn hand naar me uit.

'Fijn om met u kennisgemaakt te hebben, dokter Laschen,' zei hij. 'Ik spreek u morgenochtend wel weer.'

Baird kwam naderbij en keek onhandig om zich heen waar hij kon zitten. De plastic kuipstoel stond in de verste hoek. Hij overwoog even om op de plek te gaan zitten die Greenberg net had verlaten.

'Ga toch zitten,' zei ik, en hij nam ongemakkelijk helemaal op de rand plaats. Hij keek heel treurig.

'Ik ben blij dat het goed met je gaat, Sam. Wel een rampzalige zaak, vind je niet?' Hij legde zijn rechterhand verlegen op de mijne. 'We zullen op een gegeven moment voor de vorm wel nog wat dingen van je moeten weten, maar daar is nu geen...'

'Het was Michael.'

'Hoe bedoel je?'

'Ik ben in dat botenhuis geweest, en op de vloer vond ik een van die papieren diertjes die Danny altijd maakte.'

Hij zuchtte berustend en probeerde meelevend te kijken.

'Ja, nou, op zichzelf is dat nog geen bewijs...'

'Michael heeft me het zelf verteld, Rupert. Hij heeft me op die boot proberen te vermoorden. Daarom zijn we overboord geslagen. Finn en hij hebben Finns ouders vermoord. En hij heeft mevrouw Ferrer vermoord. En daarna Finn. Hij heeft Danny vermoord.'

Baird reageerde zogenaamd vertraagd, en om zijn ogen verschenen rimpels toen hij glimlachte.

'Je gelooft me niet.'

'Natuurlijk geloof ik je wel, Sam. Ja, een cynische politieman zou misschien zeggen dat het een verschrikkelijke ervaring voor je is geweest, dat je een hersenschudding en een shock hebt opgelopen en dat je... eh...'

'Het misschien wel allemaal verzonnen hebt?'

'Ik ben een overdreven voorzichtig mens, Sam. Ik moet rekening houden met wat een aantal van die mierenneukers zou kunnen zeggen, voordat ze me tot agent degraderen. Maar mocht je ons iets concreets te melden hebben, Sam, dan willen we dat maar al te graag onderzoeken.'

Ik had al die tijd rechtop gezeten, maar nu zakte ik uitgeput achterover in mijn kussen.

'Het kan mij niet schelen wat je doet, Rupert. Ik weet het, en dat is voor mij voldoende. Waarom ga je niet eens in Michaels botenhuis kijken? Volgens mij heeft hij daar Danny's lijk verstopt. Heeft hij hem daar gedwongen dat zelfmoordbriefje te schrijven. Heeft hij hem daar doodgeschoten.'

Baird zweeg lange tijd. Zijn gezicht zag ik niet.

'Oké,' zei hij. 'We gaan er wel even kijken. Mijn vijf minuutjes zijn nou wel op, denk ik, en er is nog een vooraanstaand persoon die jou ogenblikkelijk wenst te spreken.'

'O, in godsnaam, als dat Geoff Marsh is, of een andere ellendige manager, zeg dan maar dat hij de pot op kan.'

Baird glimlachte.

'Sorry, Sam. Ik ben bang dat deze persoon zo vooraanstaand is dat ik die geen bevelen kan geven.'

'Wat is dit nou weer? Koninklijk bezoek of zo?'

'Scheelt niet veel.' Hij liep naar de deur en praatte even met iemand die ik niet zag. 'Ze kan binnenkomen.'

Verwachtingsvol keek ik en een bekend sproetengezicht verscheen zo ongeveer een meter lager dan ik had gedacht. Schoenen kwamen over de vloer aanklakken, en Elsie sprong op het bed en boven op me. Ik klemde haar zo dicht tegen me aan dat ik de wervels van haar ruggengraat kon tellen. Ik was bang dat ik haar pijn deed, zo hardnekkig hield ik haar vast.

'O Elsie,' zei ik. 'Nou kan je mijn verpleegster zijn.'

Ze wurmde zich los.

'Ik ben je verpleegster niet,' antwoordde ze beslist.

'Mijn dokter dan.'

'Ik ben je dokter niet. Kunnen we buiten gaan spelen?'

'Nog niet, schatje.'

Met toegeknepen wantrouwige ogen keek ze me aan.

'Jij bent helemaal niet ziek,' verkondigde ze, bijna als een uitdaging.

'Nee, dat ben ik ook niet. Ik ben alleen een beetje moe, maar over een paar dagen kunnen we weer rondrennen en spelen.'

'Ik heb een kameel gezien.'

'Waar?'

'En een gróte kameel.'

In de deuropening zag ik mijn moeder aarzelend staan, in een demonstratief discrete houding. Ik zwaaide dat ze kon komen en we omhelsden elkaar zoals we dat in jaren niet meer hadden gedaan, en toen fluisterde ze me iets toe over Elsie, op zo'n geheimzinnige manier dat Elsie onmiddellijk vroeg wat er was. Ik begon te huilen en kon dat niet verbergen, dus heeft mijn moeder Elsie mee de kamer uitgenomen zodat ik weer alleen lag. Ineens moest ik aan Danny denken. Niet de Danny uit het verleden, maar de Danny die ik nooit zou kennen. Ik zag hem voor me, met een pistool op de borst gedwongen zijn briefje aan me te schrijven, en dwong mezelf voor te stellen wat hij gevoeld had. Hij was vast doodgegaan met het idee dat hij me bedrogen had en dat ik dat nooit zou weten. Sinds mijn tienertijd kan ik mezelf al licht in het hoofd maken door te denken aan mijn dood, aan de verdwijning in het niets. Het idee van Danny's dood was veel afschuwelijker, dat voelde ik niet alleen in mijn hoofd, maar ook op mijn huid en achter mijn ogen en aan de ruis in mijn oren, en dat maakte me koud en onverzoenlijk.

Mijn moeder was bij me ingetrokken om voor Elsie te zorgen. Haar medeleven had iets melodramatisch.

'Dat huis zal wel ongelukkige herinneringen bij je boven brengen, denk ik,' zei ze. 'Kan je er wel tegen om daar weer te gaan zitten?'

Ik had geen zin om te horen hoe ik me moest voelen.

'In dat huis heb ik Elsie. Slechte herinneringen heb ik daar niet.'

Binnen een paar dagen voelde ik me zo opgeknapt dat ik het ziekenhuis uit kon, en twee dagen daarna kon ik mijn moeder met zachte drang in Stamford op de trein zetten en mezelf van mijn schuldgevoel jegens haar verlossen. Alles ging prima, behalve dat ik niets van Baird hoorde, maar ik wist dat er iets was waar ik niet op doorging omdat ik anders geen idee had waar dat zou eindigen. Een volle week nadat ik met Baird had gesproken werd ik door Chris Angeloglou opgebeld met de vraag of ik even op het bureau kon komen. Ik vroeg waarvoor dat was en hij zei dat ze me een verklaring wilden afnemen, maar dat ze ook nog iets wisten waar ik mijn voordeel mee kon doen. Zou vanmiddag schikken?

Ik werd een verhoorruimte binnengebracht, samen met Chris en Rupert. Ze deden erg aardig tegen me en lachten naar me. Ze gaven me een stoel, boden me thee met een koekje aan, zetten hun dubbele taperecorder aan en vroegen me wat er zoal op de dag van Michaels dood was gebeurd. Door al hun vragen en mijn antwoorden, toevoegingen en tussenvoegingen duurde het bijna anderhalf uur, maar uiteindelijk maakten ze een redelijk tevreden indruk.

'Voortreffelijk,' zei Rupert, toen hij ten slotte het apparaat uitzette.

'Dus je gelooft me wel?'

'Natuurlijk. Wacht je nog even? Phil Kale zou hier om halfvier zijn. Ik ga even kijken of hij ergens zit.'

Hij stond op en liep de kamer uit. Chris geeuwde en wreef in zijn ogen.

'Jij ziet eruit zoals ik eruit hoor te zien,' zei ik.

'Dat komt allemaal door jou,' zei hij grijnzend. 'Na jouw tip zijn we er hard tegenaan gegaan. Dit zal je wel leuk vinden.'

'Mooi. Iets leuks kan ik wel gebruiken.'

Baird kwam weer binnen, gevolgd door een verstrooide, slonzig geklede man die ik me nog herinnerde van de dag dat we mevrouw Ferrer dood aantroffen. Dit keer zat er een pleister om een van de scharnieren van zijn goedkope bril en droeg hij een corduroy jasje dat ik voor het laatst om het lijf van een aantal van mijn leraren uit de jaren zeventig gezien had. Onder zijn arm droeg hij een stapel dossiers. Chris trok er een stoel bij en de man ging zitten.

'Dit is dokter Philip Kale, de patholoog-anatoom. Phil, dit is onze heldin, dokter Sam Laschen.'

We gaven elkaar een hand, met als gevolg dat er een aantal dossiers op de grond kletterde.

'Inspecteur Baird vertelt me dat u zojuist een verklaring heeft afgelegd over de bekentenis van dokter Daley.'

'Klopt.'

'Mooi. Ik heb niet zo veel tijd. Ze hebben net een klaarover uit het kanaal gevist. Ik kan u alleen maar zeggen dat wat u aan de politie heeft verteld ogenschijnlijk in alle opzichten door het forensisch bewijsmateriaal bevestigd wordt. Mijn god, waar moet ik beginnen?'

'Heeft u in Michaels botenhuis gekeken?'

'Ja,' zei Kale. 'Daar lag een overvloed aan bloedsporen. Vezels

238

en haar hebben we ook gevonden. Op het haar hebben we een reeks serologische tests en een neutronenactiveringsanalyse uitgevoerd. Die hebben we vergeleken met stukjes haar van de heer Rees, die u had ingebracht, en stukjes haar die wij uit het huis van de Mackenzies hebben gehaald. Het wachten is nog op de resultaten van de DNA-onderzoeken, maar ik weet al wat die gaan opleveren. Voor onbepaalde periodes en op onbepaalde tijdstippen zijn de lijken van Daniel Rees en Fiona Mackenzie in het botenhuis bewaard. Dit wordt bevestigd door mijn sectie op de verbrande lichamen. Er viel geen hyperaemia, geen positieve proteïnereactie te constateren. En er was een massa andere tekenen die erop wijzen dat ze al lang dood waren toen de auto in brand werd gestoken.'

'Dus Finns, ik bedoel, Fiona's lijk heeft ook in het botenhuis gelegen?'

'Haar- en vezelsporen, in verband gebracht met Fiona Mackenzie, werden aangetroffen op een canvas zeil in de achterste hoek van het botenhuis. Dat is, naar we veronderstellen, met aan zekerheid grenzende waarschijnlijkheid gebruikt om haar lichaam in te wikkelen. Maar nu moet ik naar het kanaal.'

'En mevrouw Ferrer dan?'

Hij schudde zijn hoofd.

'Dat moet u verkeerd begrepen hebben. Ik heb mijn rapport er nog eens op nagelezen. Daar kon ik niets in vinden.'

'Waarom zou hij het gedaan hebben?' vroeg Baird.

'Weet ik niet,' zei ik murw geslagen.

Kale stak zijn hand naar me uit.

'Goed werk, mevrouw Laschen.'

'Goed werk?'

'Dit is uw triomf.'

'Dit is niet mijn triomf.'

We gaven elkaar een hand en hij ging de kamer uit. Angeloglou en Baird zaten te grijnzen als twee schooljongens met een geil geheimpje.

'Waarom zitten jullie nou zo tevreden te kijken?' vroeg ik.

'Morgenochtend geven we een persconferentie,' zei Baird. 'We gaan dan onze bevindingen openbaar maken en aankondigen dat de zaken betreffende de moord op Leopold en Elizabeth Mackenzie, en op Fiona Mackenzie en Daniel Rees gesloten zijn. Nader onderzoek valt niet te verwachten. Daarnaast gaan we nadrukkelijk wijzen op jouw bijdrage en op jouw moedige handelwijze ten opzichte van Michael Daley. Je zou zelfs nog in aanmerking kunnen komen voor een of andere eervolle onderscheiding. Dan is dat probleem tussen jou en het ziekenhuis ook weer geregeld en is iedereen tevreden.'

'Niet overdrijven.'

'Ik wil niet zomaar voorbijgaan aan wat jij allemaal hebt doorgemaakt,' zei Rupert. 'Maar onder de omstandigheden lijkt dit me de beste oplossing.'

'Sorry hoor,' zei ik. 'Maar hier moet ik toch nog even over nadenken. Weten jullie nou hoe die moord op de ouders is gepleegd?'

'Daar moet je eigenlijk voor bij Kale zijn. Het ziet ernaar uit dat Daley en Fiona midden in de nacht haar ouders hebben vastgebonden. Daarna heeft het meisje zich door Daley laten vastbinden. Toen de schoonmaakster kwam, heeft Daley met een scalpel een eigenlijk maar ondiep sneetje in haar hals gemaakt en is vervolgens via de achtertrap naar de tuin gevlucht. Wij dachten altijd dat er zo betrekkelijk weinig bloed is gevloeid omdat ze in een shocktoestand is geraakt die met een zware bloeddrukverlaging gepaard is gegaan. In werkelijkheid kwam dat omdat de wond maar een paar minuten daarvoor was aangebracht. Gaat het wel met je? Je ziet er niet best uit.'

'Ik zit er de hele tijd over door te malen, om te kijken of ik eruit wijs kan worden,' zei ik. 'Het was één grote nep. Finn heeft geholpen haar eigen ouders de keel door te snijden en heeft zich daarna zelf de keel laten doorsnijden. Is er nog iets in haar verleden dat daarmee spoort?'

Chris keek verwonderd.

'Je bedoelt, of ze al eerder iemand had vermoord?'

'Nee, dat bedoel ik niet. Waren er nog aanwijzingen dat ze een ernstig conflict met haar ouders heeft gehad? Of van enige labiliteit?'

'Er was wel achttien miljoen pond. Ik ben bang dat er een hoop mensen zijn die voor heel wat minder al hun ouders de keel zouden doorsnijden. En we hebben van zijn bank de verzekering gekregen dat dokter Daley ruim boven zijn stand leefde. Hij had aanzienlijke schulden.'

'En die tekst op de muur? Dat verband met die dierenrechten?'

'Daley wist daarvan omdat hij betrokken was bij het in de gaten houden van dierenrechtenterroristen. Dat gaf hem de uitgelezen mogelijkheid om de verdenking af te schuiven. Het is allemaal heel simpel.'

Ik dwong mezelf om na te denken, zoals ik altijd met hoofdrekenen deed als ik een rimpel boven mijn neus en op mijn voorhoofd trok en zo hard nadacht dat ik er pijn van kreeg.

'Nee, dat is het niet,' zei ik. 'Je verhaal kan wel kloppen, maar heel simpel is het allemaal niet. Waarom heeft Finn dan een testament opgemaakt, met Michael Daley als begunstigde? Dat kwam hem wel goed uit, of niet?'

'Misschien gingen ze wel trouwen.'

'Ach. Godallemachtig, Rupert. En er is nog iets.'

'En dat is?'

'Misschien weten jullie nog dat ik al eens eerder verdenkingen heb geuit tegen Michael Daley en dat jullie toen aantoonden dat hij met het uitbranden van die auto niets te maken kon hebben. Als ik het nu goed begrijp, hebben jullie geen bewijs dat hij op de plaats van de moord op de Mackenzies is geweest, en jullie hebben tegen mij gezegd dat hij in Belfast zat toen de auto afbrandde.'

De twee mannen keken elkaar schaapachtig aan. Of gaven ze elkaar een knipoog? Met een vredestichtend gebaar draaide Rupert zijn handpalmen naar me toe.

'Sam, Sam, jij had gelijk en wij hadden ongelijk. Wat wil je nou dat we doen? Voor je op onze knieën gaan, soms? Ik geef toe, er zijn nog wel een paar lijntjes blijven liggen en we gaan ons best doen om die na te trekken, maar de dingen gaan in het leven zelden zo netjes. We weten wat er gebeurd is en wie dat gedaan heeft. Maar waarschijnlijk zullen we wel nooit precies weten hoe.'

'Als Michael Daley levend aangespoeld was, hadden jullie dan genoeg bewijsmateriaal gehad voor een veroordeling?'

Baird stak een vinger in de lucht, als schijnheilige vermaning.

'Mooi geweest, Sam. Hier gaan we allemaal van profiteren. Wij hebben een goed resultaat. Jij wordt net zo beroemd als die Boadicea en die... eh...' Hij keek Angeloglou hulpeloos aan.

'Edith Cavell,' probeerde Angeloglou opgewekt.

'Die is geëxecuteerd.'

'Florence Nightingale dan. Het voornaamste is dat we dit nu allemaal achter de rug hebben en dat we de draad van ons leven weer kunnen oppakken. Over een paar maanden gaan we samen een drankje drinken en zitten we over dit hele gedoe alleen nog maar te lachen.'

'Het George-kruis,' zei ik.

'Hè?'

'Dat George-kruis heb ik altijd wel een mooie onderscheiding gevonden.'

'Zo dapper ben jij nou ook weer niet geweest. Als je was verdronken, dan had je misschien het George-kruis gekregen.'

Ik stond op.

'Als ik verdronken was, had jij niet geweten wat een fantastische heldin ik was. Zie je op tv, Rupert.'

30

Ik was met een heleboel dingen tegelijk bezig. Ik voelde een heleboel dingen tegelijk. Voor het eerst in mijn leven gaf het me een goed gevoel om helemaal op te gaan in al die saaie klusjes die pas opvallen als ze niet gedaan worden: het huis op orde houden, de was doen, letten op wat Elsie aandeed, Sally controleren zodat ze iets meer deed dan de keukenvloer dweilen en de stapels papier op de keukentafel recht leggen en de vuilnis buitenzetten. Eén keer in de week ging Elsie bij Kirsty spelen en werd ze door Kirsty gekoeioneerd en één keer in de week kwam Kirsty bij ons en werd zij door Elsie gekoeioneerd. Ik regelde nog een vriendinnetje voor haar, Susie, een dun bleekzuchtig meisje met een lint in het blonde haar en een schreeuw als een betonboor. Voor de middagen dat Elsie alleen was kocht ik een groot boek met veel kleuren, en elke namiddag gingen we de bananen in elke tros zitten tellen en de dieren in groepjes onderverdelen, al naargelang de poten en vleugels, hoe groot ze waren en ze in het water of op land leefden. Ondanks al die biologie was het de bedoeling dat ze daar wiskunde uit leerde.

Als een gangen gravende mol ploeterde ik hoofdstuk na hoofdstuk door aan mijn boek. Mijn patroon wijzigde zich nauwelijks. Elsie naar school brengen. Schrijven. Sandwich eten met beleg waarop nog niets groeide dat niet makkelijk te verwijderen viel. Stevige wandeling maken op het strand bij hoogtij. Daarnaar kijken en over ingewikkelde dingen nadenken. Weer naar huis. Schrijven.

Mijn hoofd was een mallemolen van ideeën die ik keer op keer overwoog, en uit alle wrakstukken die ik bij elkaar jutte, construeerde ik min of meer geloofwaardige structuren. Sommige dingen waren simpel, andere ingewikkeld. Het motief voor de moord was dat Finn een groot bedrag aan geld ging erven, maar misschien ook een gevoel van wrok. Het misdrijf was bedacht en gepleegd door Michael Daley, samen met een kind dat altijd was verwend en, als je de rapporten moest geloven, nooit enig teken van de geringste puberale rebellie had vertoond. Maar daar hebben wij psychologen uiteraard altijd een eenvoudig antwoord op. Bewijs van opstandigheid? QED. Geen bewijs van opstandigheid? Dat is nog erger, dan is die onderdrukt geweest, niet tot uiting gebracht, tot het er allemaal in één keer uitkwam. Evenzo QED.

De daad zelf was heel simpel. Vermoedelijk was de moord al gepland toen Michael via zijn werk voor het geheime comité dat het dierenterrorisme volgde, hoorde van dat dreigement jegens Leo Mackenzie. Dat bood vanzelfsprekend mogelijkheden. Het enige vereiste was dat de moorden zo gepleegd moesten worden dat het op het werk leek van wel heel gestoorde dierenrechten-activisten, vandaar al dat knevelen en kelen doorsnijden en muren bekladden. Ik had het gevoel alsof ik Leo en Liz Mackenzie alleen kende van een paar wazige foto's in de krant en – besefte ik met deinende borst – van wat oppervlakkige dingen die Finn me over hen had verteld. Maar ze maakten geen levensechte indruk op me. Wat me wel levendig voor ogen stond, als een reusachtige vlek op het ruitjespapier van mijn logische gedachtegang, was dat beeld van Danny met een pistool tegen zijn slaap. Had hij gehuild of gesmeekt of was hij moedig en stil geweest? Wat zat ik te doen op het moment dat hij wist dat er geen hoop meer was, dat hij het niet meer op een akkoordje kon gooien? Waarschijnlijk boos te wezen, of mezelf zielig te vinden.

En Michael had Finn, zijn medeplichtige, ook vermoord. Ik moest denken aan de kletsbrief die ze me had geschreven, en ik snapte gewoon niet hoe ze met een pistool tegen haar hoofd zoiets overdrevens had kunnen produceren. Maar wat kende ik haar uit-eindelijk toch slecht. Ik zat maar te tobben over al die kleine herin-neringen aan Finn in mijn huis, alsof ik met mijn tong een gebro-ken tand zat af te tasten. Elke aanraking resulteerde in een golf van pijn en misselijkheid, maar toch kon ik het niet laten. Finn die versuft bij me op de bank zat. Finn in haar kamer. De briljante manier waarop ik door middel van mijn eigen dochtertje haar weer tot leven wist te wekken. Finn die haar kleren verbrandde. Gesprekken in de tuin. Wij tweeën die giechelend wijn zaten te drinken. Ik die Finn vertelde over het schaakspel. Ik die Finn voor me liet zorgen. Dit was een vorm van zelfkwelling. Ik die Michael Daley in vertrouwen nam. Michael Daley die me een compliment maakte voor de manier waarop ik met Finn omging. O god, o god, o god, o god. Ik was als een sukkel in een uitgebreide truc getrapt, die bloederig was begonnen in een buitenwijk van Stamford, als maskerade in mijn eigen huis een vervolg had gekregen en met een brand langs een eenzaam stuk kust van Essex was geëindigd.

Dan had je nog mevrouw Ferrer. Hoe zat het met haar? Had Michael echt gezegd dat hij haar had vermoord, of had ik hem verkeerd begrepen op een moment dat ik voor mijn eigen leven vreesde? Ik probeerde te bedenken wat mevrouw Ferrer misschien had ontdekt. Wellicht was ze als schoonmaakster op een stukje belastend materiaal gestuit en had ze dat aan een man verteld die ze vertrouwde: haar huisarts. Maar wat kon dat dan geweest zijn?

Op een natte lentemiddag, toen ik in de grijze regen naar de zeilboten in het zonlicht een kilometer verderop, midden in de riviermonding, stond te kijken stelde ik me ineens die vraag waar ik mijn patiënten van probeerde af te helpen: 'Waarom ik?' Ik dacht eraan hoe ik aan die moorddadige misleiding had meegedaan en hoe effectief ik mijn rol had gespeeld, ik met mijn onovertroffen expertise, mijn messcherpe inzicht, mijn diagnostische vaardigheden.

'Maar ze was mijn patiënt niet,' mompelde ik in mezelf, alsof ik me zou schamen als een zeemeeuw of het riet mijn gezeur zou horen. Wat had ik graag gewild dat dit plan zonder mij was uitgevoerd, of dat er iemand anders voor was uitgekozen, iemand anders zijn leven verwoest, iemand anders zijn geliefde vermoord was.

'Waarom ik? Waarom ik?' En even later had ik die vraag ingekort. 'Waarom? Waarom?'

Ik stelde het mezelf voor als een partij schaak. Als je duidelijk een loper voor staat, ga je niet zomaar wat offeren. Je simplificeert. Het motief van Michael Daley en Fiona Mackenzie was weerzinwekkend, maar wel simpel. Maar waarom was hun misdrijf dan zo ingewikkeld? Weer liet ik die hele gebeurtenis de revue passeren. Ik snapte niet waarom Finn erbij moest zijn, met het risico dat Michael Daley ook nog eens betrapt werd. Zij had ergens anders kunnen zitten, met het perfecte alibi, en dan had haar keel niet doorgesneden hoeven te worden en was er geen noodzaak geweest voor die lange, uitgewerkte riskante maskerade waarmee Elsie en arme Danny en ik in de val gelokt waren, met de arme ongelukkige mevrouw Ferrer, als die ook in de val was gelokt. En waarom had Finn haar testament zo ineens veranderd en alles aan de man nagelaten die haar zou vermoorden. Had ze dan toch zelfmoord gepleegd? Had Michael haar vermoord omdat hij plotseling tot de conclusie kwam dat hij alles of niets wilde? Geen van beide scenario's klonk erg logisch. Ik probeerde er eentje te construeren waarin Michael de ouders had vermoord en Finn tot medeplichtigheid had gedwongen door te dreigen haar te vermoorden, maar in mijn hoofd wilde dat allemaal niet kloppen.

Die middag heb ik niet meer geschreven. Ik ben gewoon wat gaan wandelen in de wind tot ik op mijn horloge zag dat ik naar huis moest hollen om Elsie op te vangen. Buiten adem kwam ik over de oprit aanrennen, met een stekende pijn in mijn borst, en ik zag dat de auto al terug was. Ik holde naar binnen en tilde mijn kanjertje op en hield haar dicht tegen me aan, met mijn gezicht in haar haar. Ze duwde zich van me af en pakte een onbegrijpelijke tekening die ze op school had gemaakt. We haalden de verf uit de kast en bedekten de hele keukentafel met kranten en maakten nog wat tekeningen. We hebben drie puzzels gelegd. We hebben een spelletje hints gedaan en verstoppertje gespeeld in het hele huis. Elsie is in bad gegaan, en we hebben samen twee hele boeken gelezen. Af en toe stopte ik even, wees op een woordje – koe, bal, zon – en vroeg haar wat er stond, en zij sloeg er dan een slag naar of keek op het plaatje boven de tekst. Als de betekenis volstrekt duidelijk was – 'De koe sprong over de... Wat komt er dan Elsie?' – ging ze uitgebreid doen alsof ze het woord spelde: 'Mer... aa... aa... ner... Maan!' En die gedetailleerde leugenachtigheid imponeerde me nog meer dan wanneer ze gewoon had kunnen lezen.

Na het bad tilde ik haar mollige sterke naakte lijfje op en wreef mijn gezicht in haar heerlijk ruikende haar ('Zit je luizen te zoeken?' had ze gevraagd), en opeens realiseerde ik me twee dingen.

Ik had nu al drie uur lang niet zitten piekeren over gruweldaden en bedrog en vernedering. En Elsie had niet naar Finn gevraagd, en niet eens naar Danny. In mijn meest troosteloze momenten had ik soms het gevoel alsof er slijm aan de muren hing, achtergelaten door de mensen die ertussen hadden gewoond, maar voor Elsie was het leven doorgegaan. Ik drukte haar tegen me aan, met het idee dat zij tenminste nog niet door het kwaad bezoedeld was. Met een schorre stem zong ik een paar liedjes voor haar en ging de kamer uit.

Het was pas even na achten, maar toch zette ik een mok koffie voor mezelf, van dat instantspul dat eigenlijk voor Linda bestemd was, deed er een hoop melk bij en ging naar bed. Elsie had deze gruwelijke tijd overleefd zoals kinderen dat kennelijk horen te doen, en plotseling kreeg ik de neiging om haar uit dit hele gedoe weg te halen, om ergens heen te gaan waar het veilig was, weg van alle angst en gevaar. Ik was nooit voor iets gevlucht. Als tiener had ik me altijd gedeisd gehouden en maar door gewerkt. Als studente medicijnen had ik nog harder gewerkt en na mijn afstuderen nog veel harder. Nooit was er een lichtje aan het eind van de tunnel verschenen. Altijd was er weer een examen of een prijs of een beurs of een baan die volgens iedereen voor mij niet haalbaar waren. Eten en plezier en seks en die andere zaken waar het leven uit hoorde te bestaan, waren dingen die je onderweg snel even in hapklare brokken tot je nam.

Er schoot me iets te binnen en een bittere grijns plooide zich om mijn mond. Dat was ik vergeten. Finn was er wel helemaal uit geweest, had met een rugzak heel Zuid-Amerika rondgezworven, of wat ze in hemelsnaam ook gedaan had. Dat idee van veiligheid en zuiverheid had ze zelfs bezoedeld. Ik moest denken aan dat ene ding van Finn dat ik achtergehouden had. Ik sprintte naar de andere kant van de koude kamer, greep de vuistdikke paperback, sprintte weer naar mijn bed en trok de dekens over me heen. Voor het eerst keek ik eens goed naar dat boek. *Latijns-Amerika in de praktijk: De slimme reisgids.* Ik kreunde. *De beste reisgidsen van de wereld. Vijf miljoen exemplaren verkocht.* Ik kreunde nog eens. Er even helemaal uit, zeg dat wel. Desondanks kreeg ik een fantasie over een jaar of twee door Zuid-Amerika trekken, Elsie en ik met zijn tweetjes. Er waren wel een paar praktische bezwaren: mijn unit ging binnenkort van start, ik had geen geld, ik sprak geen woord Spaans. Maar kinderen zijn goed in taal. Elsie pikte dat vast snel op en dan kon ze voor mijn tolk spelen.

Peru, daar zei iedereen van dat het zo mooi was. Ik bladerde het boek door tot ik bij een paragraaf kwam in het stuk over Peru met het kopje 'Problemen':

De stadscentra van Peru vragen om een voorzichtige bena-dering. Het beroven van toeristen is daar iets gebruikelijks – zakken worden gerold, tassen worden geroofd, op sommige plaatsen specialiseert men zich in het met een scheermesje opensnijden van rugzakken en broek- of jaszakken. Er lopen oplichters rond en de corruptie bij de politie tiert welig.

Ik kreunde weer. Maar dat konden Elsie en ik wel hebben. Waar was Finn ook weer heen gegaan? Mich en nog wat. Ik keek in het register. Machu Picchu. Dat was het. Ik sloeg de betreffende pagina op. 'De beroemdste en meest hoogstaande archeologische vindplaats van Zuid-Amerika.' Ik kon een jaar verlof nemen en dan konden we een rondreis maken en weer op tijd terug zijn voor Elsies school en dan had zij het voordeel dat ze vloeiend Spaans sprak. Mijn oog dwaalde omlaag over de bladzijde tot het bleef steken bij wat bekende woorden:

Als u het geluk heeft dat u met volle maan in dat gebied bent, breng dan 's avonds een bezoek aan Machu Picchu (7 dollar voor een boleto nocturno). Bekijk de Intihuatana, de enige stenen kalender die niet door de Spanjaarden ver-nietigd is, en mijmer over de werking van het licht en het lot van grote rijken. Het Inca-rijk bestaat niet meer. Het Spaanse rijk bestaat niet meer. Het enige wat rest zijn de ruïnes, de brokstukken. En dat licht.

Daar had je het dan. Finns grote transcendente ervaring, zomaar uit een rottig reisgidsje geplukt. Ik moest denken aan Finns stra-lende ogen, de trilling in haar stem, toen ze me dat allemaal beschreef. Toen voelde ik pas dat ik echt gefaald had. Ergens in mijn psyche had ik nog een tikkeltje ijdelheid over, dat ik toch nog iets met Finn had bereikt. Ondanks alle slechtigheid en bedrog had ze me wel een beetje gemogen, net zoals ze Elsies genegenheid had gewonnen. Nu wist ik dat ze ook op dat vlak, waar het er allemaal niet zo toe had gedaan, niet de moeite had genomen me iets echts te gunnen. Het was allemaal nep geweest, allemaal.

31

'Heb je er weleens aan gedacht om er met iemand over te gaan praten? Ik bedoel, je weet...'

Sarah zat bij mij aan de keukentafel sandwiches te maken. Ze had roomkaas meegenomen, ham, tomaten, avocado's, echt eten, en zat dat nu allemaal in lagen tussen dunne sneetjes witbrood te stoppen. Zij was een van de weinige mensen die ik om me heen kon verdragen. Ze was rechttoe rechtaan en praatte net zo objectief over emoties als een wiskundige over een mathematisch probleem. De zon scheen volop door de ramen naar binnen, en we hadden de middag voor onszelf, voordat Elsie van school kwam en Sarah terug moest naar Londen.

'Je bedoelt,' ik nam een slok bier, 'dat ik naar een traumatherapeut moet?'

'Ik bedoel,' zei ze kalm, 'dat het je vast niet mee zal vallen om eroverheen te komen.'

Ik staarde naar het verwrongen metalen oog van het bierblikje.

'De moeilijkheid is,' zei ik ten slotte, 'dat het zoveel verschillende stukjes zijn. Woede. Schuldgevoel. Verbijstering. Verdriet.'

'Mmm, uiteraard. Mis je hem erg?'

Ik droomde vaak van Danny. Meestal waren het mooie dromen, niet dat ik hem kwijtraakte, maar weer terugkreeg. In eentje stond ik bij een bushalte en zag hem naar me toe komen: hij opende zijn armen en ik gleed in die lege kring alsof ik thuiskwam. Het was zoiets lijfelijks – zijn hartslag tegen de mijne, het warme holletje van zijn nek – dat ik wakker werd en me in het kolossale bed omdraaide om hem in mijn armen te nemen. In een andere stond ik met iemand die ik niet kende te praten over zijn dood en te huilen, en ineens kreeg die vreemde het gezicht van Danny en lachte hij naar me. Ik werd wakker en de tranen liepen over mijn gezicht. Elke ochtend raakte ik hem weer een keer kwijt. Mijn vlees hunkerde naar hem, niet zozeer uit begeerte, maar van eenzaamheid. Mijn weemoedige lijf herinnerde zich hem: zoals hij mijn achterhoofd in de kom van een hand nam, zijn ruwe vingers over mijn tepels, zijn lichaam rond mijn rondingen gevouwen in bed. Af en toe haalde ik Elsie uit bed en hield haar zo dicht tegen me aan dat ze begon te huilen en zich los probeerde te worstelen. Mijn liefde voor haar voelde ineens te groot en te hulpbehoevend aan.

Maar al te vaak haalde ik de brief te voorschijn die hij aan zijn zus had geschreven. Ik las er niet in, maar keek alleen naar dat grote zwarte handschrift en liet stukjes van zinnen tot me doordringen. Ik had maar een paar foto's van hem. Hij had altijd de camera vastgehouden, zoals de meeste mannen. Er was er eentje van ons tweeën in korte broek en T-shirt. Ik stond in de lens te kijken en hij stond naar mij te kijken. Ik wist niet meer wie die foto had genomen. Er was nog een andere van hem, liggend op zijn rug, zijn benen recht omhoog en Elsie balancerend op zijn voeten. Zijn gezicht was wazig in het zonlicht, een uitgebleekte veeg op de plek van zijn ogen, maar Elsies mond stond wijdopen van verrukte paniek. Meestal stond hij met zijn gezicht van de lens afgedraaid, verstopte hij zich. Ik wou een foto van hem waarop hij me recht aankeek, als zo'n glossy portret van een filmster, want ik was vreselijk bang dat ik zou vergeten hoe hij eruitzag. Alleen in mijn dromen zag ik zijn gezicht goed.

'Ja,' antwoordde ik Sarah, en pakte een sandwich waar de tomaat uit kwam storten toen ik die naar mijn mond bracht. 'Ja, ik mis hem wel.' Ik kauwde even en voegde er toen aan toe: 'Ik weet niet hoe ik hem in mijn herinnering weer zijn normale proporties moet teruggeven. Als je snapt wat ik bedoel.'

'En dat meisje?'

'Finn bedoel je? God, dat is toch zo ingewikkeld. Eerst ben ik bijna van haar gaan houden. Ze hoorde helemaal bij ons, snap je. Daarna ben ik haar gaan haten. Van alle haat en vernedering werd ik bijna misselijk. En toen is ze doodgegaan en is het alsof al mijn gevoelens in één keer zijn opgehouden. Ik weet niet meer wat ik voor haar voel. Ik dobber wat rond.' Bij deze metafoor moest ik even rillen, omdat ik weer aan die donkere zee werd herinnerd. Ik zag Michael Daley in die opensplijtende boot staan en als in een vertraagde opname door de metalen stok geraakt, door de giek omvergeslagen worden, zijn lange lijf dubbelklappen.

'De politie zegt maar steeds hoe tevreden ze zijn dat het allemaal opgelost is, en dat ze die dingen die nog zijn blijven liggen, dat ze die stukje bij beetje wel zullen oplossen, maar ik heb er toch moeite mee. Dat is te zwak uitgedrukt. Als ik erover nadenk, klopt het allemaal niet. Er zijn dingen, ik bedoel, ik zie niet hoe het mogelijk was dat...' Ik zweeg abrupt. 'We gaan een partijtje schaak spelen. Dat heb ik al in geen eeuwen meer gedaan.'

Ik zette het schaakbord op tafel, schoof de deksel van de donkere houten doos en pakte twee gladgesleten pionnen. Ik stak mijn vuisten naar voren en Sarah gaf een tikje op mijn linkerhand.

'Wit,' zei ik, en we zetten de stukken in hun vierkantjes. Stoer stonden ze daar in hun slagorde, het hout glimmend in de banen zonlicht. Buiten klonk vogelgezang, niet die eenzame kreet van een zeevogel die me de rillingen over mijn rug bezorgde, maar het huiselijke getjilp van een Engelse tuinvogel in een boompje waarvan de bladeren op het punt stonden zich te ontvouwen.

Later, nadat Sarah terug was naar Londen en ik Elsie had opgehaald en haar aan de zorgen van Linda had toevertrouwd, bracht ik een bezoekje aan de supermarkt. Een paar dagen geleden was ik er nog geweest en mijn keukenkasten en ijskast zuchtten onder de stapels kant-en-klaarmaaltijden. Maar ik kreeg er een rustig gevoel van als ik mijn wagentje door de vertrouwde gangpaden voortduwde en massieve geruststellende voorwerpen oppakte die altijd op hun geëigende plek lagen. Ik vergeleek graag de prijzen van de verschillende merken suikervrije bonen in blik, waspoeder en pindakaas.

Ik stond te aarzelen boven een vrieskist vol met toetjes – werd het weer een pecannotentaart of een citroenmeringue? – toen ik achter me een stem hoorde.

'Sam?'

Ik pakte allebei de toetjes en draaide me om.

'Hé, hallo, eh...' Ik was haar naam weer eens vergeten, net als die laatste keer dat we elkaar zagen. Heel even kwam die herinnering aan Finns winkelexpeditie weer pijnlijk boven. Dat was de dag dat ik het idee had dat er een dooi tussen ons was ingevallen. Inmiddels wist ik dat dit alleen maar onderdeel van de hele maskerade was geweest.

'Lucy,' zei ze me voor. 'Lucy Myers.'

'Natuurlijk. Sorry hoor. Ik zat even heel ergens anders.' Ik balanceerde de toetjes op het overvolle wagentje. 'Hoe gaat het met je?'

'Nee, hoe gaat het met jóu?' reageerde ze gretig. 'Jij hebt het zo moeilijk de laatste tijd. Ik heb er alles over gelezen, nou ja, wie niet. We hebben zo'n bewondering voor wat je gedaan hebt. Zo moedig van je. In het ziekenhuis hebben ze het nergens anders meer over.'

'Geweldig,' zei ik.

'Ja.' Ze trok haar wagentje uit het midden van het pad en versperde me de weg. Ik zat in de val, naast de vrieskasten met hun overvolle kooien, en Lucy was mijn stralende cipier. In haar wagentje zag ik hondenvoer, mineraalwater, prei, deodorant, keukenrollen en vuilniszakken. Opeens werd ik een beetje misselijk, en stiekem ontdeed ik me van mijn citroenmeringue. 'Ik bedoel, het is toch ongelooflijk hoe beroemd je nou bent. Mensen herkennen je nou vast op straat en zo.'

'Soms.' Ook de pecannotentaart legde ik terug.

'Je bent bijna verdronken. Erg moet dat geweest zijn.'

'Dat was het ook,' gaf ik toe. Ik moest niet vergeten om kattenvoer voor Anatoly te kopen.

'Maar weet je wat nou het raarste is?'

'Nee.'

Ze maakte wat ruimte tussen onze wagentjes en stapte ertussen, met haar gezicht dicht bij het mijne. Ik zag het rondje van haar contactlens.

'Ik kende haar.'

'Wie?'

Ze knikte nadrukkelijk naar me, in het triomfantelijke idee dat zij ook haar eigen kleine stukje in dit verrukkelijke drama had.

'Ik kende Fiona Mackenzie. Is dat nou niet maf, dat ik jou ken en dat ik haar ook ken?'

'Maar...'

'Echt waar. Mijn moeder en haar moeder waren vriendinnen. Ik heb zelfs nog op haar gepast toen ze een baby was.' Ze giechelde alsof dat het spannendste nieuws was op aarde, dat ze op een baby had gepast die later haar ouders had afgeslacht en daarna in een brandende auto omgekomen was. 'Ik heb haar al een paar jaar niet gezien, misschien wel drie jaar niet. Ze is nog met haar ouders op het huwelijk van mijn zus geweest. Ze...'

'Wacht eens even, Lucy.' Ik sprak langzaam, alsof ze me niet goed verstond. 'Jij hebt haar een keer ontmoet.'

'Dat zeg ik net, Sam.'

'Nee, ik bedoel, met mij. De laatste keer dat je mij zag in, hoe heette het daar ook al weer, Goldswan Green. Toen had ik een jonge vrouw bij me, weet je nog?'

'Ja, natuurlijk.'

'Finn. Fiona Mackenzie.'

'Was dat Fiona? Ze was zo slank, maar ik had gehoord dat ze een probleem had.'

Ik knikte.

'Anorexia,' zei ik.

Ze keek me aan, met de rimpels in haar ronde gezicht, en op dat ogenblik ramde een dikke man met zijn pens over zijn broekriem en het zweet onder zijn oksels zijn wagentje tussen de onze door.

'Kijk effe uit waar je staat,' blafte hij.

'Kijk jij effe uit waar je loopt,' beet ik terug, en wendde me weer tot Lucy. Deze vrouw was nog niet van me af. Eindelijk was er iemand die Fiona Mackenzie echt had gekend. 'Vertel eens wat over haar.'

'Hoe ze was? O jeetje, nou, ze was,' ze spreidde haar handen alsof ze op het strand een bal wilde vangen, 'nogal vol, kan je wel zeggen, maar wel aardig. Ja.' Ze keek me aan alsof ze me een verklaring had gegeven. 'Heel aardig.'

Ik trok mijn wenkbrauwen op. 'Aardig?'

'Ja. Heel rustig, vond ik. Ze drong zich niet op. Misschien was ze wel een beetje verlegen.'

'Dus ze was aardig en rustig?'

'Ja.' Ze keek alsof ze zo in tranen kon uitbarsten. Hoe haalde die het einde van haar rondje ziekenzalen? 'Het is allemaal zo lang geleden.'

'Hoe zag ze er toen uit? Wat voor kleren had ze toen aan?'

'Nou, dat kan ik je eigenlijk niet zeggen. Niks extravagants, weet je wel. Ze zag er volgens mij altijd heel knap uit, maar ze was natuurlijk wel heel mollig. Ze had haar haar lang en los. Luister eens, Sam, het was fantastisch om je weer eens te zien, maar...'

'Ja, sorry, Lucy, de boodschappen wachten. Tot gauw.'

'Dat zou fantastisch zijn.' Die gretige vriendschappelijke toon kwam weer terug in haar stem, nu we uit elkaar gingen. 'Hé, Sam, je wagentje.'

'Ik heb me bedacht,' riep ik, en beende met lege handen door het gangpad naar de uitgang. 'Ik heb niks nodig.'

In huis was het volkomen stil. Boven lag Elsie te slapen, schoon in haar gestreken pyjama. Ik zat op de bank met Anatoly op schoot en had maar één lamp aan. Ik moest denken aan een avond met Danny, een paar dagen nadat ik verhuisd was en nog altijd tussen de dozen en op kale vloeren zat. Hij had een video gehuurd en bij het Indiase restaurant eten gehaald dat hij op een krant voor ons had uitgespreid. We gingen met de benen over elkaar op de grond zitten en keken naar de film, en ik heb toen zo gelachen dat ik ervan ging janken. Hij had me toen in zijn armen genomen, de bakjes van zilverfolie met hun prut aan donkerrood vlees en angstaanjagende groentes opzijgeschoven en tegen me gezegd dat hij van me hield, maar ik bleef lachen, janken. En heb dat nooit ook tegen hem gezegd. Dat ik van hem hield. Toen niet, maar later ook niet. Dus nu zat ik in zijn badjas, met de kat en het donker om me heen, en zei het tegen hem. Steeds weer, alsof hij ergens in dat donker en die stilte zat te luisteren en ik hem terug kon krijgen als ik het maar vaak genoeg zei. En daarna pakte ik een kussen, drukte dat tegen mijn gezicht en huilde, stortte mijn hele hart uit in een plomp vierkant van gebloemd corduroy.

En even later moest ik aan Finn denken. Bijna twee maanden was ze hier in huis geweest en nauwelijks een spoor was er van haar achtergebleven. Al haar oude kleren had ze verbrand en de paar nieuwe had ze meegenomen. Geen enkel stukje of brokje van haar leven had ze achtergelaten. Ik keek om me heen in de schemerige kamer: overal lagen spullen die ik de afgelopen maanden nog had verzameld. De wankele aardewerken pot die Elsie op school voor me had gemaakt, de perzik van papier-maché die Sarah me vandaag had gegeven, een glazen schaal die ik in Goldswan Green had gekocht omdat ik zijn zuivere kobaltblauwe kleur zo mooi vond, de ebbenzwarte kat, het lijstje met taken van gisteren, een houten kandelaar, een bos anemonen die dood stond te gaan, een doos tampons, een stapel tijdschriften, een stapel boeken, een tinnen beker met pennen. Maar haar kamer leek altijd net een hotelkamer, en zij was daar ingetrokken en weer uitgetrokken zonder dat anonieme ook maar enigszins te verstoren.

Wat wist ik eigenlijk van dat meisje met wie ik twee maanden onder één dak had gewoond, samen had gegeten, die mijn dochter zo had ingepakt? Niet veel, maar ik besefte ondertussen wel dat ze heel wat informatie uit mij los had weten te krijgen. Ik had haar zelfs verteld van Elsies vader. Hoe vond Lucy haar ook alweer? 'Aardig' en 'rustig'. En hoe vonden die schoolvriendinnen haar, die ik op de begrafenis van haar ouders was tegengekomen? 'Lief', zo was dat. 'Lief' en 'aardig'. Voor mij was ze het herinneren wel waard, met dat jeugdige, die zachte huid, dat stralende. Meestal worden mensen door de dood gefixeerd, vastgepind op hun voltooide leven. Maar Finn leek nu in het niets op te lossen, te verwaaien als een wolk.

32

De dagen en nachten werden weer normaal, zonder opvallende incidenten, zodat de ene naadloos in de andere overging. Dat dit een gelukzalig effect had, zou te veel gezegd zijn, maar het werd er wel net draaglijk door en voorlopig nam ik daar genoegen mee. Er gebeurden natuurlijk toch wel dingen. Na nog een maand stug concentreren was het boek af. Mijn printer hoestte een bevredigende stapel papier op die ik naar Sarah stuurde zodat zij hem door kon lezen en van bemoedigende opmerkingen voorzien. Er waren ontwikkelingen aan de gang met Elsie. Ik kreeg het vermoeden dat als een woord in haar leesboeken echt heel kort was, zoals 'kat' en 'zoon', en als ze de tijd kreeg en in een goed humeur was, ze misschien op de betekenis kon komen zonder naar het plaatje erboven te kijken. En ze had er een derde vriendinnetje bijgekregen: Vanda, die eigenlijk Miranda heette. Haar heb ik een keertje uitgenodigd – eigenlijk had Elsie dat gedaan en heb ik de uitnodiging later bevestigd – om te blijven slapen.

En mijn unit ging bijna van start, echt waar. Er waren twee artsen en een verpleger aangesteld en onderweg. Ik heb vele uren in kantoren zitten praten over de details van betaling en sociale verzekering, ik heb in het ziekenhuis informatieavonden bijgewoond over hoe de binnenlandse zorgmarkt in elkaar stak en ik heb met Geoff Marsh een rondje langs de verzekeringsmaatschappijen gemaakt om te praten over welke bescherming we konden bieden tegen wettelijke aansprakelijkheid als het ging om taaie kip en mineraalwater. Neem dokter Laschens beroemde antigif en u wordt nooit meer voor de rechter gesleept. Ik klonk zo rijp voor de markt dat ik wou dat ik een stukje van mezelf kon kopen.

Ik moest aan Danny denken, maar niet de hele tijd. Hij zat niet meer in elke kamer van het huis. Af en toe maakte ik een deur open, of een kast, en dan zat hij daar in een of ander stompzinnig kleinigheidje of ding of souvenir, maar dat was het wel. Soms werd ik 's nachts wakker en moest ik huilen, maar dat obsessieve zinloze gespeculeer over dat we de rest van ons leven samen waren, dat bittere gevoel dat hij me door een boosaardige gek was afgepakt, hielden me niet meer zo bezig.

De aandacht van de media verslapte. De artikelen over de feilbaarheid van de trauma-industrie veranderden als bij toverslag in analyses van columnisten over de aard van de vrouwelijke moed. Mijn heldendom was in de plaats gekomen voor mijn falen, maar in dat laatste was ik evenmin geïnteresseerd als in het eerste. Ik kreeg verzoeken om in mijn tuin gefotografeerd te worden, te komen praten over mijn jeugd en door wie ik beïnvloed was, aan vragenrubrieken in de krant mee te doen, voor de radio te komen en mijn favoriete platen te draaien. Ik kreeg het aanbod om met een radiopsychiater te praten over hoe het nu was als je minnaar vermoord werd en je zelf daarna bijna ook vermoord werd. Als de beroemdste trauma-expert in Engeland, voorlopig dan tenminste, vond ik dat een dergelijke publiciteit me niet verder hielp, dus tot de slecht licht onderdrukte ergernis van Geoff Marsh heb ik alles afgehouden.

Maar er was één dag die niet zomaar op alle andere leek. Dat was de dag dat Miranda kwam logeren bij Elsie en dat ik had beloofd om een pyjamafeestje voor ze te houden. Bij het ontbijt had Elsie koekjes, lolly's, kleine salamiworstjes in zilverpapier, *fromage frais* en chocoladevingers besteld, en onder het afvegen van haar mond en het borstelen van haar en tanden berekende ik hoe ik tussen de vergaderingen door naar de supermarkt kon. We waren al ongelooflijk laat, en ik zag dat de regen in metaalgrijze stromen omlaaggutste. Ik gooide mijn jack uit, trok een regenjas aan en zette een hoed op mijn hoofd.

'Doe je regenjas aan, Elsie,' zei ik.

Ze keek me aan en begon te giechelen.

'Ik heb nou even geen tijd voor spelletjes,' zei ik. 'Doe je jas aan.'

'Wat zie je er raar uit, mammie,' zei ze, tussen het gekir door.

Met een geïrriteerde zucht draaide ik me om naar de spiegel. Ik begon ook te lachen. Ik kon er niets aan doen. Ik zag er echt raar uit.

'Je lijkt wel Hardy Hardy,' zei Elsie.

Ze bedoelde Laurel en Hardy. Ze moest denken aan een scène op een van haar video's waar ze hun hoed hadden verwisseld. De mijne was te klein en balanceerde boven op mijn hoofd. Wat was dat verdomme voor een ding? Ik trok het van mijn hoofd en keek er eens goed naar. Het was er eentje van Finn. Ik smeet 'm in een hoek en pakte mijn oude vilthoed en we renden naar de auto.

'Dat was een rare hoed, mammie.'

'Ja, die was... eh.' Nou ja, waarom ook niet? 'Die was van Finn.'

'Die was ook van Fing,' zei ze, wijzend op de vilthoed die keurig op mijn hoofd rustte.

Ik bleef staan en keek ernaar.

'Ja,' zei ik. 'Dat klopt. Dat is zo. Die...'

'Mammie! Ik word nat.'

'Sorry.'

Ik rende om de auto heen en maakte het portier aan de andere kant voor haar open en deed haar de gordel om, holde toen weer terug en ging naast haar zitten. Ik was erg nat geworden.

'Jij ruikt net als een hond, mammie.'

We hadden de standbeeldendans gedaan, de billendans en een ingewikkeld spel waarvan ik de regels nooit helemaal snapte, maar waar Elsie en Miranda zich blauw om hebben gelachen. Om kwart over acht hebben ze hun pyjamafeestje gehouden, en daarna ben ik verkleed als spook met een tandenborstel naar boven gekomen en heb ze een verhaaltje verteld. Ik zocht een boek, maar Elsie zei: 'Nee, uit je hoofd, mammie,' wetend dat ik maar één verhaaltje kende, dus toen zijn zij rustig gaan zitten en probeerde ik me het belangrijkste uit Roodkapje voor de geest te halen. Ging die grootmoeder eigenlijk dood? Nou, bij mij niet. Behoedzaam werkte ik me door alle kleine dingen heen tot ik de climax bereikte.

'Kom maar binnen, Roodkapje,' zei ik met een schorre stem.

'Dag oma,' zei ik met een meisjesstem. 'Maar wat hebt u een grote oren, oma.'

'Dat is om je beter te kunnen horen, liefje,' zei ik met mijn schorre stem. Van het bed klonk gegiechel.

'En wat hebt u een grote ogen, oma,' zei ik met mijn meisjesstem.

'Dat is om je beter te kunnen zien,' zei ik zo schor dat ik moest hoesten. Nog meer gegiechel.

'En wat hebt u een grote mond, oma,' zong ik half. Deze keer zweeg ik een tijdje en keek naar hun grote verwachtingsvolle ogen.

'Dat is om je beter te kunnen óp-éten.' En ik sprong op het bed en sloot de meisjes in mijn armen en hapte met mijn lippen naar ze. Gillend van de lach wurmden ze zich onder me uit. Nadat we tot onszelf, waren gekomen sprak ik weer met normale stem, of wat daarvan over was.

'En, Miranda, wie lag er nou in dat bed?'

'Oma,' zei Miranda lachend.

'Nee, Miranda, dat was oma niet. Wie lag er in dat bed, Elsie?'

'Oma,' zei Elsie, en allebei gierden ze het uit van het lachen en rolden en sprongen rond op het bed.

'Als er iets de ogen heeft van een wolf en de oren heeft van een wolf en de mond van een wolf, wat is dat dan?'

'Een óóóma,' riep Elsie, en weer gierden ze het allebei uit.

'Jullie twee zijn net twee stoute wolvinnetjes,' zei ik, 'en het wordt tijd dat jullie gaan slapen.' Ik gaf ze een knuffel en een zoen en liep naar beneden waar de plafondlamp nog hing te zwaaien van hun voortdurende gespring op Elsies bed. Er stond een oude fles witte wijn in de ijskast, dus ik schonk mezelf een half glas in. Ik moest even nadenken. Ergens ver achter in mijn schedel darde er iets rond en ik wilde weten wat dat was. Als het wist dat ik ernaar zat te zoeken zou het me ontglippen. Ik moest er via een omtrekkende beweging bij zien te komen. Ik begon in mezelf te mompelen.

'Als er iets de ogen van een wolf en de oren van een wolf en de mond van een wolf heeft, dan is dat een wolf.' Ik nipte aan mijn wijn. 'Maar als het niet de ogen van een wolf en niet de oren van een wolf en niet de mond van een wolf heeft en niet naar de maan huilt, wat dan?'

Ik pakte een stuk papier en een pen en begon wat dingen op te schrijven. In dat lijstje onderstreepte en omcirkelde ik dingen, en verbond weer andere dingen met lijntjes. Ik liet de pen vallen. Ik moest denken aan Geoff Marsh en zijn strategie op de middellange termijn, aan Elsie en mijn nieuwe rustige leven, aan al die aandacht van de pers die er niet meer was, en onvermijdelijk ook aan Danny.

In een vakje van mijn portemonnee, waar nog wat kaartjes en creditcardbonnen en mijn identiteitskaart van het ziekenhuis en wat pluisjes en stomme dingen inzaten die ik allang had moeten weggooien, zat een papiertje met het privé-nummer van Chris Angeloglou. De laatste keer dat we elkaar spraken had hij me dat gegeven en erbij gezegd dat als ik wou praten, ik hem vooral moest bellen. Ik vermoedde dat hij dan van plan was om zijn eigen opdringerige therapie op me toe te passen, dus ik had met een wel heel droge glimlach gereageerd. Godnogaantoe. De politie had het helemaal met me gehad. Iedereen, de familie, het ziekenhuis, iedereen wilde alleen maar dat al die ellende wegging. Als ik het allemaal losliet, was er geen probleem. Dit zou ten koste gaan van mijn werk, mijn gevoelsleven uit balans slaan en bij Elsie weer oude herinneringen boven brengen waar ze alleen maar schade van opliep. En als ik Chris Angeloglou opbelde, zou hij waarschijnlijk ook nog eens gaan denken dat ik met hem uit wou. Maar op mijn zestiende had ik tegenover mezelf een heel domme eed gezworen. Aan het eind van je leven zijn het de dingen die je niet gedaan hebt, niet de dingen die je wel gedaan hebt, waar je spijt van hebt. Dus als ik voor de keus stond om iets te doen of te laten, had ik met mezelf afgesproken dat ik altijd iets zou doen. De gevolgen waren meerdere malen rampzalig geweest, dus erg optimistisch was ik niet. Ik pakte de telefoon en toetste het nummer in.

'Dag, is Chris Angeloglou aanwezig? O, Chris, hallo. Ik bel even... Ik vroeg me af of wij niet eens een drankje konden gaan drinken. Er is iets waar ik even met je over wil praten... Nee, vanavond kan ik niet. Misschien kunnen we ergens gaan lunchen? Dat is die tent aan het plein? Prima. Dan zie ik je daar wel.'

Ik hing op.

'Stom, stom, stom,' zei ik om mezelf op te beuren.

33

Een *resource manager* in een pak met eigenaardige revers probeerde me uit te leggen wat het filosofische verschil was tussen ziekenhuisbedden als verkooptechnisch concept en ziekenhuisbedden als objecten waar mensen in kunnen liggen, maar net op het moment dat ik het half begon te snappen besefte ik dat de tijd drong. Ik probeerde Chris Angeloglou te bellen, maar die was weg. Ik hield nog een bespreking over de telefoon, en nog eentje al wandelend door een ziekenhuisgang. Die kapte ik snel af en ik rende naar mijn auto. Ik ging even een recept ophalen voor Elsie (alsof er een medicijn bestond tegen slecht slapen in combinatie met chronisch stout zijn), reed om het parkeerterrein in het centrum van Stamford heen en bleef eindeloos lang vastzitten achter mensen die bezig waren zich in heel kleine plekjes te manoeuvreren terwijl er verderop duidelijk nog reusachtig veel ruimte vrij was.

Tegen de tijd dat ik puffend de Queen Anne in kwam lopen was ik al bijna een halfuur te laat. Mijn oog viel meteen op Chris, achter in de zaak. Ik liep naar hem toe en zag dat hij van lucifers een gecompliceerd bouwwerk had gefabriceerd. Onder een stortvloed van excuses ging ik zitten en uiteraard viel de hele constructie omver. Ik stond erop dat ik hem een drankje aanbood en zonder op instructies te wachten liep ik naar de bar en bestelde op hysterische toon twee grote gin-tonics en alle soorten knabbels die ze hadden en een pakje bacon-snippers.

'Ik drink niet,' zei Chris.

'Ik ook eigenlijk niet, maar ik dacht voor deze ene keer...'

'Ik drink echt niet.'

'Ben jij dan soms een moslim of zo?'

'Een alcoholist.'

'Echt waar?'

'Ja, echt waar.'

'Oké. Zal ik een spaatje voor je halen?'

'Dit is al mijn derde.'

'Sorry hoor, Chris. Ik weet hoe druk je het hebt. Er kwam van alles tussen en ik heb je nog geprobeerd te bellen, maar je was er niet. En nou zit ik hier maar wat te kletsen.'

Allebei zwegen we even en ik probeerde te peilen hoe boos hij was en of dit nog allemaal wel zin had. Hij nam een slokje van zijn water en deed een poging tot een meelevende lach.

'Je ziet er wel al beter uit, Sam,' zei hij.

'Beter dan wat?'

'We maakten ons ongerust over je. En voelden ons ook een beetje schuldig.'

'Er is niks om je ongerust over te maken. Aan dat zoutwaterbad heb ik niet eens een koutje overgehouden.'

Hij stak een sigaret op.

'Vind je het erg als ik rook?' Ik schudde mijn hoofd. 'Daar zat ik niet aan te denken,' ging hij door.

'Waar dan wel aan?'

'Jij hebt het zwaar gehad, op allerlei manieren. We hadden wel met je te doen.'

'Voor anderen was het erger.'

'Je bedoelt, de slachtoffers van die moorden?' Hij lachte alsof het hem moeite kostte. 'Ja. Maar ja, dat is nu allemaal verleden tijd. Die nieuwe baan zal je wel goeddoen. Wij zijn op zoek naar dat meisje Kendall. Dat heb je waarschijnlijk wel op tv gezien.'

Ik schudde mijn hoofd.

'Ik kijk geen tv.'

'Dat zou je toch eens moeten doen. Er zijn best mooie dingen te zien. Amerikaanse programma's voornamelijk...'

Hij maakte zijn zin niet af en kneep zijn ogen toe. Onderzoekend lachte hij naar me. Dit stilzwijgen was bedoeld om mij te laten uitleggen waarom ik deze afspraak had gemaakt.

'Chris, hoe kijk jij aan tegen wat er allemaal gebeurd is?'

De belangstelling in zijn gezicht verslapte lichtelijk, alsof de knop wat lager was gezet. Hij had een knap gezicht: donker, met geprononceerde jukbeenderen, een krachtige kaak, waar hij af en toe zijn vingers overheen haalde alsof hij er zelf van stond te kijken hoe stevig die was. Voor mij was hij te netjes. Te gesoigneerd. Hij had zitten wachten tot ik ging zeggen dat ik hem zo graag wat beter had willen leren kennen, maar me ingehouden had zolang de zaak nog speelde. Maar nu was het: zullen we samen eens wat gaan eten en kijken wat er dan gebeurt? Tenslotte was ik een werkende vrouw en zo'n feministe en had ik een raar kapsel, wat waarschijnlijk allemaal betekende dat ik een seksueel avontuurlijk iemand was. Maar nee hoor, ik zat nog steeds zo neurotisch te doen over die zaak.

'Sam, Sam, Sam,' zei hij, alsof hij een kind moest troosten dat 's nachts wakker was geworden. 'Dit hoef je niet te doen, weet je.'

'Ik hoef helemaal niks, Chris, dat is het punt niet.'

'Jij hebt zo'n verschrikkelijke tijd achter de rug. Daar heb je een trauma...'

'Laat die trauma's maar aan mij over.'

'En daarna heb je je als een heldin gedragen en hebben wij je alle lof toegezwaaid en zijn je daar – nog steeds uiteraard – dankbaar voor. Maar dat is nu allemaal voorbij. Ik weet dat jij de deskundige op dat gebied bent en ik hoef je dit ook helemaal niet te vertellen, maar je moet het loslaten.'

'Geef antwoord op mijn vraag, Chris. Vertel wat er gebeurd is.'

Hij nam op een haast brute manier een trek van zijn sigaret.

'Sam, ik heb geen zin om het nog eens over deze zaak te hebben. Alle betrokkenen zijn dood. Het is allemaal niet zo best afgelopen, voor niemand.' Ik snoof sarcastisch. 'Maar wij zijn er goed van afgekomen. Ik heb geen zin om er nog over na te denken.'

Ik nam een forse teug van een van de gin-tonics. Vervolgens haalde ik diep adem en zei min of meer eerlijk: 'Luister nou nog even vijf minuten naar me, en als je er dan nog niet in geïnteresseerd bent, begin ik er nooit meer over.'

'Dat is het aantrekkelijkste voorstel dat je tot nu toe hebt gedaan.'

Ik probeerde mijn gedachten enigszins te ordenen.

'Jij bent ervan overtuigd dat Finn en Michael de Mackenzies

hebben vermoord en dat Michael daarna Finn de keel heeft doorgesneden, ook al had Finn makkelijk ergens anders kunnen zitten,
met een alibi.'

Hij stak nog een sigaret op.

'Godallemachtig, Sam, dit hebben we toch al lang en breed
besproken? Ik hoef het gedrag van een moordenaar voor jou toch
niet te verklaren? Misschien waren het er wel twee. Dat zijn zieke
kutpsychopaten, wie weet wat die allemaal leuk vinden? Misschien kregen ze van zo'n nepmoord wel een sadomasochistische
kick.'

'Dan is er die moord op mevrouw Ferrer.'

'Mevrouw Ferrer is overleden doordat ze een plastic zak over
haar hoofd heeft getrokken.'

'Misschien wel. Maar dan is er nog die moord op Danny en
Finn. Jullie waren degenen die voor mij bewezen hebben dat
Michael dat niet gedaan kon hebben.'

'Niet te geloven, dat ik hier nou naar moet zitten luisteren.
Denk eens even goed na, Sam. Jij hebt tegenover ons een verklaring afgelegd dat Michael Daley die moorden bekend heeft. Het
strafrechtelijk bewijsmateriaal uit het botenhuis heeft jouw verklaring duidelijk bevestigd. Het is onredelijk om eraan te twij-
felen dat Daley en Fiona Mackenzie de moord op de Mackenzies
hebben gepleegd, en dat Daley daarna, met of zonder hulp van
Fiona Mackenzie, Danny Rees heeft vermoord en dat Daley vervolgens Fiona Mackenzie heeft vermoord, zodat hij nooit meer
met dat eerste misdrijf in verband gebracht kon worden. Als hij
erin geslaagd was dat zeilongeval te simuleren was hij er waarschijnlijk mee weggekomen.'

'Kan jij één reden bedenken waarom Finn opeens haar testament moest opmaken waarin ze alles aan Michael Daley naliet?'

Hij keek me nu bijna minachtend aan.

'Dat zal me eigenlijk een rotzorg wezen. Patiënten worden toch
weleens verliefd op hun arts, of niet soms?' Hij zweeg even, voordat hij zijn verhaal met doelbewuste wreedheid hervatte. 'Vrouwen staan erom bekend dat ze in tijden van grote stress zich irrationeel gaan gedragen. Misschien had ze wel een trauma,
misschien werd ze wel ongesteld. Zo gaat dat vaak met zaken, ben
ik bang. Als je de goede mensen te pakken hebt en er niet te veel

lijntjes blijven liggen, dan is dat al heel mooi. Is dit nou het enige waar je het met mij over wou hebben?'

'Ik dacht dat je er misschien wel geïnteresseerd in zou zijn te horen wat voor rare dingen mij de afgelopen dagen overkomen zijn.'

'Gaat het wel goed met je, Sam?'

'Een paar maanden geleden ben ik met Finn wat kleren gaan kopen en toen kwam ik toevallig een vrouw tegen die ik nog van de universiteit kende.'

'Fascinerend, hoor. Volgens mij zijn die vijf minuten nou om...'

'Even wachten. Dinsdag heb ik haar weer gezien.'

'Als je haar weer ziet, doe haar dan de groeten,' zei hij, opstaand uit zijn stoel.

'Ga zitten,' zei ik fel.

Hij fronste en ik zag dat hij overwoog om me te negeren en weg te lopen, maar hij slaakte een zucht en ging weer zitten.

'Ze had over me gelezen in de krant. Ze zei dat ze dat zo toevallig vond omdat ze bevriend was geweest met de familie Mackenzie. Maar toen we elkaar eerder spraken, had ze Finn niet herkend.'

Zijn gezicht stond onbewogen, hij wachtte nog altijd op de clou.

'Moet dat dan iets betekenen?' vroeg hij.

'Ja. Vind jij dat dan niet vreemd?'

Hij lachte schel.

'Was Fiona soms een heel stuk magerder geworden, Sam?'

'Ja.'

'Ontweek ze soms de blikken van mensen?'

'Ja.'

'Dus misschien heeft die vriendin van je haar niet goed gezien, misschien had ze haar bril niet op.'

'En daarna zat ik een keer wat te lezen in Finns reisgids over Zuid-Amerika en stuitte toen per ongeluk op een passage en daar stond hetzelfde in – ik bedoel: exact hetzelfde – als wat zij me over haar reis had verteld. Alsof ze dat uit haar hoofd had geleerd.'

Inmiddels zat hij, met een verveelde, bijna neerbuigende blik in zijn ogen, zijn knokkels te kraken. Hij vond het niet de moeite waard om iets te zeggen.

'En gisteren is me iets raars overkomen. Ik moest ergens heel snel heen, dus ik pakte zomaar een hoed en die was zo lachwekkend klein. Die stond maar zo'n beetje op mijn hoofd te wiebelen. Elsie moest erom lachen.'

'Ik neem aan dat je erbij moet zijn geweest om aan te voelen hoe komisch die hele situatie was.'

'Zie je deze vilthoed?' Ik pakte mijn hoed van tafel en zette die op mijn hoofd. 'Past goed, vind je niet? Die is van Finn geweest.'

'Zeker gekrompen in de was? Nou, ik ben wel blij dat je me dit even hebt verteld, Sam.'

'Jij doet je hoeden in de wasmachine, Chris? Dat zegt wel wat over jou. Heb jij natuurkunde gehad op school?'

'Dat zal ook wel cruciaal zijn voor het onderzoek, neem ik aan. Ja, ik heb natuurkunde gehad op school, maar ik wil wedden dat ik er niet zo goed in was als jij.'

'Dat wil ik ook wedden. Moet je horen, ik weet dat de werkelijkheid gecompliceerd is, mensen gedragen zich onlogisch, de bewijzen zijn meerduidig. Maar...' Ik dronk mijn gin-tonic leeg en ramde het glas zo hard op tafel dat mensen opkeken en Chris ongemakkelijk in zijn stoel heen en weer schoof.

'Ik hoop niet dat je nog naar huis gaat rijden.'

'Maar,' herhaalde ik, 'dit is niet zomaar een puinhoop. Dit kan helemaal niet. Tot die ontdekkingen in Michaels botenhuis kon het nog zijn dat Finn en Danny waren weggelopen en toen zelfmoord hebben gepleegd. Misschien was dat wel onwaarschijnlijk en niks voor die twee en voor mij persoonlijk een enorme klap, maar het kón wel. Dat Finn en Danny door Michael zijn vermoord en dat hij hun zelfmoord in scène heeft gezet, mag dan wel waarschijnlijk en typisch iets voor hem lijken, maar het kán helemaal niet.' Ik zweeg. Hij reageerde niet. 'Nou, vind je niet?'

Hij tikte de as af.

'Zoals jij het nu beschrijft, misschien wel. Maar Michael is dood. Finn is dood. En wij weten niet wat er gebeurd is.'

Of het door de gin-tonic op een lege maag kwam of door mijn boosheid weet ik niet, maar het geroezemoes in dit chique café voelde aan als een oorsuizing. Ineens viel ik tegen hem uit.

'Jezusnogaantoe, doe nou eens even of je geen politieman bent, maar een normaal intelligent mens die oprecht wil weten wat er gebeurd is. Ik bedoel, maak je nou geen zorgen, er zitten hier geen rechercheurs mee te luisteren. Je hoeft niet stoer te doen tegenover de jongens.'

'Jij arrogant...' Met zichtbare inspanning hield hij zich in. 'Oké, Sam, ik luister. Ik wil het echt weten. Als wij dan zo dom zijn, moet jij ons maar eens vertellen wat wij allemaal over het hoofd hebben gezien. Maar voor je begint, wil ik wel even zeggen dat je het risico loopt jezelf onmogelijk te maken. Tegenover je werkgever, tegenover ons, tegenover je dochter. Wil je dat? Wil jij bekend komen te staan als die krankzinnige geobsedeerde brokkenpilote? Maar, vertel op. Ik luister.'

Even overwoog ik serieus om een asbak van tafel te pakken en hem daarmee de hersens in te slaan. Maar ik kwam tot bedaren en dacht er alleen nog maar over om hem het restant van mijn tweede gin-tonic in het gezicht te smijten. Ik telde tot een hoog getal.

'Ik dacht dat ik jou hiermee een lol deed,' zei ik.

'Doe me dan een lol.'

Ik had het gevoel alsof ik spontaan in brand zou vliegen.

'Ik ga je geen lol doen, maar misschien kan ik je helpen om eens zelfstandig na te denken.'

'Ik moet ervandoor.'

'Eventjes nog. Die uitgebrande auto is op negen maart gevonden. Hoe luidde de theorie aanvankelijk ook alweer? Ze hadden elkaar vermoord en tegelijkertijd de auto in brand gestoken, door middel van een lap in de benzinetank, in de tuit, of wat dan ook?'

'Klopt.'

'Maar in het botenhuis zijn er sporen van Finns en Danny's lijk gevonden, dus het is duidelijk dat ze al dood waren toen die auto in brand werd gestoken, ja?'

'Ja.'

'En dat had Michael nooit hebben kunnen doen. Juist?'

'Sam, zoals ik je al zei, er zijn nog wat lijntjes blijven liggen, nog wat dingetjes die niet kloppen. Maar probeer dit nou eens te snappen.' Hij sprak nu heel langzaam, alsof ik een buitenlander was. 'We weten met zekerheid dat Michael Daley de moord op Danny Rees en Fiona Mackenzie heeft gepleegd. Oké? We hebben nog niet kunnen bepalen hoe. Oké? Hij was een slimme man. Maar we komen er wel achter, en als dat zover is laten we je dat weten. Oké?'

Hij deed zoveel moeite om kalm te blijven dat hij een echte zenuwtrek in zijn gezicht kreeg.

Ik antwoordde heel langzaam: 'Michael zat toen in Belfast, ja?'

'Ja.'

'Dus, wat is dan de enige andere mogelijkheid?'

'Er zijn meerdere mogelijkheden.'

'Zoals?'

Hij haalde zijn schouders op.

'Een heleboel. Een of andere brandbom met tijdontsteking, bijvoorbeeld.'

'Zijn er ook sporen van iets dergelijks gevonden?'

'Nee.'

'De auto had daar twee hele dagen gestaan moeten hebben, met die lijken erin. En dat kan ook niet. En wat zou dat ook voor nut hebben gehad? Waarom zoveel gedoe om een brandje te stichten?'

'Hij was een psychopaat.'

'Chris, doe me een lol en zit niet uit je nek te lullen. Ik ga je heus niet vastpinnen op alles wat je zegt. Ik zal niet meer zo onmogelijk doen, maar vertel me dan alleen maar hoe die auto in brand is gestoken.'

Hij mompelde iets.

'Sorry, dat kan ik niet verstaan.'

Hij stak nog een sigaret op, blies de lucifer met absurde zorg uit en legde die in de asbak voordat hij antwoord gaf.

'Het kan zijn,' zei hij, 'dat Daley een of andere handlanger had.'

'Nee, Chris, dat zie je verkeerd. Hij móet een handlanger gehad hebben.'

Hij keek op zijn horloge en stond op.

'Ik moet ervandoor.'

'Ik loop wel even met je mee,' zei ik.

Onderweg terug naar het politiebureau bleef hij somber zwijgen. Pas toen we bij de trap naar de hoofdingang kwamen, draaide hij zich naar me om.

'Dus jij denkt,' zei hij zachtjes, 'dat wij dat onderzoek weer moeten openen om te proberen achter de identiteit van die mysterieuze helper te komen?'

'Nee,' zei ik.

'Waarom niet?'

'Omdat ik weet wie dat was.'

'Wie dan?'

'Finn,' zei ik, genietend van zijn ongelovige hap naar lucht. 'In zekere zin.'

'Hoezo, in zekere zin? Wat zijn dit nou weer voor kutpraatjes?'

'Zoek jij dat nou maar uit,' zei ik. 'Daar word je voor betaald.'

Hij schudde zijn hoofd.

'Jij...' zei hij. 'Jij bent...'

Hij wist zich kennelijk helemaal geen raad meer. Ik stak mijn hand uit.

'Sorry dat ik zo laat was. Ik hou wel contact.'

Hij vatte dat op alsof hij er misschien een elektrische schok van zou krijgen.

'Je... Heb je vanavond wat te doen?'

'Ja,' zei ik, en liet hem daar op de stoep achter.

34

Ik hoorde stappen naar de deur toe komen, zag een schim door het matglas, dus ik rechtte mijn rug op die intimiderende stoep en trok een beleefd en hoopvol gezicht. Ineens besefte ik hoe slonzig ik eruitzag. De deur ging een paar centimeter open en een vrouwengezicht tuurde naar buiten. Ik zag dat ze nog in haar peignoir rondliep en maar voor de helft opgemaakt was. Eén oog had eyeliner en mascara op en was klaar voor de dag, het kwetsbare andere oog niet. 'Laura?' zei ik door de spleet. 'Sorry hoor, als ik ongelegen kom. Maar ik vroeg me af of ik even met je kon praten.' Op haar gezicht maakte de beleefde irritatie tegenover een vreemde die op een ongelegen tijdstip aanbelt langzaam plaats voor een blik van verraste en volgens mij enigszins geschrokken herkenning. 'Ik ben Sam Laschen,' voegde ik eraan toe. De deur ging wat verder open, zodat de geboende houten vloer van een brede gang zichtbaar werd, met die ingehouden sfeer van geld en smaak en een dagelijkse schoonmaakster.

'Ach schat, maar natuurlijk, jij was toch ook op dat feestje met...' De paniek en de belangstelling verdrongen elkaar op haar gezicht. 'Met Michael Daley. Ja. Sorry dat ik zomaar aanbel. Ik moest even iets weten en vroeg me af of jij me kon helpen. Ik wil het wel een andere keer proberen, als dat beter uitkomt.' Ze keek me met toegeknepen ogen aan. Was ik nou dat roddelitem van het jaar of een of andere gevaarlijke gek? Het roddelitem won het pleit.

'Nee hoor, dat wil zeggen, ik hoef pas later op de dag in het ziekenhuis te zijn. Ik zeg gisteren nog tegen Gordon... Kom toch binnen.' Ik volgde haar massieve, in chenille gehulde gestalte naar de kamer waar ik een paar maanden geleden nog asperges had gegeten en witte wijn had gedronken. 'Ik trek even wat aan. Wil je koffie? Of thee?'

'Koffie.'

'Ik ben zo terug,' zei ze, en onderweg naar boven riep ze op dwingende toon: 'Gordon! Górdón!'

In haar afwezigheid haalde ik mijn mobiele telefoon te voorschijn, waar het ziekenhuis me mee had uitgerust en waarvan ik nog altijd een onwennig gevoel kreeg als ik die gebruikte, en toetste een nummer in.

'Goeiedag, ja, kunt u mij Philip Kale even geven? Nee, ik wacht wel.'

Ik gaf mijn naam en een paar seconden later kwam hij aan de lijn.

'Dokter Laschen?' Hij klonk duidelijk verwonderd en had net als de vorige keer haast.

'Ja, zeg, ik vroeg me alleen af of u me kan vertellen wat Finns – Fiona Mackenzies – bloedgroep is. Uit uw sectierapport.'

'Haar bloedgroep? Ja, natuurlijk. Ik bel u daar wel over terug.'

Het vooruitzicht van een biepende mobiele telefoon in mijn zak werd me even te veel.

'Nee. Ik ben vandaag moeilijk te bereiken,' zei ik. 'Ik bel u wel. Zeg, over een uurtje? Heel erg bedankt.'

Ik hoorde het malen van de koffie in de keuken, het gekletter van porselein. Ik toetste nog een nummer in.

'Goeiedag, is dit het ziekenhuis? Ja, kunt u me doorverbinden met Margaret Lessing van personeelszaken? Maggie? Hallo, met Sam.'

'Sam!' Haar stem tinkelde door de telefoon. 'Hoi, wat doe jij allemaal de laatste tijd?'

'Van alles. Zou je iets voor me willen doen? Ik wou eventjes iets opzoeken in Fiona Mackenzies dossier, van de tijd dat ze in het ziekenhuis lag na die toestand. Zou jij dat voor me willen opvragen?'

Even was er een moment van aarzeling.

'Ik zie niet in waarom dat niet zou kunnen.'

'Bedankt, Maggie. Zal ik in de loop van de dag even bij je langs-wippen?'

'Bel eerst even.'

'Prima. Ik spreek je.'

Laura voelde zich nu beter, dat zag ik. Onder haar glanzende grij-ze krullen trok ze een wat minder behoedzaam gezicht. Ze had een groengrijs mantelpak aangetrokken, tot op de knie, het andere oog opgemaakt en een glimlach om de lippen gestift. Ze zette een blad tussen ons op tafel – een hoge koffiepot, twee porseleinen kopjes met zilveren lepeltjes op de schotel, een sierlijk kannetje halfvol met melk, plus suikerklontjes, lichtbruin én egaal wit. Ik dacht aan de fles melk en pot jam op mijn keukentafel, de onuit-gepakte dozen op de kale vloer van mijn werkkamer. Deze levens-stijl was niet voor me weggelegd. Godzijdank.

'Hoe gaat het met je? We hebben allemaal zo'n bewondering voor je.' Ze schonk me een kop dampende koffie in en ik deed daar een plens melk bij.

'Prima, dank je.' Ik nam een slokje. 'Ik wilde even met iemand praten die Finn heeft gekend.'

Ze keek gevleid. Ze legde een krachtige gemanicuurde hand op mijn in spijkergoed gegoten knieën.

'Wat jij allemaal door hebt moeten maken is zo verschrikkelijk. Ik bedoel, zelfs voor mensen zoals wij, die aan de zijlijn staan, is het zo'n schokkende toestand geweest, en...'

'Vertel me eens wat over Finn.'

Ze nam een slokje koffie en leunde achterover, zichtbaar niet wetend wat ze moest zeggen. Ze had mij willen laten praten.

'Zo goed heb ik haar niet gekend. Het was een heel lief, zacht-aardig meisje, dat misschien wel een slechte tijd op school heeft gehad omdat ze zo dik was, zoals dat bij meisjes gaat.' Ze trok haar wenkbrauwen naar me op. 'En toen is ze heel erg ziek geworden en is ze van ons weggegaan, van iedereen die haar kende. Voor Leo en Liz was dat verschrikkelijk. Maar ze was daarna wel opgeknapt. Liz heeft me verteld dat Finn nog nooit zo gelukkig was geweest. Een compleet ander mens, zeiden ze. Volgens mij zagen ze die reis van haar naar Zuid-Amerika als een nieuw begin, een teken dat ze volwassen was geworden.'

Dit schoot niet op. Aan Laura's amateurdiagnoses had ik geen behoefte. Informatie had ik nodig, feiten, waar ik zelf iets van kon maken.

'Je hebt zeker geen foto's van haar, of wel? Die bij haar thuis zijn allemaal vernietigd.'

'Volgens mij niet. Eigenlijk kwamen we daar voor haar ouders. Ik kijk even.' Ze ging de kamer uit, kwam terug met een dik vierkant rood boek en bladerde, gevoelvolle geluidjes makend en hoofdschuddend, snel de transparante bladzijden met kleurenfoto's door. Onbekende gezichten kwamen langsflitsen, onopmerkelijke huizen, heuvels en stranden en vormelijke groepjes mensen. 'Dit is een tuinfeest waar we met Leo en Liz naartoe zijn geweest. Daar kan Fiona ook bij zijn geweest. Ik zie haar nergens staan.'

Het ouderpaar Mackenzie, met de twee wazige gezichten die een paar maanden geleden nog op elke voorpagina hadden gefigureerd, stond hier op een gemaaid gazon naar de camera te lachen. Zij was mager onder haar grote strohoed, hij zag er warm en ongemakkelijk uit in zijn pak en das. Links op de foto was nog net een blote arm te zien, met een reepje bloemetjesjurk en een lok donker haar.

Ik plaatste mijn vinger op de arm, alsof ik in het vlees kon drukken.

'Dat zal Finn wel zijn.'

Ik zat op een bankje bij een plein. Een moeder duwde haar kind heen en weer op de enige schommel die op het stukje grasveld stond.

'Dokter Kale, alstublieft,' zei ik over mijn telefoon.

Zijn stem kwam snel aan de lijn.

'Goeiedag, dokter Laschen. Ja, ik heb het hier voor me. Even kijken. Hier is het: Fiona Mackenzies bloedgroep was O, samen met zo ongeveer de halve bevolking van West-Europa en de Verenigde Staten. Is dat alles wat u wou weten?'

In het ziekenhuis klonk Maggie zwaar onder druk gezet.

'Sorry hoor, Sam, maar ik heb even wat meer tijd nodig om bij dat dossier te komen. Die ellendige computers, iemand heeft vast de boel verkeerd opgeslagen waardoor het allemaal in de knoop is geraakt. Is haar opnamedossier ook goed?'

'Ja hoor.'
'Bel me zo maar even terug.'

'Donald Helman? Goeiedag, ik hoop niet dat ik je stoor. Mijn naam is Sam Laschen en wij hebben elkaar ontmoet op een feestje van Laura en Gor... Ja, dat klopt. Laura heeft me je nummer gegeven. Jij zei toen dat jouw dochter een vriendinnetje van Finn was, en ik vroeg me af of ik daar even met haar over kon praten. O, wanneer komt ze dan terug? Nou ja, niks aan te doen, maar Finn had nog een vriendinnetje op school dat ik ben tegengekomen, volgens mij heet ze Jenny, en jij weet niet toevallig hoe die van achteren heet? Glaister. Heel erg bedankt, hoor.'

Jenny Glaister had paasvakantie van de universiteit en was bij haar ouders. Hun grote huis lag zo'n dertig kilometer van Stamford, op eigen grond, en toen ik aan kwam rijden stapte ze net op het grind van hun immense oprit. Het was een grijze en nogal koude dag, maar zij droeg een heel klein, felgekleurd zijdeachtig bloesje en een dun rokje. Ik herinnerde me nog van de begrafenis hoe welbespraakt en zelfbewust ze was. Ze wist niet goed wat ze hiervan moest denken, maar ze was wel in me geïnteresseerd. Iedereen had zoveel belangstelling voor die vrouw over wie ze hadden gelezen in de krant dat ze me wel even thuis wilden ontvangen. Ze zette een pot thee en ging recht tegenover me zitten, met het ovale gezicht in haar ringloze handen.

'Eigenlijk,' zei ze, 'hoorde Finn niet écht bij ons groepje. Ik bedoel, aan de ene kant wel, maar aan de andere kant ook niet.' Ze beet op haar onderlip en zei er toen bij: 'Op school was ze verlegen. Een beetje onhandig. Wat wel moeilijk was toen ze... je weet wel, ziek werd en wegging, was dat sommigen van ons zich een beetje schuldig voelden ten opzichte van haar. We vonden dat we haar er misschien niet genoeg bij betrokken hadden. Ik bedoel, misschien heeft ze wel anorexia gekregen omdat ze bij ons wou horen, weet je. Ik heb haar nog eventjes gezien toen ze uit Zuid-Amerika terugkwam en ik herkende haar bijna niet meer, niemand van ons herkende haar meer: ze was zo slank en bruin en ze had allemaal van die fabelachtige kleren aan en maakte zo'n zelfbewuste indruk, ze zat helemaal niet meer zo te hengelen naar onze goedkeuring. We keken allemaal een beetje tegen haar op, alsof ze ineens een vreemde was geworden. Ze was zo anders dan die mollige Finn die maar achter ons aan liep.'

Ik probeerde iets concreters uit haar te krijgen. Ze deed zichtbaar haar best.

'Een paar weken geleden had ik nog gezegd dat ze intelligent, aardig was. Dat soort dingen. En loyaal,' voegde ze eraan toe. 'Dat ze loyaal was, ja: je kon op haar vertrouwen en op haar rekenen. Ze deed altijd haar huiswerk en kwam overal op tijd, en, ja, ze was betrouwbaar. Enthousiast. Uiteindelijk heb jij haar heel lang meegemaakt. Snap jij haar een beetje?'

'Heb je nog foto's van haar?'

We zochten wat in een doos die voornamelijk vol zat met foto's van Jenny die er prachtig uitzag op een paard, in zee, met haar familie, terwijl ze cello speelde, op school een prijs in ontvangst nam, gracieus op haar ski's de helling afkwam. Maar niet een van Finn.

'Je zou de school kunnen proberen,' stelde ze voor. 'Er moet ergens nog een schoolfoto van haar zijn, en ze hebben daar nog geen vakantie. De secretaresse, Ruth Plomer, die helpt je wel. Dat is zo'n lieverd.'

Waarom had ik daar nou niet eerder aan gedacht?

Dus ik reed naar Grey Hall, dat niet grijs, maar rood was en er schitterend bij lag, een eind van de weg met een prachtig gazon ervoor. Op de sportvelden zag ik een horde meisjes in grijze korte broek en witte aertex-shirts met een lacrosse-stick en een grote vrouw die naar ze stond te blaffen. Binnen kwam de geur van Franse boenwas en groene groenten en lijnolie en vrouwelijkheid me tegemoet. Achter de gesloten deuren hoorde ik dat de lessen in volle gang waren. Aan de scholengemeenschap Elmore Hill had ik wel andere herinneringen. Een vrouw in overall wees me het kantoor van de secretaresse, aan het eind van een gang.

Ruth Plomer zat met haar kraaloogjes en puntneusje als een vogel in haar nest van dossiers en prullenmanden en stapels formulieren. Ze luisterde aandachtig naar mijn verzoek en knikte.

'Om u de waarheid te zeggen, dokter Laschen, de pers is hier al komen vragen om foto's, commentaar, interviews, en wij hebben afgesproken dat we tegen iedereen nee zeggen.' Ze zweeg even en ik zei ook niets. Ze stelde zich iets soepeler op. 'U wilt alleen maar een foto zíen? U wilt die niet meenemen? U wilt niet met iemand praten?'

'Dat klopt. Ik zou graag willen zien hoe ze eruitzag voordat ze bij mij kwam wonen.'

Ze keek verwonderd, was het er kennelijk niet met zichzelf over eens, maar moest ten slotte toch toegeven.

'Ik neem aan dat zoiets geen kwaad kan. Individuele portretten hebben we hier niet, maar een klassefoto is er altijd wel. Wat was haar laatste jaar?'

'Volgens mij is ze officieel in de zomer van '95 van school gegaan, maar bijna dat hele jaar was ze ziek. Misschien kan ik die van het jaar daarvoor zien.'

'Blijft u even zitten, ik zal kijken wat ik kan doen.'

Ze liep de kamer uit, en ik hoorde voetstappen verdwijnen en weer terugkomen. Ze hield een buis van papier in haar hand, die ze op haar overvolle bureau openrolde. Ik boog me voorover en speurde de rijen meisjesgezichten af naar dat van Finn. Zij zette haar bril op.

'Dit is het jaar 1994. Hier staat een lijstje namen. Even kijken, ja, ze staat op de derde rij van achteren. Dat is haar.' Een verzorgde vingernagel raakte een figuurtje links op de foto aan. Donker haar, enigszins wazige gelaatstrekken. Waarschijnlijk had ze opzij geken toen de lens sloot, net als bij mij. Ik pakte de rol, hield die in het licht en staarde er geconcentreerd naar, maar het was alsof het beeld terugweek. Ik had Finn er nooit in herkend. Ik had er niemand in herkend.

'Maggie. Hoi, met mij weer, Sam. Heb je het al gevonden?'

'Nee, met dat opnamedossier wil het even niet lukken. Waarschijnlijk heeft iemand dat meegenomen en ik probeer er nu achter te komen wie dat was. Bel straks nog even terug.' Ze stond onder druk en klonk geïrriteerd, dus ze kapte het gesprek af.

Alles was weg. Wat nu?

Waar lag dat nou, o, waar lag dat nou? Ik rukte de hutkoffer open. Elsies tekeningen, eindeloos veel, lagen daar opgestapeld. Sommige kleefden met hun verf aan elkaar. Andere hadden nog het plakband aan de hoeken, waarmee ze aan de muur hadden gehangen. Monsters met drie poten in groen en rood, gele madeliefjes met rechte steel en twee lussen als bladeren, felpaarse vlekken, gezichten met knullige ogen, onduidelijke beesten, een hoop zeegezichten, golvende blauwe lijnen dwars over het dikke witte papier. Regenbogen met in elkaar overlopende kleuren, de maan en de sterren geel bloedend in een ruwe zwarte nacht. Ik hield elke tekening omhoog, keek ernaar, draaide die om. Er moest iets zijn. Sporen van Finns aanwezigheid in huis waren herkenbaar: af en toe een titel, keurige letters met een datum, een volwassen afbeelding van een hond naast een kinderlijke, een aantal keren haastige tekeningen van paarden en bomen en zeilboten, duidelijk van Finns hand. Maar ik vond niet wat ik zocht. Ik zat in een doodlopende straat.

Ik ging naar Elsies kamer en trok de laden open. Poppen met roze ledematen en opzichtige jurken staarden me aan, gebreide dieren, doosjes met niets erin, kralen in aardige primaire kleuren, zijdeachtige linten, hele legers piepkleine plastic dingen die altijd in een feestzakje zitten. In haar kleurboek zat een aantal tekeningen, maar niet die ene die ik zocht. Onder het bed lagen een slofje en drie verschillende sokken, en een slapende Anatoly. Ik ging op een stoel staan en trok van de klerenkast een slordige stapel gebruikt en opgevouwen papier. Boven op stond Elsies naam, vele malen, in grote knullige potloodletters. Daaronder lag de schatgraverskaart. Ik had het gevonden.

Ik sprong van de stoel, vouwde voorzichtig het papier open op de grond en keek naar de kleurige kloddders en de roestrode letters. Een S en een E. En daar een F: getekend met haar bloed.

Ik pakte het papier heel voorzichtig op, alsof het een droom was die vervaagt als je die probeert te grijpen. In mijn werkkamer beneden lag een pak grote bruine enveloppen, en ik schoof de kaart met de handtekening van bloed in een envelop en plakte die dicht. Daarna pakte ik mijn autosleutels en holde naar buiten. Nu had ik het.

'Ben je daar weer.'

Ik was gaan zitten, maar Chris bleef staan, met zijn handen in zijn zij, en keek naar me.

'Ik heb haar gevonden. Het gevonden.'

'Wat?'

Ik haalde de envelop te voorschijn, nog altijd dichtgeplakt, en legde die op zijn bureau. 'Hier zit,' zei ik heel langzaam, alsof hij zwakzinnig was, alsof ík zwakzinnig was, 'een tekening in.'

'Een tekening. Leuk zeg.'

'Een tekening,' ging ik door, 'gemaakt door Elsie.'

'Moet je luisteren, Sam.' Hij boog zich naar me toe en ik zag dat zijn gezicht heel rood was geworden. 'Ik heb het beste met je voor, echt waar, maar ga naar huis, naar je dochtertje, en laat mij met rust.'

'Dit is een overblijfsel van een kinderspelletje. Finn en ik hebben onze initialen eronder gezet, ieder in ons eigen bloed.' Hij deed zijn mond open en even dacht ik dat hij tegen me ging brullen, maar er kwam geen geluid uit. 'Geef dit aan Kale. Laat die ernaar kijken.'

Hij liet zich op zijn stoel ploffen. 'Jij bent gek. Jij bent helemaal krankzinnig geworden.'

'En ik wil hier een reçuutje voor. Ik wil niet dat dit zomaar wegraakt.'

Hij keek me lange tijd strak aan.

'Je bedoelt dat jij wilt dat jouw gedrag zwart op wit komt te staan? Best,' schreeuwde hij, en begon koortsachtig zijn bureau af te zoeken. Hij vond niet wat hij zocht, dus hij banjerde de kamer door en kwam terug met een formulier. Dat kletste hij op zijn bureau en omzichtig koos hij een pen uit.

'Naam?' blafte hij.

35

'Ik neem' – met een vinger liep ik het handgeschreven menu langs – 'gerookte makreel met salade. En jullie?'

'Kipnuggets met friet,' zei Elsie gedecideerd. 'En sinas met bubbels. En chocolade-ijs als toetje.'

'Oké,' zei ik soepeltjes. Elsie keek verrast.

'Sarah?'

'Doe mij maar die boerenlunch, alsjeblieft.'

'En iets te drinken? Wil jij een shandy of zo?'

'Heerlijk.'

Ik gaf de bestellingen door aan een serveerster die wel tien maanden zwanger leek, pakte het bonnetje en even later onze drankjes aan, en we liepen naar buiten, de verrukkelijke lentedag in, en gingen, wel met de jas dicht, aan een wankele houten tafel zitten.

'Mag ik op de schommel?' vroeg Elsie, die ervandoor stormde zonder op antwoord te wachten. Sarah en ik keken hoe ze zich in een schommelstoeltje worstelde en wild heen en weer begon te bewegen, alsof ze daar enige vaart door kreeg.

'Ze ziet er vrolijk uit,' merkte Sarah op.

'Ik weet het.' Een jongetje met een gestreepte trui klom op de schommel naast Elsie en ze keken elkaar wantrouwig aan. 'Raar, hè?'

'Kinderen kunnen veel hebben.'

We nipten aan onze shandy, met de zon in onze nek, en zeiden een tijdje niets.

'Kom op, Sarah, hou me niet zo aan het lijntje. Wat vond je van mijn boek? Heel eerlijk zijn, hoor. Zeg je nou niks omdat je het zo slecht vond?'

'Jij weet best dat het goed is, Sam.' Ze sloeg een arm om mijn schouders en ik barstte bijna in tranen uit. Het was al zo lang geleden dat iemand me omhelsd had, behalve Elsie dan. 'Gefeliciteerd. Dat meen ik echt.' Ze lachte breed. 'En het is natuurlijk hartstikke controversieel. Ik sta ervan te kijken dat je zoiets in zo'n korte tijd kan schrijven, met alles wat er gebeurd is. Misschien kon het daarom wel. Het is heel goed.'

'Maar?'

'Er zijn een paar hele kleine dingetjes die ik in de kantlijn heb geschreven.'

'Ik bedoel, écht maar.'

'Ik heb geen echt maar. Wel een vraag.'

'Vraag maar op.'

'Eigenlijk niet eens een vraag, alleen een opmerking.' Ze zweeg even, pakte haar glas en haalde een duim over de rand. 'Het lijkt een beetje alsof je terugkijkt op je carrière, niet alsof je er eentje begint.'

'Ik heb de gewoonte om mijn schepen achter me te verbranden.' Ze lachte.

'Ja, maar deze keer zit je je schepen vóór je te verbranden. Al die aanvallen op ziekenhuismanagers en uitgebluste consulterend-geneesheren, en dat gedoe over designer-trauma.'

Het jongetje stond nu Elsie aan te duwen. Elke keer dat ze met een zwier omhoogging, de stevige beentjes in de lucht en het hoofdje overdreven achterover, bonkte mijn hart van angst.

Onze lunch kwam eraan. Mijn makreel lag tussen een paar reepjes slappe sla en zag er oranje en heel groot uit. Elsies eten was volkomen beige. 'Jij hebt de beste keus gemaakt,' zei ik tegen Sarah, en ik riep Elsie die naar ons toe holde.

Na de lunch, waarbij Elsie geen frietje had laten liggen en elk spatje ijs had opgelepeld, hebben we een kleine wandeling gemaakt naar de oude kerk waar ik al eens eerder was geweest, en over Zuid-Amerika en Elsies vader gepraat.

'Vind je dit een erg fijne plek om te wonen?' vroeg Sarah, al lopend onder die immense hemel, langs de zee die er vandaag blauw en vriendelijk uitzag, met een sponzige grond onder onze voeten en cirkelende vogels boven ons hoofd.

Ik keek om me heen. Hier in de buurt hadden Danny en ik de liefde bedreven terwijl ik angstig lag uit te kijken voor tractoren. Hier in de buurt had Finn haar magere lijf weer gezond gewandeld en mij zover gekregen dat ik haar in vertrouwen nam. Daar in de verte was ik bijna doodgegaan.

Ik rilde. Het leek alsof we niet vooruitkwamen. Hoe ver we ook liepen, het landschap veranderde nooit. We hadden de hele dag kunnen lopen, maar de horizon was gewoon van ons af blijven rollen.

Ik heb altijd gedacht dat als er van mensen werd gezegd dat ze paars van woede werden, dit een metafoor of een hyperbool was, maar Geoff Marsh werd echt paars. Het kloppen van de halsslagader was duidelijk zichtbaar, dus ik vroeg hem of het wel ging, maar hij gebaarde dat ik in de stoel voor zijn bureau moest gaan zitten en zelf nam hij achter zijn bureau plaats. Zodra hij sprak, klonk dat geforceerd rustig.

'Hoe staan de zaken?'

'Je bedoelt, de unit?'

'Ja.'

'De schilders zijn bezig met een laatste laagje. En de vloerbedekking moet nog. Onze receptie ziet er wel heel bedrijfsmatig uit.'

'Je doet alsof dat iets slechts is.'

'Ik ben er, denk ik, voornamelijk in geïnteresseerd als therapeutische omgeving.'

'Dat ligt voor de hand. Maar het voortbestaan van deze unit en zijn rol in onze interne economie hangt wel af van zijn succes als genereerder van fondsen en dat hangt weer af van de input van het politieke zorgbeleid, en van verzekeringsmaatschappijen die ervan overtuigd raken dat ze zich met een traumabehandeling voor zekere categorieën klanten juridisch kunnen indekken. Met mishandelde kleuters en brandweerlieden die bang zijn voor brand kun je die kostbare therapeutische omgeving niet betalen.'

Ik telde tot tien en daarna nog eens tot tien. Zodra ik sprak, klonk dat ook overdreven kalm.

'Geoff, als ik jou niet zo goed had gekend en zo graag had gemogen, had ik weleens kunnen denken dat jij een poging deed om me te beledigen. Heb jij me soms hier ontboden om je college te geven over de beginselen van posttraumatische stressstoornis?'

Hij stond op, liep om zijn bureau heen en ging op een hoek zitten, in een houding die hem waarschijnlijk op een managementscursus was geleerd.

'Ik heb Margaret Lessing zojuist een officiële berisping gegeven. Ze mag van geluk spreken dat ik haar niet getermineerd heb.'

'Hoe bedoel je, getermineerd? Waar heb je het nou weer over?'

'Als trust voeren wij een strikt beleid ten aanzien van de persoonlijke levenssfeer, en daar heeft Margaret Lessing zich niet aan gehouden. Naar ik heb begrepen heeft ze dat op uw instigatie gedaan.'

'Persoonlijke levenssfeer, wat is dit voor geklets? Jij zou kopieën van onze dossiers aan Khaddafi verkopen als die er geld voor zou bieden. Wat voor spelletje is dit?'

'Dokter Laschen, Fiona Mackenzie was niet uw patiënt, zoals u zelf nadrukkelijk tegenover mij heeft gesteld. Het was zeer onbehoorlijk van u om haar dossier op te vragen.'

'Ik werk als arts in dit ziekenhuis en ik heb het recht om elk dossier op te vragen dat ik wil.'

'Als u uw contract leest en ons eigen bedrijfscontract, dokter Laschen, zult u zien dat uw zogenaamde rechten gebaseerd zijn op strikt gedefinieerde arbeidsvoorwaarden.'

'Ik ben arts, Geoff, en ik doe wat ik als arts vind dat ik moet doen. En trouwens, ik zou weleens willen weten sinds wanneer jij standaardaanvragen voor een medisch dossier controleert.' Ik zag even een zweem van twijfel in zijn ogen en toen besefte ik wat er aan de hand was. 'Dit heeft niets met ethiek te maken, jij zit me gewoon te bespioneren, of niet soms?'

'Was dit dossier van een overleden meisje noodzakelijk in het kader van een behandeling?'

Ik haalde diep adem.

'Nee.'

'Had u dit nodig in uw functie van arts?'

'Ja,' zei ik. 'Indirect wel.'

'Indirect wel,' herhaalde hij sarcastisch. 'Kan het zijn, is het denkbaar dat u ondanks mijn waarschuwingen en uw beloftes nog altijd op eigen initiatief een of ander privé-onderzoek naar deze zaak aan het uitvoeren bent? Een zaak, moet ik eraan toevoegen, die reeds afgesloten is.'

'Dat klopt.'

'En?'

'Hoezo, en? Ik ben aan jou toch geen verantwoording schuldig.'

'Ja, dat bent u wel. Dit is toch ongelooflijk. Met meer geluk dan wijsheid zijn we kennelijk aan een slechte pers ontsnapt en is deze tragische zaak afgesloten. Zodra ik hoorde dat u zich er nog altijd mee bemoeide, was mijn eerste gedachte dat u geestelijk ingestort was. Als ik eerlijk mag zijn, dokter Laschen, weet ik niet meer of u nu om medische behandeling of disciplinaire maatregelen vraagt.'

Ik sprong bijna uit mijn stoel en staarde hem aan, zo dicht bij zijn gezicht dat ik zijn adem op mijn huid voelde.

'Wat zei jij, Geoff?'

'U heeft wel gehoord wat ik zei.'

Ik greep de knoop van zijn das zo strak vast dat mijn vuist tegen zijn keel drukte. Hij piepte iets.

'Jij arrogante kwal,' zei ik, en liet hem los. Ik deed een pas achteruit en dacht even na. Bij mij bestond er geen twijfel, dus ik kreeg onmiddellijk een gevoel van ontlading. 'Jij probeert me zover te krijgen dat ik ontslag neem.' Hij zei niets en keek naar de grond. 'Dat ga ik trouwens toch wel doen.' Hij keek op, fel, bijna gretig. Zo had hij het allemaal gepland, maar dat kon mij niets schelen. 'Onwerkbare situatie. Zo heet dat toch, of niet?'

Zijn ogen schoten wantrouwig heen en weer. Zat ik hem soms op een of andere manier in de val te lokken?

'Ik zal een verklaring van die strekking uitgeven,' zei hij.

'Die heb je vast al in je la klaarliggen.'

Ik draaide me om, maar bedacht ineens iets.

'Zou je mij een plezier willen doen?'

Hij keek verbaasd. Misschien had hij tranen of een dreun in zijn gezicht verwacht, maar niet dit.

'Wat dan?'

'Die officiële berisping van Maggie Lessing intrekken. Mij maakt het niks uit, haar kan dat nog last bezorgen.'

'Ik zal het overwegen.'

'Zijn nut heeft het tenslotte al gehad.'

'Niet zo bitter doen, Sam. Als jij in mijn schoenen had gestaan, dan denk ik niet dat je het tegenover jou beter had gedaan dan ik.'

'Ik stap meteen op.'

'Dat is waarschijnlijk het beste.'

'Is Fiona Mackenzies dossier al terecht?'

Hij fronste.

'Dat is kennelijk zoek geraakt,' zei hij. 'Maar dat vinden we wel ergens.'

Ik schudde mijn hoofd.

'Volgens mij niet. Volgens mij blijft dat zoek.' Ik moest ergens aan denken en glimlachte. 'Maar dat geeft niet. Ik heb nog een tekening van mijn dochtertje van vijf.'

Ik deed de deur achter me dicht en het laatste wat ik zag was Geoff die daar stond met zijn mond wagenwijd open, als een vis op het droge.

36

De makelaar leek wel veertien.

'Grandioos,' zei hij. 'Gewoon grandioos.'

Dat waren zijn eerste woorden toen hij de drempel over stapte.

'Heel verkoopbaar. Heel verkoopbaar.'

Ik liet hem boven zien, en dat was ook allemaal uitermate grandioos en verkoopbaar.

'De tuin, daar ben ik niet echt aan toegekomen,' zei ik.

Hij schudde zijn hoofd.

'Een uitdaging voor de avontuurlijke tuinier,' zei hij.

'Dat klinkt wel een beetje ontmoedigend.'

'Grapje,' zei hij. 'Makelaarstaal.'

'Zoals u kunt zien, zitten we hier maar een eindje lopen van zee af.'

'Mooi punt,' zei hij. 'Heel aantrekkelijk. Daar zijn kopers dol op. Uitzicht op zee.'

'Nou, dat niet direct.'

'Grapje. Weer zo'n makelaarspraatje.'

'Oké. Ik weet niet wat ik u nu nog meer moet vertellen. Er zijn een zolder en een schuur. Maar u heeft de verkoop vorig jaar ook gedaan, dus waarschijnlijk heeft u de bijzonderheden nog ergens in de computer zitten.'

'Ja, dat klopt. Maar ik wou toch even komen kijken. Even de sfeer opsnuiven, voelen hoe het met het pand staat.'

'U ging me een taxatie geven.'

'Zeker, mevrouw Laschen. Weet u nog wat u voor het pand heeft betaald?'

'Vijfennegentig duizend.' Zijn wenkbrauwen gingen omhoog. 'Ik had haast.'

'Dat is een interessant bedrag,' zei hij.

'U bedoelt dat het te hoog was. Ik wou dat u me dat een jaar geleden had verteld toen u me het hier liet zien.'

'De markt in Oost-Essex is op het ogenblik slapjes. Heel slapjes.'

'Biedt dat problemen?'

'Dat biedt mogelijkheden,' zei hij, en stak zijn hand uit. 'Leuk u gesproken te hebben, mevrouw Laschen. Ik bel vanmiddag die taxatie even door. Dit vraagt om een agressieve prijsstelling. Ik weet zeker dat we volgende week al mensen hebben die willen komen kijken.'

'Dan ben ik er niet meer. Mijn dochter en ik gaan zaterdag terug naar Londen.'

'Als wij maar de sleutels en een telefoonnummer van u hebben. Waarom zo'n haast om weg te komen? Vond u het niet leuk om buiten te wonen?'

'Te veel criminaliteit.'

Hij lachte onzeker.

'Grapje, niet?'

'Ja. Grapje.'

Die week was een en al dingen die moesten gebeuren. Ik ging er even voor zitten om Elsie te vragen of ze het leuk vond om naar Londen terug te gaan en haar oude vriendinnetjes weer te zien.

'Nee,' zei ze opgewekt.

Daar heb ik het maar bij gelaten. De rest was gewoon het lijstje afwerken: Linda en Sally inlichten, die kennelijk voor iedere nieuwe schok immuun waren geworden, en hun opzegtermijn afkopen, regelingen treffen met nutsbedrijven, dozen van zolder pakken en spullen erin stoppen die ik er voor mijn gevoel pas uitgehaald had.

Ik heb te lang aan de telefoon gezeten. De ene keer probeerde ik iemand van de gemeente te pakken te krijgen en de andere keer werd ik nog eens opgebeld door journalisten en artsen. Tegen alle journalisten en het merendeel van de artsen zei ik nee. Geleidelijk aan heb ik een schifting gemaakt van alle misschien-banen tot de waarschijnlijk-banen overbleven, en tegen het eind van de week had ik een tijdelijk contract op zak als consulterend psychiater bij de afdeling psychologie van het Saint Clementine-ziekenhuis in Shoreditch. Ik kreeg telefoontjes van Thelma met de vraag wat er in jezusnaam aan de hand was, en van Sarah met het verhaal dat ik helemaal gelijk had en dat een vriend van haar een jaar naar Amerika was en of ik niet zijn flat in Stoke Newington wou onderhuren die maar een paar straten van het park af lag. Het enige probleem was dat dit vlak bij het stadion van Arsenal was en dat die buurt om de week op zaterdag en af en toe een extra weekend onder de voet gelopen werd, en of ik dat erg vond? Dat vond ik niet erg.

In de spaarzame tussenpozen probeerde ik alsmaar Chris Angeloglou te bellen. Ze zaten nog op de resultaten van het laboratoriumonderzoek te wachten. Chris was er niet, en, nee, inspecteur Baird ook niet. Die waren nergens te bereiken. Die zaten in vergadering. Die moesten getuigen voor de rechtbank. Die waren al naar huis. Vrijdagochtend, de dag voordat ik ging verhuizen, belde ik nog één keer met het bureau en werd doorverbonden met een assistente. Helaas waren rechercheur Angeloglou en inspecteur Baird niet aanwezig. Dat maakte niks uit, zei ik, ik wou alleen maar een boodschap voor ze achterlaten. Had ze misschien een stukje papier? Mooi. Ik wou Angeloglou en Baird even melden dat ik op het punt stond een interview te geven aan een landelijk dagblad waarin ik míjn hele verhaal van de moordzaak-Mackenzie zou doen, en daarnaast de politie zou aanklagen vanwege het niet heropenen van de zaak. Dank u.

Ik hing op en begon te tellen. Een, twee, drie... Bij zevenentwintig ging de telefoon.

'Sam?'

'Rupert, hoe staat het ermee?'

'Wat wil je nou?'

'Ik wil weten wat jullie eraan doen.'

'Vind jij het zo constructief om maar in het wilde weg dreigementen te uiten?'

'Ja, en ik zal je zeggen wat ik echt wil. Ik wil een gesprek op het bureau.' Er viel een lange stilte. 'Rupert, ben je daar nog?'

'Tuurlijk. Met alle plezier. Ik wou je daar toch al over bellen.'

'Naast Chris en jou wil ik daar ook Philip Kale bij hebben.'

'Oké.'

'En degene die over die zaak ging.'

'Dat was ik.'

'Ik wil met de orgelman praten, niet met zijn aapje.'

'Ik weet niet of de orgelman wel beschikbaar is.'

'Dat is hem wel geraden.'

'Anders nog iets.'

'Vraag of Kale zijn sectierapport over het echtpaar Mackenzie meebrengt.'

'Ik zal kijken wat ik voor je kan doen, Sam, en ik bel je wel.'

'Doe geen moeite. Om twaalf uur ben ik bij jullie.'

'Dat red ik niet voor die tijd.'

'Tijd heb jij wel genoeg gehad, Rupert.'

Zodra ik me bij de balie gemeld had, nam een jonge agente me vlug mee door het gebouw naar een lege verhoorkamer. Toen ze terugkwam met koffie waren Angeloglou en Baird er ook bij. Ze knikten naar me en gingen zitten. Het voelde alsof dit mijn kantoor was en niet het hunne.

'Waar zijn de anderen?'

Baird keek Angeloglou vragend aan.

'Kale zit even te bellen,' zei Chris. 'Die komt er zo aan. Val moest de hoofdinspecteur even hebben.'

Baird keek me aan.

'Tevreden?' vroeg hij, met een niet al te sarcastische ondertoon.

'Dit is niet zomaar een of ander spelletje, Rupert.'

Er werd op de deur geklopt, de deur ging open en een man tuurde naar binnen. Hij was van middelbare leeftijd, kalend, duidelijk de baas. Hij stak zijn hand naar me uit.

'Mevrouw Laschen,' zei hij. 'Ik verheug me er al zo lang op u eens een keer te ontmoeten. Ik ben Bill Day. Ik ben het hoofd van de Stamfordse recherche. Ik meen dat we u onze verontschuldigingen moeten aanbieden.'

Ik gaf hem een hand.

'Zoals ik net aan Rupert hier zat uit te leggen,' zei ik, 'ben ik hier niet met een of andere persoonlijke campagne bezig en ben ik niet op eigen eer uit. Waar het mij om gaat, is dat er een moordenaar gepakt wordt.'

'Nou ja, dat hoort ons werk te zijn,' zei Day met een lach die in een hoestbui eindigde.

'Daarom ben ik hier.'

'Mooi, mooi,' zei Day. 'Rupert zei dat u wilde dat ik erbij was en dat is heel begrijpelijk. Helaas kom ik net uit een belangrijke vergadering wippen, en moet ik echt weer terug. Maar ik kan u verzekeren dat we u alle medewerking zullen verlenen. Als u maar enigszins ontevreden bent, wil ik dat u persoonlijk contact met me opneemt. Hier is mijn... eh...' Hij voelde in zijn zakken en produceerde een visitekaartje met lichte ezelsoren en gaf dat aan me. 'Ik laat u nu in de bekwame handen van Rupert. Leuk met u kennisgemaakt te hebben, mevrouw Laschen.' We gaven elkaar nogmaals een hand en hij botste onderweg naar de deur bijna tegen Philip Kale op. Alle vier gingen we zitten.

'En?' vroeg Rupert. 'Wie begint er?'

'Ik heb even de neiging gehad om een advocaat mee te nemen,' zei ik.

'Waarom? Ga je soms een bekentenis afleggen?' vroeg Rupert vrolijk.

'Nee, het leek mij misschien wel verstandig als er een onafhankelijk verslag van deze bijeenkomst gemaakt werd.'

'Dat is helemaal niet nodig. We staan allemaal aan dezelfde kant. Zo, waar wou je ons over spreken?'

'Jezus, Rupert, wat is dit voor schertsvertoning? Maar, oké, als je erop staat.' Ik pakte mijn portefeuille en zocht de vakjes af tot ik het blauwe formulier vond. 'Vorige week heb ik enig bewijsmateriaal overhandigd waarvan ik vond dat dit een heropening van de moordzaak-Mackenzie rechtvaardigde. Reçu nummer SD41/A. Ik heb aangegeven dat de bloedgroep vastgesteld moest worden. Is dat gebeurd?'

'Dat is gebeurd,' zei Kale.

'Wat was die?'

Hij keek niet eens in zijn aantekeningen.

'Het bloedmonster van het initiaal van Finn op de tekening was van het type A rhesus D positief.'

'En u heeft geen twijfels over de identiteit van de persoon in de uitgebrande auto?'

Hij schudde zijn hoofd.

'De gebitsfoto's lieten daar geen onduidelijkheid over bestaan. Maar om elke twijfel weg te nemen heeft rechercheur Angeloglou vastgesteld dat Fiona Mackenzie de afgelopen paar jaar bloeddonor is geweest.' Hij permitteerde zich een dun lachje. 'Voor bloedgroep O.'

'Niet om het een of ander,' vroeg ik, 'maar wat waren de bloedgroepen van de ouders?'

Hij bladerde door zijn dossier.

'Leopold Mackenzie was B.' Hij bladerde wat verder. 'En zijn vrouw A. Leuk.'

Ik lachte schel, wat een beetje hekserig geklonken moet hebben.

Angeloglou keek verwonderd.

'Dus als we dat gewoon even hadden gecontroleerd was het duidelijk geweest dat ze hun dochter niet geweest kon zijn,' zei hij.

Ik kon een boze zucht niet onderdrukken.

'Nee, Chris,' zei Kale. 'Als één ouder A heeft en de ander B, dan kunnen de kinderen elk van de vier elementaire bloedgroepen bezitten. Wat Michael Daley wel geweten zal hebben.'

Er viel een hele lange stilte. Ik zat te trillen van opwinding en moest mezelf dwingen om me te beheersen. Ik wilde niets zeggen omdat ik niet kon garanderen dat ik niet in een of andere vorm zou uitroepen: 'Dat heb ik je toch gezegd?' Philip Kale begon demonstratief zijn papieren op orde te brengen. Angeloglou en Baird keken ongemakkelijk. Ten slotte mompelde Baird iets.

'Wat?' vroeg ik.

'Waarom hebben we op de plaats van het misdrijf geen bloedmonster van haar genomen?'

'De enige bloedsporen daar waren van haar ouders,' zei Kale. 'Het is niet bij me opgekomen dat haar bloedgroep van belang kon zijn.'

'Die heeft godbetert bij mij in de auto gezeten,' zei Baird. 'Die hebben allebei godbetert bij mij in de auto gezeten. Je zal zien dat ze dit bureau gaan slopen en het land omploegen. Dat ze er een gedenkpark van maken, met Chris en mij als parkwachters. Met de wetenschappelijke vaardigheden die Phil in huis heeft,' deze laatste woorden kregen een hatelijke nadruk, 'zou hij een van die puntige dingen kunnen hanteren waarmee je proppen papier opprikt.'

Angeloglou zei geluidloos iets heel smerigs dat ik van de andere kant van de tafel kon liplezen. Hij deed ontzaglijk zijn best om mijn strakke blik te ontwijken. Ik had mijn armen over elkaar en schoof zorgvuldig mijn rechterhand onder mijn linker bovenarm en kneep hard in het zachte vlees zodat ik elke triomfantelijke glimlach onmogelijk maakte.

'Hoe zie jij die hele zaak nu?' vroeg ik op een bestudeerde droefgeestige toon, proberend om het woord 'nu' niet te veel klemtoon mee te geven.

Rupert zat op een wit vel een ingewikkelde constructie van vierkanten en driehoeken te tekenen. Die werden vervolgens ingevuld met allerlei arceringen en ruiten. Toen hij sprak, sloeg hij niet één keer zijn ogen op.

'Michael Daley stond voor een dubbele uitdaging,' zei hij. 'Hij moest de hele familie Mackenzie uitmoorden en hij moest het geld zien te krijgen. Het eerste had geen zin zonder het tweede. Het tweede was ondoenlijk zonder het eerste. Dus heeft hij iets zo simpels bedacht, zo open en bloots, dat niemand het in de gaten had. Hij had een medeplichtige die een beetje op Finn leek – een oppervakkige gelijkenis was voldoende aangezien ze nooit iemand zou tegenkomen die de echte Finn kende. En als haar huisarts wist hij beter dan wie ook dat Finn haar uiterlijk drastisch veranderd had. Elke foto die omstreeks de tijd van de moorden in de media kwam zou een oude zijn, van Finn voor haar anorexia. Die medeplichtige – ik noem haar even X – had donker haar en was ongeveer even groot, misschien iets kleiner, maar dat kwam alleen maar beter uit. Michael volgde die dierenrechtenterroristen, dus hij wist van dat dreigement jegens Mackenzie. Hoe is nu niet meer exact vast te stellen, maar aangenomen moet worden dat de echte Finn op de dag of avond van de zeventiende is ontvoerd en vermoord en in het botenhuis verstopt. Haar ouders zijn uiteraard in de vroege ochtend van de volgende dag vermoord. Fiona Mackenzie was een redelijk sociale jonge vrouw die gewend was om te reizen. De Mackenzies zouden er niet van opkijken als ze laat thuiskwam. Met de sleutels die ze in handen hadden gekregen zijn ze binnengekomen. Het echtpaar is vermoord en Finn, ik bedoel X, trok Finns nachtjapon aan, en Michael heeft een snee op haar keel aangebracht, omstreeks het moment dat de schoonmaakster zou komen. Haar gezicht was ingetaped, dus het verschil in voorkomen van een op Finn lijkend meisje in Finns kleren in Finns slaapkamer werd niet opgemerkt. Dat was de situatie zoals wij die aantroffen.'

'Hoe konden ze nou zo'n riskant plan verzinnen?' vroeg Angeloglou, hoofdschuddend. 'Hoe konden ze er nou van uitgaan dat ze daarmee wegkwamen?'

'Je hebt mensen die bereid zijn heel wat risico te lopen voor, hoeveel was het, achttien miljoen of zoiets? Hoe dan ook, als je zoiets aandurft, is het dan wel zo riskant? Dat meisje wordt zogenaamd bedreigd, dus die wordt ergens veilig opgeborgen. Uiteraard moest ze wel weigeren om iedereen te spreken die Fiona Mackenzie kende, maar directe familie was er niet meer en trouwens, dat is toch wel een begrijpelijke reactie van een getraumatiseerd jong meisje, vindt u niet, dokter Laschen?'

'Ik geloof dat ik vanuit mijn beroep in die tijd een dergelijk standpunt wel heb verkondigd,' zei ik op holle toon.

'En de kwestie van identiteit is nooit een probleem omdat er een vertrouwde huisarts aanwezig is die met haar kan praten en medische bijzonderheden kan verschaffen, zoals haar bloedgroep, uit een nepdossier van Finn.'

'En Finns, dat wil zeggen, het ziekenhuisdossier van X, is zoek geraakt,' voegde ik eraan toe.

'Zou het voor Daley mogelijk zijn geweest om toegang tot dat dossier te krijgen?' vroeg Baird.

'Voor mij wel, als Daley er niet eerder bij was gekomen.'

'Wat wel moest gebeuren was dat X de rol van Finn zo lang op zich nam dat ze een testament op kon maken en alles aan Daley nalaten. De enige daarvoor vereiste vaardigheid was dat ze op rudimentaire wijze Fiona Mackenzies handtekening kon namaken. Eén hobbel was er wel. De schoonmaakster van de familie uitte de wens om, voordat ze naar Spanje terugging, Fiona nog een keer te zien. Dat had alles kunnen verpesten, maar ze is overleden.'

'Mevrouw Ferrer is vermoord,' wierp ik tussenbeide. 'Michael is erheen geweest en heeft haar met die plastic zak vermoord. En is er met mij weer naartoe gegaan. Elk teken van een worsteling, ieder spoor van zijn aanwezigheid kon verklaard worden door zijn zogenaamde poging om haar te reanimeren.'

Rupert verschoof ongemakkelijk in zijn stoel en ging door.

'Daarna moest er alleen nog een zelfmoord in scène gezet worden, met het lijk van de echte Fiona Mackenzie. Daarom was het ook zo belangrijk om die auto in brand te steken. Daley had geen alibi voor de moord op de Mackenzies nodig omdat hij geen verdachte was. Maar hij regelde het toch zo dat hij in het buitenland zat toen X in Danny's auto een eind naar het noorden reed en die in brand stak.'

'Dat was perfect,' zei ik met onwillekeurige bewondering. 'De zelfmoord van iemand die al dood was en een alibi gecreëerd door iemand van wie niemand het bestaan afwist. Als er nog verdenking mocht rijzen, konden ze Finns lijk testen tot dat een ons woog. En die arme Danny, die...'

'Rees heeft haar vast verrast toen ze bezig was ervandoor te gaan, die dag dat jij weg was.'

Ik keek in mijn koffie. Die was troebel, koud. Ik voelde de schaamte door mijn lijf branden.

'Ik heb haar bij me in huis genomen, bij mijn kind en mijn geliefde. Danny is vermoord. Heel mijn beroepsleven analyseer ik al geestestoestanden van mensen, maar dit meisje heeft me gewoon aan een touwtje gehad. Ze heeft een trauma gesimuleerd, een vriendschap, alles. Hoe meer ik erover nadenk, des te erger wordt het. Ze wou niet mee naar de begrafenis. Dat vat ik op als een symptoom. Ze wil alle kleren van de echte Finn verbranden. Dat vat ik als iets therapeutisch op. Ze doet voortdurend vaag over haar verleden. Dat vat ik als een noodzakelijke fase op. Ze deelt me in vertrouwen mee dat ze geen band meer met haar eerdere dikke ik voelt, en dat vat ik op als een teken dat ze het vermogen bezit om te herstellen.'

Rupert keek eindelijk van zijn tekenwerk op.

'Je moet je daar niet zo schuldig over voelen, Sam,' zei hij. 'Jij bent arts, geen rechercheur. Het leven loopt zoals het loopt omdat de meesten van ons ervan uitgaan dat de mensen met wie we te maken krijgen geen psychopaat of oplichter zijn.' Hij wierp een blik op Chris. 'Wij zijn degenen die rechercheur horen te zijn, helaas.'

'Maar wat was er dan gebeurd?'

'Hoezo?'

'Na die nepzelfmoord van Finn.'

'Heel simpel,' zei Chris. 'Daley krijgt het geld. Een jaar of twee daarna duiken er geruchten op als: die arme Daley is bij de AA voor gokkers gegaan. Is de weg kwijt, heeft de helft van zijn geld verloren, of zoiets, bij de paardenraces. Maar in werkelijkheid heeft hij dat als afkoopsom gebruikt voor...' Hij spreidde ten teken van overmacht zijn handen. '...X.'

'Hebben jullie enig idee wie die jongedame kan zijn?' vroeg ik. 'Een patiënte soms? Een oude vriendin? Een vroegere geliefde?' Niemand gaf antwoord.

'Misschien heeft ze wel een strafblad,' opperde ik.

'Wie?' vroeg Rupert botweg. 'We hebben maar één connectie met haar.'

'En dat is?'

'Dat ben jij.'

'Waar heb je het nou weer over?'

'Jij kende haar beter dan wie ook.'

'Ben je nou gek geworden? Ik kende haar helemaal niet.'

'Het enige wat wij vragen,' zei Chris, 'is dat je er nog eens goed over nadenkt. Probeer je gewoon alles weer voor de geest te halen. Alles wat zij misschien gezegd of gedaan zou kunnen hebben dat een aanwijzing zou opleveren voor haar identiteit.'

'Daar kan ik jullie meteen een antwoord op geven. Ik ben dagen bezig geweest om elke herinnering na te pluizen, alles wat ze tegen me gezegd heeft, ieder gesprek dat ik nog weet. Het was allemaal nep. Wat moet ik nou van haar zeggen? Ze kon koken. Ze kon eenvoudige goocheltrucs. Maar hoe meer ik erover nadenk, des te minder blijft er van haar over. Al de dingen die ze zei, die ze deed, waren even zoveel zand in mijn ogen. Als ik me daar doorheen werk, is ze er niet meer. Ik ben bang dat ik jullie niet erg kan helpen. Dus wat gaan jullie nu doen?'

Rupert stond op en rekte zich uit, zodat zijn hand tegen de polystyrenen tegels van het plafond kwam.

'We gaan een onderzoek instellen.'

'Wanneer gaan jullie bekendmaken dat jullie de zaak gaan heropenen?'

Verbeeldde ik me dat nou of zag ik hem diep ademhalen, zich schrap zetten voor wat hij ging zeggen?

'We gaan dat niet bekendmaken.'

'Waarom niet?'

Hij schraapte zijn keel.

'Na overleg op het hoogste niveau zijn we tot de conclusie gekomen dat we onze vooruitzichten wellicht verbeteren als de moordenaar niet weet dat we achter haar aan zitten. Ze is dat geld misgelopen. Misschien gaat ze wel in de fout.'

'Wie? Waaraan zou je dat dan merken?'

Hij mompelde iets.

'Rupert,' zei ik fel. 'Is dit soms een manier om de zaak in de doofpot te stoppen?'

Hij keek geschokt.

'Absoluut niet, die beschuldiging is jou onwaardig, maar ik weet dat je zwaar onder druk staat. Dit is gewoon de doeltreffendste manier om te opereren, en ik heb er vertrouwen in dat het resultaten zal opleveren. Wel, volgens mij hebben we nu alle bruikbare informatie doorgenomen. Wanneer ga je naar Londen?'

'Morgen.'

'Je laat toch wel je adres achter, hè?'

'Ja.'

'Mooi. Mocht je nog iets te binnen schieten, mocht er iets gebeuren, neem dan gewoon contact op.' Hij stak zijn hand uit. 'We zijn je heel erg dankbaar, Sam, voor de manier waarop jij het mogelijk hebt gemaakt dat de waarheid over deze tragische gebeurtenissen achterhaald kon worden.'

Ik aanvaardde zijn hand.

'Daar ben ik blij om, Rupert. Maar als ik ook maar even het vermoeden krijg dat deze zaak doodgezwegen wordt...'

'Vertrouw nou maar op ons,' zei hij. 'Vertrouw nou maar op ons.'

Knipperend met de ogen stapte ik het voetgangersgebied op, aan de rand van het marktplein, en botste tegen een oude vrouw zodat haar boodschappenwagentje omkieperde. Ik raapte de uien en wortels van de stoep en voelde me net een kind dat uit een droom was ontwaakt en tot zijn verbazing ontdekte dat de wereld onveranderd doorging. Maar ik voelde dat mijn verborgen droom nog altijd niet over was. Dat ik nog altijd ergens heen moest.

37

Er volgde een weekend van dozen, een belangstellend kind, een verstoorde kat, een grote bus, flirtende verhuizers, mokken thee, geregel, bossen sleutels, mijn eigen gehuurde opslag, waarbij ik zo'n vijf procent van mijn eigendommen reserveerde voor de tijdelijke flat.

Tijdens die verplichte drukte waren er twee dingen ik echt moest doen. Ten eerste lag er handvol aanvragen voor interviews, dus die nam ik door en ik belde een stel vrienden die kranten lazen om raad, en toen heb ik maandagochtend Sally Yates van *The Participant* gebeld. Binnen een uur zat ze achter een mok koffie en een notitieblok, met een pen in de aanslag, in de keuken van een man die een jaar in Amerika was gaan werken. Yates was mollig, slordig gekleed, meevoelend, zeer vriendelijk, en liet grote stiltes vallen die ik vermoedelijk met confidenties over mijn privé-leven moest vullen. Probeer nooit een bedrieger te bedriegen. Ik had genoeg ervaring met het interviewen van kwetsbare mensen om een redelijk getrouwe kopie van een waardig lijdende vrouw te produceren. Zo imponerend als Finn, als X, was ik niet, maar ik deed het niet slecht. Ik had precies bepaald welke intieme details ik achteloos zou offeren – over de pijn om het verliezen van een geliefde, over criminaliteit en lijfelijke angst, de kwellingen en de ironie van een traumaspecialiste die zelf aan een trauma leed. 'Er bestaat een medische stelregel dat je altijd de ziekte oploopt waarin je gespecialiseerd bent,' zei ik, maar wel met een trieste glimlach en een snotter, alsof ik op het punt stond een traan te plengen.

Aan het eind kwam dan de verklaring waarvoor ik dit hele interview op touw had gezet.

'Dus nu ben je aan dat hele gedoe ontsnapt...' zei Sally Yates, meevoelend, terwijl haar zin onafgemaakt bleef zodat ik die draad kon oppakken.

'Maar, Sally,' zei ik, 'ik vraag me af, als arts en als vrouw, of we ooit aan ervaringen kunnen ontsnappen door er gewoon voor weg te lopen.' Ik liet een lange stilte vallen, ogenschijnlijk zo overstuur dat ik bang was de controle te verliezen. Sally legde haar hand op de mijne. Zogenaamd met veel moeite begon ik weer te praten: 'Dit is voor mij zo'n tragisch iets geweest – die nieuwe traumakliniek, dat ik uit het vak ben gestapt – en de kern van het verhaal is dat mensen zich anders voordeden dan ze waren.'

'Je bedoelt, dokter Michael Daley?' vroeg ze met bezorgde gefronste wenkbrauwen.

'Nee, die niet,' zei ik, en toen ze verbaasd keek, gebaarde ik dat ik niets meer kon zeggen.

Bij het afscheid in het trapportaal omhelsde ik haar.

'Gefeliciteerd,' zei ik. 'Je hebt me dingen laten zeggen die ik nooit wou zeggen.'

Haar wangen kregen een blos van genoegen, die snel werd onderdrukt.

'Het was heel bijzonder om jou te ontmoeten,' zei ze, en hield me nog steviger vast dan ik haar.

De krant kon duidelijk nauwelijks wachten want nog geen twee uur daarna kwam er een fotograaf langs. De jongeman reageerde teleurgesteld dat mijn dochter er niet was, dus liet mij dan maar naast een vaas bloemen plaatsnemen. Gevoelvol staarde ik ernaar, me afvragend wat voor bloemen het waren. De volgende dag werd ik beloond met een foto en een kop: 'Sam Laschen: Heldin en het onopgeloste mysterie.' Nou niet direct spetterend, maar wel een schot voor de boeg van Baird en zijn maten. De volgende keer deed ik minder mysterieus.

Er was nog een tweede taak, een zwaardere en pijnlijkere. Een vriendin had me vaag aangeboden dat ik in noodgevallen haar oppas mocht gebruiken. Dit was een noodgeval. Ik nam Elsie mee naar een chaotisch rijtjeshuis om de hoek, waar een Spaans tienermeisje en een nors kijkend kind van vijf zaten. Elsie banjerde naar binnen en zei me niet eens gedag. Ik stapte in de auto en reed naar het westen. In twee opzichten tegen de stroom in.

Ik vond de Saint Anne's Church aan de Avonmouth-kant van Bristol gemakkelijk en liep met mijn bos lentebloemen door het hek naar de groene rust van het kerkhof. Je zag zo welk graf van Danny was: tussen alle bemoste grijze grafstenen, waarop de namen nauwelijks te ontcijferen waren, lag zijn bespikkelde roze steen er naakt en nieuw bij. Iemand had er bloemen op gezet. Ik keek naar de zwarte letters: Daniël Rees, Beminde zoon en broer. Ik vertrok mijn gezicht; dat sloot mij vakkundig buiten. 1956-1996: het verjaardagsfeestje waar we toen over dachten had hij niet gehaald. Ik werd oud, mijn gezicht veranderde en rimpelde, mijn lijf kreeg de pijnen en gebreken van de ouderdom, werd krom en lijdend, maar in mijn herinnering bleef hij altijd jong, altijd sterk en mooi.

Ik keek op het lelijke roze marmer van één meter tachtig en moest rillen. Daaronder lag zijn prachtige lijf, dat ik nog warm en vol begeerte tegen me aan had gedrukt, verkoold en inmiddels wegrottend. Zijn gezicht, de lippen die me hadden verkend en de mond die naar me gelachen had en de ogen die me aan hadden gestaard, lagen te verschimmelen. Ik ging naast de steen zitten, legde een hand op het graf als op een warme zij en streelde die.

'Ik weet dat je me niet kan horen, Danny,' zei ik in de windloze stilte. Alleen al zijn naam hardop uitspreken deed zeer in mijn borst. 'Ik weet dat je daar niet meer bent, of waar dan ook. Maar ik moest hier toch even komen.'

Ik keek om me heen. Er was verder helemaal niemand. Zelfs een vogel hoorde ik niet. Alleen de auto's op de grote weg een paar honderd meter verderop verstoorden de rust. Dus ik deed mijn jasje uit, legde dat naast mijn tas, pakte de bloemen van het graf en ging er zelf op liggen, met mijn wang op het koude steen. Ik rekte me helemaal uit, boven op Danny, zoals ik af en toe in mijn dromen nog steeds deed.

Met veel zelfmedelijden snotterde ik het verdriet er gemakkelijk uit, liggend op het graf. Op de steen vormden zich zoute plasjes tranen. Ik huilde alsof mijn leven ervan afhing. Ik liet de herinneringen komen: aan de eerste keer dat we elkaar zagen, de eerste keer dat we met elkaar naar bed gingen, de uitstapjes met Elsie – gewoon heerlijk met zijn drietjes, zonder te weten hoe gelukkig we waren. Ik dacht eraan hoe hij dood was gegaan. Ik wist dat het goed met me kwam. Op een dag kwam ik iemand anders tegen, en dan begon dat hele proces van verliefd worden weer helemaal opnieuw, maar nu was ik tot op het bot verkleumd en eenzaam. De wind ruiste door het kerkhof, al die dode botten die daar onder hun inscripties lagen.

Dus verstijfd hees ik me overeind. Zodra ik iets zei, kreeg ik een absurd verlegen gevoel, alsof ik in een of andere houterige amateurproductie de rol van de rouwende weduwe moest spelen: 'Nou, dit is het dan. Dag, Danny.' Maar toch moest ik dat blijven zeggen, hoe melodramatisch het ook was. Ik kon mezelf er gewoon niet toe brengen om het voor de laatste keer te zeggen. 'Dag, dag, dag, dag.'

En daarna trok ik mijn jasje aan, raapte mijn tas op, legde de twee bossen bloemen weer op het graf, precies zoals ze lagen, liep het kerkhof uit en heb niet één keer door het traliehek teruggekeken naar de plek waar hij lag. En als ik snel genoeg terugreed, was ik op tijd thuis om Elsie naar bed te brengen en haar een liedje te zingen voor ze ging slapen.

38

De telefoon ging toen ik de trap op kwam rennen, dossiers onder
één arm en twee tassen met avondeten in mijn handen. Ik struikelde over Anatoly, vloekte, liet de tassen vallen en schepte de
hoorn van de haak, net op het moment dat het antwoordapparaat
aanklikte.

'Wacht even,' zei ik buiten adem over mijn hoffelijke opgenomen stem heen, 'hij slaat zo af.'

'Sam, met Miriam. Ik bel alleen even over vanavond. Heb je
nog zin?'

'Tuurlijk. De film begint om halfnegen, en ik heb met de anderen afgesproken om tien voor half bij de bioscoop. Ik heb wat
kant-en-klaars gekocht voor daarna. Zo fantastisch om jullie weer
eens te zien.'

Ik laadde het eten over in de koelkast. Elsie en Sophie waren
waarschijnlijk over een uurtje of zo terug van het park. Die zouden
ervan staan te kijken dat ik er al was. Ik liep door naar de slaapkamer ('slaapdoos' zou ik zelf een exactere omschrijving hebben
gevonden van een ruimte waar ik me langs een ladenkastje moest
wurmen om bij mijn eenpersoonsbed te komen) en raapte de stapel vieze kleren uit de hoek en propte die in de wasmachine.

Op de keukentafel lag een stapel rekeningen, in de kleine gootsteen lag een wankele stapel afwas, overal op het aanrecht stonden
boeken en cd's in scheve torentjes. De vuilnisbak was overvol.
Elsies open slaapkamerdeur bood uitzicht op een buitengewoon
chaotisch tafereel. De planten die talloze vrienden me hadden
gegeven toen ik hier in trok, stonden te verleppen in hun pot.
Zonder na te denken plensde ik er water overheen, onder het

neuriën van een van Elsies absurde kinderliedjes en het maken van een lijstje in mijn hoofd. Het reisbureau bellen. De bank bellen. Eraan denken om morgen even met Elsies onderwijzeres te praten. Morgenochtend de makelaar bellen. Cadeau kopen voor Olivia's veertigste verjaardag. Dat rapport over de treinramp bij Harrogate doornemen. Dat beloofde stuk voor *The Lancet* schrijven. Iemand regelen om een kattenluikje voor Anatoly te maken.

De sleutel draaide om in het slot en Sophie kwam binnen waggelen, beladen met Elsies picknickdoos en springtouw.

'Hoi,' zei ik, zoekend door de brieven die overal op tafel lagen naar het briefje van de veerbootmaatschappij. 'Je bent vroeg terug. Maar waar is Elsie?'

'Er is zoiets raars gebeurd!' Ze dumpte haar last op tafel en ging zitten, mollig en modieus in haar namaaktijgerlegging en haar strakke glanzende t-shirt. 'Net toen we Clissold Park inliepen, kwamen we je zus tegen. Elsie vond het blijkbaar zo leuk om haar te zien, ze holde haar armen in. Ze zei dat ze haar zo zou terugbrengen. Ik heb ze nog hand in hand het park in zien lopen. Bobbie, zo heette ze toch? Die ging een ijsje voor haar kopen.'

'Ik wist niet dat die hier zou zijn,' zei ik verrast. 'Heeft ze nog verteld wat ze hier deed?'

'Ja hoor. Ze zei dat haar man naar een vergadering moest of zo en haar had afgezet, en dat ze gordijnen was wezen uitzoeken in die echt chique stoffenzaak op Church Street. Maar, dat kan ze je straks zelf wel vertellen. Zal ik een kopje thee voor ons zetten?'

'Helemaal naar Londen komen om gordijnen te kopen? Echt mijn zus. Maar, nou we toch even de tijd hebben en het kind er niet is, we kunnen ook die boeken en cd's eens aanpakken. Ik wil alles op alfabetische volgorde hebben.'

We zijn tot de G gekomen, en ik zat onder het stof en het zweet toen de telefoon ging. Het was mijn zus.

'Bobbie, wat geweldig zo ineens. Waar zit je? Hoe laat kom je langs?'

'Hè?' Bobbie klonk volkomen verbijsterd.

'Zullen we afspreken in het park?'

'Welk park? Waar heb je het over, Sam? Ik heb ma even gebeld om te kijken of ze jou had gebeld, ze...'

'Wacht eens even.' Ik had een merkwaardig droge mond gekr‹ gen. 'Waar bel je vandaan, Bobbie?'

'Nou ja, van huis natuurlijk.'

'Elsie is·niet bij jou?'

'Natuurlijk is Elsie niet bij mij, ik heb geen idee waar...'

Maar ik was al weg, had de hoorn op haar verbijstering geknald, tegen Sophie gebruld dat ze onmíddellijk de politie moest bellen, was de trap afgedenderd, met twee treden tegelijk, het hart bonzend in mijn borst: alsjeblieft, laat haar niks overkomen zijn, alsjeblieft, laat haar niks overkomen zijn. Ik viel met de deur naar buiten en sprintte weg over het trottoir, met zere voeten van het hete beton. De straat door, oudere dames en vrouwen met kinderwagen en jongemannen met grote hond opzij duwend. Door de sjokkende stroom van mensen die thuiskwamen van hun werk. De straat over, met veel getoeter en chauffeurs die scheldend uit hun raampje hingen.

Het ijzeren hek van Clissold Park door, langs het bruggetje en de overvoerde eenden, de herten met hun fluwelen neus bij het hoge hek, door de laan met kastanjebomen. Ik rende en keek, met de ogen van figuurtje naar figuurtje vliegend. Zoveel kinderen, en niet eentje was het mijne. Ik scheurde het speelterrein op. Jongens en meisjes in felgekleurde jassen met capuchon schommelden, gleden, sprongen, klommen. Ik ging tussen de wip en de zandbak staan, waar de parkwachter vorige maand overal gebruikte spuiten had gevonden, en staarde wild om me heen.

'Elsie!' gilde ik. 'Elsie!'

Ze was er niet, hoewel ik haar in elk kind zag lopen en in elke kreet hoorde schreeuwen. Ik keek naar de poedelvijver die er turquoise en verlaten bij lag, rende toen verder naar het koffiehuis, naar de grote vijvers aan het eind van het park, waar we de eendjes en de ruziezoekende Canadese ganzen altijd voerden. Ik staarde vanachter het hek naar de stukjes brood en afval, alsof ik haar lijkje in het olieachtige water zou zien drijven. Daarna rende ik naar de andere kant van het park. 'Elsie!' riep ik om de zoveel tijd, 'Elsie, lieverd, waar ben je?' Maar een antwoord verwachtte ik niet en kreeg ik ook niet. Ik hield mensen aan, een vrouw met een kind van ongeveer haar leeftijd, een groepje tieners op skateboards, een bejaard stel dat hand in hand liep.

e soms ergens een klein meisje gezien?' vroeg ik.
.sje in een donkerblauwe jas met blond haar? Met
ι dacht van wel. Hij zwaaide vaag met zijn hand in de
an een kring rozenstruiken achter ons. Een jongetje van
e moeder had aangesproken, zei dat hij een meisje in het
had zien zitten op een bankje, dat bankje daar, en hij wees
de lege zitting.

Ze was nergens. Ik deed mijn ogen dicht en draaide de nacht-
ιerries af in mijn hoofd: Elsie die krijsend meegesleurd werd,
Elsie die een auto ingeschoven en meegenomen werd, Elsie die
pijn gedaan werd, Elsie die steeds maar om me riep. Dit schoot
niet op. Ik rende weer naar de ingang van het park, struikelend,
pijn in mijn zij, de angst als brandend zuur in mijn maag. Om de
zoveel tijd riep ik haar naam, en menigten weken voor me uiteen.
Niet goed bij haar hoofd.

Ik holde het kerkhof op, in de buurt van Clissold Park, want dat
was de voor de hand liggende plek om iemand naartoe te sleuren
en pijn te doen. Mijn kleren bleven haken aan de braamstruiken.
Ik struikelde over oude grafstenen, zag stelletjes, groepjes tieners,
maar geen kinderen. Ik riep en ik schreeuwde, maar wist dat dit
geen zin had omdat het er heel groot was en er overal verborgen
hoekjes waren, en al had Elsie daar gezeten, dan had ik haar nooit
gevonden.

Dus ik ging weer naar huis, en van de hoop dat ze daar op me zat
te wachten werd ik helemaal week in de buik. Maar ze was er niet.
Sophie deed me open, met een bang en ontredderd gezicht. Er
waren ook twee agenten. Een van hen, een vrouw, stond aan de
telefoon. Ademloos vertelde ik wat er gebeurd was – dat het niet
mijn zus was geweest in het park – maar ze hadden het al bij stukjes en beetjes van Sophie gehoord.

'Het is mijn fout,' zei ze maar steeds, en ik hoorde de hysterie in
haar doorgaans zo afstandelijke stem, 'het is allemaal mijn fout.'

'Nee,' antwoordde ik vermoeid, 'hoe had jij dat nou kunnen
weten?'

'Elsie vond het schijnbaar zo leuk om met haar mee te gaan. Ik
snap het niet. Ze is niet zo happig op vreemden.'

'Dit was geen vreemde.'

Nee, een foto van Elsie had ik niet. Tenminste, niet hier. En ik wou net mijn dochter uitgebreid gaan beschrijven toen er aangebeld werd. Ik holde de trap weer af, deed open. En mijn ogen gleden van het lachende gezicht van een nieuwe agent omlaag naar een meisje in een blauwe jas die aan de resten van een oranje ijslolly stond te likken. Ik zonk met mijn knieën op de stoep en even dacht ik dat ik de glimmende schoenen van de agent onder ging kotsen. Ik sloeg mijn armen om haar lijfje, begroef mijn gezicht in haar zachte buikje.

'Kijk uit, m'n lolly,' zei ze uiteindelijk, op bezorgde toon.

Ik ging staan en hees haar omhoog. De agent grijnsde naar me.

'Een jongedame heeft haar gevonden in het park, waar ze maar wat rondliep, en heeft haar aan mij overgedragen,' zei hij. 'En dit slimme meisje wist nog waar ze woonde.' Hij tikte Elsie onder de kin. 'Volgende keer beter op haar letten,' zei hij. Hij keek om me heen naar de twee andere agenten die de trap afkwamen. 'Meisje was weggelopen.' De agenten knikten naar elkaar. De vrouw liep me voorbij en zei in haar portofoon, dat iets niet meer hoefde. De ander trok een vermoeide wenkbrauw op naar zijn collega. Weer zo'n moeder die niet goed bij haar hoofd was.

'Nou, niet direct...' wou ik zeggen, maar liet het zitten. 'Hoe zag ze eruit, die vrouw die haar "gevonden" had?'

De agent haalde zijn schouders op.

'Jong. Ik heb nog gezegd dat u haar misschien wel wou bedanken, maar zij zei dat het geen moeite was.'

Onder een stortvloed van gespeelde dankbetuigingen wist ik ze de deur uit te krijgen om weer alleen met mijn dochter te zijn.

'Elsie,' vroeg ik, 'met wie ben je geweest?'

Ze keek me aan, oranje vegen om haar mond. 'Jij hebt gelogen,' zei ze. 'Ze is weer levend geworden. Dat wist ik.'

39

Mijn avondje naar de film, dat werd allemaal afgezegd. Het werd weer eens gewoon Elsie en mij samen thuis, en ik heb haar precies gegeven wat ze wou. Rijstpudding uit blik met goudglanzende stroop erover in de vorm van een paardje.

'Het is écht een paard,' zei ik. 'Kijk maar, daar is de staart en daar zitten de spitse oren.'

Het kostte me ontzaglijk veel moeite, maar ik dwong mezelf ontspannen te blijven.

'En hoe was het met Finn?'

'Heel goed,' zei Elsie achteloos, omdat ze eigenlijk bezig was met haar lepel dat goudglanzende strooppatroon in haar rijstpudding tot rondjes te roeren.

'Dat ziet er prachtig uit, Elsie. Ga je er nog wat van eten? Mooi. En wat hebben jij en Finn gedaan?'

'We hebben kippen gezien.'

Ik manoeuvreerde Elsie het bad in en blies zeepbellen met mijn vingers.

'Dat is een reuzenbel, mammie.'

'Zal ik proberen om een nog grotere te maken? Waar hebben jij en Finn over gepraat?'

'We hebben gepraat en gepraat en gepraat.'

'Daar zijn twee kleine babybelletjes. Waar hebben jullie óver gepraat?'

'We hebben over ons huis gepraat.'

'Wat leuk.'

'Mag ik bij jou in bed slapen, mammie?'

Ik droeg haar naar mijn bed en dankbaar voelde ik haar warme natheid door mijn blouse. Ze zei dat ik mijn kleren uit moest doen, dus dat deed ik, en we gingen samen tussen de lakens liggen. Op het nachtkastje vond ik een borstel en we hebben elkaars haar geborsteld. We hebben wat liedjes gezongen, en ik heb haar het knipspelletje geleerd, waarbij ik mijn grote vuist en zij haar vuistje veranderden in een steen, een stuk papier of een schaar. Van een steen wordt de schaar bot, een schaar kan een stuk papier doorknippen en een steen kan in een papier verpakt worden. Elke keer dat we het speelden wachtte ze tot ik liet zien wat ik ging doen en dan deed zij pas wat zodat zij won en ik haar ervan beschuldigde dat ze vals speelde en we allebei moesten lachen. Het was zo'n moment van intens geluk dat ik me ervan moest weerhouden om niet de kamer uit te stormen en in janken uit te barsten. Ik had het misschien wel kunnen doen, maar het idee dat ik haar even uit het oog verloor, was voor mij onverdraaglijk.

'Wanneer kunnen we Fing weer zien?' vroeg ze, zomaar ineens.

Ik wist niet wat ik moest zeggen.

'Wat gek dat je over ons huis hebt gepraat met... met Finn,' zei ik. 'Dat kwam vast omdat je daar zo heerlijk met haar gespeeld hebt.'

'Nee,' zei ze gedecideerd.

Ik kon een glimlach niet onderdrukken.

'Waarom niet?'

'Het was niet dát huis, mammie.'

'Hoezo?'

'Het was ons veilige huis.'

'Ach, schatje, wat fantastisch.' Ik drukte Elsie dicht tegen me aan.

'Au, je doet me pijn.'

'Sorry, lieverd. En heeft ze nog dingen in dat veilige huis gestopt?'

'Ja,' zei ze, aandachtig naar mijn wenkbrauw kijkend. 'Er ligt daar een witte haar.'

Ik werd even duizelig en misselijk, alsof ik in een zwarte afgrond staarde.

'Ja, dat weet ik. Raar, hè?' Zonder Elsie te storen voelde ik achter me naar het potlood en de blocnote die ik naast de telefoon op het nachtkastje had zien liggen. 'Zullen we het veilige huis in gaan?'

'Wat voor kleur is jouw oog?'

'Au!' brulde ik toen een belangstellende vinger in mijn linker-oog priemde.

'Sorry, mammie.'

'Dat is blauw.'

'En de mijne?'

'Ook blauw. Elsie, zullen wij even een kijkje gaan nemen in het veilige huis?'

'Nou, goed dan,' zei ze als een wrede puber.

'Oké, schatje, doe je ogen maar dicht. Goed zo. Nou gaan we het tuinpad op. En wat hangt daar aan de deur?'

'Ronde blaadjes.'

'Ronde blaadjes? Dat is raar. Nou doen we de deur open en kijken we wat er op de deurmat ligt.'

'Een glas melk.'

Dat schreef ik op.

'Een glas melk op de deurmat?' vroeg ik op mijn beste kleuter-juftoon. 'Dat is vreemd! Nou gaan we voorzichtig om dat glas melk heen, zonder dat er iets morst, en lopen we door naar de keuken. Wat ligt daar in de keuken?'

'Een trommel.'

'Een trommel in de keuken? Wat een gek huis! Nou gaan we kijken wat er op tv is, ja? Wat is er op tv?'

'Een peer.'

'Dat is leuk. Jij houdt van peren, hè? Maar daar nemen we nog geen hapje van. Raak 'm maar niet aan. Ik zag dat je 'm aanraakte.' Ze giechelde. 'Nou gaan we naar boven. Wat ligt er op de trap?'

'Een trommel.'

'Nog een trommel. Weet je dat wel zeker?'

'Jáhá, mam,' zei ze ongeduldig.

'Oké. Fantastisch spelletje is dit, hè? En wat zou er in het bad liggen?'

'Een ring.'

'Dat is raar om zoiets in een bad te hebben. Misschien is die wel van je vinger gevallen toen je in het bad zat te spetteren.'

'Niet waar!' schreeuwde ze.

'Nou gaan we het bad uit en naar Elsies bed. Wat ligt er in het bed?'

Ze lachte.

'Er ligt een zwaan in het bed.'

'Een zwaan in het bed. Hoe moet Elsie nou gaan slapen met een zwaan in haar bed?' Haar oogleden begonnen te trillen, haar hoofd begon te tollen. Die viel zo in slaap. 'Nou gaan we naar mammies slaapkamer. Wie ligt er in mammies bed?'

Nu klonk haar stem alsof ze wegdroomde.

'Mammie ligt in mammies bed,' zei ze zachtjes. 'En Elsie in mammies armen. En hun ogen zijn dicht.'

'Dat is prachtig,' zei ik. Maar ik zag dat Elsie al in slaap was. Ik boog me over haar heen en haalde een stel blonde slierten uit haar gezicht. Paul, de geheimzinnige afwezige eigenaar van de flat, had in de hoek van de slaapkamer een bureau staan, dus ik liep daar op mijn tenen naartoe en ging er met mijn blokcnote aan zitten. Ik zette mijn vingertoppen even aan mijn hals en voelde de slagader kloppen. Dat was vast bijna 120. Vandaag had de moordenares van mijn geliefde mijn dochtertje ontvoerd. Waarom had die haar niet vermoord of iets met haar gedaan? Ineens rende ik naar de badkamer. Ik hoefde niet over te geven. Ik haalde een paar keer diep adem, maar het scheelde niet veel. Ik liep terug naar het bureau, knipte het lampje aan en herlas mijn aantekeningen zorgvuldig.

De moordenares, X, had mijn dochter meegenomen, met het risico dat ze betrapt werd, en dat alleen maar om een van die stomme gedachtespelletjes met haar te spelen die wij vroeger met elkaar speelden toen we nog buiten woonden. Zodra Elsie me vertelde wat ze hadden gedaan verwachtte ik iets afgrijselijks, maar zij kwam met zo'n stomme verzameling aardse dingen: ronde blaadjes, een glas melk, een trommel, een peer, nog een trommel, een ring, een zwaan en daarna Elsie en ik in mijn bed met onze ogen dicht. Ronde blaadjes? Ik tekende er een paar. Ik nam de eerste letter van elk woord en speelde daar wat doelloos mee. Ik probeerde een of ander verband te zoeken tussen die dingen en de plek waar ze gezet waren. Was er soms iets bewust paradoxaals aan een zwaan in bed, een glas melk op de deurmat? Misschien had die naamloze vrouw wel zomaar wat dingen in het hoofd van mijn kind geplant om haar macht te demonstreren?

Ik liet het volgekrabbelde stuk papier liggen, schoof naast Elsie in bed en luisterde naar haar adem, voelde haar borst op en neer deinen. Net toen ik het idee had dat ik de hele nacht niet had geslapen en me afvroeg hoe ik een hele dag doorkwam, werd ik wakker omdat Elsie mijn oogleden van elkaar zat doen. Ik slaakte een kreun.

'Wat gaan we vandaag doen, Elsie?'

'Weet ik niet.'

Het was haar eerste dag op haar nieuwe school. Over de telefoon was mijn moeder het er niet mee eens geweest. Elsie is geen meubelstuk dat je maar uit Londen kan verhuizen en weer terug, wanneer jou dat uitkomt. Die heeft een stabiel leven nodig, en een thuis. Ja, ik wist wel wat mijn moeder wou zeggen. Dat ze een vader nodig had, en broertjes en zusjes, en het liefst een moeder die zo min mogelijk op mij leek. Over de telefoon deed ik energiek en opgewekt, maar ik moest huilen toen ze ophing en werd boos en depressief, maar knapte even later toch op. De basisschool moest Elsie wel aannemen omdat de flat waar we woonden praktisch op de speelplaats uitkeek.

Ik kreeg pijn in mijn buik toen Elsie, in haar nieuwe gele jurk, met het haar strak achterover in een staartje met lint, met me de straat overstak naar school. Ik zag kleine kinderen komen en elkaar groeten. Hoe moest Elsie dit nu overleven? We gingen het kantoor binnen, en een vrouw van middelbare leeftijd lachte naar Elsie, en Elsie keek heel boos terug. Ze ging ons voor naar de opvangklas in de dependance. De onderwijzeres was een jonge vrouw met donker haar, en een rustige manier van doen waar ik onmiddellijk jaloers op werd. Ze kwam meteen op ons af en gaf Elsie een knuffel.

'Hallo, Elsie. Wil je dat mammie nog eventjes bij je blijft?'

'Nee, dat wil ik niet,' zei Elsie met wenkbrauwen als een donderwolk.

'Nou, geef haar dan maar een zoentje en zeg maar dá-ág.'

Ik pakte haar vast en voelde haar handjes in mijn nek.

'Oké?' vroeg ik.

Ze knikte.

'Elsie, waarom waren die blaadjes rond?'

Ze glimlachte.

'Wíj hadden ronde blaadjes op de deur.'

'Wanneer dan?'
'Voor de kerstman.'
Ronde blaadjes. Ze bedoelde een krans. Ik kon niets meer uitbrengen. Ik zoende haar op het voorhoofd en rende de klas uit en
de gang door. Moet heel nodig, schreeuwde ik naar een afkeurend
kijkende onderwijzeres. Ik sprintte de straat over en de trap op
naar de flat. In mijn borst deed iets pijn en in mijn mond zat een
vieze smaak. Ik had geen beste conditie. Bijna alles was opgeslagen, maar ik had nog wel een paar kartonnen dozen met boeken
van Elsie. Ik kieperde er eentje leeg op de vloer en graaide wat tussen de boeken. Het lag er niet bij. Ik kiepte er nog een leeg. Daar.
De twaalf dagen van Kerstmis. Dat plaatjesboek. Ik nam het mee
naar de slaapkamer en ging aan het bureau zitten. Daar was het.
De zwanen aan het zwemmen. De vijf gouden ringen. De trommelaars aan het trommelen. En een patrijs in een perenboom.
Maar dat glas melk dan? Ik bladerde het boek vlug door, me afvragend of ik niet toch op het verkeerde spoor zat. Nee. Ik permitteerde me een lachje. Acht meiden aan het melken. Dus: via een
omweg een verwijzing naar een kerstliedje. Wat werd daar dan
mee bedoeld?

Ik noteerde ze in de volgorde waarin Elsie ze afgegaan was: acht
meiden aan het melken, negen trommelaars aan het trommelen,
een patrijs in een perenboom, nog eens negen trommelaars aan
het trommelen, vijf gouden ringen, zeven zwanen aan het zwemmen. Ik staarde naar het lijstje, en plotseling leek het of de dingen
wazig werden en de cijfers vrij zweefden. Acht, negen, één, negen,
vijf, zeven. Wat een bekend nummer. Ik pakte de telefoon en toetste het in. Niets. Uiteraard. Ik belde met inlichtingen en kreeg het
netnummer van de regio Otley en toetste het nummer nog eens
in. Er was geen verbinding, er klonk alleen een ononderbroken
toon. Hadden ze dat nummer dan opgeheven zodra ik verhuisd
was? In mijn verwarring belde ik Rupert op het politiebureau van
Stamford.

'Ik wou je net bellen,' waren zijn eerste woorden.
'Ik wou je even vertellen...' Ik hield me in. 'Waarom?'
'Er is niemand iets overkomen, niks om je zorgen over te
maken, maar ik ben bang dat er iets afgebrand is. Je huis, gisteravond.' Ik kon geen woord uitbrengen. 'Ben je daar nog, Sam?'

'Ja. Maar hoe dan? Wat is er gebeurd?'

'Dat weet ik niet. Maar het is zo droog en heet geweest. Er is een hele rits branden geweest. Kan iets met de stroom zijn. We gaan er eens goed naar kijken. Binnenkort weten we meer.'

'Ja.'

'Raar dat jij me nou net belt. Wat wou je me vertellen?'

Ik dacht aan wat Elsie had gezegd toen ze gisteravond bezig was in slaap te vallen.

'Mammie in mammies bed. En Elsie in mammies armen. En hun ogen zijn dicht.' Lagen wij nou veilig te slapen of waren we dood en koud als de twee paar lijken waar X al naar had staan kijken? Leo en Liz Mackenzie. Danny en Finn, bijeen in de dood.

'Niks eigenlijk,' zei ik. 'Ik wou alleen even weten hoe het met het onderzoek stond.'

'Dat schiet al aardig op,' zei hij.

Ik geloofde hem voor geen cent.

40

Mark, de jonge makelaar, belde me later die middag.

'Ik hoop wel dat u een alibi heeft,' zei hij vrolijk.

'Zeg, moet jij eens...'

'Grapje, mevrouw Laschen. Er zijn geen ongelukken gebeurd.'

'Mijn huis is wel afgebrand.'

'Er is niemand gewond geraakt, dat is het voornaamste. Maar aan de andere kant, niet dat u dat mij zal horen zeggen, de zonnige kant van de zaak is wel dat u verzekerd bent, hoewel er misschien mensen zijn die erop zullen wijzen dat u beter gaat boeren met een afgebrand huis, dan wanneer u het had verkocht.'

'Hoe kan dat nou?'

'Niet dat u dat mij zal horen zeggen, maar met sommige panden willen we nog weleens wat lang blijven zitten, en de panden die wel goed lopen zijn meestal scherp geprijsd. Heel scherp geprijsd.'

'Maar ik dacht dat mijn huis zo uitermate goed verkoopbaar was.'

'In theorie wel, ja.'

'U doet wel heel opgewekt over deze hele zaak. Bent u hier soms ook voor verzekerd?'

'In zoverre wel dat we bepaalde financiële voorzorgsmaatregelen moeten nemen.'

'Dan zijn we er kennelijk allebei redelijk uitgesprongen.'

'Er kunnen nog één of twee formulieren zijn die u voor ons even moeten ondertekenen. Misschien zouden we daar eens over kunnen praten, met een drankje erbij.'

'Stuur ze maar op. Dag, Mark.'

Ik legde de hoorn erop, me afvragend of die brand nou een waarschuwing was geweest of een pervers cadeau van een vrouw die mijn pyromanische neigingen kende, of misschien wel allebei.

'Het is prima gegaan,' zei juffrouw Olds, toen ik Elsie kwam ophalen. 'Een beetje moe vanmiddag, maar toen is ze bij me op schoot komen zitten en hebben we samen een boek gelezen. Hè, Elsie?'

Elsie, die nonchalant naar me had gezwaaid toen ze me zag, was naar het huisje-speelhoekje gelopen waar ze met een ander meisje zwijgend plastic eten op een plastic bord deed en zogenaamd ging zitten eten. Ze keek op toen de onderwijzeres dat zei, maar knikte alleen.

'Het is voor haar de laatste tijd allemaal erg, eh, verwarrend geweest,' zei ik. Mijn hart ging nog steeds tekeer, als een racewagen die woest stond te loeien voor de start. Ik balde mijn vuisten en probeerde wat langzamer te ademen.

'Ik weet het,' zei juffrouw Olds met een glimlach. Ze had ook de kranten gelezen.

Ik keek weer naar mijn dochter, weerhield mezelf ervan om naar haar toe te hollen en haar op te tillen en te hard tegen me aan te drukken.

'Ja, dus ik wil wel heel graag dat ze zich veilig voelt.'

Juffrouw Olds keek me met een meevoelende blik aan. Ze had diepbruine ogen en een geraffineerde moedervlek boven haar bovenlip. 'Volgens mij voelt ze zich hier al thuis.'

'Daar ben ik blij om,' zei ik. En daarna: 'Vreemden kunnen hier toch niet zomaar binnenlopen, of wel?'

Juffrouw Olds legde haar hand lichtjes op mijn arm. 'Nee, hoor,' zei ze, 'dat lukt ze niet. Maar er zijn wel grenzen aan de veiligheid op een school waar elke ochtend tweehonderd kinderen binnenkomen.'

Ik trok een grimas, maar knikte. Brandende tranen omfloersten mijn gezichtsveld.

'Dank je wel,' zei ik.

'Het gaat prima met haar.'

'Dank je wel.'

Ik riep Elsie, stak mijn hand uit, en ze kwam in haar boterbloemgele jurk, een blauw litteken van een viltstift op haar blozende wang, naar me toe schuifelen.

'Kom maar mee, popje.'

'Gaan we naar huis?'

'Ja, naar huis.'

'De kern van het verhaal is dat mensen anders waren dan ze zich voordeden.' Dat had ik, zo berekenend, tegen die journalist gezegd. Het was bedoeld als waarschuwing aan Rupert Baird, maar was door X, wie dat ook mocht zijn, gelezen en als waarschuwing aan haar opgevat. Voor de zoveelste keer had ze laten zien dat er niets veilig was. Mijn huis was afgebrand en ze had het bewustzijn van mijn dochter ingepalmd.

Zodra we thuiskwamen heb ik Elsie in bad gedaan, om alles van haar af te spoelen. Ze zat daar wat te klooien en tegen zichzelf te praten, en ik ben buiten op de stoep gaan zitten, heb naar de muur gestaard en mezelf een verhaaltje verteld. Van dat meisje wist ik niets, maar van Michael Daley wist ik wel een beetje. Het kon zijn dat als ik zijn leven nader bestudeerde, ik misschien die duistere kant ontdekte waaruit dat meisje naar voren was gekomen. En ik moest denken aan dat laatste beeld in Elsies veilige huis. Mammie en Elsie, slapend in elkaars armen. Het verhaal kon op twee manieren eindigen. Elsie en mammie allebei dood. Of Elsie en mammie nog lang en gelukkig levend. Nee, dat ging te ver. Levend. Dat was wel genoeg. Mijn dagdroom werd verstoord door de telefoon. Baird, uiteraard.

'Ik hoop wel dat je een alibi hebt,' zei hij schertsend, net als de makelaar.

'Mij krijg je niet te pakken, smeris,' antwoordde ik, en hij moest lachen. Daarna werd er even gezwegen. 'Is dat alles?' vroeg ik.

'We hebben gehoord dat er gisteren iets is voorgevallen.'

Dus ze hielden me nog wel in de gaten. Dit was het beslissende moment, maar ik luisterde naar het gespetter en wist dat ik al tot een besluit was gekomen.

'Het was een misverstand, Rupert. Elsie is in het park weggelopen. Het was niks.'

'Weet je dat wel zeker, Sam?'

We waren net twee schakers die elkaars verdedigende stellingen testten voordat we tot een remise besloten en naar huis gingen.

'Ja, dat weet ik zeker, Rupert.'

Ik voelde de opluchting aan de andere kant van de lijn, en hij zei me warm gedag en dat hij nog wel contact met me op zou nemen, maar ik wist dat dit ons laatste gesprek was.

Ik tilde Elsie uit bad, zette haar in haar badjasje op de bank en gaf haar een toast met marmite voor op haar schoot.

'Mag ik een video zien?'

'Later misschien, na het eten.'

'Kan je me voorlezen?'

'Dat doe ik zo. Eerst had ik zo gedacht dat we een spelletje konden spelen.'

'Kunnen we de billendans doen?'

'Dat is wel lastig met zijn tweetjes, als er eentje de muziek moet maken. Ik weet het goed gemaakt, over een paar weken ben je jarig en dan spelen we dat spelletje wel op je verjaardagspartijtje.'

'Partijtje? Krijg ik een partijtje? Krijg ik echt een partijtje?' Haar bleke gezicht glom tussen de vage sproeten door. Het puntje van haar roze tong likte een veeg marmite van haar lip.

'Moet je luisteren, dat hoort bij het spel, Elsie. We gaan een partijtje voor jou organiseren en dan stoppen we de belangrijkste dingetjes voor dat partijtje in het veilige huis.'

'Zodat we ze niet vergeten!'

'Juist, zodat we ze niet vergeten. Waar zullen we beginnen?'

'De voordeur.' Tevreden zat ze op de bank heen en weer te schuiven, met één marmitehand in de mijne.

'Oké! We halen die krans eraf. Het is toch allang geen kerst meer. Wat gaan we daar dan ophangen, als jij een partijtje geeft?'

'Ik weet het al: ballonnen!'

'Ballonnen: een rooie en een groene en een gele en een blauwe. Misschien zitten er wel gezichten op!' In mijn hoofd had ik een beeld van een rij meisjes in hun roze en gele feestjurkje, allemaal gekomen voor Elsie. Ik moest denken aan de partijtjes waar ik als kind was geweest: kleverige chocoladetaart en roze mousselines, chips en bubbeldrank, Ezeltje-prik en Pakje-doorgeven, zodat iedereen wat won, dansspelletjes, Moeder-hoe-laat-is-het, en aan het eind een feestzakje met een pakje Smarties, één plastic dingetje dat een uurtje vol bewondering gekoesterd wordt en daarna voor altijd vergeten, een fluitje en een platte glimmende ballon. Dat moest Elsie allemaal hebben, al dat soort goedkope en ordinaire dingen. 'En dan?'

'De deurmat, de deurmat waar Fing een glas melk had neergezet.'

'Ja. Nou, volgens mij hebben we die melk allang omver geschopt.' Ze giechelde. 'Wat gaan we daar nou dan neerzetten?'

'Ummm, wat kan er op een deurmat, mammie?'

'Nou, er is iemand waar we heel erg dol op zijn en die de hele tijd op je marmite zit te loeren, dus pas op, en die heel graag op de deurmat ligt te slapen.'

'Anatoly!'

'Die kan onze waakpoes worden. Wat gaan we in de keuken zetten? Wat denk je van iets wat we gekookt hebben?'

Ze zat zo op en neer te veren dat het bord weggleed, dus ik ving de plakkerige toast op in mijn hand. 'Mijn taart! Mijn taart die op een paardenhuisje lijkt!'

Dat herinnerde ik me nog. Die ene op dat verjaardagspartijtje van een vriendinnetje, met muren van chocoladevlokken en plastic paardjes erin, en waar Elsie halverwege van had moeten overgeven. Ik knuffelde haar even.

'De paardentaart. En wat komt er op tv?' Ze plooide een wenkbrauw. 'Wat denk je van mijn verjaardagscadeautje aan jou? Iets wat je al zo lang wil hebben, misschien iets wat kan zingen.'

Ze bleef stil zitten.

'Echt, mammie? Beloof je dat? Mag ik dat echt hebben?'

'We gaan er dit weekend wel eentje uitkiezen. Een kanarie dus, voor op de tv, die lekker zit te zingen.'

'Mag ik hem Geeltje noemen?'

'Nee. En, wat gaan we op de trap zetten?'

Daar was ze gedecideerd over.

'Thelma en Kirsty en Sarah en oma en opa, want die komen allemaal op mijn partijtje. En dat meisje waar ik vandaag op school mee heb gespeeld. En die andere ook, waar jij me mee hebt gezien. Die wil ik een kaartje sturen dat ze moeten komen.'

'Oké, iedereen die op je partijtje komt moet op de trap. En in het bad?'

'Dat weet ik zo al. Mijn rooie boot met de propeller, die nooit zinkt, ook niet in grote golven.'

'Mooi.' Een andere boot zeilde mijn hoofd binnen, lek gestoten en kapseizend in de woeste zee. 'En waar dan?'

'Mijn slaapkamer.'

'En wat gaan we dan in je bed stoppen, Elsie?'

'Kunnen we mijn teddybeer daarin doen? Kunnen we 'm uit de doos halen zodat hij het partijtje niet mist?'

'Tuurlijk. Ik had 'm nooit in die doos gestopt als ik jou was. En als laatste mijn bed: wat daarin komt, weet ik al.'

'Wat dan?'

'Wij samen. Jij en ik. Klaarwakker in bed, en het partijtje is voorbij en alle gasten zijn weg en wij liggen te praten over alle verjaardagen die jij nog gaat vieren.'

'Ben jij heel erg oud, mammie?'

'Nee, gewoon volwassen, niet oud.'

'Dus je gaat niet gauw dood?'

'Nee, ik blijf nog lang leven.'

'Als ik zo oud ben als jij, ben jij dan al dood?'

'Misschien heb je dan wel al kinderen en ben ik oma.'

'Kunnen wij altijd bij elkaar blijven wonen, mammie?'

'Zo lang als jij dat wil.'

'Mag ik nou een video zien?'

'Ja.'

Ik deed de deur dicht om *Mary Poppins* niet te hoeven horen en ging naar de keuken waar ik de ramen helemaal openzette. Het geluid van Londen drong het huis binnen: schoolkinderen onderweg naar huis, giechelend of ruziemakend, syncopische muziek uit een gettoblaster, het razen en ongeduldig loeien van automotoren, een claxon tetterend in de rij voor het stoplicht, een genegeerd en hardnekkig alarm, sirenes in de verte, boven mijn hoofd een vliegtuig. Ik snoof de geur op van kamperfoelie, uitlaatgassen, gefruite knoflook, warmte van mensen dicht op elkaar, de geur van de stad.

Ergens liep ze daar rond, in die schitterende ongrijpbare puinhoop, in die grote massa. Misschien was ze wel in de buurt, misschien voor altijd verdwenen. Ik vroeg me af of ik haar ooit nog zou zien. Misschien op een dag, aan de overkant van een straat, of in de rij op een vliegveld of aan de overkant van een plein in een buitenlandse stad. Dan zag ik een glimp van een glad gezicht, iets omhoog, zoals ik dat zo goed kende, en dan bleef ik even staan, schudde mijn hoofd en liep vlug door. Ik zag haar in mijn dromen, nog altijd lief naar me lachend. Haar vrijheid was een kleine prijs die ik graag voor Elsies veiligheid betaalde. En ik zou de krant erop nalezen. Ze was wel ontkomen, maar niet met het geld, geen cent. Wat zou ze nu gaan doen? Ik deed mijn ogen dicht en ademde in, uit, in, uit, op het geraas van Londen. Danny was dood, maar wij – Elsie en ik – wij waren er goed doorheen gekomen. Dat was tenminste iets.

Het geluid van *Mary Poppins*, vrolijk zingend voor de kinderen en voor mijn kind, kwam uit de woonkamer binnendrijven. Ik duwde de deur open. Elsie zat op haar gemak op de bank, met haar benen dubbelgevouwen onder zich, en staarde boos naar het scherm. Ik knielde naast haar neer en ze streelde me afwezig over het hoofd.

'Kan jij met mij komen kijken, mammie, net als Fing altijd deed?' Dus ik ben gebleven en heb gekeken tot we allebei in slaap vielen.